ZUI

Zestful Unique Ideal

最世文化
Shanghai ZUI co.,Ltd

献给桑迪，
你的梦赋予我灵感，
你的爱永不磨灭。

第5TH波入侵

THE 5 WAVE

〔美〕瑞克·扬西〔著〕 汪梅子〔译〕

CNS 湖南文艺出版社 HUNAN LITERATURE AND ART PUBLISHING HOUSE 博集天卷 CS-BOOKY

ZUI Alchemy
炼|金|文|库

目录

Contents

如果有朝一日外星人真来造访我们，
我估计结果就和哥伦布首次登陆美洲差不多。
对于美洲印第安人来说，这不是什么好事。

——史蒂芬·霍金——

——入侵：1995年——

谁也不会醒。

熟睡的女人第二天早晨不会有任何感觉，只是有点儿紧张，似乎有人在监视她。用不了一天，她就会不再焦虑，很快把这种情绪抛诸脑后。

梦的记忆会保留得稍稍久一点儿。

在她的梦里，窗外有一只硕大的猫头鹰，透过玻璃，用带着白边的大眼睛盯着她。

她不会醒。睡在她身旁的丈夫也不会醒。落在他们身上的阴影不会打扰他们的睡眠。阴影的目标是熟睡女人肚子里的婴儿，婴儿不会有任何感觉。入侵不会划破皮肤，不会破坏她或婴儿体内的任何一个细胞。

只用了不到一分钟，阴影退去。

现在只剩下男人、女人、她肚里的婴儿，还有婴儿体内的入侵者，他们都熟睡着。

女人和男人早晨会醒来，婴儿几个月出生后也会醒来。

他体内的入侵者还会继续熟睡，几年后才会醒来。那时，母亲的紧张感和这个梦的记忆都早已消散。

五年后，女人带着孩子去动物园时，会看到一只猫头鹰，和她梦中的一样。看到猫头鹰会让她感到紧张，但她不知道是为什么。

她不是梦到黑暗中的猫头鹰的第一个人。

也不会是最后一个。

——第一部分——

最后一个历史学家

——1——

外星人很蠢。

我说的不是真的外星人。异星者并不蠢。异星者比我们先进太多了，这就像是把最蠢的人类和最聪明的狗放在一起比较。毫无悬念。

我说的是我们自己臆想出来的外星人。

我们发现天空中的闪烁亮点其实是和我们的太阳一样的恒星，周围可能也有地球一样的行星环绕，于是我们就开始编造外星人的模样。你知道的，就是我们幻想着会进攻地球的那种外星人——人类外星人。你见过他们无数次。他们坐着飞碟从天而降，瞄准纽约、东京、伦敦，或者开着大蜘蛛般的巨型机器踏过乡间，激光枪四下扫射，结果呢，每次，每次人类都能放下彼此之间的隔阂，携手打败外星人。大卫干掉哥利亚，大家皆大欢喜回家去（除了哥利亚自己）。

真是胡扯。

这就像蟑螂构思了一个计划，想要打败准备踩扁它的鞋子。

虽然无法确认，但我敢打赌，异星者知道我们想象出来的人类外星人。我还敢打赌，他们肯定觉得这事很好笑。他们肯定笑得满地打滚。

如果他们有幽默感……或者能打滚的话。他们笑得就像是我们看到一条狗干了件可爱的蠢事时一样。*噢，这些傻得可爱的人类！他们竟然觉得我们的思考方式和他们一样！太可爱了！*

别管什么飞碟、小绿人和乱吐死光的巨型机器蜘蛛了。别管什么人类英勇无畏战胜外星虫子的坦克飞机大战了。这些故事和现实的距离，就和他们的垂死星球与我们生机勃勃的地球之间的距离一样远。

现实是，一旦他们发现我们，我们就死翘翘了。

——2——

有时我觉得，我可能是地球上最后一个人。

也就是说，我是全宇宙最后一个人。

我知道这么想很傻。他们不可能杀光所有人……至少现在还没有。不过我能想象，最终可能会是这样。然后我就会想，这正是异星者希望我所想的。

还记得恐龙吗？就是这样。

所以我大概不是地球上最后一个人，但我是最后一批人之一。单枪匹马——估计也会一直这样下去——直到第四波席卷到我这里，把我干掉。

这是我晚上想到的事情之一。你懂的，凌晨三点会陷入的那种“老天啊我完蛋了”的想法。每当我蜷成一团，害怕得不敢闭眼，陷入无尽恐惧，我就必须提醒自己要呼吸，命令自己的心脏继续跳动。我的大脑活动起来，就像有刮痕的光盘磕磕绊绊地转动着。*一个人，一个人，一个人，凯西，你只剩自己一个人了。*

凯西是我的名字。

不是凯桑德拉的简称，也不是凯西迪。而是凯西奥佩娅，北部星空中仙后座的那个王后，被捆在椅子上，长得美，但毫无用处。由于她夸耀自己的美貌，海神波塞冬把她放在天上作为惩罚。她的名字在希腊语里的意思是“吹牛的女人”。

我父母对于这个神话一无所知。他们只是觉得这名字好听。

大家给我起过各种绰号，但从没人叫过我凯西奥佩娅。只有我父亲会这样叫，而且只有在逗我的时候，总是用很蹩脚的意大利口音：凯——西——噢——皮——呀。简直能把我逼疯。我一点儿不觉得他搞笑或可爱。而且，这让我很讨厌自己的名字。“我叫凯西！”我会朝他大喊，“就叫凯西！”现在，我愿意付出任何代价听他再这样叫我一次。

我十二岁时，那是大降临发生的四年前，我父亲送了我一架望远镜作为生日礼物。一个晴朗的秋日清晨，他在后院把望远镜架好，教我认凯西奥佩娅的仙后座。

“你看它的形状是不是很像字母 W？”他问道。

“既然它长得像字母 W，为什么要叫它凯西奥佩娅？”我答道，“W 代表什么？”

“呃……我也不知道 W 代表什么。”他微笑着答道。妈妈总说，微笑是他的招牌武器，所以他经常搬出来用，特别是在开始谢顶之后。你懂的，这样可以把对方的视线往下拉。“所以，你可以指定它的含义！wonderful（出色）怎么样？或者 winsome（迷人）？或者 wise（智慧）？”他把手搭在我肩上，我眯着眼睛，透过望远镜看着那五颗闪耀的星星，它们与我们之间的距离有一万多光年。我的脸颊上感觉得到父亲的呼吸，很暖，湿漉漉的，与凉爽干燥的秋日空气形成鲜明对比。他的呼吸这么近，凯西奥佩娅的星星那么远。

现在，星星看起来要近得多。似乎没有那么远，似乎可以触碰得到，我能触碰到它们，它们也能触碰到我。它们这么近，就像曾经的他的呼吸一样。

这听起来很疯狂。我是不是疯了？丧失理智了？只有在旁人正常的情况下，你才能说某个人疯了。就像好与坏。如果所有东西都是好的，那就没有什么东西是好的。

老天！这话听起来，真是……疯了。

疯狂就是新的正常。

我想我可以说自己疯了，因为我可以跟另外一个人比较：我自己。不是现在的我自己，在森林深处的帐篷里哆嗦着，甚至不敢把脑袋探出睡袋的这个自己。不是这个凯西。我说的是大降临之前的那个凯西，那时候异星者还没来到高空轨道赖着不走。十二岁时的我，最大的烦恼是鼻子上的小雀斑、难以打理的鬈发，还有那个小帅哥，虽然天天见面却不知道我的存在。那个凯西开始接受一个痛苦的现实：她只是个一般人。长得一般，学习一般，空手道和足球之类的运动也一般。她仅有的独特之处可能就是这个怪名字——凯西的全名是凯西奥佩娅，不过其实也没人知道——还有，她的舌尖能舔到鼻子，可到了中学，这种本事就没人感兴趣了。

按照那个凯西的标准，我大概是疯了。

要按我的标准，她肯定也是疯了。有时候我会朝那个十二岁的凯西大吼，她竟然为头发、怪名字或者自己是一般人而郁闷。“你在干什么啊？”我大叫道，“你不知道要发生什么事了吗？”

但这样做不公平。她确实不知道，也无从知道，这是她的好命，我因此非常想念她，说实话，胜过想念任何人。我哭的时候，当我允许自己哭的时候，我就是在为她而哭。我并不为自己而哭。我为那个逝去的凯西而哭。

我不知道那个凯西会怎么看我。

我现在是会杀人的凯西。

——3——

他不可能比我年纪大很多。十八岁，或许十九岁。不过我也是猜的，没准他有七百一十九岁。已经五个月了，我依然不确定第四波是人类、杂交体还是亲自上阵的异星者，但我不想认为异星者和我们外表一样，谈吐一样，就连流的血也一样。我觉得他们……呃，反正是和我们不一样。

当时我在每周例行的取水途中。我的宿营地不远处有条小溪，但我担心水被污染，污染可能来自化学物质、下水道，或是上游的一两具尸体。也有可能被下毒。剥夺清洁水源绝对是快速消灭我们的绝佳办法。

所以，我每周都会背着我那杆可靠的 M16 步枪，走出森林，到州际公路上去。往南走两英里，就在 175 号出口处，有几个带便利店的加油站。我会去那里搬瓶装水，能搬多少就搬多少。其实不多，因为水很重。然后，我会趁着天黑下来之前，尽快返回高速公路和相对安全的森林。黄昏是最佳行动时间，我从来没在黄昏看到过无人机。白天会有三四架无人机，夜里要多很多，但黄昏从来没有过。

一踏进加油站被打碎的前门，我就知道有什么东西不对劲。我并没看到任何不对劲的东西——便利店看起来和一周前一模一样，墙上被喷了涂鸦，架子翻倒了，地上满是空箱子和老鼠屎，收银机被撬开，冷柜已经被扫荡一空。店里还是令人作呕、臭气熏天，过去一个月以来，我每周都不得不穿过这片烂摊子，前往冷柜背后的储藏区。人们为什么抢啤酒和汽水、收银机和保险柜里的现金，还有成捆的彩票，却留下两车饮用水，我实在是不明白。他们在想什么啊？*外星人来了，末日来了！赶紧，拿啤酒！*

一切照旧：四下乱七八糟，散发着老鼠和食物腐烂的臭味，从脏兮兮的窗子照进来的昏暗光线中有时不时飘落的阵阵尘土。所有胡乱散落的东西都安详地待在自己现在的位置上。

但是。

有什么东西不对劲。

我站在门口的一小片碎玻璃碴里。我没看到什么不对劲的，也没听到什么，也没闻到什么或感觉到什么。但我知道。

有什么东西不对劲。

人类作为捕猎者的时代已经过去很久了，大约十万年。但在我们基因深处仍保留着远古记忆：羚羊的警醒和直觉。风吹过草地的低语，掠过树丛的阴影。有一个小小的声音发话了：*嘘，它靠近了。近了。*

我不记得把 M16 从肩头摘下来了。前一分钟它还挂在我背后，后一分钟它已经在我手里，枪口朝前，保险打开。

近了。

我从来没朝比兔子大的东西开过火，而且那也只是某种试验，为了看看我能不能在开枪的同时不轰掉自己的胳膊和腿。有一次，有群野狗对我的宿营地发生了兴趣，于是我朝它们头顶上方开了枪。还有一次，我看到母舰静悄悄地从银河前飘过，绿色小灯一闪一闪，我几乎是径直朝着头顶开了枪。好吧，我承认这么做很蠢。还不如竖个广告板，用大箭头指着自己的脑袋，写上：**嘿，我在这儿呢！**

那次试验把可怜的小兔子炸开了花，只剩一团难以辨认的肚肠和骨头。那之后我便放弃了用枪打猎的念头。我甚至没练过打靶。第四波开始之后，寂静笼罩，打靶听起来比原子弹爆炸还响。

不过，我仍然觉得 M16 是我最好的伙伴。始终与我形影不离，甚至夜里也是，我抱着它一起进睡袋。它是我的忠实伴侣。第四波开始后，不能相信人一定是人，但你可以相信，你的枪还是你的枪。

嘘，凯西。它靠近了。

近了。

我应该撤退的。那个小声音在保护我。那个小声音比我年长。它比有史以来最长寿的人还要年长。

我本应该听它的话。

可我只是聆听着废弃便利店的动静，使劲听。有什么东西靠近了。我朝远离门口的方向挪了一小步，脚下的碎玻璃发出极其轻微的响动。

这时，那个东西发出了一个声音，介乎于咳嗽和呻吟之间。是从冷柜背后的屋子传出来的，我的水就在那里面。

这时候不需要年长的小声音再来告诉我应该做什么了。很明显，不用想也知道。快跑。

但我没有跑。

活过第四波的第一条规则就是不要相信任何人，无论他们长什么样。异星者在这方面非常聪明——好吧，他们在各个方面都很聪明。无论他们长得是不是对劲，说话是不是对劲，行为是不是符合你的预期，这都不重要。我父亲的死难道还没证明这一点吗？就算对方是个小老太太，比姨奶奶提莉还慈祥，抱着一只无助的小猫咪，你也没法确定——永远没法确定——她是不是异星者，也不知道那只小猫后面是不是藏着一把子弹上膛的点四五手枪。

这不是无法想象的。而且你越想，就越觉得它可能发生。还是让小老太太离开你的脑海吧。

这是最难的，如果我想得太多，我就会缩进睡袋，拉上拉链，慢慢饿死。如果谁也不相信，就没有人可以相信了。宁可假定提莉姨奶奶是他们的人，也不要冒险以为自己碰到了幸存同胞。

这实在是太变态了。

这种事让我们分崩离析，让我们变得很容易被追捕和消灭。第四波迫使我们单打独斗，团结就是力量不复存在，我们因为孤独、恐惧和想到不可避免的事而渐渐发疯。

所以我没有跑。我不能跑。无论是他们的人还是提莉姨奶奶，我都得保卫自己的地盘。活下来的唯一办法就是单枪匹马。这是第二条规则。

我跟着夹杂着啜泣的咳嗽声，或者夹杂着咳嗽的啜泣声，怎么说都可以，走到了里屋门边。我屏住呼吸，蹑手蹑脚。

门半开着，大小刚好够我侧身蹭进去。我面前是墙上的金属架子，右手边是一条狭长的走廊，和冷柜的长度一样。这里没有窗户，唯一的光线是我背后夕阳那病恹恹的橙光，亮度还足够将我的影子打在黏糊糊的地板上。我蹲了下来，影子也跟着蹲了下来。

冷柜挡住了我的视线，我看不到屋里的情形。但我能听见那个人，或者那个东西。它在屋子最深处，咳嗽着，呻吟着，还有抽泣声。

要么是受了重伤，要么是假装受重伤。我心想，要么是需要帮助，要么是陷阱。

这就是大降临之后的地球生活。二选一的世界。

它要么是他们的人，而且知道我在这里；要么不是他们的人，而且需要我的帮助。

无论是哪种情况，我都得站起身，绕过那个拐角。

于是我站起身。

然后绕过那个拐角。

—4—

他靠着二十英尺外的墙坐着，长腿摊开，一只手捂着肚子。他穿着军服和黑靴子，满身污垢和血渍，到处都是血。他身后的墙上，冰冷的水泥地上，他的制服上，蓬乱的头发里。血闪着幽暗的光，就像半明半暗之间的沥青一样黝黑。

他的另一只手里拿着一把枪，正对准我的脑袋。

我和他姿势一样。他的手枪对我的步枪。手指都搭在扳机上，他的手指和我的手指。

他用枪指着我，但这无法证明任何事。也许他真是个受伤的士兵，以为我是他们的人。

但也许不是。

“放下枪。”他对我结结巴巴地说道。

才怪。

“放下枪！”他大喊，或者说是试图大喊。出口的字句全都沙哑破碎，被他腹中涌上来的血打散了。血从他的下嘴唇滴下来，悬在满是胡楂的下巴上。他的牙齿上闪着血光。

我摇摇头，背对着光，心里祈祷着，但愿他无法看到我抖得有多厉害，或者我眼中的恐惧。这可不是该死的兔子，蠢到会在一个晴朗的早晨跳到我的营地来。这是个人。或者，就算不是，也是个像人的玩意儿。

杀戮的问题在于，你不知道自己是否真的会动手，直到真的动手为止。

他又说了一遍，声音没有第一遍大，听起来像是哀求。

“放下枪。”

他握着枪的手抽搐了一下，枪口转向地面。还不够，但这时，我的眼睛已经适应了光线，我看到一滴血顺着枪筒流了下来。

他放下了枪。

枪落在他的双腿之间，发出一声响亮的“咚”。他抬起空空如也的手，手掌朝外，举过肩膀。

“好了。”他露出一个血糊糊的微笑，“该你了。”

我摇摇头。“另一只手。”我说。我希望我的声音比自己听到的更有力一些。我的膝盖开始发抖，胳膊疼痛，头晕目眩。我还在努力克制自己吼叫的冲动。你不知道自己是否真能做到，直到真的做到为止。

“不行。”他说。

“另一只手。”

“如果我把这只手拿开，我怕内脏会掉出来。”

我把抵在肩头的枪托调整了一下。我在出汗，发抖，努力思考。这是个二选一的局面，凯西。你打算怎么办，这样？还是那样？

“我要死了。”他陈述着这个事实。从这个距离，他的眼睛看起来只是反射光线的两个小孔，“所以，你可以要么干掉我，要么帮助我。我知道你是人类——”

“你怎么知道的？”趁他还没死在我手里，我赶快问道。如果他真是军人，也许他知道怎么分辨人类和异星者。这可是极其有用的信息。

“因为，如果你不是的话，你早就已经朝我开枪了。”他又微笑起来，脸上显出酒窝，这时我才意识到他有多年轻。没比我大几岁。

“看吧？”他轻柔地说，“你也是这么知道的。”

“我这么知道的什么？”泪水开始盈上我的双眼。他扭曲的身体在我的视野中变形了，就像是哈哈镜映出的样子。但我不敢把拿枪的手松开去擦眼睛。

“知道我是人类。如果我不是，我就已经朝你开枪了。”

听起来有道理。或者，是不是因为我希望它有道理，所以它听起来才有道理？也许他放下枪只是为了让我也放下，一旦我真放下枪，他就会掏出藏在军服下的第二把枪，用子弹招呼我的脑袋。

这就是异星者对我们所做的。如果没有信任，就无法团结起来并肩作战。如果没有信任，也就没有希望。

如何才能把地球上的人类灭光？把他们的人性消耗殆尽就行了。

“我得看到你的另一只手。”我说。

“我告诉过你——”

“我得看到你的另一只手！”我的声音这时嘶哑起来。我控制不了了。

他也失控了。“那你就得冲我开枪了，浑蛋！赶快开枪了断我吧！”

他的头朝后仰去，嘴张开来，一阵可怕而焦躁的哀号呼啸而出，从一面墙弹向另一面墙，从地板弹向天花板，震耳欲聋。我不知道他尖叫是因为伤痛，还是终于意识到我不会救他。他已经心存希望，而希望会杀了你。在你真正死掉之前就会杀了你。早早地杀了你。

“如果我给你看。”他靠着一片血渍的混凝土墙来回晃动，大口喘息着，“如果我给你看了，你会帮我吗？”

我没回答。我没回答，因为我没有答案。我只能决定这一纳秒的事。

于是，他替我做了决定。现在回想起来，他是不打算让他们赢。他不打算停止希望。如果它要了他的命，至少他是带着些许完好无损的人性而死的。

他龇牙咧嘴地慢慢抽出左手。天就要黑了，光线几乎没有了，仅剩的一点儿光线似乎正在从光源中流逝，从他那里，流过我，从半开的门口流走了。

他的手覆满半干的血。看起来就像是戴着一只血红的手套。

微弱的光亲吻着他满是血渍的手，轻拂过一件纤长的金属物品，我的手指扣动扳机，步枪狠狠撞上我的肩膀。我清空弹夹时，枪筒弹上我的手，我听到远方有人在尖叫，但不是他，是我在尖叫。我和所有剩下的人，如果还有人的话，我们都很无助、无望，我们都是愚蠢的人类，尖叫着，因为我们弄错了，大错特错，没有成群的外星人坐着飞碟从天而降，或者星战里面的巨大金属机器人，或是皱巴巴的小可爱 ET，只想摘几片树叶，吃几块巧克力糖，然后回家。事情不是这样的结局。

事情根本就不是这样的结局。

结局是，在夏末黄昏的暗淡光线中，我们躲在空空如也的冷柜后面，自相残杀。

在最后一丝光线消失前，我走到他跟前。不是为了确认他是否死了，我知道他死了。我想看看他满是血渍的手里一直握着的是什么。

是一个耶稣受难十字架。

——5——

那是我见过的最后一个人。

树叶落得多了，夜晚也转凉了，我不能留在这片树林里了。没有树叶，我就无法躲避无人机，不敢生火——我得离开这里。

我知道得去哪里。我早就知道了。我许了个诺言。那种不会违背的诺言，因为，一旦你违背它，也就是背叛了一部分自己，可能是最重要的那一部分。

但你会对自己讲很多。*比如，我得先计划一下。我不能毫无计划地出发，那简直是羊入虎口。或者，已经没有希望了，这么做没有任何意义了。已经等太久了。*

无论我之前出于什么理由没走，我都应该在杀掉他的那晚离开。我不知道他是怎么受伤的。我没有检查他的尸体之类的，我本应该这么做，不管我当时是不是吓坏了。我猜他可能是在事故中受的伤，但更有可能是有人——或者有什么东西——朝他开了枪。如果有人或东西朝他开了枪，那么这个人或东西就还在外面游荡……除非十字架士兵已经把她 / 他 / 它们干掉了。他也有可能是个异星者，十字架只是个幌子……

异星者让你发疯的另一招：情况不确定，但你的毁灭是确定的。

也许这就是第五波，从内部攻击我们，让我们自己的大脑变成武器。

也许地球上的最后一个人不会死于饥饿、辐射或者野兽。

也许最后一个要死的人是被最后一个活人杀死的。

好了，这可不是你想要的下场，凯西。

说实话，尽管留在这里等于自杀，而且我还有个诺言要遵守，但我还是不想离开。这么久以来，这片树林已经成了家。我熟悉每条小路、每棵树、每根藤蔓、每丛灌木。尽管我在同一栋房子里住了十六年，却没法准确地描述出我家后院什么样，但我能详细描述出这片树林里的每片树叶和每根树枝。除了这片树林，还有我每周搜寻补给要走的那两英里州际公路，我不知道其他地方有什么东西。我猜都差不多：废弃的镇子、散发着污水和腐尸的臭气、烧剩下的房屋残骸、野狗野猫四下逡巡、高速路上汽车排成长龙。还有尸体，很多很多尸体。

我开始收拾东西。这么久以来，这顶帐篷就是我的家，但它太大了，我必须轻装上路。只能带必需品，鲁格尔手枪、M16、弹药，还有我忠实的猎刀。睡袋、急救包、五瓶水、三盒牛肉条，还有几罐沙丁鱼。在大降临之前我很讨厌沙丁鱼，现在我已经爱上它了。我每次到杂货店先找什么？沙丁鱼。

书呢？它们很重，在我已经鼓鼓囊囊的背包里要占不少地方。但书是我的挚爱，也是我父亲的挚爱。第三波消灭了超过三十五亿人之后，他把能找到的所有书都带回来了，家里的书从地板一直堆到天花板。别人都在搜刮饮用水和口粮，储备军火，准备着大家确信一定会来的最后一次抵抗，可我爸却在用我弟弟的小拖车往家里运书。

他对这么多书一点儿也不担心。短短四个月之内，我们从七十亿人口骤减到几十万，也没有动摇他对人类将会存活下去的信念。

“咱们得考虑未来。”他很坚定地表示，“等这一切结束之后，人类文明的方方面面几乎都得从头来过。”

太阳能手电。

牙刷和牙膏。在这一点上我很顽固，如果真要死，也得牙齿清洁地死。

手套、两双袜子、内衣、旅行装洗衣粉、除臭剂，还有洗发水。（必须干干净净地走。同上。）

卫生棉条。我始终都很担心自己的储量，以及能否找到更多棉条。

我的小塑料袋里塞满照片，我爸、我妈、我弟弟萨米、爷爷奶奶、我最好的朋友莉兹贝丝，还有个叫本·帕里什的帅哥，他的照片是从学校年鉴上剪下来的。本是我未来的男朋友，和/或/可能是我未来的丈夫——说得好像他知道一样。他大概都不知道我的存在。我和他有几个共同的熟人，但刨去那几度分隔，我也只不过是个无名氏女生。本唯一的问题是身高：他比我高六英寸。呃，现在算是两个问题了：他的身高，还有他已经死了这个事实。

我的手机。第一波时它就没电了，也没法充电了。移动通信基站也不运转了，就算基站还在运转，我也没人可以通话了。但，你懂的，它是我的手机。

指甲刀。

火柴。我不点火，但没准什么时候我需要点燃或炸掉什么东西。

两本螺旋装订的记事本，单线格，封面分别是紫色和红色。这是我最喜欢的两种颜色，而且这两个本子是我的日记。这是希望的一部分。但如果我是最后一个人，就没有其他人能读到我的日记了，也许会有外星人来读，那他们就会知道我对他们到底怎么看。万一你是个外星人，那么接下来你会读到：

去你大爷。

我的低热量果汁软糖，橙子味的已经挑出来了。三包绿箭口香糖。我的最后两根巧克力软心棒棒糖。

妈妈的婚戒。

萨米的破破烂烂的旧玩具熊。不过它现在也不是我的，我也没抱过它。

这是我能塞进背包的所有东西。真怪，看起来似乎太多，但似乎又不够。

勉强还能塞下几本平装书。《哈克贝利·芬》还是《愤怒的葡萄》？

西尔维娅•普拉斯的诗集还是本来属于萨米的谢尔•希尔弗斯坦绘本？普拉斯可能不是个好选择，太压抑。希尔弗斯坦是小孩子看的，但我读的时候也仍然会微笑。我决定带《哈克贝利•芬》（似乎很贴切）和谢尔•希尔弗斯坦的《人行道的尽头》。咱们很快就要在人行道的尽头见面了，谢尔。上来吧，吉姆。

我把背包背在一边肩头，步枪背在另一边，沿小径朝高速路走去。我没有回头。

我在最后一排树后停了下来。过了二十英尺的路堤就是南向车道，到处都是无法开动的汽车、成堆的衣服、破烂的塑料垃圾袋、烧坏的拖拉机，拖拉机上装满各色物品，从汽油到牛奶，应有尽有。到处都是汽车残骸，有些只不过是小刮擦，有的连环事故在马路上绵延几英里，所有的碎玻璃上都闪耀着清晨的阳光。

没有尸体。这些车从第一波开始就在这里，早就被车主遗弃了。

第一波没死多少人。巨大的电磁脉冲在第十天早上十一点准时穿透大气，我爸猜测大概只死了五十万人。好吧，五十万人听着也很多，但其实只是沧海一粟。二战死的人可是这个数字的一百倍还要多。

那时我们的确有一点儿准备时间，但我们并不确切知道要准备什么。从卫星发来母舰经过火星的第一张照片，到第一波开始，有十天时间。十天的混乱。戒严，在联合国静坐，游行，屋顶派对，互联网上的无休止讨论，所有媒体上都二十四小时连轴报道着大降临。总统发表全国讲话，然后就躲进了他的防空洞。安理会召开了不向媒体开放的紧急秘密会议。

很多人选择了简单粗暴的解决方案——撤离。比如我们的邻居马尤斯基一家。第六天下午，他们把能拿的所有东西装上露营车出发了，跟随大部队前往别的地方，因为，出于某种理由，任何一个别的地方似乎都更安全。数以千计的人去了山里……或者沙漠……或者沼泽。你懂的，只要是别的地方就行。

马尤斯基一家的选择是迪士尼乐园。他们不是唯一这样想的。电磁脉冲攻击前的那十天，迪士尼的客流量创下新高。

爸爸问过马尤斯基先生：“呃，为什么去迪士尼呢？”

马尤斯基先生答道：“嗯……因为孩子们还从来没去过。”

他的两个孩子都上大学了。

凯瑟琳在保守的贝勒大学读完大一，前一天刚回家。她问：“你们呢？打算去哪里？”

“哪里也不去。”我答道。而且我哪里也不想去。我自己还在经历一个否认过程，假装这次疯狂的外星人事件会自行解决，我也不知道怎么解决，可能签个跨星系和平条约之类的吧。或者，他们可能只是过来取点儿土壤样本，然后就会打道回府。或者他们只是来度假的，就像马尤斯基一家去迪士尼乐园一样。

“你们得离开这里。”她说，“他们肯定会先袭击城市。”

“你大概是对的。”我说，“他们从来没考虑过夷平迪士尼乐园的神奇王国。”

“你希望自己怎么个死法？”她怒气冲冲地说，“躲在床下还是坐着巨雷山过山车？”

好问题。

我爸说，全世界分成了两个阵营：跑路者和留守者。跑路者去了山区——或者巨雷山。留守者钉死窗户，囤积罐头和弹药，电视调到全天无休的 CNN 频道。

在最初十天里，来打扰我们银河系的小伙伴们没有任何消息。没有灯光秀，也没有降落在白宫草坪或者怪模怪样穿着银色太空服的家伙要求见总统，也没有闪闪发光的旋转陀螺用大喇叭播放宇宙通行的音乐语言，我们发出消息之后也没有回复。我们发的消息大概也就是“你们好，欢迎来到地球。希望你们喜欢这里。请不要杀掉我们”之类的。

没人知道应该怎么办。我们以为政府大概会知道。政府对一切都有计划，所以我们以为，对于不请自来的静悄悄的外星人，就像是家里没人愿提的怪亲戚，他们也有对策。

有人留守，有人跑路，有人结婚，有人离婚，有人生娃，有人自杀。我们就像僵尸一样走来走去，面无表情，机械麻木，无法理解当下状况的严重性。

现在想想简直难以置信，当时我的家人就像大部分人一样，竟然继续日常生活，就像人类历史上最重大的事件没有在我们眼前发生一样。爸妈仍然去上班，萨米仍然去托儿所，我也仍然上学，参加足球训练。一切都很正常，这简直太奇怪了。第一天结束的时候，所有两岁以上的人都看见过母舰从头顶经过一千遍了。它是灰绿色的，无比庞大，闪闪发光，大概有曼哈顿岛那么大，在地球上方二百五十英里的高度盘旋。美国航空航天署宣布计划召出一架雪藏的航天飞机，尝试与外星人接触。

嗯，这个计划不错。我们心想。这种寂静让人受不了。他们为什么跑了几十亿英里就为了盯着我们瞧？这样太没礼貌了。

第三天，我和一个叫米切尔•菲尔普斯的哥们儿出去约会。呃，确切地说，我们是出去而已。约会地点是我家后院，因为有宵禁。他从星巴克的汽车外卖店买了喝的带过来，于是我们坐在屋后露台上，喝着饮料，假装没看见我爸在客厅里走来走去的身影。米切尔是在大降临前几天才搬到我们这个城市的。上世界文学课时他坐我后面，我真不应该把荧光笔借给他。结果他就约我了，因为，如果有姑娘借你荧光笔，那她肯定觉得你很帅。我不知道我为什么答应他。他没那么帅，除去新同学光环，也没那么有意思，而且他绝对比不上本•帕里什。没有人比得上本，除了本•帕里什自己，这正是问题所在。

到了第三天，大家基本分成两类，要么就是一直在讨论异星者，要么就是尽可能不讨论他们。我属于第二类。

可米切尔属于第一类。

“假设他们就是我们呢？”他问道。

大降临之后没多久，阴谋论的狂热者就开始议论政府保密项目或者制造外星人危机的秘密计划，都是为了夺走我们的自由。我猜他就是想说这个，我无奈地叹了口气。

“怎么了？”他说，“我不是说真的我们。我的意思是，如果他们是未来的我们呢？”

“就跟《终结者》一样，是吧？”我翻了翻白眼，“他们是来阻止机器人崛起的，或者他们就是机器人。也许是天网。”

“我觉得不是。”他说得好像我是认真的一样，“这是祖父悖论。”

“你指的是什么？还有，祖父悖论是什么玩意儿？”他说得就好像他觉得我知道祖父悖论是怎么回事一样。如果我不知道，那我就是白痴。我讨厌别人这样。

“他们——我的意思是我们——无法返回过去，改变历史。如果你返回过去，在你出生之前就杀掉你的祖父，那你就不可能返回过去杀你祖父了。”

“你为什么想杀掉你祖父？”我扭着草莓星冰乐里的吸管，让它发出吸管摩擦杯盖的独特噪声。

“重点是，你的出现就会改变历史。”他说。就好像时间旅行是我发起的话题一样。

“咱们非得聊这个吗？”

“还有什么可聊的？”他的眉毛抬了起来，都快够到发际线了。米切尔的眉毛很浓，这是我最先注意到的他的一个特征。他还喜欢咬指甲，这是我注意到的第二个特征。指甲保养情况能透露一个人的很多信息。

我掏出手机，给莉兹贝丝发了条短信：

帮帮我。

“你害怕吗？”他问道。他在试图吸引我的注意，或者给自己找安慰。他专注地看着我。

我摇摇头。“只是觉得很烦。”这是假话。我当然害怕。我知道自己对他的态度很差，但是我无法控制自己。出于某种我无法解释的原因，我对他很生气。我可能是在对自己生气，我竟然同意和自己其实不感兴趣的男生约会。我也有可能是在生气他不是本•帕里什，虽然这不是他的错。但事情就是这样。

帮你干啥?

“我不在乎咱们聊什么。”他说。他看向玫瑰花床，晃着杯中残留的咖啡，他的膝盖在桌子底下使劲颠着，我的杯子也摇晃起来。

米切尔。我想我不用再多解释了。

“你在跟谁发短信？”

跟你说过别跟他约会。

“你不认识。”我说。**我也不知道怎么会答应。**

“咱们可以去个别的地方。”他说，“你想去看电影吗？”

“有宵禁。”我提醒他道。晚上九点以后，除了军车和急救车，谁也不准上街。

哈哈，为了让本嫉妒。

“你是不高兴吗？”

“不。”我说，“我跟你说过不是了。”

他挫败地嘟起嘴。他不知道该说什么了。

“我只是想知道他们可能是什么身份。”他说。

“你和地球上的所有其他人。”我说，“谁也不知道，他们也不肯告诉我们，所以大家都是胡乱猜测假设，这么做根本没有意义。也许他们是奶酪星来的鼠人宇航员，冲着咱们的意大利干酪来的。”

本都不知道我的存在。

“你知道吗？”他说，“我正在努力跟你聊天，你这么一直发短信不大礼貌吧。”

他说得对。我把手机塞进口袋。我怎么了？我心想。以前的凯西绝不会这么做。异星者已经开始把我变成另外一个人了，可我却想假装什么也没变，尤其是我自己。

“你听说了吗？”他问道，又回到了我说过觉得很烦的话题。“他们正在建造着陆点。”

我听说了。在死亡谷。没错，就是死亡谷。

“说实话，我觉得高调欢迎他们的做法不是很明智。”他说。

“为什么？”

“都三天了。三天以来，他们一直拒绝所有接触。如果他们是友好来访，为什么还没跟我们打招呼？”

“也许他们只是害羞。”我用手指捻着发梢，轻轻拉拽，产生了一种有点儿愉悦的痛感。

“就像是新生。”他这个新生说道。

当新生肯定很不容易。我觉得应该为自己的无礼向他道歉。“我刚才有点儿无礼。”我承认道。“抱歉。”

他有点儿迷惑地看着我。他说的是外星人，不是他自己，可我说的却是我自己，跟外星人或者他都没关系。

“没关系。”他说。“我听说你不大跟人约会。”

哈！

“你还听说什么了？”这就是那种你并不想知道答案，但还是忍不住会问的问题。

他从塑料盖子的小孔喝了一口他的拿铁咖啡。

“没什么。我又没到处打听。”

“你问了某些人，然后他们对你说我不大跟人约会。”

“我只是说我想约你，他们就说，凯西不错。我说，她人怎么样？他们说，你人挺好，但是我最好别抱太大希望，因为你喜欢本•帕里什——”

“他们是这么说的？谁跟你说的？”

他耸耸肩：“我不记得她叫什么。”

“是莉兹贝丝•摩根吗？”我要杀了她。

“我不知道她叫什么。”他说。

“她长什么样？”

“褐色长发，戴眼镜。我记得她好像叫卡莉还是什么。”

“我不认识叫……”

哦老天。我甚至都不认识一个叫卡莉的女生竟然知道我和本•帕里什之间的事——或者也可以说，我和本•帕里什之间什么都没有的事。而且，如果这个叫卡莉还是什么的人知道，也就是说，所有人都知道。

“哎，他们说错了。”我着急地解释道。“我不喜欢本•帕里什。”

“我不在乎。”

“我在乎。”

“看来咱俩不太来电。”他说。“我说的每一句话，你不是觉得无聊就是生气。”

“我没生气。”我生气地说。

“好吧，是我搞错了。”

不，他是对的。我真应该告诉他，跟他讲话的这个凯西不是从前的凯西，大降临之前的凯西就连对一只蚊子都很友善。我还没做好承认事实的准备：异星者到来之后，改变的不只这个世界，我们也改变了。我自己也改变了。母舰出现的那一刻，我便踏上了一条路，它通往一间便利店的空啤酒柜后面的库房。和米切尔约会的那个夜晚只是我的变化的开始。

关于异星者不是来打个招呼而已的观点，米切尔说对了。第一波的前夜，全世界最出色的理论物理学家，也是全世界最聪明的人之一（电视上就是这么写的，他的脸下面配了一行字：**全世界最聪明的人之一**），在 CNN 频道上说：“我并不看好这种寂静。我对此想不出什么积极的解释。恐怕我们要准备的情况更类似哥伦布抵达美洲，而不是《第三类接触》。我们都知道，它对印第安人有怎样的影响。”

我对我爸说：“咱们应该用核武器攻击他们。”我必须抬高声音才能盖过电视。我爸总喜欢把新闻音量调大，这样我妈在厨房里看她的电视也不会影响他。她喜欢在做饭时看旅游频道。我管这叫遥控器大战。

“凯西！”他极其震惊，白色运动袜里的脚趾都勾起来了。他是看《第三类接触》《E.T.》和《星际迷航》长大的，笃信异星者是来帮我们解放自我的这一套。不会再有饥荒，不会再有战争，完全消灭疾病，宇宙奥秘揭晓。“你不明白吗？这可能是我们进化的下一阶段。我们将发生巨大飞跃。非常大。”他给了我一个安慰的拥抱。“咱们能见证这一时刻是多么幸运啊。”

随后他又随意地补了一句，就好像是在说怎么修烤面包机一样。“而且，核武器在太空的真空中也无法造成很大破坏。冲击波无法传播。”

“所以电视上这个天才说的都是废话？”

“别这么说，凯西。”他责备我道。“他有权发表自己的见解，但也仅此而已。只是他自己的见解。”

“但如果他是对的呢？如果天上这玩意儿就是他们的死星呢？”

“他们穿过半个宇宙就是为了把咱们炸光？”他拍拍我的腿，微笑起来。妈妈把厨房电视的声音调大了。他把家庭室的电视音量调到27。

“好吧，但如果他们就像是跨星系的蒙古游牧部落呢？就像他说的那样。”我问道。“也许他们是来征服咱们的，把咱们赶进保留地，让咱们当奴隶……”

“凯西。”他说。“一件事可能发生，并不意味着它一定会发生。不管怎么说，这些都是猜测。这个人有他的猜测，我有我的。谁也不知道他们为什么来，所以他们不也有可能是来拯救咱们的吗？”

我爸在说完这话四个月之后死了。

关于异星者的事，他错了。我也错了。全世界最聪明的人之一也错了。

他们不是来拯救我们的，也不是来奴役我们或者把我们赶进保留地的。

他们是来杀我们的。

我们所有人。

——6——

关于白天还是夜间上路，我考虑了很久。如果你担心他们，黑暗就是最佳选择。但如果你想在无人机发现你之前发现它，白天就更有优势。

无人机是在第三波末尾出现的。形状像雪茄，暗灰色，在几千英尺的高空悄无声息地快速滑过。有时它们掠过天空，不做停留；有时它们像秃鹰一样在上空盘旋。它们能急转弯，也能急停，从 2 马赫到静止只要不到一秒。我们就是凭这一点儿知道无人机不是我们的。

我们知道它们是无人（或者说是无异星者）驾驶的，因为曾经有架无人机在我们难民营几英里外坠毁。一声巨响。它在坠向地面的过程中打破音障，发出一声震耳欲聋的尖啸，最后冲进一片休耕的玉米地，我们脚下的大地战栗起来。一个侦察小队徒步前往坠机地点察看。好吧，不是什么真的侦察小队，只是我爸和难民营的头儿——哈奇菲德。他们返回后汇报说那玩意儿是空的。他们确定吗？也许飞行员在坠地前逃生了。我爸说里面塞满了仪器，根本没有装飞行员的地方。“除非飞行员身高两英寸。”这话引发一阵大笑。不知怎么的，想到异星者可能也就两英寸高，跟借东西的小人差不多，这事好像也没那么可怕了。

我选择了白天赶路。这样可以一只眼睛留意天空，另一只眼睛盯着地面。结果是我一会儿抬头，一会儿低头，一会儿往左看，一会儿往右看，就像摇滚演出上的果儿，最后搞得头晕眼花，胃里觉得有点儿恶心。

另外，除了无人机，晚上还有其他东西要担心。从加拿大南下的野狗、郊狼、熊、狼，没准儿还有动物园里跑出来的狮子或老虎。我知道，我知道，这个是《绿野仙踪》的梗。怪我讲得不好。

虽然白天行进并没比夜间好太多，但我的确觉得，如果是在白天碰上这些野兽，我的胜算稍微大一点儿。就连碰上同类，我的胜算可能也要大一点儿，如果我不是最后一个人的话。万一我碰到另外一个幸存者，而他认为理想做法是让他遇到的每一个人都获得十字架士兵的下场呢？

说到这个，我自己的理想做法是什么呢？应该见人就开枪吗？应该等他们先采取行动吗？万一他们的行动会让我丧命呢？我一直在琢磨，在他们出现之前，我们到底为什么没发明出某种密码、动作或仪式来识别谁是自己人。我们的确不知道他们会出现，但我们一直都挺确定早晚会出现个什么东西。

如果下一步发生的事和你原本计划的不一致，就很难为下一步做计划了。

我决定尽量先发现对方。寻找掩护，不能再对决了，不能让十字架士兵的情况重演！

天色很亮，没有风，但是很冷。空中万里无云。我一路走着，上下左右轮换着视线方向，背包拍打着一边肩胛骨，步枪背在另一边。我走在将南北向车道分隔开的中线隔离带外沿，每走几步就停下来，四下打量，扫视身后。一小时过去了。两小时。我走了还不到一英里。

最可怕的不是无数废弃的汽车，不是在十月阳光下闪耀的金属块和碎玻璃，不是中线隔离带上散落的垃圾和废品，它们大多在齐膝高的草里若隐若现，使这条绿化带看起来满是疮痍。最可怕的，是寂静。

那种嗡嗡的噪音没了。

你还记得那种嗡嗡的噪音吧。

只要你不是在高山上长大，也不是终生隐居在山洞里，那么嗡嗡的噪音就一直伴随着你。它是生机，是我们畅游其中的海洋。我们努力打造一切，让生活更轻松，不那么无聊，这一切发出的就是这种嗡嗡的噪音。它是机械之歌。它是电子交响曲。它是我们的一切物品和我们所有人发出的声音。可现在，它没了。

这寂静便是我们征服地球之前，地球的声音。

有时，我在夜半时分躲在帐篷里，觉得自己可以听见繁星刮擦天空的声音。现在就是如此寂静。后来我觉得自己要受不了了。我想竭力大叫。我想唱歌、高喊、跺脚、拍手，用各种方式宣告我自己的存在。我和那个士兵的对话是好几周以来我第一次大声讲话。

大降临之后第十天，嗡嗡声消失了。当时我正在给莉兹贝丝发最后一条短信，正打到第三个句号。我记不清当时在说什么了。

上午十一点。初春一个温暖而晴朗的日子。这种天气里应该写字、做梦，满心希望自己在任何地方，只要不是鲍尔森小姐的微积分课堂上。

第一波就这样悄无声息地到来，并不是很戏剧化。它并没带来什么震动和惊愕。

灯灭了。

鲍尔森小姐的幻灯机挂了。

我的手机黑屏了。

教室后面有人尖叫起来。当时是几点并不重要。总之，停电了，有人在尖叫，就好像楼要塌了似的。

鲍尔森小姐叫我们坐在位子上别动。停电的时候大家往往会如此反应，会跳起来，想要去……去做什么呢？真奇怪。我们过于习惯电力的存在，以至于一停电，我们就会手足无措。所以我们就会跳起来，或者尖叫，或者像白痴一样开始胡言乱语。我们会焦虑，就好像有人切断了氧气供应。不过大降临使情况变得更糟。我们一直坐立不安地等待着发生点儿什么，可什么也没发生，这让我们变得更像惊弓之鸟。

所以，他们断掉我们的电力时，我们的反应比平常还要激烈一些。

大家都开始讲话。我说我的手机不能使用了，结果大家发现所有手机都一样。坐在后排的尼尔·克罗斯基在鲍尔森小姐讲课时一直在听 iPod，他摘下耳机，还在琢磨音乐怎么突然没了。

停电时，过了焦虑期，接下来就会冲向最近的窗户。也不知道到底为什么，就是觉得最好看看发生了什么事。世界是从外向内演变的。所以，如果停电了，就看看外面。

鲍尔森小姐从堆在窗前的人群中穿过，喊着：“安静！都回座位上去！肯定很快就会来通知……”

大概一分钟之后，的确来了个通知。不过不是大喇叭广播的，也不是副校长福克斯先生通知的。而是来自天空，来自他们。这个通知是一架 727，它从一万英尺高空翻滚坠落，消失在一排树后，爆炸产生的火球直冲云霄，让我想起原子弹爆炸的蘑菇云。

你们好啊地球人！派对就要开始了！

你觉得，我们目睹这种情景就会躲到课桌底下去吧？没有。我们挤在窗前，在晴朗的天空中搜索着击落飞机的飞碟。应该是飞碟吧？

我们都知道一流的外星人入侵是如何展开的。飞碟在大气中穿梭，F-16战斗机小队紧跟其后，地空导弹和曳光弹从碉堡中呼啸而出。说来有点儿不真实，也有点儿病态，我们想看的就是这种场景。这些东西会让它变成完美的正常的外星人入侵。

我们在窗口等了半小时，谁也没怎么说话。鲍尔森小姐叫我们回座位，我们没理她。第一波开始三十分钟后，社会秩序已经开始崩溃。大家不停查看手机。飞机坠毁，全面停电，手机变砖，墙上时钟的长针凝固在十二，短针停在十一——我们没能把这些事联系起来。

门突然打开，福克斯先生叫我们去体育馆集合。在我看来，这招还真是聪明啊。让我们都集合到一个地方，外星人就不用浪费太多弹药了。

于是我们鱼贯进入体育馆，坐在几近漆黑的看台上，校长来回踱步，时不时朝我们大吼，叫我们保持安静，等家长过来。

那开车上学的学生呢？他们不能离开学校吗？

“你们的车都不能使用了。”

什么？这什么意思？我们的车都不能使用了？

一个小时过去了，两个小时了。我和莉兹贝丝坐在一起。我们没怎么说话，就算说话也是低语。我们并不怕校长，我们在聆听。我不知道我们在聆听什么，但那种寂静就像是电闪雷鸣劈开云层之前的寂静。

“可能完蛋了。”莉兹贝丝低语道。她紧张地揉揉鼻子。涂了指甲油的手指伸进染的金发里。她跺了跺脚，用指肚揉了揉眼皮。她刚开始戴隐形眼镜，总是觉得别扭。

“肯定出了什么大事。”我低语答道。

“我的意思是，可能是完蛋了。那个完蛋了。世界末日。”

她一直在把手机里的电池推出来，塞回去，推出来，塞回去。我猜这总比什么都不做好吧。

她哭起来。我拿过她的手机，握住她的手。我环顾四周，发现她不是唯一一个在哭的，还有人在祈祷，还有人同时在做这两件事，边哭边祈祷。老师们都聚在体育馆门口，组成一道人墙，以防外星生物冲进来。

“我还有那么多事想做。”莉兹贝丝说，“我甚至还没……”她抽噎了一下，“你懂的。”

“我估计现在有好多‘你懂的’正在进行。”我说，“搞不好就在这些看台凳子下面。”

“你这么觉得？”她用手掌心擦了擦脸颊，“你呢？”

“你是问我有没有‘你懂的’？”我对于谈论性没有心理障碍。我的心理障碍是谈论跟我有关的性。

“噢，我知道你还没有‘你懂的’。老天！我说的不是这个。”

“我以为咱们是在说这个。”

“我是说咱们的生活，凯西！天啊，这没准儿就是世界末日了，你竟然只想讨论性！”

她把手机从我手里夺回去，又摆弄起电池盖子。

“所以你才应该告诉他。”她边说边拽着套头衫上的拉绳。

“告诉谁什么？”我完全清楚她说的是什么，我只是在拖延时间。

“本！你应该告诉他你喜欢他。告诉他你从小学三年级开始就喜欢他了。”

“你是在开玩笑对吧？”我觉得自己的脸变烫了。

“你还应该跟他做爱。”

“莉兹贝丝，闭嘴。”

“说真的。”

“我没有从三年级就想和本•帕里什做爱。”我低语道。三年级？我瞟了她一眼，看她是否在认真听我讲话。显然她没有。

“要是我，我就走到他面前，说‘我觉得要完蛋了。世界末日要来了，我可不想还没跟你做爱就死在这个学校体育馆里。’你知道然后我要干什么吗？”

“干什么？”我忍住笑，想象着他脸上的表情。

“我会把他拉到外面花园里，跟他做爱。”

“在花园里？”

“或者更衣室。”她疯狂地挥着手，把整个学校都囊括进来——也没准儿是整个世界，“哪里都行。”

“更衣室很臭。”我朝下方望着，隔两排就是本·帕里什的迷人脑袋。“这种事只会发生在电影里。”我说。

“对，非常不真实，一点儿也不像现在发生的事。”

她说得对。这两件事都很不真实。无论是外星人入侵地球还是本·帕里什入侵我。

“至少你可以告诉他你喜欢他。”她仿佛看透了我在想什么。

可以，是的。我的确可以，呃……

但我没有。那是我最后一次见到本·帕里什，他坐在幽暗拥挤的体育馆（鹰队之家！）里，在我前面两排，我只看得到他的背影。他大概和所有其他人一样，在第三波中死了，而我从来没告诉过他我喜欢他。我本可以这样做的。他知道我是谁，有好几门课他都坐在我后面。

我们初中时坐同一趟校车，不过他大概不记得了。有一天下午，我偶然听到他说自己的小妹妹前一天刚出生。我转过头说：“我弟弟是上周出生的！”他说：“真的？”话中没有讽刺，他似乎觉得这是个很奇妙的巧合，接下来大概一个月，我满脑子想的都是我们因为新生儿有了这种特殊联系。后来我们升入高中，他成了校队的明星外接手，我则成了站在看台看他得分的又一个平凡女生。我在课上或楼道里会碰到他，有时我不得不努力控制自己，否则就会冲上去对他说：“嘿，我是凯西，跟你一起坐过校车的那个女生。你还记得新生儿的事吗？”

搞笑的是，他可能真的记得。本·帕里什并不满足于做学校里的头号帅哥。就像是要用自己的完美折磨我似的，他还是个学霸。我是不是忘了说，他对小动物和小孩也都很友善？他妹妹来看他的每场比赛，我们拿下全区冠军时，本径直跑向场边，把她抱上肩头，领头绕场欢呼起来，她朝人群挥着手，跟返校节女王一样。

噢，还有件事：他的微笑能迷死人。一讲起这个我就停不下来了。

在幽暗拥挤的体育馆又耗了一小时之后，我看到爸爸出现在门口。他稍微挥了挥手，就像外星人来袭之后每天接我放学回家时一样。我拥抱了莉兹贝丝，对她说手机一恢复我就给她打电话。我当时还是入侵前的那套思维。你懂的，停电了，但每次最终都会恢复供电。所以我只是拥抱了她一下，我不记得自己说了我爱她。

我们出了体育馆，我问："车呢？"

爸爸说，车子无法启动。所有的车都不能使用了。街上到处都是失灵的轿车、大巴、摩托和卡车，每个街区都有撞车事故和残骸碎片，车子堆在路灯周围，撞进楼房里。电磁脉冲发生时有很多人被困，车门上的自动锁失灵，他们只好从自己的车里破门而出，要不就干坐着等待营救。受伤的人如果还能动，就会爬到路边和人行道上等待急救人员，可没有急救人员赶来，因为救护车、消防车和警车也都动不了。所有依靠电池或电力或有引擎的东西都在上午十一点不能使用了。

爸爸边走边说，紧紧抓着我的手腕，就像害怕有东西从天而降把我掳走似的。

"所有东西都停止运行了。电力，电话，下水道……"

"我们看到有架飞机坠毁了。"

他点点头。"飞机肯定全都坠毁了。它发生的那一刻，天上所有的东西肯定都坠毁了。战斗机，直升机，军事人员运输机……"

"发生了什么？什么时候？"

"EMP。"他说，"也就是电磁脉冲。如果能生成足够大的电磁脉冲，就能毁掉整个电网。电力、通信、运输……所有能飞能跑的东西都得完蛋。"

从学校到我家有一英里半。这是我走过的最长的一英里半。感觉所有东西都被罩了一层幕布，这层幕布上的景象和它下面隐藏的景象一模一样。但幕布后面偷窥的眼睛让你觉得有什么事很不对劲。所有人都站在家门口，拿着挂掉的手机，仰望天空，或是俯身查看汽车引擎，摆弄着电线，因为汽车无法开动的时候就应该这么做——摆弄电线。

"不过没事的。"他说着，紧紧握了下我的手腕，"没事的。估计咱们的备用电力系统还能用。政府肯定有紧急计划、安全基地之类的。”

“老爸，他们打算怎么通过断电帮咱们进化到下一阶段呢？”

我一说出口就后悔了。但我当时吓坏了，头脑不太清楚。我爸并没误解我。他看着我，露出令人安心的微笑，说：“一切都会好起来的。”因为这就是我希望他说的，也是他想说的，也是大幕落下时你应该做的——说出观众想听的那句台词。

——7——

在兑现诺言的任务途中，大概中午时分，我停下来喝了点儿水，吃了根牛肉条。我每次吃牛肉条或沙丁鱼罐头或任何有包装的东西时，我都会想，唉，世界上又少了一个这样的东西。每咬一口，就是消灭掉一点儿我们存在过的证据。

我打算最近找天鼓起勇气抓只鸡，扭断它的脖子。为了奶酪汉堡我可以杀生。说真的，如果我遇到有人在吃奶酪汉堡，我会为了它干掉他的。

附近有很多牛。我可以开枪打死一头，然后用猎刀把它大卸八块。我很确定自己宰牛应该没什么问题。困难在于把它烧熟。就算在白天，点火肯定也是邀请他们加入野餐的最佳方法。

我前方几码处的草地上出现一个影子。我猛地一回头，重重地撞在我倚着吃饭的那辆本田思域侧面。不是无人机。是一只鸟，一只海鸥，伸展着翅膀掠过。我的脊背一阵发凉。我讨厌鸟。在大降临之前我并不讨厌它们。第一波之后我也没有讨厌它们。第二波对我影响不大，那之后我也没有讨厌它们。

但第三波之后，我开始讨厌它们了。这不是它们的错，我知道。这就好像面对一个正在开火的小队时讨厌子弹，但我控制不了自己。

鸟太讨厌了。

——8——

在路上走了三天之后，我觉得汽车就像群居动物一样。

它们成群觅食，成群死去，成群撞毁，成群堵塞。它们在远处闪着光，仿佛珠宝一般。突然间，这种群居活动停止了。公路有几英里都是空荡荡的。只剩下我和沥青河流，穿过秃了一半的树林，皱巴巴的叶子绝望地挂在幽暗树枝上。只有公路、一望无际的天空、高高的褐色草丛和我。

空荡荡的公路是最糟糕的。汽车可以提供掩护和遮蔽。我在没有损毁的车里睡觉（我还没发现哪辆车是上了锁的）。如果这也算睡觉的话。空气没有流动，气味陈腐，我无法砸开车窗，开着车门是不可能的，还要面对饥饿的折磨，夜晚的胡思乱想，只剩你一个人了，一个人，一个人。

夜晚的胡思乱想里最糟的是：

我不是外星无人机设计师，但如果真要我来设计，我会确保它的侦察设备灵敏度可以隔着汽车侦察到人体热量的迹象。这种想法总能奏效：我一开始打盹，就会感觉四个车门全都突然打开，几十双手伸进来抓我，手连着胳膊，胳膊连着不知道长成什么样的身体。然后我就醒了，摸索着我的 M16，越过后座窥视着，环顾四周，觉得好像落入陷阱，隔着起雾的车窗觉得像是失明。

天凉了。我等着晨雾消散，喝了点儿水，刷了牙，又检查了一遍武器，清点了一遍存粮，再次上路了。抬头，低头，环顾四周。不要在出口停留。水还够。如果不是必须，我绝不会靠近城市。

这样做有很多理由。

知道我是怎么判断自己正在靠近城市的吗？气味。几英里之外就能闻到城市的气味。

有烟的气味。还有臭水沟。还有死亡。

在城市里每走两步都会被尸体绊到。有趣的是：人也是成群死去。

离出口标志还有一英里的时候，我就闻到了辛辛那提的气味。一股浓烟慵懒地飘上无云的天空。

辛辛那提正在燃烧。

我一点儿也不吃惊。在第三波之后，城市里最常见的除了尸体就是大火。一道闪电就能烧光十个街区。没人救火。

我眼里开始涌出泪水。辛辛那提的臭气让我感到窒息。我稍做停留，用一块布条掩住口鼻系在脑后，然后加快步伐。我把步枪从肩上取下来，端着它快步行进。我对辛辛那提有不好的预感。我脑海里那个古老的声音苏醒了。

快点儿，凯西。快点儿。

然后，在 17 号和 18 号出口之间的某个地方，我发现了尸体。

——9——

有三个人，没像城里人一样死在一堆，而是在中间的隔离带上，相互之间有点儿距离。第一个是个中年男人，估计和我爸差不多年纪。穿着蓝色仔裤和辛辛那提孟加拉虎球队队衣。脸朝下，胳膊朝外伸着。他脑后被开了一枪。

第二个人在大概十英尺开外，是个年轻女人，比我年纪稍大一点儿，穿着男裤和维秘 T 恤。短发挑染了一缕紫色。她左手食指戴了个骷髅戒指，涂了黑色指甲油，指甲修剪得很糟糕。她脑后也被开了枪。

第三个人在几英尺开外。是个大概十一二岁的孩子。全新的白色高帮篮球鞋，黑色套头衫。很难判断他的脸之前是个什么样子。

我从男孩那里走开，回到年轻女人身边。我跪在她身旁高高的褐色草丛里。摸了摸她苍白的脖子。还有体温。

哦不。不，不，不。

我走回第一个男人身旁，跪下，摸了摸他伸出的手掌，看了看他两耳之间血淋淋的弹孔：闪闪发亮，血还没凝固。

我停下不动了。我身后是公路。面前是更多公路。我右边是树。左边是更多的树。南向车道上有很多车，最近的一片在大概一百英尺开外。有什么东西告诉我抬头。看头顶正上方。

蔚蓝的秋日天空上有点点暗淡的灰色。

一动不动。

你好，凯西。我叫无人机先生。很高兴认识你！

我站起身，就在我站起身的时候——就在我站起身的那一刻，如果我再多停留一毫秒，我就要和孟加拉虎先生拥有一样的弹孔了——有个东西打进我的腿里，热乎乎地，就在我膝盖上方，我失去平衡，一屁股坐了下来。

我没听见枪声。只能听到草中的凉风，我自己在布头下热乎乎的呼吸声，血液冲进我的耳朵的声音——子弹出膛前我只听到这些声音。

消音器。

这就对了。他们当然会用消音器。现在我给他们找到了最贴切的名字：消音者。正符合他们的所作所为。

面对死亡时，某些东西会占上风。你的大脑前部不再运转，而是把控制权交给你最古老的那部分，负责你的心跳、呼吸、眨眼的那个部分。大自然最先创造的那个部分，好让你能活下来。这个部分会把时间拉成一大块太妃糖，让一秒感觉像一小时，一分钟比整个夏日午后还要长。

我向前一扑，想捡起步枪——我被子弹打中时把 M16 掉了——我面前的大地炸开，碎玻璃和砂土铺天盖地而来。

好吧，别管 M16 了。

我从腰带上取下鲁格尔手枪，朝最近的车跑跳过去——也可以说是跳跑过去。我没怎么觉得疼——不过我猜是还没到时候，但我抵达车边时感觉到血浸透了牛仔裤。

车子是一辆老款别克轿车。我蹲下时，后风挡玻璃碎了。我赶快躺下，整个人钻到车子底下。怎么说我个头也不算大，但车底空间很窄，没法翻身，要是他出现在左侧，我就无路可逃了。

死胡同。

聪明，凯西，真聪明啊。上学期是不是全 A 啊？优秀生？可不是嘛。

你就应该带着你那些小书，那些宝贝小纪念品，躲在你的小树林的小帐篷里。至少他们来弄你的时候，你还有地方可逃。

时间一分一秒地过去。我仰面朝天躺着，血流到冰冷的混凝土上。我把头转向右侧，转向左侧，向上抬一英寸，朝车的后方看过去。那家伙他 × 的到底哪儿去了？他怎么用了这么久？然后我突然醒悟了：

他用的是大火力狙击步枪。肯定是。那也就意味着，他打中我时可能在半英里开外呢。

那也就意味着，我的时间比一开始以为的可能要充裕。除了胡言乱语支离破碎的绝望祈祷，我还有时间想点儿办法。

让他走。让他快点儿。让我活下去。让他了断……

无法控制地发抖。我在出汗。我觉得冰冷。

你要休克了。赶快思考，凯西。

思考。

这是我们生而为人的目的。是我们发展到今天的动力。是我有这辆汽车可以藏身的原因。我们是人类。

人类可以思考。他们计划。他们做梦，然后实现它。

实现它，凯西。

除非他趴下，否则就无法够到我。他趴下的时候……探头看我的时候……伸手进来抓住我的脚踝把我拉出去的时候……

不。他很聪明，不会这样做。他会假定我有武器。他不会冒这个险。倒不是说消音者在乎他们自己的死活……难道他们在乎？消音者懂得恐惧吗？他们不爱生命——我的所见所闻足以证明这一点。但他们是否爱惜自己的性命超过夺走别人的？

时间继续缓慢流逝。一分钟比一季还长。他到底他 × 的为什么这么慢？

现在又是二选一的世界。要么他会过来了结我，要么他不会。但他总得结束它吧，不是吗？这不就是他出现在这里的理由吗？这不才是重点吗？

二选一：要么跑——或者跳或者爬或者滚；要么留在车底下，失血过多而死。如果我冒险逃跑，那就是射击游戏。我连两英尺都跑不了。如果留下，结果一样，只是更痛苦，更恐惧，而且慢得多得多。

我眼前一团黑星乱舞。我的肺无法获得足够空气。

我抬起左手，把脸上的布条扯下来。

布条。

凯西，你真是个白痴。

我把枪放在身边。这是最艰难的部分——让我自己放下枪。

我抬起腿，把布条从下方穿过。我没法抬头看到自己的动作。我只能穿过那片黑星，盯着别克车的幽暗肚肠，把布条两头拉住，系紧，尽可能紧，然后摸索着打结。我把手伸向下方，用指尖摸索着我的伤口。还在流血，但比起系上止血带之前的井喷，这点儿涓涓细流就不算什么了。

我拿起枪。好点儿了。我的视线清晰了一些，也不觉得那么冷了。我朝左边挪了几英寸。我不喜欢躺在自己的血泊里。

他在哪里？他已经有足够时间来了结了……

除非他已经了结了。

想到这一点我惊呆了，有几秒我甚至都忘了呼吸。

他不会来了。他不会来，因为他不需要来。他知道你不敢出来，如果你不出来，不逃跑，你就活不下去。他知道你要么会饿死，要么失血过多而死，要么渴死。

他知道你知道的：跑等于死。留等于死。

他该去干掉下一个了。

如果还有下一个的话。

如果我不是最后一个的话。

得了吧，凯西！五个月就能从七十亿降到一？你不是最后一个，就算你是地球上最后一个人——如果真是这样，那你更不能让它这样了结。躲在一辆破别克底下，等着血流尽——人类就这么灭绝？

老天，不行。

——10——

第一波干掉了五十万人。

可是，和第二波相比，这就是小巫见大巫了。

也许你还不知道，我们生活在一个躁动不安的星球上。大陆下面是一块块石板，称为板块，这些板块漂浮在一片熔岩海洋上。它们一直在不断彼此摩擦、碰撞、推挤，从而产生巨大的压力。压力随着时间推移累积，最后板块滑动，将巨大的能量以地震的形式释放出来。要是地震发生在各块大陆的断裂带上，地震波就会产生一种超级波，称为海啸。

全世界有超过 40% 的人口生活在海岸线六十英里以内的范围，也就是三十亿人。

异星者要做的只是下场雨。

找一根金属棒，长度是帝国大厦的两倍，重量是它的三倍。把它放在其中一条断裂带上方，让它从上层大气坠落。你不需要任何助推或导航系统，只要让它坠落就可以了。在引力的作用下，等它落到地表时，速度达到十二英里每秒，比出膛的子弹快二十倍。

它撞击地表的力量是投向广岛的原子弹的十亿倍。

拜拜，纽约。拜拜，悉尼。拜拜，加利福尼亚、华盛顿、俄勒冈、阿拉斯加、英属哥伦比亚。拜拜了，东部沿海地区。

日本、香港、伦敦、罗马、里约。

很高兴认识你。希望你在这里过得愉快！

第一波在几秒钟之内结束。

第二波要长一些。大约一天。

第三波呢？还要再长一些——十二周。十二周，干掉了……呃，爸爸认为我们有百分之九十七的人足够倒霉，活过了前两波。

四十亿人的百分之九十七是多少？你自己算吧。

就是这时，外星帝国乘着飞碟降临，开始狂轰滥炸的吧？就是这时，地球人团结起来，开始上演大卫与哥利亚之战。我们的坦克对抗你们的激光枪。放马过来吧！

我们没那么走运。

他们也没那么蠢。

如何在三个月内干掉将近四十亿人？

答案是鸟。

全世界有多少鸟？你想猜猜吗？一百万？十亿？三千多亿？也就是说，每个活过前两波的男人、女人和小孩都能分到大约七十五只鸟。

每块大陆上都有数千种鸟。而且鸟儿可不懂得国界。它们还会拉很多屎。鸟一天要排泄五到六次。也就是说每天抛下超过一万亿小导弹，每天。

要想让一种病毒的致命率达到百分之九十七，没有比这更有效率的传播系统了。

我父亲认为他们肯定是用了埃博拉之类的病毒，然后对它进行基因改造。埃博拉无法通过空气传播。但修改一种蛋白质，就可以让它能够通过空气传播，就像流感病毒一样。病毒在你的肺里安家。你开始咳嗽得很厉害，发烧，头疼，全身剧烈疼痛。你开始吐血，里面也满是病毒。它进入你的肝、肾、大脑。现在你体内有十亿个病毒了。你成了一个病毒炸弹。等你爆炸时，就把病毒抛给周围的所有人。他们管这叫大出血。就像即将沉没的船上涌出的鼠群一样，病毒从你的所有孔窍喷薄而出。你的口、鼻、耳、屁眼，甚至你的眼睛。你会流下货真价实的血泪。

第二波有很多名字。红死病、血疫、鼠疫、红色海啸、第四个骑士，无论你想怎么叫它，反正过了三个月，每一百个人里有九十七个都死了。

那可是好多血泪。

时间倒流了。第一波让我们重返十八世纪。接下来两波直接把我们打回新石器时代。

我们又变成了猎人、采集者、游牧民族，金字塔的最底层。

但我们没打算放弃希望。还没有。

我们还剩下足够的人可以反击。

我们无法与他们正面对抗，但我们可以打游击战。我们跟外星人就来打实力悬殊的一仗吧。我们有足够的枪支弹药，甚至还有些交通工具躲过了第一波。我们的军队大幅削减，但每个大洲都还有足够的部队具有作战能力。还有碉堡、山洞和地下掩体，足够我们躲上好几年。这回让你们当美国，外星入侵者，我们当越南。

异星者就说，行啊，好吧，没问题。

我们以为他们已经用尽全部招数——至少是最厉害的，因为很难想象还有什么东西能比红死病更可怕。我们这些活过第三波的人——也是对这种疾病天生免疫的人——埋伏起来，囤积物资，等着大人物来告诉我们该干什么。我们知道有人得发号施令，因为偶尔会有一架战斗机呼啸着掠过天空，我们听到远方类似枪战和部队运输车隆隆驶过地平线的声音。

我猜我家比大部分人更走运。第四个骑士带走了我妈，但我爸、萨米和我都幸存下来。爸爸吹嘘说我们有高等基因。一般来说，没人会吹嘘这种事，你可是踩在将近七十亿死人堆成的珠穆朗玛峰上。可爸爸只是在发挥爸爸的作用，他想让人类灭绝前夕的感觉尽可能积极一点儿。

到红色海啸的尾声时，大部分城镇都被废弃了。没有电，没有下水管道，商店里有价值的东西早就被洗劫一空。有些街道上的污水足有一英寸深。夏季暴风雨的闪电造成的火灾四处可见。

尸体的问题来了。

死亡人数到达某一个临界点之后，你就招架不住了。掩埋或焚烧尸体的速度总是不够快。鼠疫的这年夏天特别热，腐肉的臭气就像一层隐形毒雾在空气中挥之不去。我们把布条浸在香水里，然后系在口鼻上，不过一天的工夫，臭气就侵入布条，唯一能做的只剩下干呕了。

直到——真有意思啊——习惯它为止。

我们一直等到第三波在我们家平息为止。部分原因是隔离期，部分原因是有些被吓坏的人满街乱跑、入室纵火、谋杀、强奸、抢劫，部分原因是我们等着接下来会发生什么，吓得没了主意。

但最主要的原因是爸爸不想离开妈妈。她病得太厉害，无法旅行，他也没法说服自己抛弃她。

她让他走，丢下她别管，反正她要死了。她已经不再重要了。重要的是我和萨米，是保护我们的安全。是未来，心怀希望，相信明天会比今天更好。

爸爸没有争辩，但也没有离开她。他等待着不可避免的结局，让她尽可能舒适，看地图，列清单，储备物资。就是在这段时间，我们开始囤书，说着要重建文明的话。如果夜里天空没完全被烟雾遮蔽，我们就会去后院里，用我的旧望远镜轮流观看母舰在银河的映衬下缓缓驶过的壮丽景象。现在星星比以前亮了，亮得耀眼，因为没有我们的人造灯光让它们变得暗淡。

“他们在等什么？”我问他。我还和所有其他人一样，期待着飞碟、机器人、激光炮，“他们为什么不赶紧结束这一切？”

爸爸摇摇头。“我也不知道，小南瓜。”他说，“也许已经结束了。也许他们的目的并不是杀光我们，而只是让我们减少到一个可控的数目。”

“那然后呢？然后他们打算干什么？”

“我觉得，更恰当的问题是他们需要什么。”他温和地说着，就好像是在讲什么极其糟糕的消息，“他们现在很小心。”

“小心？”

“为了把破坏限度控制在完全必要的范围内。这就是他们来这里的理由，凯西。他们需要地球。”

“但不需要我们。”我低语道。我要失控了——又一次。大概已经是第一万亿次了。

他把手放在我肩头——大概也是第一万亿次了——说道：“反正我们登上过历史舞台了。而且我们的传承做得也不太好。我敢打赌，如果我们能穿越到古代，采访一下小行星撞击前的恐龙……”

就是在这时，我狠狠打了他一拳。然后跑进了屋。

我不知道哪一个更糟，是屋里还是屋外。在外面，你会觉得自己完全暴露，仿佛总有人窥探着你，在一望无际的天空下一丝不挂。可屋里永远是一片昏暗。窗子上钉了木板，遮挡白天的阳光。晚上只有蜡烛，但我们的蜡烛也所剩无多，每间屋子只能用一根，曾经熟悉的屋角被幽暗的影子笼罩。

“凯西，怎么了？”是萨米。五岁的小可爱。大大的褐色眼睛，和泰迪熊一样，怀抱着我家另一个褐色大眼睛的成员，那只毛绒玩具泰迪熊，就是我现在塞在背包最底下的那一只。

“你为什么哭？”

看到我的眼泪，他也开始哭。

我从他身边走过，冲向十六岁的人类恐龙的房间，一只名叫凯西奥佩娅•苏里文•灭绝龙的恐龙。随后我又回来找他。我没法把大哭的萨米就这样丢下不管。自从妈妈生病之后，我们的关系很亲密。他几乎每晚都会从噩梦中惊醒，然后便冲进我的房间，钻进我的被窝，把脸贴在我胸口，有时他忘了，就会管我叫妈妈。

“你看见他们了吗，凯西？他们要来了吗？”

“没有，小屁孩。”我边说边帮他擦眼泪，“没有人要来。”

现在还没有。

——11——

妈妈是在一个周二死的。

爸爸把她埋在后院的玫瑰花床中。她死之前提出的这个要求。鼠疫最厉害的时候，每天都有数百人死去，大部分尸体都被拉到郊区烧掉了。垂死的城镇被无休无止冒烟的死尸篝火环绕。

他叫我陪着萨米。萨米变得傻呆呆的，和僵尸一样，四处乱走，张着嘴或者吃拇指，就像回到了两岁，泰迪熊般的眼睛里一片空洞。不过几个月前，妈妈还推他荡秋千，上空手道课，给他洗头，配着他最喜欢的歌跳舞。现在她被裹在一张白床单里，被爸爸用肩膀扛到后院里去了。

我透过厨房窗户看到爸爸在浅坟边跪下。他低垂着脑袋，肩膀抽搐。自从大降临开始，我从没见过他萎靡不振，一次也没有。事情越来越糟，就在你以为它们不会更糟的时候，它们还能更糟，可爸爸从没害怕过。哪怕妈妈开始出现感染的最初症状时，他也保持镇静，特别是在她面前。他并不谈论被堵住的门窗外发生的事。他把湿布放在她额头上。他给她洗澡，帮她换衣服，喂她吃东西。我从未见过他在她面前哭，一次也没有。有些人对自己开枪，吞下大把药片，从高处跳下来，可爸爸却在对抗黑暗。

他给她唱歌，反复讲她已经听过一千遍的蠢笑话，还撒谎。就像是家长对你撒的那种谎，帮你入睡的那种好谎言。

“今天又听到一架飞机，听着像战斗机，说明咱们有些物资还能运转。”

“你烧退了点儿，今天眼睛看着也清澈了，没准儿你没感染，没准儿只是普通流感。”

妈妈临终前，他还在帮她擦去血泪。

她把胃里一团一团黑乎乎的病毒混合物吐出来时，他抱着她。

他叫我和萨米进屋告别。

“没事的。”她对萨米说，“一切都会好的。”

对我，她说的是：“现在他需要你，凯西。照顾好他。照顾好你父亲。”

我告诉她，她会好的。有些人就会。他们生病，后来病毒突然就撤退了。没人知道为什么。也许病毒觉得不喜欢你的味道。我对她说她会好的，不是为了帮她消除恐惧。我真的这样想。我必须这样想。

“他们只剩下你了。”妈妈说。这是她给我的遗言。

大脑是最后死亡的，飓风的红海把她的思维冲走了。病毒完全掌控了一切。有些人会在病毒侵蚀大脑时发疯。他们会乱打乱抓，又踢又咬。就好像病毒既需要我们，又憎恨我们，等不及想要摆脱我们。

妈妈看着爸爸，已经认不出他了。她不知道自己在哪里，不知道自己是谁，也不知道自己怎么了。她脸上始终挂着一个可怕的微笑，干裂的嘴唇裂开，露出满是血的牙龈，牙齿上也沾满了血。她嘴里发出声音，但却不成字句。她大脑里负责语言的部分全是病毒，而病毒不懂语言——它只知道如何制造更多的病毒。

然后妈妈在一阵抽搐和含混不清的尖叫中死了，她那些不请自来的客人从每一个孔洞争先恐后跑出来，因为她已经完蛋了，它们把她耗尽了，现在该收摊走人找下家了。

爸爸最后给她洗了一次澡，梳了头，把干掉的血渍从她的牙齿上擦掉。他过来告诉我她走了的时候，情绪很镇定。他没有崩溃。我崩溃了，他抱住我。

现在我透过厨房窗户看着他。他跪在躺在玫瑰花床里的妈妈旁边，以为谁也没有看见他。他放开了他一直拽着的绳子，他周围的每一个人都开始自由落体的时候，正是这根绳子让他一直站稳脚跟。

我确定萨米没事，然后走出屋子。我坐在他旁边，把手放在他肩头。我上一次触碰我爸的时候，力气要大得多，用的是拳头。我什么也没说，他也没说，就这样过了很久。

他把什么东西塞进我手里。是妈妈的婚戒。他说她想把它留给我。

“咱们要走了，凯西。明天早上就走。”

我点点头。我知道她是我们还没离开的唯一理由。玫瑰娇嫩的茎轻轻摇摆着，仿佛在应和我的点头，“咱们去哪里？”

“离开这里。”他环顾四周，眼睛瞪大了，充满恐惧，“这里不再安全了。”

这个嘛。我心想，什么时候安全过？

“莱特 - 帕特森空军基地离这儿只有一百英里多一点儿。要是咱们速度快点儿，天气不变差，五六天就能到那里。”

“然后呢？”异星者把我们的思维模式设定好了：好吧，就这样，那然后呢？我看着爸爸，等他告诉我。他是我认识的最聪明的人。要是他没有答案，就没有人有了。我肯定没有答案。我肯定希望他有答案。我需要他给我答案。

他摇摇头，仿佛不明白我的问题似的。

“莱特 - 帕特森有什么？”我问。

“我不知道那里有什么。”他试图挤出一个微笑，结果做了一个鬼脸，仿佛微笑的动作会疼似的。

“那我们为什么去那里？”

“因为我们不能留在这里。”他咬着牙说，“如果我们不能留在这里，就得去个什么地方。如果还剩下个类似政府的东西……”

他摇摇头。他出来不是为了干这个的。他出来是为了埋葬他的妻子。

“进屋去，凯西。”

“我帮你。”

“我不需要你帮忙。”

“她是我妈妈。我也爱她。让我帮你吧。”我又哭了起来。他没看到。他没在看我，他也没有看妈妈。他其实没看任何东西。他就好像变成了一个黑洞，我们俩都在朝它坠落。我们能抓住什么东西来拯救自己呢？我把他的手从妈妈的尸体上拿开，把它放在我的脸颊上，告诉他我爱他，妈妈也爱他，一切都会好的，黑洞的引力减小了一点儿。

“进屋去，凯西。”他温和地说，“萨米比她更需要你。”

我进屋了。萨米坐在自己房间的地板上，用他的四翼星际战斗机正忙着摧毁死星，“砰，砰。我要来了，红家伙！”

屋外，我父亲跪在新翻的泥土上。褐色泥土，红色玫瑰，灰色天空，白色床单。

——12——

我猜现在得说说萨米了。

否则我不知道怎么能做到这些事。

这些事包括，从别克车底蹭出来，挪进露天的第一英寸，阳光吻上我刮破的面颊。第一英寸是最难的。宇宙中最长的一英寸。那一英寸足有一千英里。

这些事包括，在高速路上，扭头看向我看不到的敌人。

这些事包括，让我还没完全发疯的那一件事，异星者夺走我的一切之后没能从我这里夺走的那一样东西。

萨米是我没有放弃的理由。是我没有留在车下等待终结的理由。

我最后一次见到他是透过一辆校车的后窗。他的额头贴在玻璃上，朝我挥着手，还在微笑。他就像是去春游：兴奋，紧张，一点儿也不害怕。和其他小孩在一起让他忘记了害怕。还有那辆校车，看起来很正常。还有什么比一辆黄色的大校车更正常的呢？事实上，经过过去四个月的恐怖，看到他们驶入难民营，那一幕简直令人震惊。就好像在月球上看见一家麦当劳。非常奇怪，非常疯狂，非常不合常理。

我们在难民营只待了几周。那里有五十来个人，只有我们是一家子。其他人都是没了妻子、丈夫或是父母的孤家寡人。都是全家的唯一幸存者，在来到难民营之前互不相识。年纪最大的一个六十多岁。萨米是年纪最小的，但还有其他七个小孩，除了我没有人超过十四岁。

营地在我家东边二十英里处，在第三波期间，镇上的医院全部满员之后，这里的树林里建了一个野战医院。房子都建在一处，用的是手工锯倒的木头和抢救下来的锡罐头，一间主病房是给感染者的，还有一间小点儿的木屋，是给照顾垂死病人的两个医生的，后来他们也被红色海啸击垮了。还有一个夏季花园和一个雨水收集系统，这些水用于洗漱、洗澡和饮用。

我们在大房间里吃饭睡觉。那里死过五六百个人，但地板和墙壁都消过毒，死人的病床也都烧掉了。房间闻着还有一点儿鼠疫的味道（有点儿像发酸的牛奶），消毒水也没能洗掉所有的血渍。墙上有各种小斑点，地上有镰刀形状的长条斑。就像是住在一幅 3D 立体画里。

小屋用作储藏室和军火库。罐装蔬菜、密封肉制品、干货，还有基本用品，比如盐、猎枪、手枪、半自动手枪，甚至还有几把信号枪。大家活动时都武装到了牙齿，简直就像回到大西部。

营地后面几百码的树林里挖了一个浅坑。这坑是用来焚烧尸体的。我们不被允许去那里，但我和几个大点儿的孩子当然会去。有一个怪孩子，大家管他叫酥油，我猜是因为他的油腻长发。酥油十三岁，喜欢搜寻战利品。他真的会跳进骨灰堆，搜刮珠宝、硬币和他觉得值钱或“好玩”的任何其他东西。他还信誓旦旦地说他这样做不变态。

他一边笑着说：“这是有区别的。”一边用脏兮兮的指甲在新刨出来的一批赃物里翻检，手上沾满骨灰。

什么区别？

“是否是人类的区别。以物易物的时代回来了，宝贝！”他举起一条钻石项链。“等到尘埃落定的时候，怀揣宝贝的人就要当人生赢家了。”

并不是每一个人都认为他们打算杀掉我们所有人，就连大人当中也有分歧。酥油把自己看作为了一把珠子就卖掉曼哈顿的印第安人，而不是渡渡鸟，虽然后者远远更贴近事实。

几周前，妈妈刚开始表现出鼠疫的初期症状时，爸爸听说了这个营地。他想让妈妈过去。但她知道，无论是谁也无力回天。要是她快要死了，她想死在自己家里，而不是树林深处的什么破招待所。后来，她垂危之际，传来谣言说医院变成了集合点，类似幸存者的藏身处，它离城镇足够远，估计可以让人安全度过下一波，不管下一波会是什么（不过大部分人都猜是空袭之类的），但又离管事的大人物足够近，这样他们来营救我们的时候也能发现我们——如果还有人管事的话，如果他们还会来的话。

营地的非正式老大是一个退伍海军陆战队队员，名叫哈奇菲尔德。他简直就是个活生生的乐高小人：方手，方头，方下巴。每天都穿同样的挎篮儿背心，上面沾着疑似血迹的污渍，不过他的黑靴子总是擦得像镜子一样亮。他剃了个光头（可惜前胸后背却没剃，他真应该考虑一下）。身上到处都是文身。他还很喜欢枪。腰间两把，背后塞了一把，肩头还挂着一杆。谁拿的枪也没有哈奇菲尔德多。可能这就是他当非正式老大的一个原因吧。

哨兵看到我们过来了。等我们抵达通向林中营地的土路时，哈奇菲尔德已经到了，还有一个叫布罗戈登的家伙。我很确定我们应该注意到他们全身挂满武器。哈奇菲尔德命令我们分开。他要和爸爸谈谈。布罗戈登则负责照管我和萨米。我对哈奇菲尔德说了我对他的命令的看法。你懂的，不是什么他听着顺耳的话。

我刚失去父母中的一个。我不太想再失去另一个。

“没事的，凯西。”我父亲说。

“我们又不认识这些人。”我说道，“他们有可能也是那一伙的，爸。”那一伙指的是“带枪的混混”，谋杀、强奸、黑市、绑架，在第三波中突然就这么冒了出来，所以人们才会把家里的门窗堵上，囤积食物和武器。让我们开始全副武装厮杀的不是外星人，而是我们的人类同胞。

“他们只是想谨慎一点儿。”爸爸反驳道，“要是我也会这么做。”他拍拍我。*我心想，得了吧，老头子，要是你再这样居高临下地拍我一下*……“没事的，凯西。”

他和哈奇菲尔德走开了，我们听不到他们说什么，但还能看见他们。这让我觉得稍微好一点儿。我把萨米拉到身边，尽我所能回答布罗戈登的问题，忍住了用我空闲的那只手给他来上一拳的冲动。

我们叫什么？

我们从哪儿来？

我们当中有人感染吗？

我们能告诉他发生了什么事吗？

我们看到了什么？

我们听到了什么？

我们为什么到这里来？

“你的意思是这个营地，还是在谈论存在主义？”我问道。

他的两条眉毛拧成了一股，说：“啊？”

“如果你是在这一堆事发生之前问我，我会说‘我们到这里来是为了服务人民，造福社会。’如果我想装腔作势，我会说‘因为如果我们不在这里，总会在某个什么地方。’但既然发生了这么多倒霉事，我会说，这是因为我们还算走运。”

他眯起眼睛盯着我看了一秒，然后恶声恶气地说："你的确挺装腔作势的。"

我不知道爸爸是怎么回答这个问题的，不过他的答案显然经得住考验，因为我们被获准进入营地，而且拥有全部特权，也就是说，爸爸（可惜不包括我）可以从武器库里自己挑选武器。我爸对枪有自己的观点。他一直不喜欢枪。他说枪不一定会杀人，但它们毫无疑问让杀人变得更容易了。现在他不觉得枪那么危险了，他更觉得枪根本没什么用。

"你觉得咱们的枪怎么对抗比咱们先进数千年或者数百万年的科技？"他问哈奇菲尔德，"就像是用石头和木棒对抗战略导弹。"

哈奇菲尔德答不上来。老天啊，他可是海军陆战队出来的。他的步枪就是他最好的朋友，他最信任的伙伴，是他对任何一个问题的答案。

我当时没理解。现在我理解了。

——13——

天气好的时候，大家都会在外面待到睡觉时间。那间破屋子给人的感觉很不好。因为它建起来的原因。它存在的原因。它——以及我们到这片树林来的原因。有些晚上，气氛很轻松，就像是夏天露营的时候，出于某种奇迹，大家彼此看着都很顺眼。有人会说他们那天下午听到了直升机的声音，然后便会引发一片满怀希望的猜测，大概是管事的人有了对策，正准备反击呢。

其他时候气氛要阴郁一些，暮色的空气中充满焦虑。我们是幸运的。我们活过了电磁脉冲攻击，活过了海啸，活过了干掉我们认识和爱过的每一个人的瘟疫。我们战胜了命运。我们与死神曾经面对面，是它先眨了眼。你肯定会以为这使我们充满勇气，感觉自己战无不胜。可并非如此。

我们就像是从广岛原子弹爆炸中幸存下来的日本人。我们不明白自己为什么还在这里，也不太确定我们真的希望如此。

我们讲述大降临前自己过着怎样的生活。我们在别人面前为我们失去的人哭泣。我们在私下里也会哭泣，为我们的智能手机、汽车、微波炉，还有互联网。

我们仰望夜空。母舰像一只淡绿色的邪恶之眼俯视着我们。

我们对于应该去往何方展开讨论。大家都很明白，我们不能一直缩在这片树林里。就算异星者不会很快到来，冬天也要来了。我们得找到更好的藏身之地。我们的储备能坚持几个月——也有可能更短，取决于还有多少新难民会到营地来。我们是要在这里等待救援呢，还是自己上路去寻找救援？爸爸强烈倾向后者。他还是想去莱特 - 帕特森看看。要是有什么人在管事，我们在那里找到他们的可能性要大得多。

过了一阵子，我对这件事就厌倦了。我们并没有着手解决问题，它已经完全被问题的讨论取代了。我打算跟爸爸说，我们应该告诉这群傻瓜，收拾好东西，出发前往莱特 - 帕特森，谁愿意跟我们走就一起走，剩下的人随便他们去吧。

有时，我心想，数量的力量是一个被高估的概念。

我把萨米带进屋里，让他上床。陪他一起做睡前祈祷。“现在我躺下睡觉……”对我来说，这就像是随机产生的噪音。胡言乱语。我不太确定到底是为什么，但我发现，提到上帝的时候，就会想到没有信守的承诺。

这天夜里天空无云，一轮满月。我觉得可以放心地去树林里散个步。

营地里有人在弹吉他。旋律沿着小径断断续续地传过来，跟我一起进了树林。这是第一波以来，我第一次听到音乐。

最后，我们清醒地躺着。

梦想着我们能够逃离。

我突然只想蜷成一团大哭一场。我想跑过树林，一直跑，直到腿断掉为止。我想呕吐。我想尖叫到嗓子流血。我想再见到妈妈，还有莉兹贝丝和我所有的朋友，甚至是我不喜欢的那些朋友，还有本·帕里什，我只想告诉他我爱他，我想给他生个小孩，更甚于我想活下去。

歌声消逝了，被旋律没有那么动听的蟋蟀的歌声盖了过去。

一根树枝断掉的声音。

我身后的树林中传来一个声音。

“凯西！等等！”

我没有停下脚步。我知道是谁。也许想起本为我自己带来了厄运。就好像你特别想吃巧克力，可包里只有半包压碎了的彩虹糖。

“凯西！”

他跑起来了。我不想跑，所以我让他追上了我。

有一件事没有变：要是想自己一个人静一静，那你肯定就清净不了。

“你在做什么？”酥油问道。他喘得很厉害，脸通红。太阳穴闪闪发亮，可能是头发太油的缘故。

“还不够明显吗？”我答道，“我在建造核设施，好把母舰炸下来。”

“核弹不管用。”他抬肩做出防御的姿势，说道，“我们应该造费米的蒸汽炮。”

“费米？”

“发明原子弹的那哥们儿。”

“我以为是奥本海默。”

看到我还懂点儿历史，他很惊喜。

“呃，也许不是他发明的，但他起了很大作用。”

“酥油，你真是个怪胎。”我说。这话听着有点儿刺耳，于是我又补了一句，“不过我不知道你在入侵前是什么样子。”

“挖个大洞。在洞底放个核弹头。把洞里灌满水，然后用几百吨钢铁盖住洞口。爆炸会让水立刻变成蒸汽，把钢铁以光速的六倍崩上太空。”

“对哦。”我说，“真应该有人造一个。你是因为这个才跟踪我的吗？你想让我帮你造个核蒸汽炮？”

“我能问你件事吗？”

“不行。”

“我是认真的。”

“我也是。”

“如果你还能活二十分钟，你想做什么？”

“我不知道。”我答道，“但我想做的事肯定跟你没什么关系。”

“为什么？”他没有等我回答。他估计猜出我的答案肯定不是他想听到的，“要是我是地球上最后一个人呢？”

“如果你是地球上最后一个人，那我就不会在这里了，也不会跟你有任何关系。”

“好吧。如果咱们是地球上最后两个人呢？”

“那你还是会成为地球上最后一个人，因为我会自杀。”

“你不喜欢我。”

“天啊，酥油。你怎么会想到这个？”

“假设我们看见他们了，就在这里，就是现在，他们过来要干掉我们。你打算怎么做？”

“我不知道。让他们先干掉你吧。为什么要说这些，酥油？”

“你是处女吗？”他突然问道。

我看着他。他真的是认真的。不过说到激素问题时，大部分十三岁男孩都是认真的。

“去你 × 的。”我说着，从他身边走过，往营地的方向去。

我说错话了。他小跑跟着我，油腻腻的头发没有一缕飘动起来，就像是个闪亮的黑头盔。

“我是认真的，凯西。”他喘着粗气说道，“现在每天晚上都有可能是你的最后一晚。”

“你傻吗，他们来之前也是这样。”

他拉住我的手腕，把我转过来，把他油乎乎的大脸凑到我脸前。我比他高一英寸，可他比我重二十磅。

“你真的想没尝试过就死掉吗？”

“你怎么知道我不想？”我边说边挣开他。“不准再碰我。”转移话题。

“谁也不会知道的。”他说，“我不会告诉别人的。”

他又想拉住我。我用左手打开他的手，右手手掌使劲打在他的鼻子上。鲜红的血源源不断地流了出来。血流进他嘴里，妨碍了他的呼吸。

“婊子。”他喘着粗气，“至少你还有家人。至少你人生中认识过的所有人没死光。”

他大哭起来。他跌坐在小路上，完全崩溃了，巨大的沉重感，就像停在你上方的那辆大别克车，那种感觉就像，虽然你知道已经很糟了，但还会变得更糟，那感觉太可怕了。

唉，真烦。

我在他身边坐下，让他把头后仰。他抱怨说这样会让血流到嗓子里。

“别告诉任何人。”他乞求道，“太丢脸了。”

我笑了。没忍住。

“你是在哪儿学会这招的？”他问道。

“女童子军。”

“这个也有徽章吗？”

“什么事都有徽章。”

其实是因为我学了七年的空手道。我去年没再学了。不记得为什么了。当时似乎理由很充分。

“我也是。”他说。

“是什么？”

他把一口血和黏液吐到土里，“处男。”

多让人震惊啊。

“你为什么觉得我是处女？”我问。

“你如果不是，就不会揍我了。”

——14——

我们到营地的第六天，我第一次看见一架无人机。

明亮的午后天空中一团闪闪发光的灰色。

四下全是叫喊和奔跑，人们拿起枪，挥舞着帽子和衬衣，或者只是宣泄激动的情绪：哭泣、蹦跳、拥抱、互相击掌。他们以为自己得救了。哈奇菲尔德和布罗戈登想让大家冷静下来，但不太奏效。无人机在天空中盘旋了一阵，消失在树后，然后又回来了，这次速度慢了一些。它从地面上看来就像是艘飞艇。哈奇菲尔德和爸爸挤在宿舍的门廊里，轮流用双筒望远镜观察着它。

“没有翅膀。没有标记。你看到它第一次飞过去的时候了吗？至少两马赫。除非咱们启动了什么保密飞行器，否则它不可能来自地球。”哈奇菲尔德一边说一边用拳头一下一下砸在土里，应着他的话打着节奏。

爸爸表示同意。我们被叫回宿舍里。爸爸和哈奇菲尔德留在门廊，继续轮流用望远镜观察着。

“是外星人吗？”萨米问道，“他们要来了吗，凯西？”

“嘘。”

我抬头看看，发现酥油盯着我。他的口型说：二十分钟。

“要是他们来了，我会狠狠揍他们。”萨米低语道，“我要用空手道踢他们，把他们全干掉！”

“好的。”我说，紧张地摸摸他的头。

“我不会跑的。”他说，“他们杀了妈妈，我要报仇，干掉他们。”

无人机消失了——径直升上天空，爸爸后来告诉我的。要是眨了下眼，可能就会错过。

我们对无人机的反应和所有人一样。

我们吓坏了。

有人跑了。拿上他们能拿的一切，跑进树林。还有人只带了身上穿的衣服和内心的恐惧。哈奇菲尔德说什么也无法阻拦他们。

我们其余人缩在宿舍里，直到夜幕降临，然后我们的恐惧渐渐发酵升级。他们看见我们了吗？接下来是冲锋队或克隆军队或机器人吗？我们是不是要被激光炮烤熟了？四下漆黑一片。就算眼前有只脚我们也看不见，因为我们不敢点煤油灯。有人发疯似的低语，还有人闷声哭泣。我们缩在床铺上，一丁点儿声音都能把我们吓得跳起来。哈奇菲尔德让枪法最好的几个人守夜。要是有什么东西移动，就开枪。没有许可谁也不许出去。哈奇菲尔德根本不给任何许可。

那一夜有一千年那么长。

爸爸在黑暗中走到我面前，把什么东西塞进我手里。

一把上了膛的半自动鲁格尔手枪。

“你不信任枪的。”我低语道。

“我以前不信任很多东西。”

有个女人开始念祈祷词。我们管她叫特雷萨嬷嬷。粗腿，细胳膊，褪了色的蓝裙子，细细的灰头发。她不知道什么时候丢了假牙。她总是数着念珠，和耶稣对话。还有几个人也加入了她的祈祷，后来又有几个人。“求你宽恕我们的罪过，如同我们宽恕别人一样。”这时，她的冤家，这个营地唯一一个无神论者，一个名叫道金斯的大学教授大吼道：“特别是那些来自外星球的！”

“你会下地狱的！”黑暗中有个声音对他吼道。

“我怎么会知道有什么区别？”道金斯回敬道。

“安静！”哈奇菲尔德从他在门廊的位置柔和地说，“别祈祷了你们！”

“他的审判已经降临在我们身上。”特雷萨嬷嬷哀号着。

萨米迅速蹭到我身边。我把枪塞在两腿之间。我怕他会拿起枪，不小心把我爆头。

“你们都闭嘴！”我说，“你们吓到我弟弟了。”

“我没吓着。”萨米说。他的小拳头蜷缩在我的衬衣里，“你吓着了吗，凯西？”

“是的。”我说。我亲了下他的头顶。他的头发闻着有点儿酸味。

我决定早上给他洗个头。

如果我们早上还在的话。

“不，你没有。”他说，“你从来不会被吓着。”

“我现在就被吓坏了，都要尿裤子了。”

他咯咯笑了起来。他的脸放在我的肘弯里，感觉很暖和。他发烧了吗？就这么开始了。我对自己说，我有点儿偏执狂了。他接触病毒有一百次了。一旦接触到病毒，红色海啸很快就会席卷而来，除非有抗体。萨米肯定有。如果没有的话，他应该已经挂了。

“你最好穿个纸尿裤。”他逗我道。

“也许我会的。”

“我虽然行过死荫的幽谷……”特雷萨嬷嬷不肯住嘴。我能听到她的念珠在黑暗中彼此撞击。道金斯大声哼着儿歌，为了盖过她。“三只瞎耗子。”我说不好谁更烦人，偏执狂还是犬儒派。

“妈妈说他们可能是天使。”萨米突然说。

“谁？”我问。

“外星人。他们刚来的时候，我问他们是不是来杀我们的，她说也许他们根本不是外星人。也许他们是天堂来的天使，就像《圣经》里天使和亚伯拉罕还有玛丽还有耶稣还有其他人说话一样。”

“他们那时候跟咱们说的话要多很多。”我说。

“后来他们的确杀我们了。他们杀了妈妈。”

他开始哭起来。

“在我敌人面前，你为我摆设筵席。”

我亲了亲他的头顶，揉揉他的胳膊。

“你用油膏了我的头。”

“凯西，上帝讨厌我们吗？”

“不。我不知道。”

“他讨厌妈妈吗？”

“当然不。妈妈是个好人。”

“那他为什么要让她死？”

我摇摇头。我觉得浑身很沉重，就好像我有两千吨重。

“使我的福杯满溢。”

“为什么他让外星人来杀我们？为什么上帝不阻拦他们？”

“也许……”我慢慢低语道，就连舌头也很沉，“也许他会的。”

“我一生一世必有恩惠慈爱随着我。”

“别让他们抓住我，凯西。别让我死。”

“你不会死的，萨米。”

“保证？”

我保证了。

——15——

第二天，无人机又来了。

也有可能是另一架无人机，和第一架一模一样。异星者从另一颗星球跑那么老远过来，估计不会只带一架无人机。

它缓缓穿过天空，静悄悄地，没有引擎的轰鸣，没有嗡嗡声，只是无声地滑过，就像鱼饵穿过静水。我们跑回宿舍，不需要任何人告诉我们。我发现自己坐在酥油旁边的铺位上。

“我知道他们要干什么。”他低语道。

“别说话。”我低语回道。

他点点头，又说道：“音爆弹。你知道用两百分贝炸你一下会发生什么事吗？你会耳膜碎裂，肺部炸开，空气进入血流，然后心脏崩溃。”

“你从哪儿听来这些乱七八糟的，酥油？”

爸爸和哈奇菲尔德又蹲在门口。他们盯着同一个位置，盯了好几个小时。显然，无人机停在空中不动了。

“喏，送你的。”酥油说。是一条钻石挂坠项链。从骨灰坑里的尸体上捞来的。

“太恶心了。”我对他说。

“为什么？我又不是偷来的。”他不高兴了，“我知道是为什么。我又不傻。不是项链的问题。是我。要是你觉得我长得帅，眼睛都不眨一下就收下了。”

我琢磨着他说的有没有道理。如果是本•帕里什从骨灰坑里找到的项链，我会收下吗？

“倒不是说我觉得你长得漂亮。”酥油补充道。

真够扫兴的。盗墓者酥油都不觉得我长得漂亮。

“那你为什么想把它送给我？”

“那天晚上在树林是我犯傻了。我不希望你因此讨厌我，觉得我是个变态。”

有点儿迟了吧。

“我不想要死人的珠宝。”我说。

“他们也不想。”他说，他指的是死人。

他没打算让我清净。我快速站起来，坐到爸爸身后。我越过他的肩膀看到天空无瑕的皮肤上有一个小灰点，一颗银斑。

“发生什么事了？”我低声问道。

我正说这句话时，小点消失了。它移动得太快了，一闪就不见了。

“侦察机。”哈奇菲尔德吸了口气，“肯定是。”

“我们的卫星能从轨道上清晰地看到地面上某个人的手表表盘。”爸爸平静地说，“如果咱们的原始技术都能做到这一点，他们还有什么必要离开飞船来侦察咱们呢？”

“你有什么更好的理论吗？”哈奇菲尔德不喜欢别人质疑他的判断。

“也许跟咱们没关系。”爸爸说，“这些东西有可能是探测大气的，或者用来测量在外太空测量不了的某些东西。他们也有可能是在寻找某种无法被探测到的东西，这东西只有消灭了咱们大部分人之后才有可能探测到。”

然后爸爸叹了口气。我知道这种叹气是什么意思。他觉得事情的确如此，尽管他不希望是这样。

“其实就是一个简单的问题，哈奇菲尔德，他们为什么来这里？他们不是来抢夺我们的资源的——宇宙中的这些资源很充足，分布也很平均，所以不用为了它们跑上几百光年。也不是为了杀我们，尽管杀掉我们——或者说我们大部分人——是必要的。他们就像是房东，把欠债的房客赶出去，这样就可以腾出房子给新租户。我一直觉得他们是为了把这个地方准备好。”

“准备好？准备好干吗？”

爸爸不带幽默地微笑起来。

“搬家。”

——16——

破晓前一小时。我们在骨灰坑营地的最后一天。是个周日。

萨米在我身旁。他还小，身上很暖和，一只手拿着他的小熊，另一只手放在我胸口，胖乎乎的小手攥成小拳头。

这是这一天最好的时光。

你醒了，但是脑海中空荡荡的那几秒。你忘了自己置身何处，你自己是谁，自己以前是什么样子。只有呼吸、心跳和血液流动。就好像回到了母亲的子宫，空虚而宁静。

所以我一开始以为那个声音就是我自己的心跳。

砰——砰——砰。声音很轻，后来变大了，再后来变得非常大，皮肤都能感到震动。一道亮光照进屋里，越来越亮。人们四下蹒跚着，套上衣服，摸索着枪支。亮光消逝了，又回来了。影子在地板上跳跃，又跑上天花板。哈奇菲尔德朝大家大吼，让我们保持冷静。毫无效果。所有人都听出了这个声音，也都知道它意味着什么。

救援！

哈奇菲尔德试图用自己的身躯挡住门口。

“留在屋里！”他大喊，“我们不想——”

他被推开了。哦，我们想。大家从门口一涌而出，站在院子里，朝直升机挥着手，是一架黑鹰，它又绕着房子转了一圈，在黎明前渐渐变浅的天空上呈现为一个黑点。聚光灯径直照射下来，晃着我们的眼睛，不过大部分人的眼里已经满是泪水。我们跳跃，大叫，彼此拥抱。有几个人挥舞着小国旗，我记得当时还琢磨他们到底是从哪儿搞来的。

哈奇菲尔德愤怒地朝我们尖叫，要我们回屋去。没人理他。他不再是我们的老大了，管事的大人物来了。

就在这时，出乎意料到来的直升机再次出乎我们意料地转了一圈，呼啸着远去了。螺旋桨的声音渐渐变小。随后是一片沉重的寂静。我们很迷惑，很惊讶，很害怕。他们肯定看见我们了，他们为什么不着陆？

我们等着直升机回来，等了一上午。大家都收拾好了东西，猜测着他们会把我们带到哪里去，那边会是什么样子，那里还会有多少人。一架黑鹰直升机！还有什么东西从第一波中幸存下来？我们梦想着点灯和洗热水澡。

现在，既然管事的大人物知道我们在这里了，没有人怀疑我们肯定会得救。救援就在路上。

可爸爸，既然是我爸，那当然了，他没这么确定。

“他们也许不会回来。”他说。

“他们不会把咱们丢在这里不管的，爸。”我说。有时候你跟他说话的时候得把他当成萨米一样的小孩，“这说不通啊。”

“那也许不是搜救行动。他们可能是在找别的什么东西。”

“无人机？”

一周前有一架无人机坠毁了。他点点头。

“不过，他们现在知道咱们在这里了。”我说，“他们会做点儿什么的。”

他又点点头。一副心不在焉的样子，他似乎在思考别的什么东西。

“他们会的。”他说。他使劲盯着我，“枪你拿着呢吗？”

我拍拍屁股兜。他伸出胳膊来揽住我，领我去了储藏室。他拉开角落里的一块旧油布。下面是一杆 M16 半自动突击步枪。就是它，在所有其他人没了之后成了我最好的朋友。

他拿起这杆枪，在手里掂量了一下，又用那种心不在焉的教授眼神打量着它。

“你觉得怎么样？”他低语道。

“这枪？太给力了。”

他没责怪我的用词，而是笑了一下。

他教了我怎么用。怎么持枪，怎么瞄准，怎么换弹夹。

“喏，你试试。”

他把枪递给我。

我觉得他对我学习速度之快表现出了惊喜。我的协调性很好，多亏那些空手道课。要说培养优雅感，舞蹈课绝对比不上空手道。

“拿着吧。”我想把它递回去的时候他说道，“我是为了你把它藏在这儿的。”

“为什么？”我问道。倒不是说我不想要，但他这样有点儿吓着我了。别人都在庆祝，可我爸却在教我用枪。

“你知道战时怎么判断谁是敌人吗，凯西？”他的眼睛看向小屋后面。他为什么不看着我？“对你开枪的人就是敌人——这就是判断标准。别忘了这一点。”他对着枪点点头，“不要带着它溜达。把它放在手边，但是要藏好。别藏在这里，也别藏在宿舍里。懂了吗？”

他拍拍我的肩，拍肩还不够，一个大大的拥抱。

“从现在开始，绝不要让萨米离开你的视线。明白吗，凯西？绝不要。现在去找他吧。我得去见哈奇菲尔德。哦，还有，凯西，如果有人想从你这里拿走那把步枪，你就叫他们来找我。如果他们还想拿，就冲他们开枪。”

他微笑起来。但他眼里没有笑意。他的眼神又冷又硬又空洞，就和鲨鱼一样。

我爸很走运。我们都很走运。运气帮我们度过了前三波。不过最厉害的赌徒也会告诉你，运气总有用完的时候。我猜我爸那天预感到了。他预感到的不是我们的运气用完了。谁也无法预测这一点。但我想，他知道*活到最后的不会是走运的人*，而是彪悍的人。他们会告诉幸运女神一边歇着去。他们都是铁石心肠。他们会放任一百个人死去，只为了一个人能活下来。他们懂得为什么要放火烧掉一个村子，只为了拯救它。

这世界现在是彻底完蛋了。

如果你对这一点有意见，那你就等着死翘翘吧。

我拿上 M16，把它藏在通往骨灰坑的小路旁的一棵树后。

——17——

一个晴朗温暖的周日下午，我所熟知的那个世界的最后一点儿残余灰飞烟灭。

煤油引擎咆哮，轮轴隆隆作响，空气刹车呻吟，这些声音都宣告着他们的到来。车队抵达营地之前，我们的哨兵早就发现他们了。我们看到了明亮的阳光在车窗上的闪光，硕大的轮胎后卷起的阵阵尘土，就像是飞机尾迹。我们没有冲出去用鲜花和亲吻迎接他们。我们躲在后面，哈奇菲尔德、爸爸和我们最好的四个枪手出去与他们会面。大家都有一点儿害怕，与几个小时前相比都热情大减。

自从大降临以来，我们期待发生的事一件也没有发生。一件也没有。第三波开始两周了，我们才意识到这种致命的流感是他们计划的一部分。但你还是想要相信你一直相信的，思考你一直思考的，期待你一直期待的，所以问题从来也不是“我们是否会得救？”而是“我们什么时候会得救？”

可当我们看到正想看到的东西，我们正期待看到的东西——巨大的平板货车上满载士兵，悍马上满布机关枪炮塔和地对空导弹发射架——我们还是没有上前。

这时校车驶入我们的视野。

一共三辆，一辆紧跟着一辆。

装满了小孩。

谁也没料到。就像我说的，它又奇怪又正常，充满令人震惊的超现实感。我们有些人甚至真的笑了。竟然有校车！那学校到底在哪儿呢？

紧张的几分钟过去了，我们能听到的只是引擎的嘶哑吼叫和校车上隐约传来的孩子的笑声叫声。随后，哈奇菲尔德和指挥官还在谈话时，爸爸过来找我和萨米。一批人凑过来聆听。

“他们是从莱特 - 帕特森过来的。”爸爸说。他听起来上气不接下气，“显然我们幸存的部队比我们以为的要多得多。”

“他们为什么戴着防毒面具？”我问。

“以防万一。”他答道，“瘟疫开始之后他们就进入了一级防范。咱们都接触过病毒，有可能是携带者。”

他低头看看萨米。他正紧靠着我，胳膊环在我腿上。

“他们是来带走小孩的。”爸爸说。

“为什么？”我问。

“那我们呢？”特雷萨嬷嬷问道，“他们不带我们走吗？”

“他说他们会再回来把我们带走的。现在只能装下小孩。”

我看看萨米。

“他们不能把我们分开。”我对爸爸说。

“当然不能。”他突然转身走进宿舍。他又出来了，拿着我的背包和萨米的泰迪熊，“你跟他一起走。”

他没明白。

“你不走我就不走。”我说。我爸这人怎么回事啊？管事的人一到，他脑子就变得跟被门夹了 样。

“你听到他说的了！”特雷萨嬷嬷尖叫道，摇晃着她的念珠，“只有小孩！要是还有什么人可以走，那就应该是我……女人。就这么定了。女人和小孩优先！女人和小孩。”

爸爸没理她。他又把手放在我肩上。我耸耸肩，把他的手滑掉了。

“凯西，他们得先保证最弱小的人的安全。我只是比你晚几个小时——”

“不！”我大喊道，“咱们要么全留下，要么一起走，爸。告诉他们我们可以在这里待到他们回来。我可以照顾他。我一直都在照顾他。”

“你是要照顾他，凯西，因为你也一起走。”

“你不走我就不走。我不会把你留在这里的，爸。”

他微笑起来，就好像我说了什么幼稚的话，很可爱似的。

“我能照顾自己。”

我说不清这种感觉，就好像胃里有块滚烫的煤，就好像我们仅剩的家庭成员一旦分开，那就是我家的末日。就好像如果我丢下他，就再也见不到他了。可能我不太理智，但我生活的这个世界已经不再理智了。

爸爸把萨米从我腿边拽开，把他抱起来，另一只手拉住我的臂肘，带着我们朝校车走去。虫子般的防毒面具挡住了士兵的脸，但可以看到他们的绿色迷彩服上缝的姓。

格林。

沃特斯。

帕克。

都是让人感觉友善踏实的地道美国姓。还有他们袖子上的美国国旗。

还有他们的举止，站得笔挺，但又舒展，保持警惕，但又放松。就像是收起的弹簧。

正符合对士兵形象的期待。

我们走到最后一辆校车前。车上的孩子叫喊着，朝我们挥着手。就像是一次大冒险。

车门口的健壮士兵举起手。他的姓名标签上写着**布兰奇。**

“只有小孩可以上车。”他说着，防毒面具让声音听起来很闷。

“我明白，下士。”爸爸说。

“凯西，你为什么哭？”萨米说。他的小手伸向我的脸。

爸爸把他放在地上。跪下来，把脸凑到萨米脸前。

“你要去旅行了，萨米。”爸爸说，“这些当兵的叔叔都是好人，他们会带你去一个安全的地方。”

“你不来吗，爸爸？”萨米的小手拽着爸爸的衬衣。

“来。爸爸也来，只是还没到时候。不过很快。非常快。”

他把萨米搂进怀里。最后一个拥抱，“你要乖乖的，听这些好叔叔的话。好吗？”

萨米点点头。把他的手塞进我的手里。

“来吧，凯西。咱们要坐车啦。”

黑色面具转了过来，举起一只戴着手套的手。

“只有小男孩可以上车。”

我开口跟他说包涵一下。我不想丢下爸爸，但萨米没有我哪儿也不去。

下士打断了我，“只有小男孩可以上车。”

“她是他姐姐。”爸爸尝试道。他想讲道理，“她也是孩子。她只有十六岁。”

“她得留下。”下士说道。

“那他也不上车。”我说着，两只胳膊搂住萨米的身子。他得把我的胳膊拉开才能带走我弟弟。

下士一言不发，非常尴尬。我真有冲动从他脸上扯下面具，啐他一口唾沫。阳光闪过反光镜，一团讨厌的光球。

“你想让他待在这里？”

“我想让他和我待在一起。”我纠正他道，“上车也好，不上车也好，随便。反正得和我一起。”

“别，凯西。”爸爸说。

萨米开始哭。他明白了：是爸爸跟士兵对抗我跟他，这一仗怎么也打不赢的。他比我先明白了。

“他可以待在这里。”士兵说，“但我们无法保证他的安全。”

“哦？真的吗？”我对着他的虫子脸大喊，“你这么想？你们能保证谁的安全啊？”

“凯西……”爸爸开口了。

“你他 × 的什么也保证不了。”我大喊道。

下士没理我。“您决定吧，先生。”他对爸爸说。

“爸。”我说，“你听见他的话了，他可以和咱们待在一起。”

爸爸咬着下嘴唇。他抬起头，挠挠下巴，眼睛凝视着空荡荡的天空。他在思考无人机的事，思考着他知道和不知道的情况。他在回忆获得的信息。他在权衡可能性，计算概率，无视他内心最深处尖声叫喊的那个小声音：别让他走。

所以，当然了，他做了最理智的事。他是个负责任的成年人，而这就是负责任的成年人应该做的。

理智的事。

“你说得对，凯西。”他最后说道，“他们保证不了我们的安全——谁也保证不了。但有些地方还是要更安全一些。”他拉住萨米的手，“走吧，伙计。”

“不！”萨米尖叫起来，泪水顺着通红的脸颊往下流，“凯西不走我也不走！”

“凯西走。”爸爸说，“我们都走。我们就在你后面。”

“我会保护他，我会看着他，我不会让他出任何事。”我乞求道，“他们会回来接咱们和其他人的，不是吗？咱们等他们回来就行了。”我拉住他的衬衣，露出我最可怜巴巴的乞求表情，“求你了，爸爸，别让他走。这样不对。咱们得待在一起，咱们必须待在一起。”

没用了。他眼神里又露出了那种严肃的神情：冷酷，坚韧，决绝。

“凯西。”他说，“告诉你弟弟没事的。”

我照办了。我先告诉自己没事的。我告诉自己要相信爸爸，相信管事的人，相信异星者不会残杀满满一校车的小孩，相信这种信念没有往电脑、微波炉爆米花和好莱坞电影里 X 星球的史莱姆在最后十分钟被打败的方向发展。

我跪在满是尘土的地上，面对着我弟弟。

“你得走，萨米。”我说。他肥嘟嘟的下嘴唇一起一伏。他把玩具熊紧紧抱在胸前。

“可是，凯西，那你害怕的时候谁来抱你呢？”他极其认真地问道。他那样皱着小眉头的样子实在太像爸爸了，我差点儿笑了。

“我不再害怕了，你也不应该害怕。军人来了，他们会让我们安全的。”

我抬头看看布兰奇下士，“不是吗？”

“是的。”

“他看起来像黑武士。”萨米低声说，“声音也像。”

“对，可你记得吗？他最后变成了一个好人。”

“那是在他炸了一整个星球，杀了好多人之后。”

我实在忍不住了——我笑了。老天，他真聪明。有时候我觉得他比我和爸爸加在一起还要聪明。

“你然后也会来吗，凯西？”

“当然了。”

“保证？”

我保证了。不管发生什么。无论发生什么。

他要听的就是这个。他把小熊推进我怀里。

“萨米？”

“给你害怕的时候用的。不过别丢下它不管。”他举起一根小手指，强调着，“别忘了。”

他把手伸给下士。“带路吧，黑武士！”戴着手套的大手包住了胖乎乎的小手。第一级台阶对于他的小腿来说有点儿太高了。他转过拐角，抵达中间过道时，车上的孩子都尖叫鼓掌起来。

萨米是最后一个上车的。车门关了。爸爸想伸出胳膊搂住我，我走开了。引擎发动了，空气刹车嘶嘶作响。

他的脸贴着脏兮兮的玻璃，微笑着，他就这么乘着他的黄色四翼星际战斗机，跃到曲速，掠过一个很远很远的星系，直到满是灰尘的黄色飞船被尘土吞噬。

—18—

“这边走，先生。”下士彬彬有礼地说，于是我们跟着他回到房前空地。两辆悍马护送校车回莱特 - 帕特森了。其余的悍马面对宿舍和储藏小屋待命，机关枪的枪筒指着地面，就像是某种金属生物正在垂头打瞌睡。

屋外空荡荡的。所有人，包括大兵们，都进营房去了。

除了一个人。

我们正走着，哈奇菲尔德从储藏室走了出来。我不知道是他的光头还是他的笑容更晃眼。

“太棒了，苏里文！”他对着爸爸低声说，“第一架无人机来过之后，你还想走呢。”

“看来我错了。”爸爸挤出一个微笑。

“五分钟后沃什中校要讲话。不过你得先把你的军械给我。”

“我的什么？”

“你的武器。中校的命令。”

爸爸扫了眼站在我们身旁的士兵。面具上空洞的黑眼睛径直盯着他。

“为什么？”爸爸问道。

“你需要解释？”哈奇菲尔德的微笑没变，可他的眼睛眯起来了。

“是的，我想要个解释。”

“SOP，苏里文，标准操作程序。你不能让一帮没经过训练、没有经验的平民在战时揣着军火。”他一副不屑的样子，就好像我爸是白痴一样。

他伸出手。爸爸慢慢地把步枪从肩头摘下来。哈奇菲尔德一把拿过枪，消失在储藏室里。

爸爸转向下士。“有人接触过……”他寻找着合适的词，“异星者吗？”

一个词，嗓音单调而刺耳，“没有。”

哈奇菲尔德出来了，熟练地朝下士敬了个礼。他现在找到了兄弟们，简直是如鱼得水。他周身都充满兴奋感，就好像下一秒就要尿裤子似的。

“所有武器清点和封存完毕，下士。”

除了两把，我心想。我看看爸爸。他一动不动，除了眼睛。右闪一下，左闪一下，别吭声。

他之所以这么做，我只能想到一个原因。我每次想到这件事的时候，如果我想太久，就会开始恨我父亲。恨他不相信他自己的直觉。恨他无视肯定在低语的小声音，*这事不对劲。这事有什么地方不对劲。*

我现在就恨他。如果他现在在这里，我一定要因为他当时犯傻往他脸上打一拳。

下士指指营房。沃什中校要讲话了。

世界要终结了。

——19——

我立刻就猜出了哪个是沃什。

他就站在门边，个子很高，唯一一个穿着军服但怀里却没抱着步枪的。

我们走进以前的医院 / 停尸房时，他对哈奇菲尔德点了点头。然后布兰奇下士敬了个礼，挤进了墙边的士兵列队里。

当时的情况就是这样的：四面墙有三面边上都站了士兵，难民被围在中间。

爸爸的手伸向我的。我一只手拿着萨米的玩具熊，另一只手拉住他的手。

怎么样啊，爸爸？你看到这些人拿着枪站在墙边，小声音有没有变大？你是不是因为这个才拉住我的手的？

“好了，现在可以给我们点儿答案了吗？”我们走进来时，有人喊道。

所有人都立刻开始讲话，高声提着问题，除了士兵们。

“他们着陆了吗？”

“他们长什么样？”

“他们是什么东西？”

“我们一直看到天上的那些灰色飞船是什么？”

“我们其余人什么时候走？”

“你们发现了多少幸存者？”

沃什举手示意大家安静。只起了一半效果。

哈奇菲尔德又熟练地敬了个礼：“所有人到场，清点完毕，长官！”

我快速数了遍人头。“不！”我说。我提高声音，压过大家的喧闹。“不！”我看着爸爸，“酥油没在这里。”

哈奇菲尔德皱起眉头：“谁是酥油？”

“他就是那个怪——那个小孩——”

“小孩？那他应该和那一行人一起坐校车走了。”

一行人。异星人。现在回想起来我觉得这事很有趣。一种变态的有趣。

“我们必须让所有人都到这里来。”沃什的声音从面具后面传来。他的声音很低沉，仿佛是从地下传来的隆隆声。

“他可能吓坏了。”我说，“他胆子比较小。”

“他会去哪儿？”沃什问道。

我摇摇头。我没有头绪。然后我知道了，不只是有点儿头绪。我确定地知道酥油去哪儿了。

“骨灰坑。”

“骨灰坑在哪儿？”

“凯西。”爸爸开口了，他在使劲捏我的手。“你为什么不去帮我们把酥油找回来，好让中校开始讲话呢？”

“我？”

我没明白。我猜这时爸爸内心的小声音已经在尖叫了，可我听不到，他也不能说出来。他只能试图用眼神传达。也许他想说的是：你知道怎么判断谁是敌人吗，凯西?

我不知道他为什么没提议和我一起去。也许他觉得他们不会怀疑小孩，我们当中至少有一个能成功——或者说至少有机会能成功。

也许。

“好吧。”沃什说。他指指布兰奇下士，*跟她一起去*。

“她自己去没问题的。”爸爸说，“她对这片树林了如指掌。五分钟就够了，是不是，凯西? ”他看着沃什，露出一个微笑，“五分钟。”

“别犯傻，苏里文。”哈奇菲尔德说，“她不能在没人陪同的情况下自己去树林里。”

“当然了。”爸爸说，“你是对的，当然。”

他俯身给我一个拥抱。不太紧，不太久。一个快速的拥抱。捏了我一下，放开了。再多任何一个动作都会看起来像是告别。

别了，凯西。

布兰奇看向他的指挥官，说：“最高优先级，长官? ”

沃什点点头。“最高优先级。”

我们，一个戴着防毒面具的男人和一个拿着玩具熊的女孩，我们踏进明媚的阳光。正前方有几个士兵正倚着一辆悍马。他们看到我们就站直了身子。布兰奇下士冲他们举起大拇指，然后又伸出食指，最高优先级。

“有多远? ”他问我。

“不远。”我答道。我的声音在我自己听来很小。可能是因为萨米的小熊让我回到了小时候。

他跟着我沿着蜿蜒小径走进营地后面的树林，手里举着步枪，枪口朝下。干燥的地面在他的褐色靴子下发出抗议般的咔嚓声。

天很暖，但树下要凉快一些，树叶呈现夏末绿油油的颜色。我们经过了我藏 M16 的那棵树。我没有回头看它。我径直走向空地。

他就在那儿，这个小浑蛋，骨灰堆到他的脚踝。他刨着残骸，搜寻着最后一点儿没用且不值钱的玩意儿，准备带着上路，这样等他到了目的地，无论是哪里，他就能当大人物了。

我们走到空地边时，他转过头来。脸上汗津津的，脏兮兮的头发闪着油光。他脸上有一条条黑色的污渍，看起来就像是个蹩脚的橄榄球运动员。他看到我们的时候，手立刻藏到背后。有个银色的东西在阳光里闪了一下。

“嘿！凯西？是你们啊。你不在宿舍，所以我到这儿来找你了，然后我发现……有个——”

“就是他？”士兵问我。他把步枪挂上肩头，朝骨灰坑迈了一步。

当时，我站在后面，士兵在中间，酥油站在骨灰坑里。

“对。”我说，“他就是酥油。”

“我不叫这个。”他尖声说，“我的真名是——”

我再也没机会知道酥油的真名了。

我没看到枪，也没听到士兵的枪声。我没看到士兵把它从枪套里掏出来，不过我没在看那个士兵，我在看酥油。他的头突然向后一歪，就好像有人拽住了他油乎乎的鬈发，他倒下去的时候整个人几乎折起来了，手里还攥着死人的宝藏。

——20——

轮到我了。

背着背包，拿着可笑的泰迪熊的女孩，就站在他身后几码远的地方。

士兵转过身，抬起胳膊。关于接下来这段发生的事，我有点儿记不清了。我不记得扔下小熊，也不记得从我的屁股兜里掏出枪来。我甚至不记得扣动了扳机。

我清楚记得的下一件事就是黑色护目镜碎了。

士兵在我面前跪了下来。

我看到了他的眼睛。

他的三只眼睛。

呃，当然了，后来我意识到，他并不是真的有三只眼睛。中间的那只是烧焦的弹孔。

他转过身来看到一把枪对着他的脸，肯定惊呆了。于是他犹豫了。有多久？一秒？不到一秒？但在那一毫秒之间，永恒就像一条巨蟒一样盘了起来。如果你经历过创伤事故，你就会明白我的意思。车祸的时间有多久？十秒？五秒？如果你是亲历者，感觉就没有那么短。感觉就像一生。

他脸朝下栽在土里。我干掉他了，这一点毫无疑问。我的子弹在他脑后轰出了一个比萨盘子那么大的洞。

但我没有放下枪。我一边沿着小径倒退，一边用枪继续指着他的脑袋。

然后我转过身，飞跑起来。

可是沿着错误的方向。

我在朝营地跑。

太傻了。可我当时没在思考。我只有十六岁，这是我第一次对着一个人的脸近距离开枪。我很难消化这件事。

我只想回到爸爸那儿去。

爸爸会解决这个问题的。

因为爸爸就是干这个的。他们解决各种问题。

一开始我没反应过来自己听到了什么声音。树林里回响着自动武器断断续续的开火声和人们的尖叫声，但我的大脑没在运转，就像酥油的脑袋突然后仰，他突然倒在灰土里，仿佛身上的每块骨头突然变成了果冻，杀他的士兵一个干净利落的转身，枪管在太阳下闪着光。

世界正在分崩离析。残骸碎片像雨点一样在我四周掉落。

第四波开始了。

到达营地前，我停住了。热乎乎的火药味。宿舍里飘出缕缕浓烟。有个人正爬向储藏室。

那是我父亲。

他弓着背，脸上满是土和血。我父亲身后的地面上有斑斑点点他自己的血渍。

我从树丛中走出来时，他抬起头看到了。

别，凯西。他做着口型。然后他的胳膊停止了动作。他翻倒过去，不再动弹。

一个士兵从宿舍里走出来。他溜达到我父亲身边。带着猫一般的自如优雅，肩膀放松，胳膊垂在身体两侧。

我退回树丛。我举起枪。可我距离他一百多英尺远。如果我没打中……

是沃什。在父亲佝偻的身躯旁，他显得更加高大。爸爸还是没有动弹。我猜他在装死。

但这不重要。

沃什还是对他开枪了。

他扣动扳机时，我不记得自己发出任何声音。但我肯定做了点儿什么，触发了沃什的敏锐感觉。黑面具四下转动，护目镜上反射着阳光。他对宿舍里走出的两个士兵举起食指，然后用大拇指示意了一下我的方向。

最高优先级。

——21——

他们就像两只猎豹一样朝我冲来。我觉得他们移动的速度似乎有那么快。我从来没见过谁能跑那么快。唯一能与之媲美的就是刚刚目睹父亲在土地上被害，吓得差点儿尿裤子的女孩了吧。

树叶、树枝、藤蔓、荆棘。我的鞋子在小径上踢踏踢踏的急速奔跑声。

头顶的枝叶之间能看到一小块一小块的蓝天，道道阳光射在裂开的土地上。支离破碎的世界倾斜了。

我接近藏匿父亲给我的最后一件礼物的地点时放慢了速度。大错特错。数发大口径子弹接连打进离我耳朵两英寸的树干。巨大的冲击力撞碎了木头，碎片打进我的脸。头发丝那么细的小碎片嵌进我的脸颊。

你知道怎么判断谁是敌人吗，凯西？

我跑不过他们。

我打不过他们。

也许我能靠脑子战胜他们。

——22——

他们走进空地，看到的第一样东西就是布兰奇下士的尸体。他自称布兰奇下士，天知道他到底是什么玩意儿。

“那儿有一个。”我听到其中一人说。

沉重的靴子踩过坑里的脆骨头的声音。

“死了。”

一片刺耳的静电声，随后是：“中校，我们找到了布兰奇和一个身份不明的平民。任务失败，长官。布兰奇阵亡，重复，布兰奇阵亡。”然后他对站在酥油旁边的同伴说：“沃什让咱们立刻返回。”

骨头说咔嚓咔嚓，他正在走出骨灰坑。

“她扔下了这个。”

我的背包。

我想把它扔进树林里，尽可能离骨灰坑远一点儿。可它撞上一棵树，正好落在空地边上。

“奇怪。”那个声音说。

“没事。”他的同伴说，“眼睛会搞定她的。”

眼睛？

他们的声音变小了。树林的平静声音回来了。风的低语，鸟的鸣啭，树丛中有只松鼠窸窸窣窣。

不过我还是没有动。逃跑的冲动每次涌起，我都把它再次压制下去。

现在不要急，凯西。他们已经完成了他们到这里来的目的。你得

在这里等到天黑。别动!

所以我没有动。我躺在尘土和骨头中，异星者的战利品的骨灰盖在我身上。

我尽量不去想这个。

不去想我身上都是些什么。

然后我意识到，这些骨头曾经是人，这些人救了我的命，然后我就不再那么害怕了。

他们曾经是人。他们和我一样，都不想落得如此境地。但这就是我们的现状，于是我继续躺着不动。

奇怪的是，我似乎能够感觉到他们的胳膊，温暖而柔软，拥住我。

我不知道自己躺了多久，被死人的胳膊抱了多久。感觉有好几个小时。我最终站起身时，阳光已经变成了金色，空气变凉了一点儿。我从头到脚都是骨灰，看起来肯定像玛雅勇士一样。

眼睛会搞定她的。

他说的是无人机、天空之眼什么的吗？如果他说的是无人机，那它就不是在乡下巡逻搜索，不是为了干掉第三波病毒的可能携带者，好让没接触过病毒的人避免感染。

那就太糟了。

可其他可能性还要糟得多得多。

我向背包小跑过去。幽深的树林在召唤我。我想离他们越远越好。这时我记起了父亲的礼物，在小径的远处，在那儿吐口口水都能吐进营地了。妈的，我怎么没把它藏进骨灰坑呢?

它肯定要比手枪更有用。

我什么声音也没听到。就连鸟儿都闭了嘴。只有风。它的手指穿过骨灰，把灰扬到空中，阵阵骨灰在金色光线中舞蹈着。

他们走了。安全了。

但我没听到他们离开的声音。否则，我不是应该听到他们离开时平板货车的引擎轰鸣和悍马的咆哮吗?

这时我记起了走向酥油的布兰奇。

就是他？

他把步枪挂上肩头。

步枪。我蹑手蹑脚地移向他的尸体。每一步都像雷鸣一样。我自己的呼吸仿佛是小型爆炸。

他当时是脸朝下倒在我脚边的。现在他的脸朝上了，不过大部分还是被防毒面具遮挡着。

他的手枪和步枪不见了。他们肯定拿走了。有一秒钟，我没有移动。在打仗的那个节骨眼上，移动其实是明智之选。

现在不再是第三波了。情况完全不同了。第四波肯定开始了。也许第四波就是变态版的《第三类接触》。也许布兰奇不是人类，所以他才戴着面具。

我跪在他的尸体旁，牢牢握住防毒面具上部，把它拉下来一点儿，直到我能看见他的眼睛，和人类没什么两样的褐色眼睛，茫然地盯着我的脸。我继续往下拉。

我停住了。

我又想看又不想看。又想知道又不想知道。

走吧。根本不重要，凯西。重要吗？不重要。

有时候你对自己的恐惧讲话，比如不重要，就像是轻拍兴奋的小狗的脑袋。

我站起身。不，这士兵的嘴到底长得像龙虾还是像贾斯汀•比伯并不重要。

我从土里捡起萨米的玩具熊，朝空地另一头走去。

但我想起什么东西，停住了。我没有走进树林。没有急着追寻最有可能拯救我的东西：距离。

可能是小熊的作用。我捡起它时，眼前浮现出萨米的脸，贴在校车后窗上，在我的脑海中听到了他的小声音。

给你害怕的时候用的。不过别丢下他不管。别忘了。

我差点儿忘了。要是我没去找布兰奇的武器，肯定就忘了。布兰奇差点儿压着可怜的小熊。

别丢下他不管。

我在营地其实没看见任何尸体。只有爸爸的。如果有人活过了营房那三分钟的永恒呢？他们有可能受了伤，但还活着，被丢在那里慢慢死去。

除非我没走。如果那里还有人活着，假士兵已经走了，那丢下他们等死的就是我。

啊，该死的。

你懂吧？有的时候你对自己说，你有选择余地，但其实你没有。虽然有其他选择，但并不意味着是给你的。

我转身往回走，绕过布兰奇的尸体，踏上暮色笼罩的小径。

——23——

第三次的时候，我没有忘记步枪。我把鲁格尔手枪塞进腰带，但我觉得一只手里拿着小熊估计不太好开步枪，我只好把它留在小径上。

“没事的。我不会把你忘在这儿的。”我低声对萨米的小熊说。

我离开小径，静静地在树林中穿行。接近营地时，我趴下来匍匐前进，直至空地边缘。

呃，这就是为什么你没听到他们离开。

沃什正在储藏室门口对几个士兵讲话。还有一些人在一辆悍马附近晃悠。我数了数，一共七个，也就是说，还有五个人我没看见。他们是不是在树林的什么地方，正在找我？爸爸的尸体不见了，也许其他人处理尸体去了。我们有四十二个人，刨去坐校车离开的小孩。这处理起来可要费点儿工夫。

后来证明我是对的：他们是处理尸体去了。

只是消音者处理尸体的方式和我们不同。

沃什摘下了面具。和他一起的那两个人也摘了。他们没有龙虾嘴，下巴上也没长触手。他们看起来就像是完全普通的人类，至少从我这个距离看是这样。

他们不再需要防毒面具了。为什么？面具肯定是行动的一部分。我们会料到他们要防止自己感染。

两个士兵从悍马旁边走过来，抬着某样东西，看起来是像是个碗或球，和无人机一样的暗淡金属灰色。沃什指了指储藏室和营房之间的一个位置，似乎就是我父亲倒下的位置。

随后所有人都走了，除了一个女兵，她跪在灰球旁。

悍马发动起来。另一台引擎加入二重唱：是平板运兵车，它停在营地尽头，我的视线之外。我都忘了。其他士兵肯定已经上车了。他们在等待。等待什么？

最后这个士兵站起身，小跑回到悍马旁。我看着她上了车。看着悍马卷起一片尘土，呼啸而去。看着那团尘土翻滚，落下。夏日黄昏的静谧与它融为一体。寂静在我的耳朵中轰鸣。

这时，灰球开始发光。

这是件好事、坏事，还是不好不坏的事，但不管它是什么，好、坏、不好不坏，都取决于你的角度。

他们把球放在这儿，所以对他们来说是件好事。

那颗球变得越来越亮，呈现出一种令人作呕的黄绿色，有轻微的闪光。就像……像什么呢？灯塔？

我望向逐渐变暗的天空。已经开始出现星星了。我没看到任何无人机。

如果在他们看来是好事，那也就意味着，对于我大概是件坏事。

呃，不是大概。应该说是肯定。

闪光之间的间隔每过几秒就缩短一点儿。慢闪变成了快闪。快闪变成了眨眼般的飞速。

闪啊……闪啊……闪啊……

闪，闪，闪。

闪闪闪。

这球在暮色中让我觉得很像一只眼睛，一只淡黄绿色的眼球，朝我一眨一眨。

眼睛会搞定她的。

我接下来的这段记忆就像是一系列快照，像艺术电影的一帧一帧静止胶片，还是晃晃悠悠的手持摄像机的视角。

第一个镜头：我仰面朝天，像螃蟹一样爬离营地。

第二个镜头：我站起身。跑。周遭的树木变成一片绿色、褐色和苔藓灰色的模糊。

第三个镜头：萨米的小熊。有一条小胳膊是粘上去的，自打萨米小时候就破破烂烂，它从我指间滑落。

第四个镜头：我第二次试图捡起该死的小熊。

第五个镜头：前景是骨灰坑。我正位于酥油和布兰奇的尸体之间。胸前紧紧抱着萨米的小熊。

第六至十个镜头：更多的树林，更多我在跑的画面。如果你仔细看，就能看到第十帧左边角落里有条沟。

第十一个镜头：最后一帧画面。我悬在空中，下面是阴影笼罩的沟，这是我从沟边起跳时拍的。

绿波从我蜷缩在沟底的身躯上方轰鸣而过，裹着成吨的垃圾，大片树木，尘土，鸟儿、松鼠、啄木鸟和昆虫的尸体，骨灰坑里的东西，炸毁的宿舍和储藏室碎片——三合板、混凝土、钉子、罐头——还有爆炸方圆一百码内地表的几英寸泥土。我还没落到沟底的泥巴上就感觉到了冲击波。身上的每一寸地方都感受到了震彻骨头的巨大压力。我的耳膜爆了，我想起酥油说，你知道用两百分贝炸你一下会发生什么事吗？

不，酥油，我不知道。

但我有点儿概念了。

——24——

我无法阻止自己不去想冷柜后面的那个士兵和他手里的十字架。士兵和十字架。我想，也许这就是我扣动扳机的原因。不是因为我觉得十字架是另一把枪。而是因为他是个士兵，或者至少穿得像个士兵。

他不是布兰奇，也不是沃什，也不是我目睹父亲死去那天的任何一个士兵。

他既不是，又是。

他不是他们的任何一个，但又是他们所有人。

这不是我的错。我一直这样对自己说，是他们的错。*得怪他们，不是我*，我对死掉的士兵说，*你要想怪什么人，那就怪异星者，别缠着我*。

跑等于死。留等于死。这差不多就是这场派对的主题。

我在别克车下进入温暖而梦幻的黄昏。我的止血带替代品基本止住了流血，但心脏每下缓慢的跳动都会带动伤口疼痛。

没那么糟，我记得自己这样想。*要死这件事并没那么糟*。

这时，我看到萨米的小脸紧贴在黄色校车的后窗上。他在微笑。他很开心。被其他那些孩子环绕着，他觉得很安全，而且还有士兵呢，士兵们会保护他，照顾他，确保一切都没事。

这件事已经在我心头萦绕了几周了。我因为这件事晚上失眠。总在我最没有预料到的时候冒出来，看书的时候，觅食的时候，或只是躺在我树林中的小帐篷里想着异星者到来之前的生活的时候。

为什么呢？

他们为什么要上演这么一整出士兵来拯救我们的戏？防毒面具，军服，营房里的“讲话”。他们直接用无人机扔个闪光眼球下来，把我们都炸死不就行了吗，为什么还要搞这么一大套？

那个寒冷的秋日，我在别克车下躺着流血等死的时候，我突然想到了答案。它猛地击中我，比打穿我的腿的那颗子弹还要痛。

萨米。

他们想要萨米。不，不只是萨米。他们想要所有的小孩。为了搞到小孩，他们就得让我们信任他们，*让人类信任我们，带走小孩，然后把他们全都炸死*。

可为什么要救小孩？前三波里已经死了几十亿人了。异星者也不像会对小孩心软的样子。他们为什么带走萨米？

我没有思考就抬起头，撞在了别克车的底盘上。我几乎没有察觉。

我不知道萨米是否还活着。就我所知，我可能是地球上最后一个人了。但我做过保证。

清凉的沥青摩擦着我的背。

温暖的阳光照在我的脸颊上。

我麻木的手指抓着门把手，用它把我可怜的屁股拉离地面。

我的伤腿无法承受任何重量。我倚着车停了一秒，随后把自己拽起来。只有一条腿着地，但是站直了。

对于他们为什么想让萨米活下来，我也许搞错了。自从大降临以来，我几乎在每一件事上都错了。我依然有可能是地球上最后一个人。

我或许——不，几乎可以肯定——我完蛋了。

但如果我是同族的最后一个，人类历史的最后一页，我可不能让故事就这么结束。

我也许是最后一个，但我是仍然站立的那一个。我是在废弃的高速路上转身面对树林中的无面猎手的那一个。我是没有逃跑、没有留下，而直面现实的那一个。

因为，如果我是最后一个，那我就代表着人性。

如果这是人性的最后一役，那我就是战场。

——第二部分——
幻境

——25——

叫我僵尸吧。

头、手、脚、背、腹、腿、臂、胸——所有地方都很疼，就连眨眼都疼。我尽量不动，尽量少想疼痛的事。尽量什么也不想。过去三个月里，我对这场瘟疫已经足够了解了，我知道接下来要发生什么：人体完全崩溃，从大脑开始。红死病会把大脑变成一团糨糊，随后其他器官也开始液化。你不知道自己在哪儿，自己是谁，也不知道自己是什么东西。变成了僵尸，行尸走肉——如果你还有力气走的话，可你没有。

我要死了。我很清楚这一点。才十七岁，派对就要结束了。

这派对有点儿短啊。

六个月前，我最大的烦恼还是能不能通过化学预科考试，能不能找个暑期工，好挣够钱给我那辆 1969 年的雪佛兰科尔维特跑车重新搞个引擎。母舰刚出现时，当然了，它也占据了我大脑的一部分，不过过了一阵子它就远远落后到第四名去了。我和大家一样看了新闻，花了太多时间转发相关的搞笑视频，但我从没想过它会影响我的生活。

看到电视上的那些示威、游行、暴动，随后的第一批攻击，这就像是看电影或是外国的新闻，根本不觉得这些事是发生在我自己周围。

死亡也差不多。你并不觉得它会发生在自己身上……直到它真的发生在你身上。

我知道我要死了。不需要任何人来告诉我。

可在我生病前和我同住一间帐篷的克里斯还是对我说：“伙计，我觉得你快挂了。”他就蹲在帐篷门口这样说着，眼睛瞪得溜圆，一眨不眨，用一块脏兮兮的破布堵着鼻子。

克里斯是过来看我的。他比我大十岁左右，我觉得他把我当弟弟看。他也可能是来看我是否还活着的，因为他负责营地这片区域的尸体处理。尸体焚烧没日没夜地进行着。白天，莱特 - 帕特森周围的营地全都被令人窒息的浓烟笼罩。夜晚火光给烟雾涂上一层深红色，仿佛空气也在流血。

我没接他的话，只是问他莱特 - 帕特森有没有什么消息。自打红色海啸之后，帐篷城在基地周围涌现，基地就完全封锁了。他们在试图控制红死病的蔓延，他们是这么告诉我们的。偶尔会有全副武装的士兵，裹在严严实实的化学防护衣里，从正门把水和干粮推出来，跟我们说一切都会好的，然后又迅速撤回基地里，任由我们自生自灭。我们需要药品。他们对我们说这种瘟疫无药可治。我们需要卫生设施。他们给我们铲子，让我们自己挖条沟。我们需要信息。到底发生了什么事？他们对我们说他们也不知道。

“他们什么都不知道。”克里斯对我说。他很瘦，有点儿秃顶，以前是个会计，可袭击开始之后，这个职业就没用了。“没有人知道任何情况。全是谣言，大家却把这些谣言当正经新闻。”他突然盯着我看了一眼，然后又移开目光。就好像看着我让他感觉很痛似的，“你想听听最新的吗？”

其实不太想。“当然了。”这是为了让他多待一会儿。我认识他只有一个月，可他是我认识的唯一一个还活着的人。我躺在陈旧的露营床铺上，能看到头顶的一小块天空。烟雾中有模模糊糊的人形飘过，就像是恐怖片里的景象。有时，我还会听到尖叫或哭声，但我有很多天没和别人说过话了。

“瘟疫不是他们搞出来的，是咱们自己。”克里斯说，“电力没了之后，从某个绝密政府设施里泄漏的。”

我咳嗽起来。他退缩了一点儿，但没走。他等着我咳完。不知道什么时候，他的眼镜的一块镜片丢了，所以他总是眯着左眼。他站在泥地里，双脚来回换着重心。他想走，又不想走。我知道这种感觉。

“这不是很讽刺吗？”我大喘着气。我尝到了血的味道。

他耸耸肩。讽刺？再也没有什么讽刺了。或者可能讽刺也有底线，过了底线，你就没法再说它是讽刺了，“不是咱们自己搞出来的。你想啊。前两次攻击把幸存者驱向内陆，在这种营地避难。这样人口集中，正适合病毒繁殖传播。数百万鲜肉堆在一块，太方便了。简直是天才。”

“给他们送上门了。”我说着，努力想显得讽刺一点儿。我不想让他走，但也不想听他说话。他喜欢没完没了，他就是那种对什么事都能发表观点的人。可如果你遇到的所有人在你遇到他们几天后就死了，事情就不一样了：你在和人相处时会宽容许多。你可以忽视许多缺点，可以放下许多烦恼，比如你的肠子肚子都化成水一点儿也不可怕这种彻头彻尾的谎言。

“他们知道我们是怎么思考的。”他说。

“你是怎么知道他们知道什么的？”我有点儿生气了。我不知道为什么。也许我是在嫉妒。我们睡在同一间帐篷里，喝同样的水，吃同样的东西。可要死的人却是我。他有什么特别的啊？

“我不知道。”他飞快答道，“我只知道我什么也不知道了。”

远处传来一声枪声。克里斯没什么反应。营地里枪声很常见。对着鸟胡乱开枪。给来抢地盘的匪徒的警告鸣枪。有些枪声意味着有人自杀，某个奄奄一息的人打算从瘟疫手里夺回主动权。我刚来到营地时，听说有个妈妈干掉了三个孩子，然后给自己也来了一枪，就是为了不面对第四个骑士。很难说她是勇敢还是愚蠢。不过我马上就不再思考这个问题了。反正她已经死了，谁还在乎她曾经怎么样呢？

他没有什么其他话好说了，所以他赶快说完便离开了。克里斯和很多没感染的人一样，有点儿焦虑，总在等着可能感染的那一刻。嗓子发痒——烟熏的还是……头疼——缺觉？饿的？还是……就好像球传到你手里的那一刻，你的余光看到两百二十多斤的线卫全速扑了上来——只是这一刻永远不结束。

“我明天再过来。”他说，“你需要什么东西吗？”

“水。”尽管我也咽不下去。

“没问题，伙计。”

他站起身。我现在只能看到他沾了泥巴的裤子和裹满泥巴的靴子。我不知道自己是怎么知道的，但我知道，这是我最后一次见到克里斯了。他不会回来了，就算他回来，我也不会知道了。我们不说再见，没有人说再见了。自从天空中的绿色巨眼出现后，这句话被赋予了全新含义。

我看着烟雾在他走过的地方翻滚。随后，我从毯子下面拉出银项链。我的拇指滑过心形挂盒的光滑表面，在逐渐变暗的光线中把它举到眼前。我把它从她脖子上拽下来的那晚，链扣坏了，但我后来用指甲刀把它修好了。

我看向帐篷门口，看到她站在那儿，我知道那不是真的她，而是病毒的幻象，因为她正戴着我手里拿着的项链。病毒一直让我产生各种幻象。有我想看到的，也有我不想看到的。门口的小女孩两者皆是。

“巴比，你为什么离开我？”

我张开嘴。我尝到了血的味道，“走开。”

她的幻象开始闪光。我揉揉眼睛，我的指关节上有血。

“你跑了。巴比，你为什么跑了？”

这时，烟把她拉走了，把她劈成碎片，把她的身体化为乌有。我喊着她的名字。比看到她更残忍的便是看不到她。我紧紧抓着银项链，链条嵌进我的手掌。

追寻她。逃离她。

追着。逃着。

帐篷外是焚烧尸体的火堆的滚滚红烟，帐篷里则是瘟疫的滚滚红烟。

*你才是幸运的那一个。*我对茜茜说，*你在事情变糟之前就走了。*

远处突然响起枪声。但这次不是某个绝望的难民对着影子开枪发出零星的砰砰声，而是大型枪支开火时震响耳膜的声音。声音尖锐的曳光弹，自动武器的快速开火声。

莱特 - 帕特森被攻击了。

我有一部分感到了解脱。就好像一种释放，经过长久等待，暴风雨终于来临的时刻。我的另一部分，还想着我可能从瘟疫中活下来的那部分，则做好了尿裤子的准备。我太虚弱了，没法起来，也太害怕了，就算有力气也没胆子。我闭上眼睛，为莱特 - 帕特森的士兵低声祈祷，但愿他们能为我和茜茜干掉一两个入侵者。但主要是为了茜茜。

现在是爆炸声。巨大的爆炸。大地颤抖起来，你的皮肤能感受到震动，太阳穴受到冲击，胸口被狠狠地挤压着。听起来仿佛整个世界都在分崩离析，在某种意义上，也的确如此。

小帐篷里全是烟，门口很亮，就像是一只三角形的眼睛，一块燃烧的余烬，呈现出地狱般耀眼的红色。*到时候了。*我心想。*我到底不会死于瘟疫。我能活到被一个真正的外星入侵者干掉。这种死法更好，至少更快。*我还在给自己即将到来的死法寻找一点儿积极角度。

一声枪响，听起来很近，大概只隔了两三顶帐篷。我听见一个女人断断续续的尖叫，又一声枪响。然后安静下来。随后又是两声枪响。烟雾涌动，红眼闪亮。我现在能听到他了，他朝我走过来了，我听到他的靴子踩在潮湿的土壤里。我在床边的衣服和空水瓶下面摸索着我的枪。这把枪是克里斯邀请我和他住同一顶帐篷那天给我的。*你的枪呢？*他问。他发现我没有枪，十分震惊。*你必须得有把枪，伙计。*他说。*就连小孩都有枪。*虽然我连谷仓墙壁那么大的目标都打不中，倒很有可能打中自己的脚。在后人类时代，克里斯是第二修正案的坚定拥护者。

我等着他出现在门口。我一手拿着茜茜的银项链，另一手拿着克里斯的手枪。一手是过去。一手是未来。从某种角度看就是这样。

也许，如果我装死，他——或者它——就会放过我。我眯着眼睛看着门口。

他来了，就像猩红的眼睛中间的巨大黑色瞳仁，摇摇晃晃地探进帐篷，大概三四英尺远，我看不到他的脸，但能听到他喘着粗气。我努力控制自己的呼吸，但不管我喘气有多轻，胸部感染造成的轰鸣声听来都比外面战场的爆炸声还响。我看不清他穿的是什么，只能看到裤脚似乎塞在高筒靴里。士兵？肯定是。他拿着一杆步枪。

我得救了。我举起拿着项链的手，微弱地喊出声来。他向前踉跄了一下。现在我能看到他的脸了。他很年轻，只比我大一点儿，脖子上的血闪着光，拿着步枪的双手也是。他在床边单膝跪下，看到我的脸时又退缩了，蜡黄的皮肤、浮肿的嘴唇、眼窝深陷、充满血丝，这些迹象明白无误地宣告着他染了瘟疫。

士兵的眼睛和我相反，是清澈的，瞪得很大，充满恐惧。

“我们搞错了，大错特错！”他低语道，“他们在这里——已经在这里了——就在这里——在我们内部——一直都在——在我们内部。”

两个庞大的身影从门口蹿进来。一个抓住士兵的领子，把他拖了出去。我举起旧手枪——或者说是试图举起，因为我还没来得及把它抬离毯子两英寸，它就从我手里滑落了。这时，第二个人扑到我面前，丢开手枪，把我拽了起来。疼痛的余波让我失明了一秒。他扭头对刚回到帐篷里的伙伴喊：“扫他一下！”一个巨大的金属盘贴在我的额头上。

“洁净的。”

“而且病了。”两个人都穿着军装——和他们带走的那个士兵一样的军装。

“你叫什么名字，伙计？”其中一人问道。我摇摇头。我不明白。我张开嘴，但发不出有意义的声音。

“他变僵尸了。”他的伙伴说，“别管他了。”

另一个人点点头，揉揉下巴，低头看着我。随后他说：“指挥官的命令是带回所有没被感染的平民。”

他把毯子裹在我身上，然后把我从床上拉下来，扛在他肩上，整个动作一气呵成。作为一个毫无疑问被感染的平民，我很震惊。

“放松，僵尸。”他对我说，“你要去个更好的地方了。”

我相信他。有那么一秒，我让自己相信，我终于不会死了。

——26——

他们把我带到基地医院专门为瘟疫患者设立的隔离楼层，这地方的绰号是“僵尸病房”。他们给我打了一大管吗啡，灌了一堆强力抗病毒药物。给我治疗的是个女人，她自我介绍说她是帕姆医生。她目光柔和，嗓音镇静，双手冰凉，头发在脑后绑成一个很紧的发髻，闻起来像是消毒水混着那么一点儿香水。这两种味道很不协调。

她对我说，我有百分之十的概率活下来。我笑了。肯定是药物让我有点儿头脑混乱了。百分之十？我本来还以为瘟疫就等于死刑呢。我实在太高兴了。

接下来两天里，我的体温升到了 40 摄氏度。我浑身都是冷汗，就连汗里也有血。在他们用尽招数对付病毒的时候，我一直处于时而迷糊时而清醒的混乱状态。红死病没有解药。他们能做的只是给我持续用镇痛药，让我不太难受，等着病毒自己决定我是不是它的菜。

回忆再次袭来。有时坐在我身旁的是爸爸，有时是妈妈，但大多数时候是茜茜。房间变红了。我透过一片透明的血幕看着这个世界。病房在红幕后退下。只剩下我、我体内的入侵者和死者——不仅是我的家人，而是所有死人，数十亿，我跑着，他们追着。追着。跑着。我突然意识到我们之间，活人和死人之间，并没有真正的区别。这只是个时态问题：过去的死人和未来的死人。

第三天，我的烧退了。第五天，我能喝水了，眼睛和肺部也开始变得清澈。红幕拉开，我能看到病房，穿着白大褂、戴着面具的医生、护士和护工，处于死亡不同阶段的病人，过去的死人，未来的死人，漂浮在温柔的吗啡之海上，还有脸被蒙上、用轮椅推出来的那些，现在的死人。

第六天，帕姆医生宣布，最糟糕的阶段已经过去了。她让我停了所有的药，这让我有些郁闷。我会想念吗啡的。

“我做不了主。”她对我说，“你要挪到康复病房去了，直到你能重新站起来为止。我们需要你。”

“需要我？”

“去打仗。”打仗。我想起了枪声，爆炸声，冲进帐篷的士兵和他说的他们在我们内部！

“发生了什么事？”我问，“这里怎么了？”

她已经转过身，把我的病历递给一个护工，低声对他说着什么，不过我还是能听到她的话，“等药效全部过去之后，十五点把他带到检查室。该给他打标装袋了。”

——27——

我被带到基地入口附近的一个大型飞机库里。到处都是最近这一仗留下的印记。烧焦的汽车，被毁的房屋残骸，仍未熄灭的小团火焰，坑坑洼洼的沥青，迫击炮砸出的三尺大坑。但安全墙已经修好了，我看到外面的帐篷城已经化作一片荒芜焦土。

机库里，士兵正在闪亮的混凝土地板上用油漆刷出巨大的红圈。这里没有飞机。我坐在轮椅上，被推着穿过机库尽头的一道门，进入一间检查室。我被抬到桌上，独自等了几分钟，一个人在明亮的日光灯下穿着纤薄的病号服瑟瑟发抖。那些大红圈是干什么用的？他们是怎么恢复电力的？她说的“该给他打标装袋了”是什么意思？我无法控制自己的胡思乱想。这里发生了什么事？如果外星人攻击了基地，那他们的尸体在哪儿？他们被打下来的飞船呢？面对一个比我们先进数千年的智慧种族，我们是怎么成功防御的？怎么打败他们的？

屋内的门开了，帕姆医生走进房间。在我看来，她整个人都熠熠生辉。她听了听我的心肺，敲击了几处。她拿出一个银灰色的小球给我看，大约一粒米那么大。

“这是什么？”我问道。我有点儿期待她说这是外星人的飞船，我们发现他们其实只有阿米巴原虫那么大。

不过她说，这颗小球是追踪装置，与基地主机相连。它属于高度机密，军方已经使用多年。现在要给所有幸存人员植入。每颗小球都有自己独一无二的信号，探测器能在一英里之内的范围内探测到。这是为了掌握我们的行踪，她说。为了保证我们的安全。

她给我在脖子后面打了一针麻醉剂，随后把小球注射到皮下靠近颅底的位置。她给我包好绷带，又扶我坐回轮椅，把我带到隔壁房间。它比前一间小很多。有张白色的躺椅，让我想起牙科诊所的躺椅。还有一台电脑和显示器。她帮我坐进躺椅，然后把我绑了起来，用带子固定住我的手腕和脚踝。她的脸离我很近。今天香水味道有点儿重，盖过了消毒水。她没有忽略我的表情。“别害怕。”她说，“不疼。”

我害怕地低声问：“什么不疼？”

她走向显示器，开始输入指令。

“这是一个软件，我们在一个寄生者的笔记本电脑里发现的。”帕姆医生解释道。我还没来得及问寄生者到底是什么，她又说了下去：“我们不确定寄生者用它来做什么，但我们知道它完全安全。它的代号是幻境。”

“它是干什么用的？”我问。我不确定她会告诉我些什么，但似乎她的意思是外星人不知怎么渗入了莱特 - 帕特森，黑掉了基地的电脑系统。寄生者这个词深深烙在了我的脑海里。也有可能是闯进我帐篷的士兵满脸是血的模样，他们在我们内部。

“是一个扫描软件。”她答道。这根本算不上是回答。

“它扫描什么？”

她看了我很久，看得我很不自在，似乎在犹豫是否要告诉我实话，“扫描你。闭眼，深呼吸。倒数三下，三……二……一……”

麻木。我甚至觉得我不像自己了。我不知道我和虚无之间的界线在何处。

她的声音进入黑暗，我抓住它，这是把我拉出无底洞的生命线。

“结束了。没事的。都结束了……”

我跃出地表，进入真实世界，大口喘着气，无法抑制自己像个娘娘腔似的大哭。*我心想，你错了，医生。它永远不会结束。它只会一直一直一直继续下去。*她的面孔出现在我眼前，我的胳膊在绑带下抽搐着，想要拉住她。她得停止这一切。

“刚才到底怎么回事？”我用沙哑的嗓音低语道。我的嗓子烧得慌，嘴里很干。我觉得自己只有不到五斤的重量，就好像所有血肉都被从骨头上剥离掉了。我还以为瘟疫已经很糟了呢！

“我们通过它可以看到你内心，看到到底发生了什么事。”她温和地说。她用手摸摸我的额头。这个动作让我想起我母亲，想起在黑暗中失去了的母亲，想起从她身边跑开的那个夜晚，想起我不应该被绑在这把白色椅子上。我应该和他们在一起。我应该留下，面对他们所面对的，*照顾好你妹妹*。

“这就是我接下来要问的。”我努力保持着注意力，“发生了什么事？”

“他们在我们内部。”她答道，“我们从内部被袭击了，被安插在军队里的感染人员。”

她让我休息了几分钟，消化这一切，用一块凉爽的湿布帮我擦去脸上的眼泪。她的母性开始让人发疯，那块布的清凉抚慰则是一种愉快的折磨。

她把布放在一边，牢牢盯着我的眼睛，“我们根据基地这里的感染者和正常者比例估计，地球上每三个幸存人类中就有一个是他们的人。”

她松开绑带。我像云一样飘忽，像气球一样轻。最后一根绑带松开时，我还以为自己要飞出椅子撞上天花板了。

“你想看看他们的人长什么样吗？”她问。

她伸出手。

——29——

她推着我的轮椅穿过一条走廊，来到一部电梯前。是单向特快电梯，它把我们带到地下几百英尺的地方。门开了，外面是一条长长的走廊，两侧是白色的煤渣墙。帕姆医生告诉我，我们正在防空掩体里，它和地上的基地几乎一样大，能够经受五十兆吨的核爆。我对她说，我到了这里就已经觉得够安全了。她大笑起来，好像我的话很有趣。我经过许多分支隧道和没有标记的门，尽管地板是平的，我却感觉仿佛被带到了世界最深处，到了魔鬼的藏身地。有很多士兵匆忙走过，我经过时，他们便移开目光，停止讲话。

你想看看他们的人长什么样吗？

是的。老天啊，不。

她停在一扇没有标记的门前，在门锁装置上刷了一下门卡。红灯变绿了。她把我推进屋，把轮椅停在一面长镜子前，我的嘴张开，下巴掉了下来，我闭上眼睛，不管坐在这把轮椅里的是什么，它不是我，不可能是我。

母舰第一次出现时，我的体重有八十多千克，主要是肌肉。其中将近二十千克的肌肉现在没了。镜子里的陌生人用饥民的眼睛回望着我：眼睛很大，眼窝深陷，眼袋浮肿，还有黑眼圈。病毒像刀子一样削掉我的脸颊，削尖下巴，削细鼻子。我的头发干枯纤细，乱糟糟的。

他变僵尸了。

帕姆医生朝镜子点点头，“别担心。他看不到咱们。”

他？她说的是谁？

她按下一个按钮，镜子另一侧的屋里突然亮起灯。我的影像变成透明。我能透过自己看到另一侧的那个人。

是克里斯。

他被绑在一把椅子上，和幻境室里的那张躺椅一样。他的头和身

克里斯没了。呃，按照帕姆医生的说法，克里斯从来没存在过。控制克里斯的是过去某个时候（他们也不知道什么时候）嵌入他的脑子（他们也不知道怎么做到的）的那个东西。没有外星人从母舰上下来攻击莱特 - 帕特森。攻击是从内部发动的，被寄生的士兵把枪口转向自己的战友。也就是说，他们在我们内部潜伏很久了，等待着前三波把我们的人口削减到一个可控制的数量，然后才表明身份。

克里斯怎么说的来着？*他们知道我们是怎么思考的。*

他们知道我们会用抱团的方式来提高安全感。知道我们会和有枪的人在一起。所以，外星人先生，你们怎么解决这个问题呢？很简单，因为你们知道我们是怎么思考的，不是吗？你们把休眠部队安插到有枪的地方。就算你们的部队在最初的袭击中失败了，就像莱特 - 帕特森发生的一样，你们摧毁社会的终极目标仍然实现了。如果敌人和你自己长得一样，你要怎么和他作战？

事已至此，游戏已经结束。饥荒、疾病、野兽：最后一个孤立无援的幸存者挂掉只是早晚的事了。

我从六楼房间窗户可以看到基地正门。黄昏时分，一队破旧的黄色校车驶出，由悍马车队护送着。几小时后，校车满载而归，主要是小孩——虽然在黑暗中很难判断——他们被带到飞机库去打标装袋，“寄生者”会被筛出并销毁。反正我的护士是这样告诉我的。对我来说，考虑到我们对攻击的了解，这整件事都很疯狂。他们怎么能这么快干掉我们这么多人？哦对了，因为人像羊一样扎堆！可现在，我们又在这里扎起堆来了。就在光天化日之下。还不如在基地上涂个靶心。*我们在这儿呢！你们准备好就开火吧！*

我受不了了。

虽然我的身体日益强壮，但我的精神开始崩溃。

我实在不明白。还有什么意义呢？不是对于他们的意义。对于他们的意义从一开始就很清楚了。

我的意思是，我们的存在还有什么意义呢？我很确定，就算我们没有扎堆，他们肯定也会有别的计划，哪怕那个计划是利用寄生杀手一次一个地干掉愚蠢而孤独的人类。

我们没有胜算。就算我救了妹妹也没用。我只是让她最多再活一两个月而已。

我们已经死了。现在已经没有其他人了。只有过去的死人和未来的死人。现在的尸体和未来的尸体。

从地下室到这个房间的途中，我不知道在什么地方把茜茜的项链丢了。我半夜醒来，手紧紧攥着空气，我听到她尖叫着我的名字，仿佛就站在两尺开外，我很愤怒，熊熊怒火燃烧着，我叫她闭嘴，我把它丢了，没了。我和她一样死了，她不明白吗？僵尸，我就是僵尸。

我不再吃东西，也拒绝服药。我一连几个小时躺在床上，盯着天花板，等待着末日到来，等待着加入我妹妹和其他七十亿个幸运儿的行列。曾经吞噬我的病毒被一种更为凶残的疾病接替了。这种疾病的死亡率是百分之百。我对自己说，*别让他们得手，伙计！这也是他们计划的一部分*，但似乎毫不奏效。我可以整天给自己做动员讲话，但它并不会改变事实：母舰出现在天空的那一刻起，游戏就结束了。问题不是“是不是”，而是“什么时候”。

我正要踏上不归路的时候，我的最后一点儿斗志也要消失殆尽的时候，我的救世主出现了，仿佛他一直等待着这一刻的到来。

门开了，他的影子填满整间屋子——高大，瘦削，结实，他的影子就像是从一块黑色大理石上切割下来的。他朝病床走来，影子落在我身上。我想移开目光，但做不到。他的蓝眼睛仿佛高山湖泊一般冰冷，死死地盯着我，让我动弹不得。他走进灯光里，我看到了他的浅黄色寸头，尖鼻子，紧绷的嘴唇呈现出一个毫无幽默感的微笑。笔挺的制服，闪亮的黑靴子，代表军衔的领章。

他静静地俯视着我许久，让我很不舒服。我为什么不能把目光从那双冰蓝眼睛上移开？他的脸就像是凿子凿出来的，很不自然，就像是一张木刻的人脸。

“你知道我是谁吗？”他问道。他的嗓音低沉，非常低沉，就像是电影预告片旁白那样低沉。我摇摇头。我他 × 的怎么会知道？我

“我想让你走。”

“不。”他坚定地摇摇头，“你想要什么？”

我感到自己的嘴唇嘟起来，就像是小孩要彻底崩溃的样子。我的眼睛很痛。我使劲咬住舌尖，强迫自己不把眼睛从他眼中的冰冷火焰上移开。

“你想死吗？”

我点头了吗？我不记得了。或许是吧，因为他说：“我不会允许的。那你怎么办？”

“那么，我想我只能活下去了。”

“不，你不会活下去的。你会死的。你会死，你或我或任何其他人都无法阻止它的发生。你，我，这颗美丽的蓝色行星上剩下的每一个人都会死，给他们腾出地方来。”

他的话直指要害。这一刻，这句话是最贴切的，他尝试唤醒的我突然爆发了。

“那还有什么意义呢，嗯？”我对着他大喊，“还他 × 有什么意义啊？你什么都知道，那你告诉我啊，因为我已经不知道我为什么还要在乎了！”

他拉住我的胳膊，把我丢到窗前。两秒钟的工夫，他便站到我身旁，拉开窗帘。我看到校车停在飞机库旁，一队小孩正等着进去。

“你问错人了。”他愤怒地低吼道，“问问他们你为什么要在乎。告诉他们没有任何意义了。跟他们说你想死。”

他抓住我的肩膀，让我转过来面对着他，又狠狠地拍了拍我的胸口。

“他们颠覆了我们的自然法则，孩子。死比活着好；放弃比战斗好；躲藏比面对好。他们知道，让我们崩溃的办法是先从这里杀死我们。”又拍了拍我的胸口，“这个星球的最终战场不是任何一处平原、山脉、丛林、沙漠或海洋。是在这里。”又拍了拍我，很用力。砰，砰，砰。

此时此刻，我完全失控了，从我妹妹死去的那晚起压抑的一切喷涌而出，我就像这辈子第一次哭一样，就好像哭对我来说是件新鲜事，就好像我喜欢这种感觉似的。

“你是黏土人。”沃什对着我的耳朵狂热低语着，“我是米开朗琪罗。我是雕刻大师，你将会成为我的杰作。”他的眼里燃着淡蓝色的火焰，一直燃烧到我的灵魂最深处，“老天不会召唤有所准备的人，孩子。老天会帮被召唤的人做好准备。你被召唤了。”

他走了，留下一个承诺。承诺的滚烫字句烙在我心里，夜深仍然挥之不去，第二天依然萦绕在我心头。

我将教你热爱死亡。我将清除你的悲伤、内疚、自恋，让你充满仇恨、狡诈和复仇心。我将展开我最后的抵抗，本杰明·托马斯·帕里什。

他一直拍打着我的胸口，直到我的皮肤感到灼痛，我的心脏燃起熊熊火焰。*而你将是我的战场。*

她被夺走的生活，另一个则思考着他将夺走的生命。熟睡的女孩，催促自己快点儿了结她的了结者。

他为什么没有了结她？

他为什么无法了结她？

他告诉自己，这样做不明智。她不可能一直待在这片树林里。他可以利用她带路，找到更多她的同类。人类是社会动物。他们像蜜蜂一样群居。对他们的进攻来说，这是最重要的适应行为。进化本能驱使他们成群生活，这样才有机会干掉几十亿人。那句话怎么说的来着？人多力量大。

后来，他发现了日记本，发现她根本没有计划，没有真正的目标，除了活到第二天。她无处可去，无人可投靠。她孤身一人。至少她是这么认为的。

那晚，他没有再去她的营地。他等到第二天下午，他没有告诉自己，这是在给她时间打包离开，他不让自己去想她寂静而绝望的呐喊：*有时我觉得我可能是地球上最后一个人了。*

现在，随着最后一个人类的临终，时间在高速路上的汽车底下一分一秒过去，他紧绷的肩膀渐渐放松下来。她哪儿也不会去的。他放下步枪，蹲在树根上，来回转头，放松一下僵硬的脖子。他很累。最近睡得都不好，吃得也不好。第四波开始之后，他掉了些体重。他并不是很担心。他们预计到第四波初期会有一些心理和生理上的负面影响了。杀第一个人是最难的，但下一个就会容易一些，再下一个会更容易一些，的确如此：再敏感的人也能习惯最不敏感的事。

残忍不是一种性格。残忍是一种习惯。

他丢开这个想法。说他的所作所为是残忍，就意味着他有所选择。在自己的种族和另一个种族之间做选择并不是残忍，而是必要。这并不容易，特别是过去四年来，他都得假装自己和他们没什么不同，但这是必要的。

这也就提出了一个令人不安的问题：他为什么没在第一天了结她？那天，他听到便利店里传出枪声，跟着她回到营地，她在黑暗中躺着哭泣的时候为什么没有了结她?

他能解释高速路上那三枪为什么会打偏。疲劳，缺乏睡眠，再次见到她的震惊。他以为她会往北走，如果她真要离开营地的话，而不是返回南方。他突然感到一阵肾上腺素涌动，仿佛转过街角突然与老友久别重逢。这肯定就是促使他开第一枪的原因。第二枪和第三枪可以归结为运气——她的运气，不是他的。

但他跟踪她的那么多天呢？她外出觅食的时候，他溜进她的帐篷，翻检她的东西，他也是在觅食，还翻出了她的日记，*有时，我在夜半时分躲在帐篷里，觉得自己可以听见繁星刮擦天空的声音*。还有黎明前，他静静穿过树林，走到她的帐篷前，打定主意这次要了结，要完成他一生的使命的那些时候呢？她不是他杀的第一个人，也不会是最后一个。

本来应该很容易的。

他把打滑的手掌在大腿上蹭了蹭。树下很凉快，可他在滴汗。他用袖子擦擦眼睛。高速公路上的风发出寂寞的声音。一只松鼠从旁边的树上飞快地跑下来，对他的存在无动于衷。在他的下方，高速路向两头延伸，消失在地平线上，除了寂寞的风吹动的垃圾和野草，没有任何东西在移动。秃鹰发现了路中间那三具尸体，三只大鸟大摇大摆地凑过来仔细打量，鸟群的其余成员则在上空高高盘旋。秃鹰和其他食腐动物的数量都在大幅增长。秃鹰、乌鸦、野猫，还有一群一群的饿狗。他不止一次碰到过被肢解的尸体，显然被某些动物享用过。

秃鹰，乌鸦，米莉姨妈的虎斑猫，赫曼叔叔的吉娃娃，绿头蝇和其他虫子，蛆，时间和化学元素会清除其余的东西。如果凯西不出来，就会死在车底下。她最后一口气没了之后，要不了几分钟工夫，第一只苍蝇就会在她体内产卵。

他抛开这个令人作呕的景象。这是人类的思维。他苏醒才四年，仍然很难摆脱用人类视角看世界。他苏醒的那一天，睁眼第一次看到人类母亲时，他哭了：他从未见过如此美丽——或如此丑陋——的东西。

猎人发出了一声只有自己能听见的喊叫，转过身。

他跑了。

——第四部分——

蜉蝣

——32——

说到各种各样的死法，冻死其实不算太糟。

我快要冻死的时候是这么想的。

感觉全身都很暖和，没有疼痛的感觉，一点儿也没有。感觉轻飘飘的，就像刚咕咚咕咚喝下一整瓶咳嗽糖浆。白色的世界用白色的臂膀抱住你，把你拽入一片白色的冰海。

还有寂静，它是如此——该死——寂静，你自己的心跳是宇宙中唯一的声音。如此安静，你的思想在冰冷沉闷的空气里都会发出低语声。

头顶是无云的天空，在齐腰深的雪里蹒跚着，积雪支撑着你的直立，因为你的双腿已经做不到这一点了。

你一直在念叨，*我活着，我死了，我活着，我死了*。

还有那只该死的小熊，从背包里用褐色大眼睛呆滞而变态地盯着你，念叨着：*你这个讨厌鬼，你答应过的*。

好冷啊，冷得脸上的眼泪都冻住了。

“不是我的错。”我对小熊说，“天气又不是我说了算。你有意

第五波入侵

我走在一片白茫茫的浓雾中，一片毫无生机的虚无。这地方一片死寂。没有任何声音。就连我自己的呼吸声也听不到。事实上，我甚至无法判断我自己是不是在呼吸。这可是“我怎么知道自己是否活着”清单上的第一项。

我知道这里除了我还有一个人。我看不到他，也听不到他，无法碰触他，也闻不到他的气味，但我知道他在这里。我不知道自己怎么知道他是男的，但我的确知道，而且他正在看着我。我在白色浓雾中移动的时候，他是静止不动的，但他始终和我保持着相同的距离。我并不害怕他在这里看着，但这也并没有让我感到安慰。他只是另一个存在，就和浓雾的存在一样客观。浓雾，没有呼吸的我，和我在一起的这个人，始终一样的距离，始终看着我。

但浓雾散去时，我周围没有人，我发现自己躺在一张四柱床上，盖着有一丝雪松味的三层被子。白色虚空退去，取而代之的是一盏暖黄光线的煤油灯，放在一张床头小桌上。我稍稍抬起头，看到一张摇椅，一面立式全身镜，还有一个卧室衣柜的板条柜门。我的胳膊上连着一根塑料管，另一头是一袋透明的液体，挂在一个金属钩子上。

我用了几分钟消化这个新环境，消化我从腰部以下都没有知觉的事实，还有一个最令我困惑的事实——我肯定没死。

我向下伸手摸索，发现膝盖上缠了厚厚的绷带。我还想摸摸小腿和脚趾，因为没有知觉，我有点儿担心这一大团绷带下面是不是已经没有小腿、脚趾或任何其他东西了。但如果不坐起来，我就够不到那么远，而坐起来是不可能的。我身上唯一能正常运转的部分似乎就是胳膊。我用它们掀开被子，上半身暴露在冷飕飕的空气里。我穿着一件花卉图案的棉睡裙。这时我心想，棉睡裙有什么不对劲？在棉睡裙下面，我什么都没穿。也就意味着，当然了，在脱掉衣服和穿上睡裙之间的某个时刻，我是完全没穿衣服的，也就是说，我曾经*完全光着身子*。

好吧，这是最令我困惑的事实之二。

我把头转向左侧：梳妆台，桌子，灯。右侧：窗户，椅子，桌子。

还有小熊，靠在我旁边的枕头上，若有所思地盯着天花板，一副了无牵挂的样子。

我们到底在哪儿啊，小熊？

楼下有人关上一扇门，地板吱呀作响。沉重的靴子踏过木头的声音。然后是一片寂静。死寂。如果你不把我的心脏敲打着肋骨的声音算进来的话。但可能得算进来，因为它听起来就和酥油说的音速炸弹一样响。

砰——砰——砰。每一下“砰”都比前一下更响。

有人上楼来了。

我想坐起来。这并不明智。我离开枕头大概四英寸，到头了。我的步枪呢？我的手枪呢？现在有人就在门外，我却动弹不了，就算我能动，手边也只有个毛绒玩具。我能用它干什么？把对方闷死？

没有选择的时候，最好的选择就是什么也不做。装死。负鼠的选择。

我眯着眼，看到门开了。我看到一件红格衬衣，一条褐色宽皮带，蓝色牛仔裤。一双有力的大手，非常整洁的指甲。我保持着均匀轻盈的呼吸，他就站在我旁边，站在点滴架边上，查看着我的点滴。我能看到他的脸，也能从镜子里看到我自己的脸。*呼吸，凯西，呼吸。他长得不错，不像会伤害你的人。如果他想伤害你，就不会把你带到这里来，还给你打点滴以防脱水，而且被子感觉舒服又干净，他的确脱了你的衣服，给你穿上了这件棉睡裙，那又怎么样，你觉得他能怎么做？你的衣服很脏，和你自己一样，不过你现在干净了，皮肤闻起来有点儿像丁香，也就是说我的老天啊，他给你***洗过澡**。

我努力使呼吸保持平稳，但不太成功。

这时，这位长得不错的哥们儿开腔了：“我知道你醒着。”

我没吭声。他又说：“我知道你在看我，凯西。”

“你怎么知道我的名字？”我的声音很沙哑。我觉得嗓子像砂纸一样。我睁开眼睛，现在可以把他看得更清楚了。他长得的确不错，轮廓鲜明，有点儿像超人克拉克•肯特那种风格。我估计他十八九岁，宽肩，胳膊挺结实，还有指甲整洁的手。*呃*。我对自己说，*本来有可*

发落在额头上的样子。

“我也不知道真实理由，但我想，对他们肯定是件好事，对我们是件坏事。”

“你觉得……”他无法说出完整问题——也有可能是不愿意，这样我就不用回答了。他看着我旁边枕头上的萨米的小熊。

“什么？我弟弟死了吗？不，我觉得他还活着。主要是因为，他们挑出小孩，然后干掉所有其余人，这说不通啊。他们用某种绿色炸弹炸掉了整个营地——”

“等一下。”他举起一只手说道，“绿色炸弹？”

“我没有胡编乱造。”

“可为什么是绿的？”

“因为绿色代表美元、青草、橡树叶子和外星炸弹。我怎么知道为什么是绿的？”

他大笑起来。安静而克制的笑声。他微笑的时候，右侧嘴角会比左侧略高一点儿。我心想，*凯西，你为什么要盯着他的嘴看？*

不知怎么的，我被一个微笑起来嘴有点儿歪，还有一双结实的大手的帅哥救了，自从异星者来临之后，这是我遇到过的最让人紧张的事了。

想到营地发生的事，我感到一阵心慌难受，于是决定换个话题。我瞥了瞥被子。似乎是家里做的。一个老太太缝被子的画面闪过我的脑海，不知怎么的，我突然很想哭。

“我到这里多久了？”我虚弱地问。

“明天就一周了。”

“你有没有不得不切掉……”我不知道怎么措辞好。

感谢老天，不用我说完。“截肢？没有。还好子弹没打中膝盖关节，所以我想你应该能走路，但神经会有点儿问题。”

“噢。”我说，“这个我已经习惯了。”

——34——

他离开了一会儿，回来时端了杯清汤，不是鸡汤，也不是牛肉汤，可能是鹿肉。我抓着被子边缘，他扶我坐起来，这样我就可以双手捧着热乎乎的杯子小口喝汤。他盯着我，不是那种变态的盯法，而是看着病人的目光，觉得好像自己也有点儿生病了，不知道怎么能让它好起来。我又想到，也许是变态的盯法，只是他露出一副担忧的表情来遮掩。是不是只有长得不帅的变态才会被人认为是变态？酥油想把尸体上的珠宝送给我，我说他是变态，他说如果他长得有本·帕里什那么帅，我就不会这么说了。

想起酥油让我没了食欲。伊万看我盯着手里的杯子不动，便把它轻轻拿开，放在桌上。

“我自己也可以做这种事。”我说道，语气比我的本意要严厉了一点儿。

“跟我说说那些士兵。”他说，“你怎么知道他们不是……人类？”

我告诉他，他们是在无人机之后不久出现的，他们把小孩装上车，然后让大家去营房集合，一举干掉所有人。但关键线索是那只眼睛。这玩意儿绝对不是地球上的东西。

“他们是人类。”他听完我的话说道，“他们肯定是和来访者合作的。”

“噢老天，请你别这么叫他们。”我讨厌这么叫他们。第一波开始之前，电视上用的就是这个词，所有网络视频里，推特上的人，甚至新闻主持人都这么叫他们。

“那我应该怎么叫他们？”他问道。他在微笑。我感觉，就算我让他管他们叫大萝卜，他也会照办的。

“我爸和我叫他们异星者，意思就是和我们不一样，不是人类。”

“我也是这个意思。”他认真地点点头，“他们长得和我们一模一样的概率实在是太小了。”

可他给我拿来的是什么？不知道什么肉熬的油乎乎的汤。他对我还有所保留，这个农场小浑蛋。

“你知道他们的人数比你多得多吧？”他问道。

“你的意思是？”

他没有回答。于是我说：“你相信上帝吗，伊万？”

“当然。”

“我不信。我的意思是，我不确定。异星者到来之前，我是相信的。或者说，我以为我信，如果我真想到这个问题的话。后来他们来了，然后……”我停了一秒，让自己恢复平静，“也许上帝真的存在。萨米是这么认为的。但他还觉得圣诞老人存在呢。但我每天晚上还是会陪他做睡前祈祷，这跟我自己没有关系。这是因为萨米和他所相信的东西，如果你看到他拉起那个冒牌士兵的手，跟着他上了那辆校车……”

我受不了了，我也不太在乎了。在黑暗中哭泣总是更容易一些。突然，我冰冷的手被伊万温暖的手包裹起来，他的手掌柔软而光滑，就像是贴着我的脸庞的枕套。

我啜泣着：“我一想到他相信一切的样子，就受不了了。就像他们来摧毁整个世界之前我们相信一切一样。我们相信天黑就会亮起灯光。相信只要想喝该死的草莓星冰乐，坐进车子，开过一条街，就能买到一杯该死的草莓星冰乐！相信……”

他的另一只手摸索到我的脸颊，用拇指擦去我的眼泪。他俯下身，低声在我耳畔说：“不哭，凯西。不哭，不哭，不哭。”我完全被巧克力的香气淹没了。

我伸出胳膊搂住他的脖子，把他干燥的脸颊贴在我自己湿漉漉的脸上。我像癫痫病人一样颤抖着，我的脚趾终于第一次感觉到了被子的重量，因为伸手不见五指的黑暗让其他感觉变得更为敏锐。

我胡言乱语地嘟哝着各种想法和感觉。我担心自己的头发很臭。我想吃巧克力。这家伙抱着我——呃，确切地说应该是我抱着他——见过了我一丝不挂的样子。他觉得我身材怎么样？上帝真的在乎诺言吗？我真的在乎上帝吗？奇迹更像是红海一分为二，还是伊万在野外一片白茫茫中找到冻成冰坨的我？

“凯西，会好的。”他在我耳边低声说着，传来一阵巧克力的气味。

我第二天早上醒来，发现床头桌上放着一颗好时之吻巧克力。

——35——

每晚，他都会离开农场上的老房子，出去巡逻打猎。他告诉我他有很多干货，而且他妈妈很喜欢做腌肉和罐头，但他喜欢新鲜的肉。于是他留下我一个人，出去寻找可吃的野味。第四天，他走进屋，手里端着一块实打实的汉堡肉排，放在一块热气腾腾的家常面包上，还配有烤土豆。这是我自从逃离骨灰坑营地以来，第一次吃上真正的食物，而且是汉堡。我自从大降临开始就没吃过汉堡了，而且我记得自己说过，为了它我可以杀生。

“你从哪儿搞来面包的？”我吃到一半，满嘴流油地问。我也很久没吃过面包了。它轻盈蓬松，带有一丝甜味。

他可以给我一个没好气的回答，因为只可能有一个解释。但他没有，“我自己烤的。”

他照顾我吃完，帮我换掉腿上的绷带。我问他我是否应该看看。他说不，我最好还是别看。我想下地，去好好洗个澡，让自己重新有个人样。他说还不行。我告诉他我想洗头，然后好好梳一梳头发。要再等等，他很坚持。我说，如果他不帮我，我就把煤油灯砸在他头上。于是他从厨房拿了把椅子，放在走廊尽头花卉壁纸剥落的小浴室的四足浴缸里，把我抱了过去。他把我放下来，离开了，随后又回来了。他端着一个金属大盆，盆里是热气腾腾的水。

这盆水肯定很重。他的二头肌在袖子里紧绷着，就像是正在变身为绿巨人的布鲁斯·班纳，脖子上的血管也凸了起来。水有一点儿玫瑰花味，他用一个画着笑脸太阳的大水罐当盛水的勺子。我把头往后仰。他开始帮我抹洗发水，我推开他的手。这个我可以自己来。

水顺着头发流到睡裙上，棉布紧贴着我的身体。伊万清了清嗓子，他转头时，浓密的头发掠过深色眉毛，我觉得有点儿困扰，但很愉快。我问他要他家梳齿最稀疏的梳子。他在水槽下面的小橱里翻找着，我用眼角看着他，赤裸裸地盯着他的法兰绒衬衣下耸起的结实臂膀，还有他后兜磨损的褪色牛仔裤里面包裹着的浑圆的屁股，完全没感觉到温水从我的头发上滴下来，落到我滚烫的耳垂上。过了几个永恒，他终于找到一把梳子，又问我在他走之前是否还需要什么，我嘟囔了一声*不用了*，但我其实又想笑又想哭。

只剩下我一个人，我强迫自己把注意力集中在头发上。我的头发完全是一团糟。有的地方打了结，有的地方缠在一起，还有树叶和土块。我慢慢把头发梳顺，水变凉了，我在湿漉漉的睡裙里打起哆嗦。我听到门外有一小声动静，我停下手里的活计。

“你在外面站着呢？”我问。贴着瓷砖的小浴室就像回声室一样，把声音放大了。

一阵寂静，然后是一声柔和的回答：“对。”

“你*为什么*站在外面？”

“我在等着帮你冲头发。”

“还得等一会儿呢。”我说。

“没事。”

“你为什么不去烤个馅饼什么的，过大概十五分钟再回来。”

我没听到回答。但我也没听到他离开。

“你还在？”

走廊里的地板响了一声，“是的。”

我又梳了十分钟，就先这样吧。伊万再次进来，坐在浴缸沿上。我把头枕在他的手掌上，让他帮我冲去头发上的泡沫。

“我很惊讶你在这里。”我对他说。

“我住在这里啊。”

“你竟然还*留在*这里。”逃往内陆的幸存者带来第二波的消息之后，许多年轻人前往家附近的警署、国家警卫队军械库或是军事基地。

就像是“9•11”之后，只是扩大十倍。

“我们本来有八个人，算上我父母。”他说，“我是老大。他们死后，照顾孩子的任务就是我的了。”

“慢点儿，伊万。”他把半罐水一口气倒在我头上了，“你这是给我上水刑呢。”

“对不起。”他把手掌边缘贴在我的额头上，挡住水流。水很暖，有点儿痒。我闭上眼睛。

“你染过瘟疫吗？”我问。

“染过。后来又好了。”他拿水罐从金属盆里又盛了些水，我屏住呼吸，等待着有点儿发痒的温暖，“我最小的妹妹薇尔是两个月前死的。你睡的就是她的房间。那之后，我一直在想该怎么办。我知道自己不能永远待在这里，但我一直走到了辛辛那提，我想不用再解释我为什么不打算再回那儿去了。”

他一只手倒水，另一只手把湿头发按在头皮上，拧出多余的水。动作坚定，力道正好，并没有用力过猛，仿佛我不是第一个他帮忙洗头的女孩。我脑海中有一个歇斯底里的小声音尖叫着：*你以为你在干什么啊？你甚至不了解这家伙！*可同一个声音又说：*他的手不错。趁他帮你洗头的机会，让他给你做个头皮按摩。*

在我的脑海之外，他用低沉冷静的声音说：“我觉得，现在出发还是不明智，等天转暖吧。可能去莱特-帕特森或肯塔基。肯塔基的诺克斯堡离这里只有一百四十里。”

“诺克斯堡？那不是美国金库所在地吗？你要去打劫？”

“它是个军事堡垒，戒备森严，是一个合情合理的集合点。”他把我的发梢拢在手里，使劲捏了捏，水滴滴答答地落进浴缸。

“要是我，我就不会去任何一个合情合理的集合点。”我说，“从合情合理的角度说，他们打算最先夷平的正是这种地方。”

“按照你告诉我的有关消音者的情况，去哪里集合都不合情理。”

“也不能在任何一个地方待上超过几天的时间。要精简人数，保持移动。”

“直到……”

“没有直到……”我打断他，“只有除非。”

他用一块松软的白毛巾帮我擦干头发。盖着的马桶盖上放着一件干净睡裙。我看看他那双巧克力色的眼睛，说：“转身。”他转过身。我伸出手，从我没在看的紧紧包裹着他的屁股的裤袋磨损的牛仔裤旁边拿起干睡裙。“如果你要从镜子里偷看，我会发现的。”我警告着这个已经见过我裸体的男人，但那是没有意识的裸体，跟现在不是一回事。他点点头，低下头，咬着下嘴唇，好像是在忍住微笑。

我脱下湿睡裙，把干的套上，告诉他可以转过来了。

他把我从椅子上抱起，送回他死去的妹妹的床上，我一只手环着他的肩膀，他的胳膊紧紧地——但并没有过分地紧——搂着我的腰。他把我轻轻放在床垫上，把被子盖在我露出的腿上。他的脸很光滑，头发梳得很整齐，还有他的指甲，我说过了，完美无瑕。也就是说，在末世余生中，个人卫生在他的清单上优先级很高。为什么？给谁看呢？

“你上次见到另外一个人是什么时候？”我问道，“除了我。”

“我基本每天都会见到人。”他说，“在你之前，上一个活着的是薇尔。再之前是劳伦。”

“劳伦？”

“我女朋友。”他移开目光，“她也死了。”

我不知道说什么好。于是我说：“瘟疫实在太讨厌了。”

“不是瘟疫。”他说，“嗯，她是感染了，不过不是死于瘟疫。她是自杀，在瘟疫得手之前。”

他别扭地站在床边。他不想走，可也没有借口留下。

“我发现你很注意……”不，这么开头不太好。“我想这很不容易吧，只有你一个人，还这么在意……”还是不好。

“在意什么？”他问道，“某一个人？虽然几乎所有人都不在了？”

“我不是在说我自己。”这时我决定放弃尝试礼貌的说法了，“你很讲究自己的外表。”

“这不是讲究。”

“我不是批评你自命不凡——”

“我知道。你是觉得，现在这么做还有什么意义？”

呃，说实话，我希望这个意义是我。但我什么也没说。

“我也不确定。”他说，“但这是我可以控制的东西，能让我的日子变得有序，让我觉得更……”他耸耸肩，“更像人类吧，我猜。”

“你还需要帮助才会这么觉得？才会觉得自己更像人类？”

他奇怪地看着我，然后说了句话，让我在他走后思考良久：

“你不用吗？”

——36——

他几乎每天晚上都出去，白天又尽力照顾我，我不知道他什么时候睡觉。到第二周，我在楼上的小卧室里已经快要憋疯了，有一天，气温略微回暖一点儿，他帮我穿上薇尔的衣服，在该移开目光的时候移开目光，然后把我抱下楼，让我坐在门廊上，把一块大羊毛毯子盖在我膝头。他留下我走了，过了一会儿，又拿了两杯热气腾腾的巧克力回来。风景没什么好说的。波浪起伏的大地，一片褐色，毫无生机，光秃秃的树木，灰色的天空平淡无奇。不过，脸颊能感受到冰凉的空气，这感觉很好，而且热巧克力温度正合适。

我们没有聊异星者。我们聊的是异星者到来之前我们的生活。他打算毕业后去肯塔基州立大学读工程学。他提出想留在农场上干几年活，但他父亲坚持要他去上大学。他四年级就认识劳伦了，他们高二开始约会。两个人已经谈婚论嫁。他发现提到劳伦时我便沉默下来。我说过，伊万能注意到一切细节。

“你呢？”他问道，“你有过男朋友吗？”

“没有。呃，算是有吧。他叫本·帕里什。应该说是他对我有意思。我们约过几次会。不是很正式的那种。”

我不知道自己为什么要对他撒谎。他根本不认识本·帕里什。本·

帕里什对我其实也差不多。我摇晃着杯子里剩下的热巧克力，避开他的目光。

第二天早上，他出现在我的床边，拿着一根用整块木头雕成的拐杖。已经用砂纸打磨光滑，很轻便，高度正好。我看了一眼，问他能不能说出三件他不擅长的事。

“滑旱冰，唱歌，还有跟女生讲话。”

“你漏掉了跟踪。”他扶我起床时我说道，“你每次躲在拐角时我都能发现。”

“你说的是三件嘛。”

我得承认，复健糟透了。我每次把重量放在腿上，左侧身体就感到剧痛，膝盖弯曲，唯一防止我摔个屁蹲儿的是伊万健壮的臂膀。

但我还是坚持下来了漫长的一天。接下来的漫长的许多天，我也坚持下来了。我打定主意要变得强壮起来。要比消音者打中我、把我丢在那里慢慢死去之前更强壮。要比我躲在树林深处蜷在睡袋里、萨米受着不知道什么苦而我却长吁短叹自己的悲惨命运时更强壮。要比在骨灰坑，我每天都自怨自艾、满腔怒火地走来走去时更强壮。我对这个世界的样子愤怒，对它一直以来的样子愤怒：这个世界其实一直都很危险，是人类的噪声让它有了安全得多的表象。

早上复健三小时。午饭休息三十分钟。下午再复健三小时。我努力锻炼肌肉，直到自己觉得它们融化成了一团汗津津的果冻。

但我的一天仍然没有结束。我问伊万我的手枪哪儿去了。我得克服对枪的恐惧。而且我的射击准头太差了。他教我如何正确持枪，如何瞄准。他把一加仑大小的空油漆罐放在栅栏上当靶子，我的准头提高之后再换成更小的罐子。我让他带我去打猎——我得适应有生命的移动靶——但他拒绝了。我仍然很虚弱，甚至都跑不起来，要是有个消音者发现我们怎么办？

我们在日落时散步。起初，我的腿走不了半英里就没力气了，伊万只得把我抱回房里。但每天，我都能比前一天多走一百码。半英里变成了四分之三英里，然后变成一英里。到第二周，我已经能不中断地走上两英里了。我还不能跑，但我的步幅和精力都大有长进。

伊万陪我吃过晚饭，待上几个小时，然后他便扛起步枪，告诉我他会在日出前回来。他回来时，我一般都睡着了——而且一般也早过了日出时分。

“你每天晚上都去哪儿？”有一天我问道。

“去打猎。”这个伊万•沃克还真是惜字如金。

“你这个猎人肯定不怎么样。”我逗他道，“你回来的时候几乎都是空手。”

“其实我很厉害。”他实事求是地说。虽然他说的话写下来之后，感觉就像是在吹牛，但其实不是。是因为他说的方式，很随意，就好像是在讨论天气好坏。

“你只是不愿意杀生？”

“我愿意做我必须做的事。”他挠挠头，叹了口气，“一开始是为了活下来。后来是为了保护我的弟弟妹妹，以免瘟疫开始之后到处乱跑的那些疯子伤害他们。再后来是为了保护我的领地和储备……”

“现在是为了什么？”我静静地问。这是我第一次看到他心烦意乱，虽然程度也很轻微。

“它让我保持平静。”他不好意思地耸耸肩，讲了实话，“让我有事可做。”

“就和个人卫生一样。”

“而且我晚上睡不着。”他继续说道。他没有看我。确切地说是没看任何东西，“呃。大概是睡眠周期吧。所以，过了一阵我就放弃尝试了，我开始在白天睡觉，或者说是尝试睡觉。其实我一天只睡两三个小时。”

“你肯定很累。”

他终于看我了，眼神里有种悲伤而绝望的神情。

“最糟的就是这个。”他轻轻地说，“我不累。一点儿也不累。”

我对他夜里消失还是感到不安，于是有一次我打算跟踪他。这个主意太糟了。十分钟我就把他跟丢了，我担心自己会迷路，于是转身返回，结果发现我正对着他。

他没有生气，没有指责我不信任他。他只是说：“你不应该出来，凯西。”然后陪我回房子里去了。

他更担心的是我的精神状态，而不是我们俩的人身安全（我觉得他对我说的消音者的那一套不是很相信），于是在楼下大屋的窗户上挂了厚厚的毯子，这样我们就可以生火，点几盏灯。我在这间屋子里等他夜间打猎回来，困了就在皮沙发上睡觉，要么就是看他妈妈皱巴巴的平装言情小说，封面上画着肌肉发达的半裸男和穿着曳地晚礼服、正要昏倒的淑女。他大概凌晨三点回来，我们便往火里添些柴，聊一会儿。他不太喜欢聊他的家人（我问到他母亲的阅读品味时，他只是耸耸肩，说她喜欢文学）。每当聊到私人话题，他就会把话头转回我身上。他主要是想聊萨米的事，比如我打算怎么兑现诺言。由于我也不知道自己打算怎么做，这种对话的收场每次都很糟。我说得很含糊，他就追问细节。我很防备，他很坚持。最后我开始变得刻薄，他这才打住。

“再跟我说一遍吧。”一天深夜，他闲聊了一个小时之后说道，“你也不知道他们是谁或者是什么身份，但你知道他们有很多重型军火，还有外星武器。你不知道他们把你弟弟带到哪里去了，但你打算去那里营救他。一旦你到了那里，你也不知道你要怎么救他，但——”

“你这是要干吗？”我问道，“你是想帮我还是想让我觉得自己很蠢？”

我们坐在壁炉前松软的大地毯上，他的步枪放在一边，我的手枪放在另一边，我们俩坐在中间。

他举起手，佯装投降，“我只是想搞清楚。”

“我打算从骨灰坑营地开始，从那儿寻找踪迹。”我大概是第一千遍说这句话了。我想我知道他为什么一直问一样的问题，但他实在太迟钝了，很难让他采取行动。当然了，他对我也可以说同样的话。说到计划，我的计划更像是一个披着计划外皮的含糊目标。

“要是你找不到踪迹呢？”他问。

“如果找不到，我是不会放弃的。”

他点点头，意思是我在点头，但不是因为我觉得你说的有道理，而是因为我觉得你很傻，但我不想让你用我自己做的拐杖揍我。

于是我说：“我不是傻子。换作薇尔的话，你也会这么做的。”

他没有马上回答。他用胳膊抱住双腿，下巴放在膝盖上，凝视着火焰。

“你觉得我是在浪费时间。”我看着他毫无瑕疵的侧脸指责道，“你觉得萨米死了。”

“我怎么会知道呢，凯西？”

“我不是说你知道。我是说你这么觉得。”

“我怎么觉得重要吗？”

“不重要，所以闭嘴吧。”

“我什么也没说。是你说——”

“什。么。也。别。说。”

“我没说。”

“你刚说了。”

“我不说了。”

“但你还在说。你说你不说了，然后你又继续说。”

他又张开嘴，打算说句什么，然后使劲闭上了嘴。我都听见他上下牙相撞了。

“我饿了。”我说。

“我给你拿点儿吃的来。”

“我让你给我拿吃的了吗？”我真想一拳打在他那张形状完美的嘴上。我为什么想打他？我这会儿为什么这么生气？“我完全可以照顾自己。问题就在这里，伊万。你的生活完蛋了，可我不是为了赋予你生活目标才出现的。你得自己去找。”

“我想帮你。”他说，我第一次看见他那双小狗般的眼睛里出现真正的怒气，“我为什么不能也把营救萨米作为目标呢？”

他的问题跟随着我进了厨房。我把炖熟的鹿肉拍在面包上，这肯定是鹰级童子军伊万在他的户外炉子里烤的，他的问题仍像云朵一样萦绕在我脑海里。我一瘸一拐地回到大屋，一屁股坐在他脑后的沙发上。这个问题仍然跟着我。我真想对着他宽阔的肩膀中间踹上一脚。我旁边的桌上放着一本书，书名是《绝望情欲》。光看封面的话，我会给它命名为《我的炫酷搓衣板腹肌》。

这就是我的巨大烦恼。就是它！大降临之前，伊万·沃克这样的男生绝不会多看我一眼，更不可能给我打野味，帮我洗头发。他们绝不会像他母亲的平装书上那些画出来的模特一样，腹肌紧绷，胸肌隆起，把手搭在我的脖子上。他们不会深深地盯着我的眼睛，不会抬起我的下巴，让我的嘴唇离他们的只有不到一英寸的距离。我是背景里的女孩，只是个普通朋友，或者——更糟，一个普通朋友的朋友，跟你几何课坐同桌，但你却不记得她的名字。要是在雪里发现我的是个收集星战手办的中年大叔就好了。

“怎么了？”我对着他的后脑勺问道，“你不打算理我了？”

他的肩膀上下耸动着。你懂的，就是那种悄无声息的嘲笑，还伴随着可怜可叹的摇头，*女生啊！真是愚蠢*。

“我想我应该先问问你的。”他说，“我不应该自己假定。”

“什么？”

他转过身来面对着我。我坐在沙发上，他坐在地板上，抬起头，“我跟你一起走。”

“什么？咱们刚才说的可不是这个。而且，你为什么想和我一起走，伊万？既然你觉得他死了？”

“我只是不想让你死，凯西。”

他的话起作用了。

我把鹿肉丢在他头上。盘子从他的脸上滑下来。他站起身，我还没来得及眨眼，他就凑到我面前。他俯下身，两手放在我身体两侧，用胳膊困住我。他的眼里闪着泪光。

“你不是唯一一个。”他咬着牙说，“我十二岁的妹妹就死在我怀里。她是被自己的血呛死的。我完全无能为力。这让我感到很恶心，就好像人类历史上最可怕的灾难就在你周围发生。你不是唯一一个失去一切的人——也不是唯一一个以为自己发现了一件事，能让这一切灾难有点儿意义的人。你有你对萨米的保证，而我有你。”

他停了下来。他说得太过火了，他自己也知道。

“你没‘有’我，伊万。”我说。

“你知道我什么意思。”他使劲盯着我，很难把目光移开，“你要走，我也拦不住你。呃，我想我可以，但我也不会让你一个人走。”

“单枪匹马比较好。你清楚这一点。这就是你还活着的原因！”我用手指戳着他起伏的胸口。

他起身移开，我努力克制自己拉住他的冲动，我并不是很希望他挪开。

“但这不是你还活着的原因。”他愤怒地说，“要是没有我，你在外面两分钟都撑不下去。”

我爆发了。我忍不住了。这话正是在最错误的时间能说出来的最错误的一句话。

“去你 × 的！”我大嚷道，“我不需要你。我不需要任何人！是啊，我估计要是需要什么人给我洗头，给我的小伤口包扎，给我烤蛋糕，那可不就是你嘛！”

经过两次尝试，我终于站了起来。吵完了，该上演女方愤怒地冲出屋子、男方袖起双手噘起嘴的桥段了。我爬了一半楼梯，停了下来，告诉自己我是在喘气，不是在等他追上来。反正他也没跟着我。于是我挣扎着爬完剩下的楼梯，走进我的卧室。

不，不是我的卧室。薇尔的卧室。我已经没有卧室了。大概再也不会有了。

噢，去他的自怨自艾吧。世界又不是围着你转的。去他的负罪感吧。又不是你让萨米上那辆校车的。还有，去他的哀悼吧。伊万抱着他妹妹哭也不能让她起死回生。

*我有你。*哎，伊万，事实是，就算咱们是两个人还是两百个人都无所谓。咱们根本没有一丁点儿希望。在面对异星者这样的敌人时绝

对没戏。我让自己变得强壮，是为了……为了什么呢？这样，在我倒下的时候，至少是强壮地倒下的？有什么区别？

我愤怒地喊了一声，把小熊从床上扇了下来。你他×的在看什么？它翻倒下来，一只胳膊举在半空，就像是上课举手提问。

我身后的门吱呀作响。

“出去。”我头也不回地说。

又一声吱呀。然后是咔。然后是寂静。

“伊万，你站在门外吗？”

一片寂静，“是的。”

“你怎么老鬼鬼祟祟的，你不觉得吗？”

就算他回答了，我也没听见。我双臂紧抱着自己。双手上下摩擦着胳膊。这小房间冷透了。我的膝盖剧痛，但我咬住嘴唇，顽固地背靠门站着。

“你还在外面吗？”我再也无法忍受寂静，于是说道。

“如果你不带上我，自己离开，我也会跟着你。你无法阻止我，凯西。你打算怎么阻止我？”

我无助地耸耸肩，忍住眼泪，“朝你开枪吧。”

“就像你朝十字架士兵开枪一样？”

这话就像一颗子弹穿过肩胛骨一样击中了我。我转过身，飞快地拉开门。他咧了一下嘴，但没有躲闪。

“你怎么知道他的？”当然了，他只有一种方法可能知道，“你看过我的日记了。”

“我没想到你会活下来。”

“抱歉让你失望了。”

“我想，我是想知道发生了什么事——”

“算你走运，我把枪放在楼下了，否则我现在就朝你开枪。你知道一想到你看过我的日记，这让我觉得有多瘆人吗？你看了多少？”

他垂下眼睛，脸上泛起一片温暖的红晕。

“你全看了，是吧？”我觉得极其尴尬。我觉得受到了侵犯，非常屈辱。这比我第一次在薇尔的床上醒来意识到他见过我裸体还要糟糕十倍。那只是我的身体，可这是我的灵魂。

我朝着他的腹部抡了一拳，毫无效果。我打的就像是一块水泥板。

“我简直无法相信。”我大喊道，“你坐在那儿——就那么坐在那儿——听着我说关于本•帕里什的谎话。你知道真相，但你却坐在那儿听我撒谎！”

他把手插进兜里，看着地板，就像是小孩打碎了妈妈的古董花瓶，“我没觉得这事有那么重要。”

“你没觉得……”我摇摇头。这家伙是谁啊？我突然一阵战栗。有什么东西很不对劲。也许是因为他失去了全家和女友，或者未婚妻，或者随便他是怎么称呼她的，几个月来一直独自生活，其实什么都没干，却假装自己在忙活。也许是因为他把自己藏在这片孤零零的俄亥俄农场上，以此应对异星者搞出的所有烂摊子，也许只是因为他很怪——在大降临前就很怪，之后也一样怪——但不管是什么，这个伊万•沃克身上有什么东西极其扭曲。他太冷静，太理性，太酷了，但他不该是这个样子。

“你为什么朝他开枪？”他静静地问，“我是说便利店里的那个士兵。”

“你知道为什么。”我说。我要哭了。

他点点头，“因为萨米。”

现在我真的糊涂了，“跟萨米毫无关系。”

他抬起头看着我，“萨米拉住了士兵的手，萨米上了校车，萨米相信了。而现在，就算我救了你，你也不允许自己相信我。”

他拉住我的手，紧紧地攥住，“我不是十字架士兵，凯西。我也不是沃什。我只是和你一样。我很害怕，很愤怒，很迷茫，不知道自己到底应该干什么，但我知道你不能什么都是。你不能上一刻还说你是人类，下一刻又说自己是蟑螂。你并不相信自己是蟑螂。如果你真这么想，你就不会转身面对高速路上的狙击手了。”

“噢老天！”我低语道，“那只是个比喻。”

“你真想把自己比作昆虫吗，凯西？如果你是某种昆虫，那你就是蜉蝣。只在这里停留一天，随后便消逝不见。这和异星者毫无关系。一直如此。我们存在，然后消逝，重要的不是我们存在多久，而是我们用这时间做了什么。”

“你说的话毫无意义，你知道吗？”我觉得自己向他靠了过去，刚才的对抗没了踪影。我不知道他是把我抱进怀里还是抱了起来。

“你是蜉蝣。”他耳语道。

这时，伊万·沃克吻了我。

他把我的手放在他的胸口，紧紧握住，另一只手搂住我的脖子，他的触碰像羽毛一样轻柔，让我的脖子一阵战栗，顺着脊椎传到我已经难以支撑的腿里。我的手掌能感觉到他的心脏跳动，我能闻到他的呼吸，感觉到他嘴唇上方的胡楂，和柔软的嘴唇相比仿佛砂纸一般。伊万看着我，我也看着他。

我后退了一点点，好张口说话：“不许吻我。”

他用胳膊把我抱起来。我似乎永远地向上飘浮着，就像我小时候，爸爸把我举到空中，我感觉自己会一直向上飞，一直抵达银河系的边缘。

他把我放在床上，然后又吻了我，“如果你再吻我，我就要用膝盖袭击你的裆部了。”

他的手柔软得难以置信，就像是云朵抚摸着我。

“我不会让你……”他寻找着合适的词，“……从我身边飞走，凯西·苏里文。”

他吹熄床边的蜡烛。

在他妹妹死去的黑暗卧室里，在他全家死去的寂静房子里，在我们在大降临前所认识的所有生命死去的静止世界里，我能感觉到他的吻更猛烈了。我还没感觉到自己的眼泪，他便吻去了它们。本应是眼泪的地方只留下了他的吻。

“我没有救你。”他低语道，嘴唇擦过我的睫毛，“是你救了我。”

他一遍一遍重复着，直到我们彼此相拥入眠，他的声音在我的耳畔，我的眼泪在他的嘴里。

“是你救了我。”

——第五部分——

筛选

——37——

隔着脏兮兮的窗子，凯西一点儿一点儿变小。

凯西站在路上，抱着小熊。

他举起胳膊挥手再见。

再见，萨米。

再见，小熊。

校车又大又黑的车轮掀起路上的尘土，凯西消失在褐色旋风中。

再见，凯西。

凯西和小熊越来越小，他感觉到手指下的玻璃很硬。

直到尘土吞没了他们，他一个人孤零零地坐在满是人的校车上，没有妈妈没有爸爸没有凯西，也许他不该离开小熊，因为打他有记忆开始，小熊就一直和他在一起。小熊总是在他身旁。可以前妈妈也总是在他身旁。妈妈和爷爷奶奶和所有其他家人。还有奈曼小姐班上的孩子和奈曼小姐和马尤斯基一家和超市里的那个友好的收银阿姨，她总在收款机下面藏几个草莓棒棒糖。自打他记事起，他们都在他周围，就像小熊一样，但现在他们都不在了。他们以前一直在，现在不在了，凯西说他们也不会回来了。

再也不会回来了。

他把手拿开，但玻璃记住了。它留下了他的手的记忆。不像照片，更像一个模糊的影子，就像他试图回忆妈妈的脸时出现的一片模糊。

除了爸爸和凯西，他自打记事起认识的所有其他面孔都变得模糊了。现在每一张面孔都是新的，都是陌生人的面孔。

一个士兵沿着过道朝他走来。他摘下了黑面罩。他长着圆脸，小鼻子，还有雀斑。他看起来比凯西大不了多少。他正在分发水果软糖和软包装果汁。一只只脏兮兮的小手接过零食。有些孩子很多天都没吃过饭了。对于有些孩子，这些士兵是他们在父母死后见到的第一批大人。还有些孩子，最安静的那些，是在城镇外围被找到的，他们在烧焦的尸体堆中漫游，盯着一切东西和人，仿佛以前什么都没见过。其他孩子，像萨米这样的，是从难民营或搜救的小批幸存者当中救出来的，他们的衣服没有那么破，小脸没有那么瘦，眼神也没有那些从死人堆里找到的安静孩子那么空洞。

士兵走到最后一排。他的袖子上戴着一块白布条，上面有个大大的红十字。

“嘿，想吃点儿零食吗？”士兵问他。

软包装果汁和软糖。果汁是冰的。冰的。他很久没喝过冰凉的饮料了。

士兵坐进他旁边的座位，把大长腿伸到过道里。萨米把细细的塑料吸管插进果汁盒，开始小口喝起来，他的眼神落到对面座位里一个静静蜷着不动的女孩身上。她的短裤破了，粉色上衣上沾着污渍，鞋上满是泥巴。她在睡梦中微笑着。是个好梦。

“你认识她？”士兵问萨米。

萨米摇摇头。她不是他们难民营的。

“你为什么有个大大的红十字？”

“我是医务兵。我帮助病人。”

“你为什么把面罩摘了？”

“现在不需要了。”医务兵答道。他将一把软糖丢进嘴里。

“为什么呢？”

“瘟疫在那儿。”士兵用大拇指朝后车窗指了指，那个方向尘土飞扬，抱着小熊的凯西越变越小，看不到了。

“可爸爸说到处都有瘟疫。”

士兵摇摇头。“咱们要去的地方就没有。”他说。

“咱们要去哪儿？”

“避恶营。”

引擎轰鸣，风透过开着的车窗呼啸着，士兵说得好像极乐营。就像极乐世界一样美好。

“哪里？”萨米问。

“你肯定会喜欢的。”士兵拍着腿，“我们都给你们准备好了。”

“给我们？”

“给大家。”

凯西站在路中间，帮小熊挥手告别。

“那你为什么不把大家都带来？”

“我们会的。”

“什么时候？”

“等你们安全了，我们就去。”士兵又扫了一眼那女孩。他站起身，脱下绿色外套，轻轻盖在她身上。

“你们是最重要的。”士兵说着，孩子气的面孔坚定而严肃，“你们是未来。”

狭窄的土路变成了宽一些的石砖路，后来校车又拐上一条更宽的马路。引擎高速运转，发出刺耳的轰鸣声，车子驶上一条清除了残骸和汽车的高速路，朝着太阳的方向前进。路上的障碍都被拖着推着清到了路边，好给满车的孩子让道。

一鼻子雀斑的医务兵又一次穿过过道，这次是分发瓶装水，他还叫孩子们关上车窗，因为有的小孩觉得冷，还有人觉得风声像怪物咆哮而害怕。车里的空气很快变得陈腐温暖，孩子们一个个倦意袭来。

可萨米把小熊给了凯西做伴，他从未在没有小熊的情况下睡过觉，从来没有，至少在他得到小熊之后没有过。他很累，可他也没了小熊。他越想忘记小熊，就越想起它，越想念它，越希望自己没有丢下它。

士兵递给他一瓶水。他看出来了，尽管萨米在微笑，假装自己没有觉得空虚，没有觉得自己没了小熊孤零零的，但还是有点儿不对劲。士兵又在他身旁坐下，问了他的名字，还告诉他自己叫帕克。

“还有多远？”萨米问道。天快要黑了。天黑是最糟糕的。没有人跟他说过，但他知道，世界末日一定会发生在天黑的时候，而且一定是毫无预兆的，就像其他几波攻击一样，而且你会无能为力，只能眼睁睁看着它发生，就像电视突然关掉了，汽车突然不动了，飞机掉下来了，还有瘟疫，凯西和爸爸管它叫“输蚁”（鼠疫），还有妈妈，裹在满是鲜血的被单里。

异星者刚来时，爸爸告诉他，世界变了，一切都会不同于从前，他们可能会把他带到母舰上，甚至带他去外太空冒险。萨米迫不及待地想要登上母舰，冲上太空，就像他的 X 翼战机里的天行者卢克一样。每天晚上都像是圣诞夜。第二天早上，他以为自己醒来就会看到异星者带来的各种神奇礼物。

可异星者带来的唯一一样东西是死亡。

他们不是来送他任何东西的。他们是来夺走一切的。

它——*他们*——什么时候才会停止呢？也许永远也不会。也许外星人不会停手，直到他们夺走一切，直到整个世界都像萨米一样，空虚，孤独，没了小熊。

于是他问士兵：“还有多远？”

“很近了。”名叫帕克的士兵答道，“你想让我留在这里陪你吗？”

“我不害怕。”萨米说。*你现在要勇敢起来*。他妈妈死那天，凯西这样对他说。他看到空空如也的床，不用问就知道她和奶奶还有其他所有人一样没了，所有他认识的和不认识的人，他们被堆在城郊烧掉了。

“你不用害怕。”士兵说，“你现在很安全。”

没电之后的一天夜里，爸爸说了一样的话，那时他刚用木板封好门窗，因为带枪的坏人出来偷东西了。

你很安全。

妈妈生病之后，爸爸给凯西和他戴上白色纸口罩。

只是以防万一，萨米。我觉得你很安全。

“而且你肯定会喜欢避恶营的。”士兵说，“等着看吧。我们为你们这样的孩子都准备好了。”

“他们不会发现我们在那儿？”

帕克微笑起来，“呃，这个我说不好。但它现在大概是整个北美最安全的地方。它连隐形力场都有，以防来访者捣乱。”

“力场都是假的。”

“嗯，以前人们也是这么说外星人的。”

“你见过外星人吗，帕克？”

“还没有。”帕克答道，“谁也没见过，至少我的连队里没人见过，但我们很期待见到他们。”他的脸上换上了另一种微笑。他在逗他。

士兵站起身，萨米去拉他的手。他不想让帕克走。

“‘极乐营’真的有个力场？”

“对。还有有人站岗的瞭望塔，二十四小时的监控，二十英尺高的护栏，顶上装着刀片的铁丝网，还有又大又凶的看门犬，能闻见五英里外的非人类。”

萨米的鼻子皱了起来，“听起来一点儿也不像极乐世界！像监狱！”

“区别是，监狱把坏人关在里面，我们的兵营把他们挡在外面。”

——38——

天黑了。

头顶的星星明亮而冷漠，地上的路幽暗。冷漠的星光下，幽暗的路上，车轮嗡嗡作响。车前灯刺穿浓厚的黑暗。校车摇晃着，车里的空气陈腐而温暖。

过道对面的女孩坐起来了，一侧的深色头发缠成一团，脸颊瘦削，皮肤紧紧贴在脑袋上，眼睛看起来像猫头鹰一样巨大。

萨米试探地朝她微笑了一下。她没有以微笑回应。她的目光落在他腿边的水瓶上。“想喝点儿吗？”一只瘦骨嶙峋的胳膊伸了过来，她从他手里接过瓶子，四口喝干了瓶里剩下的水，然后把空瓶子丢在她身旁的座位上。

“要是你还渴的话，他们好像还有水。”萨米说。

女孩没说话。她只是看着他，眼睛几乎一眨不眨。

“他们还有软糖，如果你饿了的话。”

她只是看着他，不说话。双腿蜷在帕克的绿外套下面，圆圆的眼睛一眨不眨。

“我叫萨姆，不过大家都叫我萨米。除了凯西。凯西管我叫萨姆斯。你叫什么名字？”

女孩把声音抬高，盖过车轮嗡嗡和引擎咆哮的声音。

“梅根。”

她纤细的手指摸摸军服外套的绿色材料。“这是哪儿来的？”她把想法说了出来，但声音几乎被车轮和引擎淹没。萨米站起身，坐到她旁边的空位子上。她皱起眉，把腿尽可能往后缩了缩。

“是帕克的。”萨米告诉她，“就是坐在司机旁边的那个。他是个医务兵。也就是说，他负责照顾病人。他人很好。”

名叫梅根的瘦小女孩摇摇头，“我没生病。”

她的眼睛周围都是黑的，嘴唇干裂脱皮，头发一团乱，上面还挂着树枝和枯叶。她的额头闪闪发亮，双颊发红。

“咱们这是去哪儿？”她问道。

“极乐营。”

“什么营？”

“是个堡垒。”萨米说，“可不是随便什么堡垒，而是全世界最大、最好、最安全的堡垒。它连力场都有！”

车上又暖又闷，可梅根无法抑制地打着哆嗦。萨米把帕克的外套给她盖严实。她用猫头鹰般的大眼睛盯着他的脸，“凯西是谁？”

“我姐姐。她也要来。士兵们会回去接她的。她，还有爸爸，还有所有其他人。”

“你的意思是她还活着？”

萨米迷惑地点点头。凯西为什么不会活着？

“你爸爸和你姐姐都活着？”她的下嘴唇微微颤抖着。一滴泪珠滑过脸上的污渍，那是焚烧尸体的余烬留下的污渍。

萨米不假思索地拉起她的手。就像凯西告诉他异星者的所作所为的那一晚，她拉起他的手一样。

那是他们抵达难民营的第一晚。他一直没有意识到过去几个月来发生的一切有多么严重，直到那天晚上，熄灯后，他在黑暗中蜷在凯西身边。一切发生得太快了，从断电的那一天，到爸爸用白床单把妈妈裹起来的那一天，再到他们抵达营地的这一天。他一直以为他们有一天会回家，一切都会像他们来之前一样。妈妈是不会回来了——他又不是小屁孩，他知道妈妈不会回来了——可他没有意识到再也无法回到从前了，发生的事都是永久性的，不可逆转的。

直到那天晚上。那天晚上凯西拉着他的手，告诉他，妈妈只是几十亿人中的一个。地球上几乎所有人都死了。他们再也不会住在自己家里了。他再也不会去上学了。他所有的朋友都死了。

“凭什么。”梅根在校车上的黑暗中低声说着，“凭什么。”她盯着萨米的脸，“我全家都没了，可你爸爸和你姐姐都活着？凭什么！”

帕克又站了起来。他在每个座位前停下，和每个孩子柔声说话，然后摸摸他们的额头。他触摸到他们的额头时，黑暗中亮起一盏小灯。有时是绿色，有时是红色。灯灭之后，帕克会给小孩的手上盖个章。红灯就盖红章。绿灯就盖绿章。

“我弟弟和你差不多大。”梅根对萨米说。就像是在指责他：*凭什么你还活着，他却死了？*

“他叫什么？”萨米问。

“这有什么关系？你为什么想知道他叫什么？”

他真希望凯西在这里。凯西就会知道，说什么话能让梅根感觉好一点儿。她总是知道什么时候应该说什么。

“他叫迈克，满意了吧？迈克•约瑟夫，他六岁，从来没对任何人做过任何坏事。你满意了？高兴了？我弟弟叫迈克•约瑟夫。你还想知道其他人都叫什么吗？”

她的目光越过萨米的肩膀，看着停在他们这一排的帕克。

“噢，你好，瞌睡虫。”卫生兵对梅根说。

“她生病了，帕克。”萨米对他说，“你得让她的病好起来。”

“我们会让所有人都好起来的。”帕克微笑着说。

“我没病。”梅根说着，便在帕克的绿外套下猛地打起抖来。

“当然没有。”帕克点点头，咧嘴一笑，“不过我先给你量个体温吧，确定一下。好吗？”

他拿起一个两角五分硬币那么大的银色圆片。“超过三十七度就会亮绿灯。”他俯身越过萨米，把银色圆片贴在梅根额头上。绿灯亮了。“得。”帕克说，“给你也量一下，萨姆。”

金属贴在他额头上，感觉很暖。有那么一秒，帕克的脸被红光照亮。帕克给梅根的手背盖了章。绿色墨水在黑暗中发着光，是个笑脸图案。萨米被盖了一个红色笑脸。

“等着他们叫你的颜色，明白吗？”帕克对梅根说，“绿色直接去医院。”

“我没病。”梅根沙哑地喊着。她的嗓子哑了。她蜷起身，咳嗽着，萨米本能地退缩了一下。

帕克拍拍他的肩。“只是重感冒，萨姆。”他低声说，“她会好的。”

“我不去医院。”帕克回到车前头之后，梅根对萨米说。她愤怒地把手背在外套上蹭着，墨水被蹭糊了。笑脸变成了一团绿疙瘩。

“你必须去呀。”萨米说，“你不想好起来吗？”

她使劲摇摇头，他不明白，“在医院不会好起来的。在医院只会死。”

妈妈生病之后，他问过爸爸：“你不带妈妈去医院吗？”爸爸说医院不安全。病人太多，医生太少，而且反正医生也帮不了她。凯西告诉他，医院也坏了，就和电视、电灯、汽车和所有其他东西一样。

“所有东西都坏了？”他问凯西，“所有东西？”

“不，不是所有东西，萨姆斯。”她答道，“这个没有。”

她抓起他的手，把它贴在他的胸口上，他的小心脏贴着他的手掌，怦怦地使劲跳着。

“这个没坏。”她说。

——39——

他妈妈只会在梦境与清醒之间的灰色地带出现在他眼前。她远离他的梦境，仿佛是故意的，因为梦境虽然不真实，但在你做梦时感觉却比现实更真切。她太爱他，所以不会出现在梦中。

有时他能看清她的脸，但大部分时候不能，只有她的身影，比他眼皮下面的灰色略微深一些，他能闻到她的气味，摸到她的头发，感觉到它穿过他的指间。如果他太努力想看清她的脸，她便与黑暗融为一体了。如果他想太使劲地抱住她，她就像他指间她的头发一样滑掉了。

幽暗公路上车轮的嗡嗡声。冷酷繁星之间，颠簸的校车里的空气又臭又暖。离极乐营还有多远？他们似乎一直驶在冷酷繁星之间的幽暗公路上，永无停歇。他在半梦半醒之间等待着妈妈，闭着眼，梅根用又大又圆的猫头鹰眼睛看着他。

他等着等着睡着了。

三辆校车停在避恶营的大门口时，他还在睡。高高的瞭望塔上，哨兵按下一个按钮，电子锁解锁，大门滑开。校车驶了进去，大门又关上了。

直到校车最终发出一声愤怒的“嗞”，停了下来，他才醒来。两个士兵顺着过道走过来，一路摇醒睡着的小孩。士兵全副武装，但都在微笑，声音也很轻柔，*没事的。该醒醒了。你们现在很安全。*

萨米坐起身，刺眼的光突然透过车窗照进来，他眯起眼睛向外看。他们停在一个巨大的飞机库前。仓库大门紧闭，他看不到里面。有那么一会儿，他没有担心自己独自身处一个陌生的地方，爸爸、凯西和小熊都不在身边。他知道亮光意味着什么：外星人没法断掉这里的电。这也意味着，帕克说的是真的：这个军营真的有力场。肯定有。他们不在乎异星者知不知道这处营地。

他们很安全。

他听到梅根的呼吸很重，他转头看看她。她的眼睛在刺眼的探照灯光里显得硕大，她拉住他的手。

“不要离开我。”她乞求道。

一个大个子走上校车。他站在司机旁边，手叉着腰。他的脸很大，胖胖的，眼睛特别小。

“早上好，孩子们，欢迎来到避恶营！我是鲍勃少校。我知道你们很累，很饿，可能还有点儿害怕……现在，谁有点儿害怕？举起你们的手。”没人举手。二十六双眼睛茫然地盯着他，鲍勃少校咧嘴一笑。他的牙也很小，跟眼睛一样。“非常好。你们知道吗？你们根本不用害怕！咱们军营现在是世界上最安全的地方，我没开玩笑。你们都很安全。”他转向一个微笑的士兵，士兵递给他一个笔记板，“避恶营只有两条规矩。第一条：记住你们的颜色。大家都把你们的颜色举起来！”二十五只拳头举了起来。第二十六只，也就是梅根的，还放在她腿上，“红色，过几分钟，你们会被送到一号机库进行处理。绿色，原地坐好，你们要再等一会儿。”

“我不去。”梅根低声对着萨米的耳朵说。

“第二条！”鲍勃少校叫道，“第二条规矩就两个字：听话。很容易记住，对吧？你们的组长下达的每一条命令，你们都要听。不要质疑，不要反驳。他们——我们——都是为了唯一一个理由到这里来的，那就是保护你们的安全。如果你们不听话，我们就没法保证你们的安全。好了，不要提问题。”他把笔记板交回给微笑的士兵，拍拍胖手，说，“谁有什么问题吗？”

“他刚说完不要提问题。”梅根低语道，“然后又问咱们有什么问题。”

“非常好！”鲍勃少校吼道，“现在，你们要去接受处理了！红色！你们的组长是帕克下士。不要跑，不要推，不要挤，一直跟着队伍。不要插队，不要说话，记得在门口出示印章。大家站起来。你们早点儿完成处理，就能早点儿睡觉和吃早饭。虽然不敢说这里的伙食是全世界最好的，但绝对管够！”

他笨拙地走下台阶。校车随着他的每一步摇晃着。萨米开始站起身，梅根又把他拽到座位上。

“别离开我。”她又说了一遍。

“可我是红色。”萨米表示抗议。他为梅根感到难过，但他很想下车。他觉得自己在校车上已经待了很久了。而且校车上的人快点儿下光，它们就能快点儿回去接凯西和爸爸。

“没事的，梅根。”他试图安慰她，“你听到帕克的话了。他们会让大家都好起来的。”

他跟在其他红色后面排成一队。帕克站在台阶底下，检查着印章。司机大喊“嘿！”萨米一回头，看到梅根冲下最后一级台阶。她撞进帕克的胸膛，他拉住她四下挥舞的胳膊时她尖叫起来。

“放开我！”

司机把她从帕克怀里拉开，拽回台阶上，一只胳膊拦腰抱住她。

“萨米！”梅根尖叫道，“萨米，别离开我！别让他们——”

车门关上了，她的叫声一下变小了。萨米抬头看了帕克一眼，帕克拍了拍他的肩膀让他放心。

“她没事的，萨姆。”卫生兵静静地说，“走吧。”

他朝机库走的时候仍然可以听到她的尖叫，隔着校车的黄色金属外壳，衬着引擎的嘶哑轰鸣，刹车松开的嗞嗞声。她尖叫的样子仿佛是要死了一样，仿佛他们在折磨她。他踏进机库的一扇侧门，再也听不到她的尖叫了。

门里站着一个士兵。他递给萨米一张卡片，上面印着“49”这个号码。

“去最近的红圈里。”士兵对他说，“坐下。等着叫你的号码。”

“我现在得去医院了。”帕克说，“坐着别动，伙计，记住，现在没事了。这里没有什么东西可以伤害你。”他揉揉萨米的头发，保证会很快再见到他，跟他顶了下拳头，然后走了。

萨米失望地发现，这个巨大的机库里根本没有飞机。他从来没近距离看过战斗机，虽然自大降临以来，他驾驶自己的战斗机已经足有一千次了。他妈妈躺在客厅里时，他就坐在一架战隼的驾驶舱里，以三倍音速冲破云霄，直捣外星母舰。当然了，母舰的灰色外壳上覆盖着密密麻麻的机枪和激光炮，力场闪耀着冷酷怪异的绿光，但这力场有一个弱点，一个洞，只比他的战斗机宽两英寸，如果他能正好击中……他必须正好击中，因为整个小队都被歼灭，他只剩下最后一颗导弹，除了他，萨米•“毒蛇”•苏里文，再没人能从外星人手里拯救地球了。

地上涂了三个大大的红色圆圈。萨姆走进离门最近的一个圆圈，和其他孩子坐在一起。他脑海里还回荡着梅根害怕的尖叫声。还有她的大眼睛，她汗津津的皮肤闪着光，她的呼吸有一种疾病的气味。凯西对他说过，“输蚁”结束了，它已经杀光了所有要杀的人，因为有些人不会得病，比如凯西、爸爸和他自己，还有骨灰坑营地的所有其他人。他们是免疫的，凯西说。

但如果凯西错了呢？也许疾病杀掉某些人的速度要慢一些，也许它现在就在杀掉梅根。

或者，他心想，也许异星者又放出了第二种瘟疫，比“输蚁”还可怕的瘟疫，能杀掉所有活过第一种瘟疫的人。

他丢开了这个想法。自从妈妈死后，他开始擅长丢开不好的想法了。

三个红圈里总共有一百多个小孩，但机库里很安静。坐在萨米旁边的男孩精疲力竭，他侧躺在冰冷的混凝土上，蜷成一团睡着了。他比萨米大，大概十岁或十一岁，熟睡时大拇指牢牢地塞在双唇之间。

铃响了，一位女士的声音在扩音器里高声响起。先是英语，然后是西班牙语。

“孩子们，欢迎来到避恶营！我们非常高兴见到你们所有人！我们知道你们很累，很饿，有些人觉得不舒服，但现在，一切都会好起来的。留在你们的圆圈里，仔细听着叫号。不要因为任何理由离开圆圈。我们不想失去你们当中的任何一个！保持安静，镇定，记住，我们是来照顾你们的！你们很安全。”

过了一会儿，叫了第一个号码。那孩子从他的红色圆圈里站起来，一个士兵陪着他走到机库另一端一扇同样漆成红色的门前。士兵从他手里接过号码卡，打开门。孩子自己走了进去。士兵关上门，回到他在一个红圈边的岗位。每个圈旁都有两个士兵，全副武装，但挂着微笑。每个士兵都在微笑。他们一直在微笑。

孩子们一个个被叫到。他们离开圆圈，穿过机库，消失在红色的门后。没有人回来。

大概过了一个小时，广播里的女士才叫到萨米。已经是早上了，阳光从高高的窗户照进来，机库里一片金色光芒。他非常累，饿得要命，因为坐得太久，身子有点儿僵硬，但他听到**“四十九！请前往红色门！四十九号！”**便立刻跳了起来，走得很急，差点儿绊到他旁边那个睡着的孩子。

门里有个护士等待着他。他知道她是护士，因为她穿着绿色医护服和软底运动鞋，就像他的医生办公室里的蕾切尔护士一样。她的笑容很温暖，也和蕾切尔护士一样，她拉起他的手，带他进了一间小屋。屋里有个大篮子，堆满了脏衣服，一块白色帘子边上挂着很多纸袍。

“好了，宝贝。”护士说，“你上次洗澡是多久以前的事？”

她看到他吃惊的表情笑了。护士拉开白色帘子，露出一个淋浴间。

“脱掉所有衣服，扔进篮子里。对，内裤也要脱。我们这里喜欢孩子，但不喜欢跳蚤、虱子或者其他超过两条腿的东西！”

尽管他表示抗议，护士还是要亲自动手。他把胳膊交叉在胸前站着，她把味道难闻的洗发水挤到他头发上，给他全身打上泡沫，从头到脚都没放过。“闭紧眼睛，要不然会痛。”护士温柔地说。

她让他自己擦干，然后叫他套上一件纸袍。

“穿过那边那扇门。”她指指屋子另一侧的门。

这件袍子对他来说太大了。他走向下一个房间时，袍子边缘蹭过地板。下一间屋里，又有一个护士等着他。她比第一个胖一些，老一些，没有第一个那么友善。她让萨米站上体重秤，在笔记板上他的号码旁记下体重，又让他跳上检查桌。她把一个金属盘贴在他额头上，和帕克在校车上用的那个一样。

“给你量下体温。”她解释道。

他点点头，“我知道。帕克告诉过我。红色表示正常。”

“你是红色的，没事。”护士说。她冰冷的手指按上他的手腕，测脉搏。

萨米抖了一下。他穿着纤薄的纸袍，冷得鸡皮疙瘩都起来了，还有点儿害怕。他从来都不喜欢看医生，而且担心医生会给他打针。护士在他面前坐下，说要问他一些问题。他要仔细听，尽可能诚实回答。如果他不知道答案也没关系。明白了吗？

他的全名是什么？他多大了？他来自哪个城市？他有任何兄弟姐妹吗？他们还活着吗？

“凯西。”萨米说，“凯西还活着。”

护士写下凯西的名字，“凯西多大了？”

“凯西十六岁。他们要回去接她。”萨米告诉护士。

“谁？”

“士兵们。他们说车上没地方了，但是他们会回去接她和爸爸。”

“爸爸？这么说你爸爸也活着？你妈妈呢？”

萨米摇摇头，咬住下嘴唇。他猛烈颤抖起来。好冷。他想起校车上的两个空位子，帕克在他旁边坐下的那一个，他在梅根旁边坐下的那一个。他突然脱口而出：“他们说车上没地方了。可是其实有地方。爸爸和凯西本来也可以上车的。士兵为什么不让他们上来？”

护士答道：“因为你们是最高优先级，萨缪尔。”

“但他们会把他们接来的吧？”

“是的，会的。”

还有更多问题。他妈妈怎么死的？那之后发生了什么？

护士在纸上奋笔疾书。她站起身，拍拍他裸露的膝盖。“别害怕。”她走之前对他说，“你在这里很安全。”萨米觉得她的声音很冷淡，就像是在重复已经说过一千遍的话，“坐好。医生一分钟就来。”

萨米觉得等待的时间比一分钟漫长得多。他把瘦瘦的胳膊环在胸前，想要留住体内的热量。他的眼睛不安地环视这个小房间。一个壁橱加水槽。护士坐过的那把椅子。一个角落里有个带轮凳子，凳子上方的天花板上装着一个摄像头，闪闪发亮的黑色眼睛直对着检查桌。

护士回来了，医生跟在她身后。帕姆医生又高又瘦，和矮胖的护士形成鲜明对比。萨米立刻平静下来。这个高个女医生身上有某种东西让他想起妈妈。也许是她跟他说话的方式，径直看着他的眼睛，声音温暖柔和。她的手也很温暖。她触碰他的时候不像护士一样戴着手套。

她做的事都在他预料之中——他习惯的医生那一套例行公事。用灯照一下他的眼睛、耳朵还有喉咙。用听诊器听他的呼吸。揉揉下颚下方，但并不太用力，同时一直轻轻哼着。

“向后躺平，萨姆。”

她的手指坚定地按按他的腹部。

“我这样按的时候有什么地方疼吗？”

她让他站起来，弯腰够脚趾，与此同时，她双手检查他的脊椎。

“好了，回到桌上。”

他快速跳回检查桌皱巴巴的衬纸上，觉得快完事了。不用打针。也许他们会扎手指，那感觉也不怎么样，不过至少不用打针。

“伸出手来。”

帕姆医生把一个米粒大小的小灰管子放进他的手掌心。

“知道这是什么吗？它叫微晶片。你养过小猫小狗之类的宠物吗，萨米？”

没有。他爸爸过敏。不过他一直想要条小狗。

“有些养宠物的人把和这个很类似的东西放进宠物体内，防止它们跑丢。不过这块微晶片稍微有点儿不一样。它能发出信号让我们追踪。”

医生解释说，要把它放到皮肤下面，这样无论萨米在哪儿，他们都能找到他，以防万一发生什么事。避恶营这里很安全，但几个月前，大家还都以为这个世界很安全，不会受到外星人袭击呢，所以现在我们要谨慎，要采取一切预防措施……

他听到*放到皮肤下面*之后就没再听了。他们要把这个灰管子注射到他体内？他心里的恐惧又萌发了。

“不疼。”医生感觉到了咬啮着他的恐惧，“我们会先给你打一点儿麻醉药，而且只有一小块地方会酸痛一两天。”

医生人很好。他看得出，她知道他很讨厌打针，也确实不想给他打针。但她必须这么做。她给他看了打麻醉药用的针。针头很细，跟头发丝差不多。就像被蚊子咬了一下，医生说。不算太糟。他被蚊子咬过好多次。而且帕姆医生保证说，他不会感觉到灰色小管进入体内的。打完麻醉药之后，他就什么感觉也没有了。

他趴着，脸埋进臂弯。房间很冷，脖根涂了酒精凉飕飕的，他猛地哆嗦起来。护士叫他放松。“你越紧张，就会越觉得酸痛。”她对他说。他试图想象一点儿美好的东西，能让自己转移注意力的东西。他的脑海中出现了凯西的脸，他很惊讶。他以为自己会看到妈妈的脸。

凯西微笑着。他在臂弯里也对她微笑起来。一只绝对有鸟那么大的蚊子狠狠咬进他的后脖子。他没有动，但轻轻抽泣起来。不到一分钟的时间，结束了。

四十九号打标完成。

——40——

医生把注射处包扎好，在萨米的表格里记了点儿什么，把表格交给护士，然后告诉他只剩下最后一项检查了。

他跟着医生进入下一个房间。这里比检查室小很多，也就壁橱那么大。房间中央有一把椅子，让萨米想起牙医诊所的椅子，狭长，高背，两侧有窄窄的扶手。

医生叫他坐上去，“向后躺平，头也放下来，对。放松。”

嗡。椅背降低，前部升高，把他的腿抬了起来，直到他几乎完全斜躺过来。医生的脸进入他的视野，微笑着。

“好了，萨姆，你对我们很有耐心，这是最后一项检查了，我保证。检查时间不长，也不会疼，但是它可能有点儿猛烈。这项检查是测试我们刚刚植入的芯片的，为了确定它正常运转。检查要持续几分钟，你得保持完全不动。可能有点儿困难。你不能扭，不能起身，挠鼻子也不行，要不然就会破坏检查。你觉得可以做到吗？”

萨米点点头。他对医生也露出温暖的微笑。“我以前玩过木头人。”他对她打包票，“我玩得可好了。”

“好！不过为了以防万一，我要用这些带子把你的手腕脚腕固定一下，不会太紧，只是以防万一你觉得鼻子痒痒。带子会提醒你要保持不动。可以吗？”

萨米点点头。绑带固定好之后，她说：“好了，我要到电脑那边去。电脑会发给应答器发出一个校准信号，然后应答器会发回一个信号。只要几秒时间，但感觉可能会长一些——可能长得多。每个人感觉会不一样。咱们来试试，准备好了吗？”

“好了。”

“好！闭上眼睛。一直闭好，我叫你睁开再睁开。深呼吸，开始，闭眼，倒数三……二……一……”

萨米·苏里文的脑海中炸开一个炫目的白色火球。他的身体变得僵直，腿在绑带下面紧绷着，他的小手指紧紧抓住椅子扶手。他听到医生在光芒的另一头用抚慰的声音说：“没事的，萨米。别害怕。再坚持几秒钟，我保证……”

他看到他自己的摇篮。摇篮里，小熊躺在他旁边，各种星星在他的小床上方懒洋洋地旋转着。他看到妈妈俯下身，端着一勺子药，告诉他必须吃掉。凯西出现了，在后院里，是夏天，他穿着尿不湿四下蹒跚，凯西用水管把水扬到空中，于是无端出现一条彩虹。她来回抡着水管，他跟着追逐金色阳光中捉摸不定的闪烁彩虹，她大笑起来，“去抓彩虹，萨米！抓住彩虹！”

一幅幅画面，一片片记忆，从他体内倾倒而出，就像水从下水道倾泻而下。不到九十秒的时间，萨米的一生便从他脑海中全数进入主机，触觉、嗅觉、味觉、听觉磅礴坠落，最后化作一片白色虚空。他的思维毫无掩饰地展现在炫目的白色中，他的体验、记忆甚至不记得的一切东西，构成萨米·苏里文的人格的一切东西，都被他脖颈里的这个小玩意儿取了出来，分门别类，传输到帕姆医生的电脑里。

四十九号扫描完成。

——41——

帕姆医生解开绑带，帮他从椅子上下来。萨米膝盖发软。她扶着他的胳膊，以免他摔倒。他胃里一阵翻滚，吐在了白色地板上。他目力所及之处都有一团团黑色的东西跳动摇晃。毫无笑容的胖护士把他带回检查室，让他坐在检查桌上，对他说没事了，问他是否需要任何东西。

“我想要我的小熊！”他尖叫道，“我想要我的爸爸，我的凯西，我想回家！”

帕姆医生出现在他身旁。她和善的眼睛里流露出理解的目光。她知道他的感受。她对他说，他很勇敢，能走到这一步，他很勇敢，很幸运，也很聪明。他出色地完成了最后的检查。他很健康，也很安全，最糟糕的已经过去了。

“每次发生坏事时我爸爸都是这么说的，每次事情都会变得更糟。”萨米抽泣着说。

他们给他拿来一件白色连衫裤让他穿上。这让他想起战斗机飞行员的衣服，拉锁在正面，料子滑溜溜的。衣服对他来说太大了，袖子总是盖过手。

“你知道你们对我们为什么这么重要吗，萨米？”帕姆医生问道，“因为你们就是未来。没有你和所有其他孩子，我们面对他们就没有丝毫获胜的可能。所以我们才去找你们，把你们带到这里来，所以我们才做了这些检查。你知道他们对我们做过的一些事，很可怕的事。可怕又糟糕，但那不是最糟的，也不是他们做过的所有事。”

“他们还做了什么？”萨米低声问道。

“你真的想知道吗？我可以让你看看，不过得你想知道才行。”

他刚刚在白色房间里重新经历了妈妈的死，闻到了她的血像铜一般的味道，看到爸爸把它从手上洗去。但医生说那还不是异星者做过的最糟糕的事。他真的想知道吗？

“我想知道。”他说。

医生拿起护士用来给他量体温的银色小圆片，和帕克在校车上放在他和梅根额头上的设备一样。

“这不是体温计，萨米。”帕姆医生说，“它的确可以探测东西，但不是体温。它能告诉我们你是谁。或者应该说，你是什么。跟我说说，萨姆。你见过他们了吗？你见过外星人了吗？”

他摇摇头。没有。他的身体在白色连衫裤里哆嗦起来。在小小的检查桌上蜷了起来。他胃里不舒服，头很痛，又累又饿，没有力气。他内心有些希望她不要再说了。他差点儿喊出来，*停下！我不想知道！*但他咬住嘴唇。他不想知道。可他又*必须*知道。

“我不得不告诉你，你见过。”帕姆医生用悲伤而柔和的声音说，“我们都见过。自从大降临以来，我们一直在等待他们到来，但其实他们就在这里，就在我们眼前，已经很久了。”

他不断地摇着头。帕姆医生搞错了。他从来没见过外星人。他总是听爸爸猜测外星人到底长什么样，一讲就是几个小时。爸爸说，他们可能永远也不会知道外星人到底长什么样。他们没有发来过消息，没有登陆地球，除了高空轨道上的灰绿色母舰和无人机，没有任何其他迹象表明他们的存在。帕姆医生怎么会说他见过外星人呢?

她伸出手，“如果你想看，我可以带你去。”

——第六部分——

黏土人

——42——

本 • 帕里什死了。

我并不怀念他。本是个废物蛋，爱哭鬼，娇气包。

僵尸可不是。

僵尸和本是截然相反的两个人。僵尸很坚强。僵尸很彪悍。僵尸很冷酷。

我离开康复病房的那天早上，僵尸诞生了。我的纤薄病号袍换成了蓝色连衫裤。我被分配到 10 号营房的一张床铺。每天三顿结实饭，还有大量体能训练，我很快便恢复了状态，但最主要的功劳还得归军团高级教官雷兹尼克，他把本 • 帕里什砸了个粉碎，再修复成现在这个冷酷无情的僵尸杀人机器。

别误会，雷兹尼克是个冰冷麻木的浑蛋虐待狂，我每天晚上都会梦见自己用各种法子干掉他。从第一天开始，他的目标就是让我的生活尽可能悲惨，迄今为止他还挺成功的。我挨过耳光、拳头、脚踢、唾沫。我被羞辱、嘲笑、大吼，直到耳膜都嗡嗡作响。我被迫在冰冷的大雨里罚站数个小时，用牙刷刷洗整个营房的地板，不停拆卸和组装步枪直到手指流血，被罚跑步直到双腿瘫软……你明白我的意思了吧。

但我没明白。一开始没有。他是想把我训练成士兵还是想干掉我？我很确定是后者。后来我才意识到，两者都是：他真的是想把我训练成士兵——训练方法就是试图干掉我。

我就给你举一个例子，一个就够了。

早操时间，军团所有小队都在操场上，三百多人的部队，雷兹尼克挑了这么个时候公开羞辱我。他站在我面前，俯视着我，双腿叉开，手撑在膝盖上，满脸痘疤的肥脸凑到我面前，我正做到第七十九个俯卧撑。

“僵尸二等兵，你妈生的孩子有活下来的吗？”

“长官！是的，长官！”

“我敢打赌，你生下来的时候，她看了你一眼就想把你塞回去！”

他的黑靴子后跟踏在我屁股上，逼我往下沉。我们小队正在环绕院子的沥青跑道上用指关节做俯卧撑，因为地冻得很硬，而且沥青能吸收血，不容易打滑。他想让我在做到一百个之前倒下。我顶住他的脚跟往上推。我可不想重做，不想在全团面前重做。我感觉得到战友们看着我，等着我不可避免地倒下，等着雷兹尼克赢过我。他总是赢。

“僵尸二等兵，你觉得我讨厌吗？”

“长官！不，长官！”

我的肌肉在燃烧。指关节磨得生疼。我的体重恢复了一些，但精神呢？

八十八，八十九。快了。

“你恨我吗？”

“长官！不，长官！”

九十三，九十四。别的小队有人低语说：“这人是谁啊？”另一个人，听声音是个女孩，答道：“他叫僵尸。”

“你是杀手吗，僵尸二等兵？”

“长官！是的，长官！”

“你早饭吃的是外星人脑子吗？”

“长官！是的，长官！”

九十五，九十六。院子像墓地一样安静。我不是唯一一个憎恨雷兹尼克的新兵。最近肯定有人会对他以牙还牙，这就是我祈祷的内容，这就是我朝一百个俯卧撑挺进时的肩头重担。

“胡说！我听说你是个胆小鬼。我听说你是个逃兵。”

“长官！不，长官！”

九十七，九十八。还差两个，我就赢了。刚才那个女孩肯定站得很近，我听见她又低声说：“加油。”

做到第九十九个时，雷兹尼克用脚跟踹了我一脚。我的胸口猛地撞到地面，脸擦过沥青，他浮肿的脸和满是眼白的小眼睛凑过来，离我只有一英寸。

九十九个，就差一个。浑蛋。

“僵尸二等兵，你是人类种族的耻辱。我教训过的渣滓都比你强。你让我觉得敌人对人类的观点是对的。你就应该被剁成猪食，变成臭大粪拉出来！哎，你等什么呢你个恶心玩意儿，他 × 的邀请函吗？”

我的头扭向一侧。有张邀请函也不错，多谢了，长官。我看到一个和我年龄相仿的女孩站在她的小队里，双臂交叉抱在胸前，对着我摇头，可怜的僵尸。她没有微笑。深色眼睛，皮肤雪白，仿佛在清晨的太阳照耀下闪闪发光。我觉得好像认识她，尽管这是我印象里第一次看到她。这里有几百个孩子接受战前训练，每天都会又进来几百个新人，领了蓝色连衫裤，分配小队，住进环绕院子一周的营房，但她那张面孔让人过目难忘。

“起来，你个臭玩意儿！起来再给我做一百个。做不完我就把你眼球拽出来，当挂件挂在我的汽车后视镜上！”

我完全没力气了。我觉得再做一个都费劲。

雷兹尼克才不在乎我怎么想。这件事也是我花了一些时间才明白的：他们不仅不在乎我怎么想——他们根本不想让我思考。

他的脸离我太近了，我都能闻到他的呼吸。像薄荷。

“怎么啦，小宝贝？你累啦？想打个盹吗？”

我还有劲儿做至少一个俯卧撑吗？如果我能再做一个，我就没有那么失败。我把额头抵上沥青，闭上眼睛。在沃什中校给我看过最终战场之后，我在自己体内找到一片空间，这是一片净土，疲倦、绝望、愤怒或天空中的绿色巨眼降临导致的任何东西都无法影响它。我常常到这里来。在这里，我没有名字。我不是本，也不是僵尸，我只是一个无名的存在。完整无瑕，不可触及，完好无缺。宇宙中最后一个活人，蕴藏着人类的所有潜力——包括敬以地球头号浑蛋再多一个俯卧撑的潜力。

我又做了一个。

——43——

倒不是说我有什么特别的。

雷兹尼克是个对待众生平等的虐待狂。他对五十三小队的其他六个新兵也都同样野蛮混账。打火石，和我年纪一样，大脑袋，一字眉。坦克，麻秆儿身材，脾气暴躁的农场男孩。小飞象，十二岁，大耳朵，第一周基础训练，他的微笑来得快去得也快。磅蛋糕，八岁，沉默寡言，但是是我们班目前的最佳射击手。侏古力，一嘴虫牙的小胖子，每项训练科目都垫底，吃饭他倒永远冲在第一个。还有年龄最小的茶杯，绝对是你见过的最毒舌的七岁小孩，也是我们当中最狂热的一个，不管雷兹尼克怎么吼她整她，她都恨不得跪舔雷兹尼克踏过的地面。

我不知道他们的真名。我们不讲自己以前是什么人，怎么来到军营的，或家里人的下落。这些事都不重要。就像本•帕里什，这些家伙在成为打火石、坦克、小飞象，等等之前的自我，他们都死了。我们被打标、装袋，被告知我们是人类最后也是最好的希望，我们是旧瓶装新酒。我们通过仇恨团结起来，当然是对寄生者和他们的外星主人的仇恨，但也有对雷兹尼克的仇恨，这种仇恨猛烈、坚持、纯粹，我们永远无法表达它，这让我们的恨意更加强烈。

然后，叫鸡块的小孩被分到了十号营房，我们当中的一个人便像白痴一样忍不住了，所有的仇恨像竹筒倒豆子一样喷涌而出。

我给你们一次机会，猜猜这个白痴是谁。

那孩子是点名时来的，我简直无法相信。他最多五岁，穿着白色连衫裤，一脸迷茫，在院子里寒冷的清晨空气中打着哆嗦，看起来像要吐了似的，显然很害怕。雷兹尼克来了，帽檐压在金鱼眼上，靴子闪得像镜子，声音因为吼叫永远沙哑，他把苍白的痘印脸凑到这个小可怜虫跟前。这个小不点二竟然没尿裤子。

雷兹尼克总是刚开始说话轻柔缓慢，最后华丽收场，这样更容易骗你以为他是个好人。

“嗬，这是什么啊？他们给咱们从总部发来个什么玩意儿——霍比特人？你是童话王国里出来的怪物，要用黑魔法给我下咒吗？”

雷兹尼克才刚开始热身，这孩子已经眼里含泪了。不知道他在外面经历过什么，刚一下校车，就碰上这个疯子大叔朝他开炮。我猜想着他对雷兹尼克以及他们称为避恶营的这个鬼地方感觉如何。我自己都还在慢慢消化，而我可比五岁大多了。

“哎，多可爱。太宝贝了，我觉得我都要哭了！老天啊，我蘸烧烤辣酱吃的鸡块都比你大！”

他把脸凑近那孩子，嗓门越来越大。出乎意料的是，小孩控制得很好，脸部拧成一团，目光来回移动，但一寸也没挪地方。虽然我知道，他心里想的肯定是冲过院子，一直跑到自己跑不动为止。

“你的故事是什么啊，鸡块二等兵？你妈没了？你想回家？*我就知道*！咱们一块儿闭眼许个愿，没准儿妈妈就来把咱们都接回家了！那多好啊，鸡块二等兵，是不是？”

小孩热切地点着头，仿佛雷兹尼克问了他一直等待的问题。终于有人说到点子上了！他抬起泰迪熊般的大眼睛，看向教官的死鱼眼……这幅场景足以让你心碎，足以让你尖叫起来。

但你没有尖叫。你笔挺地站着，目视前方，手放两侧，挺胸，心碎，眼角瞟着，内心有什么东西伸展开来，就像一条准备出击的响尾蛇。你内心一直在忍耐，压力越来越大。你不知道什么时候会爆炸，你无法预测，当爆炸发生时，你也无法阻止它。

“别弄他。”

雷兹尼克猛地转头。谁也没出声，但你能听到吸气声。队伍另一头的打火石瞪圆了眼睛。他简直无法相信我刚刚干了什么，我自己也无法相信。

“谁说的？你们哪个浑蛋玩意儿不想活了？”

他大步走过队伍，脸气得通红，手指攥成拳头，指关节发白。

“没人是吧？好，我要跪下来捂住脑袋了，上帝他老人家刚刚从天上跟我说话了！”

他停在坦克面前，尽管外面只有大概四五度，他的连衫裤里面却在流汗。“是你吗浑球儿？我要把你的胳膊卸下来！”他一拳打在坦克腹股沟上。

白痴登场。

“长官，是我说的，长官！”我大喊。

雷兹尼克这次走回来的脚步放慢了。他走到我跟前用了一千年。远方一只乌鸦凄厉地叫着，我只听到这一个声音。

他刚刚走进我的视野范围，便停了下来，没有站在我正对面，这不是个好兆头。我不能扭头看他。我得目视前方。最糟的是，我看不到他的手，这样就没法知道他什么时候出击，也不知道会打在哪里，也就是说，我无法判断何时迎击。

“这么说，僵尸二等兵现在开始发号施令了。”雷兹尼克轻声说道，我很难听清。“僵尸二等兵真是五十三小队的麦田守望者啊。僵尸二等兵，我觉得我很喜欢你。你让我两腿发软。你让我觉得，我妈生了个男孩真是可惜啊，这样我就没法给你生娃了。”

他要打哪儿？我的膝盖？裆部？大概是肚子。雷兹尼克很偏爱肚子。

猜错了。他用手掌侧面砍上我的喉头。我向后踉跄了几步，努力想要站直，尽量克制着自己，让双手保持在身体两侧。我不想满足他，不想让他有借口再来第二下。院子和营房轰鸣作响，抖动起来，院子和营房在我眼前融化了一点儿，因为我眼里充满泪水——当然是疼的，但还有另外一个原因。

“长官，他只是个小孩子，长官。”我哽咽着说道。

“僵尸二等兵，你有两秒钟，正好两秒钟，把你这张粪坑嘴给我堵上，要不然我就把你送去跟那些寄生的外星玩意儿一块烧干净！”

他深吸一口气，准备喷出下一批脏话弹幕。我完全失去了理智，开口说出了心里话。说真的，我心里有一部分感到如释重负，还有非常类似欢乐的情绪。我把仇恨憋在心里太久了。

“那高级教官就应该这样做，长官！二等兵不在乎，长官！只是——只是放过那个孩子吧。”

彻头彻尾的寂静，就连乌鸦也闭嘴了。我的队友都屏住呼吸，我知道他们在想什么。我们都听说过有个新兵顶嘴之后在障碍课上发生的“事故”，结果他在医院待了三周。还有另外一个故事，一个沉默寡言的十岁孩子，他们发现他用电线吊死在浴室里。大夫说是自杀。但很多人都不太相信。

雷兹尼克没有动弹。“僵尸二等兵，你的队长是谁？”

“长官，二等兵的队长是打火石二等兵，长官！”

“打火石二等兵，出列！”雷兹尼克吼道。打火石向前迈了一步，敬了个礼。他的一字眉紧张地颤抖着。“打火石二等兵，你被卸任了。现在僵尸二等兵开始担任队长。僵尸二等兵无知又难看，但他并不软弱。”我能感觉到雷兹尼克的眼神狠狠盯着我的脸，“僵尸二等兵，你妹妹怎么了？”

我眨了眼。两次。尽量不流露出任何情感。但我回答时声音有点儿沙哑，“长官，二等兵的妹妹死了，长官！”

“因为你像个小鸡仔似的逃跑了！”

“长官，二等兵像个小鸡仔似的逃跑了，长官！”

“但你现在不会逃跑了吧，僵尸二等兵？嗯？”

“长官，不，长官！”

他退后一步，脸上闪现过某种神情，我从来没见过的神情。看起来很像敬意，但这当然是不可能的。

“鸡块二等兵，出列！”

新来的小孩没动，磅蛋糕从背后捅了他一下。他在哭，他不想哭，他努力抽噎着，可是老天啊，哪个小孩到了这份儿上不哭呢？你过去的生活抛弃了你，结果就落得这种下场？

“鸡块二等兵，僵尸二等兵是你的队长，你要跟他睡在一起。你要向他学习。他会教你怎么走路，怎么说话，怎么思考。从现在开始他就是你哥哥。你听懂了吗，鸡块二等兵？”

“长官，是，长官！”他的声音尖厉刺耳，不过他开始摸清规则了，而且学得很快。

故事便这样开始了。

——44——

在避恶营的非典型新现实里，典型的一天是这样度过的：

早上五点，起床，洗漱。穿衣，叠被，准备接受检查。

早上五点十分，雷兹尼克检查宿舍。在某人的床单上发现一条褶子，大骂二十分钟。然后随便挑个新兵，再无端大骂二十分钟。然后绕着院子跑三圈，屁股都要冻掉了，我催侏古力和鸡块跟上大家，要不然我作为垫底就还得多跑一圈。地面冻得梆梆硬，呼出来的气都结成冰霜。停机坪和鱼贯而出的校车的另一头是电厂，冒出两丛黑烟。

早上六点半，在人满为患闻着有点儿像变质牛奶的食堂吃饭，这让我想起瘟疫，我曾经一度脑子里只有三样东西——汽车、橄榄球、女生，排名分先后。我帮鸡块拿托盘，催他快点儿吃，因为如果他不吃，新兵训练就会搞死他。我的原话就是这么说的：*新兵训练就会搞死你*。我照顾鸡块的事遭到了坦克和打火石的嘲笑。他们已经管我叫鸡块的保姆了，该死的。饭后我们去看排行榜。每天早上，前一天的分数都会公布在食堂外的一块大板子上。射击成绩、障碍训练、空袭演练、两英里跑的最短时间。排名前四的班将会在十一月月底结业。

竞争很激烈。我们小队好几周来一直卡在第十名不动。第十名不错，但还不够好。

早上七点半，训练。武器、徒手格斗、基本野外生存、基本城市生存、侦察、通信。我最喜欢生存训练了，我们被迫喝自己的尿的那一课最难忘。

中午十二点，午饭。硬皮面包里夹的不知道是什么肉。小飞象的耳朵有多大，他讲笑话就有多冷。他说寄生者的尸体并没有烧掉，而是绞成肉馅给部队当伙食。茶杯想用托盘砸他的脑袋，我只得把她拉开。鸡块盯着自己的汉堡，好像它会从盘子上跳起来咬他的脸似的。多谢啊，小飞象，你还嫌这孩子不够皮包骨头吗。

下午一点，继续训练，主要是射击。鸡块领到的不是步枪，而是一根棍子，只能假装开火，我们则是用真枪实弹射击真人大小的三合板靶子。满场都是 M16 的枪声，三合板被打碎的刺耳声。磅蛋糕是个神枪手，我是整个小队枪法最差的。我把靶子想象成雷兹尼克，希望这样可以提高准头，可是没有。

下午五点，晚饭。肉罐头、豌豆罐头、水果罐头。鸡块推开食物，大哭起来。整个小队都怒视着我。鸡块是我的责任。如果雷兹尼克过来说我们操行不当，代价就大了，埋单的人可是我。罚做俯卧撑，减少口粮——他没准儿还会扣我们的分数。我们在乎的事只有一件，那就是在基础训练里挣够分数，赶快结业，上战场去，摆脱雷兹尼克。桌对面，打火石的一字眉下的一双眼睛狠狠盯着我。他生鸡块的气，但更生我的气，因为我抢了他的队长位置。又不是我自己主动要当队长的。那天之后他来找我，怒气冲冲地说：“我不在乎你现在当了什么，结业之后我要当中士。”我就说：“随你的便，打火石。”让我带领一批人打仗这个想法太可笑了。与此同时，我说什么也无法让鸡块平静下来。他一直念叨着他姐姐，说她保证会来找他。我心里琢磨着，指挥官为什么会把一个连步枪都举不起来的小屁孩塞到我们小队来。如果幻境软件选拔出来的是最优秀的战士，那这孩子的档案里写了什么呢？

晚上六点，教官来宿舍答疑。这是我在一天当中最喜欢的时候，因为我可以和我在全世界最喜欢的人尽情享受一段时光。雷兹尼克会跟我们讲我们是一群多么没用的渣滓浑蛋玩意儿，然后会允许大家提出问题和意见。

我们的大部分问题都和竞赛有关。规则啦，平局怎么处理啦，关于哪个小队作弊的谣言啦。我们脑子里只有得高分。结业意味着正经服役，真打实斗——这是个机会，可以向死者证明我们不是白白活下来的。

其他话题：营救和筛选行动的现状（行动代号是“牧羊女”，我没开玩笑）。外头有什么消息？我们什么时候会完全转移到地下掩体？敌人显然能看到我们在这里的所作所为，他们轰炸我们只是早晚的事。这个问题总会得到一个标准回答：沃什中校知道自己在干什么。我们的任务不是操心战略和物流问题。我们的任务是消灭敌人。

晚上八点半，私人时间。终于摆脱雷兹尼克了。我们洗连衫裤，擦亮靴子，擦洗宿舍地板和厕所，清洁步枪，传看色情杂志，交换其他违禁物品，比如糖果和口香糖。我们玩牌，嬉笑打闹，抱怨雷兹尼克。我们分享当天的小道消息，讲蹩脚的笑话，以此驱逐脑海里的寂静，每个人的脑海中都有永不消失的无声尖叫，就像是熔岩上方蒸腾的热空气。大家难免会爆发争吵，在发展到动粗之前就会收场。它疯狂地咬啮着我们。我们知道得太多了。我们知道得还不够。我们的部队为什么全是没到十八岁的孩子？成年人是被带到别处去了吗？如果是的话，他们去哪儿了？为什么？寄生者是最后一波吗？或者还有第五波，会让前四波比起来都不过是小巫见大巫？想到第五波，聊天就戛然而止。

晚上九点半，熄灯。我睁眼躺着，思考着还能用什么全新招数干掉雷兹尼克中士。过了一会儿我就厌倦了，开始回忆我约过的姑娘们，用各种标准给她们排名。最漂亮的，最聪明的，最搞笑的金发、褐发，我上到几垒。她们开始融合成一个女孩，一个不再存在的女孩，在她眼中，高中楼道之神本•帕里什复活了。我从床下取出茜茜的挂盒，把它贴在心口。再没有内疚。再没有悲伤。我用自怜换了仇恨，内疚换了狡诈，悲伤换了复仇之心。

“僵尸？”是我旁边铺位的鸡块。

“熄灯后不准讲话。”我低声答道。

“我睡不着。”

“闭眼想点儿美好的东西。”

“我们可以祈祷吗？这个违反规定吗？”

“你当然可以祈祷，但不要大声念出来。”

我能听到他的呼吸声，他在床上辗转反侧时金属床架吱呀作响的声音。

“凯西以前总是陪我一起祈祷。”他说。

“凯西是谁？”

“我告诉过你。”

“我忘了。”

“凯西是我姐姐。她会来找我的。”

“噢，当然了。”我没告诉他，如果她现在还没来，大概已经死了。轮不到我来让他心碎，这个任务还是交给时间吧。

“她保证过的。保证过的。”

一声细小的抽噎。太棒了。尽管没有人能确定，但我们都认为，宿舍肯定被监听了，雷兹尼克无时无刻不在监视我们，等着我们违反某一条规定，这样他就可以砸下大锤。违反熄灯后不准讲话的规定会让我们所有人被罚一周的厨房打杂。

“嘿，没事的，鸡块……”

我伸出手来安慰他，摸到了他新剃过的脑袋，我的指尖滑过他的头皮。茜茜难过的时候喜欢我揉揉她的脑袋——也许鸡块也会喜欢。

“嘿，那边闭嘴！”打火石轻轻说道。

“没错。”坦克说，“你想让我们都完蛋吗，僵尸？”

“过来。”我低声对鸡块说着，往边上挪了挪，拍拍床垫，“我陪你祈祷，然后你就可以睡觉了，好吗？”

他的体重压上来，床垫往下沉了一点儿。哦老天，我在干吗？如果雷兹尼克进来突击检查，我就得削一个月的土豆。鸡块侧躺着，脸对着我，他把小拳头举起来，放在下巴底下，蹭着我的胳膊。

“她陪你说哪段祈祷词？”我问。

“现在我躺下。”他低声说。

“谁给那块鸡块脸上闷个枕头啊。”小飞象的声音从他的铺位传来。

我能看到他的褐色大眼睛里闪烁着一点光。茜茜的挂盒贴在我胸前，鸡块的双眼像两座灯塔一样在黑暗中闪烁。祈祷和承诺，他姐姐向他做出的承诺，我向我妹妹做出的无声承诺。祈祷也是承诺，现在是违背承诺的时代。我突然想用拳头打墙。

“现在我躺下睡觉，请主守护我的灵魂。”

到下一句时，他也开始一起念。

“待我在晨光中醒来，请主为我指明爱的方向。”

念到下一段，响起一片嘶声嘘声。有人朝我们扔了个枕头，但我们还是继续祈祷。

“现在我躺下睡觉，请主守护我的灵魂。你的天使伴我过夜，保我平安直至天明。”

念到*天使伴我过夜*，嘶声嘘声全都停了。整个宿舍笼罩着厚重的寂静。

念到最后一段，我们的声音放慢下来。仿佛我们不想结束祈祷，因为结束之后便是睡醒又一觉的空虚，度过又一天的空虚，我们等待着最后一天，我们死去的那一天。就连茶杯也知道，她大概活不到八岁生日。但我们还是会起床，去迎接十七小时的地狱生活。因为我们总会死，但我们至少要死得不屈。

“若我醒来之前死去，请主带我灵魂同行。”

——45——

第二天早上，我去了雷兹尼克的办公室。我有一个特殊请求。我知道他会怎样回答，但我还是要问一问。

“长官，队长请求高级教官允许鸡块二等兵免除今天上午的任务。”

“鸡块是本小队的一员。”雷兹尼克提醒我道，“作为本小队的一员，他就应该执行中央司令部指派的所有任务。所有任务，二等兵。”

“长官，队长请求高级教官重新考虑一下他的决定，鉴于鸡块二等兵的年龄和——”

雷兹尼克挥了挥手打断我，“这孩子又不是从他 × 天上掉下来的，二等兵。如果他没通过检查，就不会被分到你的小队。但事实是，他的确通过了检查，他被分到你的小队了，那么他就要执行中央司令部指派给你们小队的所有任务，包括 P 和 D。明白了吗，二等兵？”

呃，鸡块，我试过了。

“P 和 D 是什么？”他早饭时问。

“尸体处理和焚烧。”我目光不肯和他对视，答道。

坐在对面的小飞象呻吟起来，推开他的盘子，“该死的。我能把早饭吃下去的唯一办法就是不去想它！”

“忍着吧，宝贝。”坦克说着，瞟了一眼打火石，寻求着他的赞同。这俩人关系很铁。雷兹尼克让我接任队长那天，坦克对我说，他不在乎谁当队长，反正他只听打火石的。我耸耸肩。随便吧。一旦我们毕业——如果我们能毕业的话，我们当中就有一个人会被提拔为中士，我知道那个人不会是我。

“帕姆医生让你看过一个寄生者。”我对鸡块说。他点了下头。从他的表情，我看得出那段记忆并不愉快。“你按下了按钮。”又点了下头，比第一次慢一些，“你猜，你按下按钮之后，玻璃另一侧的人会怎么样？”

鸡块低声说：“会死。”

“还有他们从外面带回来的病人，如果他们到这里以后撑不住了——你觉得他们会怎么样？”

“噢，得了吧，僵尸，就跟他直说吧！”侏古力说。他也推开了自己的早饭。对他来说这还是第一次。侏古力是我们小队唯一一个还会要求添饭的。用最委婉的话说，军营的饭很难吃。

“我们也不愿意干这活，但总得有人干。”我重复着官方说法，“因为这是战争，你懂吗？战争。”

我环视桌子四周，寻求支持。唯一一个肯和我有眼神接触的是茶杯，她高兴地点着头。

“战争。”她说。语气很开心。

食堂外，院子另一头，有几个小队正在他们的中士教官的监督下操练，鸡块在我旁边一路小跑。大家在他背后管他叫僵尸的走狗。我们从三号和四号营房之间穿过，踏上通往电厂和尸体处理机库的路。今天又冷又阴，像要下雪。远处传来一架黑鹰直升机起飞和自动武器开火的嗒嗒嗒的声音。正前方是电厂的两根烟囱，吐着黑色和灰色的烟。灰烟消失在云丛中，黑烟挥之不去。

机库入口外面支起一顶很大的白色帐篷，工作区用红白相间的生化警告标志围了起来。我们在这里穿好尸体处理的工作服。我一穿好就帮鸡块穿戴他的橙色连衫裤、靴子、橡胶手套、面具和头罩。我告诫他，在机库里，无论发生什么事，永远，永远也不要脱下工作服的任何一部分，永远不要。他在处理任何东西之前都要申请许可，如果他出于任何理由要出去，必须先经过净化和搜查才能再进来。

“只要跟着我就行了。”我告诉他，“没事的。”

他点点头，头罩来回晃悠着，面板撞在额头上。他努力想保持镇定，但不太成功。于是我说：“他们只是人，鸡块。只是人。”

在尸体处理库内，“只是人”的尸体被分拣开来，感染的和洁净的分开——我们说寄生者和非寄生者。寄生者额头上有浅绿色圆圈标示，但一般都不用看，寄生者永远是最新鲜的尸体。

他们被摞在机库最深处的墙边，等着搬到有整个机库那么长的金属长桌上。尸体的腐烂程度各不相同。有的已经几个月了，有的新鲜得好像会坐起来跟你打招呼似的。

流水线需要三个小队共同工作。一个小队用小车把尸体运到金属桌上。第二个小队处理尸体。第三个小队把处理完毕的尸体运到门口摆好，等着运走。大家轮换职责，这样可以不那么单调。

尸体处理是最有意思的，我们班今天就从尸体处理开始。我让鸡块不要摸，先看我示范，看明白再说。

掏空口袋，把袋里的东西分类。垃圾放在一个桶里，电子产品放在第二个，贵金属放在第三个，所有其他金属放在第四个。皮夹、零钱包、纸、钞票——都是垃圾。有些小队会忍不住——积习难改嘛——于是兜里揣着一沓沓没用的百元大钞走来走去。

照片、证件，所有不是陶瓷材料的小纪念品——都是垃圾。所有死人，从老人到小孩，口袋里几乎毫无例外都塞满了，这些东西千奇百怪，只有主人才知道它们到底有什么价值。

鸡块一言不发。他看着我在流水线上工作，我走向下一具尸体时就紧紧跟着我。机库里有排风扇，但味道还是排山倒海。就和其他无处不在的气味一样，或者说，就和任何无处不在的东西一样，总会习惯的。过一阵子就闻不出来了。

其他感官也是一样。灵魂也是一样。你目睹了自己的第五百个宝宝夭折，怎么还会感到震惊、难过或任何情绪呢？

鸡块在我旁边静静地看着。

“你要是觉得恶心就告诉我。”我严肃地对他说。吐在工作服里就惨了。

头顶上方的大喇叭开始工作，音乐响起。大多数人在处理尸体时喜欢听说唱，我喜欢再加点儿重金属和 R&B。鸡块想找点儿事情做，于是我叫他把破衣服运到衣物桶那里去。这些衣服当晚会和处理过的尸体一起焚烧。焚烧场所就在隔壁，在电厂的焚烧炉。他们说，黑烟是烧煤产生的，灰烟则是烧尸体产生的。我不知道是不是真的。

这是我处理尸体最艰难的一次。我要照管鸡块，还要处理自己分内的尸体，还得盯着点儿小队的其他人，因为尸体处理库里没有教官，也没有任何大人，除了死了的这些。只有小孩，有时感觉就像上学时老师突然被叫走的时候。事情有可能会失控。

除了处理焚烧尸体的时候，各个小队很少有互动。争夺榜上头几名的竞赛太激烈了，大家跟对手都没什么友谊可言。

因此，当我看到黑发白肤的女孩把磅蛋糕那桌的尸体运到待焚区时，我没有过去自我介绍，也没有拉住他们小队的人问她的名字。我只是一边翻检着死人的口袋，一边打量着她。我发现她在门口指挥交通。她肯定是队长。上午的休息时间时，我把磅蛋糕拉到一边。他是个好孩子，很安静，但不是那种怪胎。小飞象有个理论，认为有一天塞子会突然打开，磅蛋糕就会滔滔不绝地讲上一周的话。

“你知道在你们桌干活的那个女生吧？十九小队的。”我问他。他点点头。“你知道她的什么事吗？”他摇摇头。“我为什么要问你这个呢，蛋糕？”他耸耸肩。“好吧。”我说，“但别告诉任何人我问过。”

在流水线上的第四个小时，鸡块开始踉跄了。他需要休息，于是我带他出来待了几分钟，我们靠着机库门坐着，看着乌云下不断涌出的黑烟和灰烟。

鸡块拽下头罩，把脑袋靠在冰冷的金属门上，圆圆的小脸上闪着汗渍。

“他们只是人。”我又说了一遍，主要是因为不知道还能说什么。“慢慢会好的。”我继续说道，“每次干活，感觉就少一点儿。直到——怎么说呢——就好像铺床或刷牙一样。”

我紧绷着，等着他崩溃、大哭、逃跑、爆发，随便什么。但他眼里只有茫然而遥远的眼神。突然，我变成了要爆发的人。不是冲他，也不是怪雷兹尼克让我带他来，而是冲他们，如此对待我们的浑蛋们。我的生活就不提了——我知道它会怎样收场。可鸡块呢？他 × 的才五岁，可他还有什么盼头？沃什中校到底为什么要把他分配到作战部队来？说真的，他连步枪都举不起来。可能是为了从娃娃抓起，从小训练。这样，等他到我这个年纪，得到的就不是一个心如磐石的冷血杀手，而是心如冰封的冷血杀手。他的血管里流的就是液氮。

我听到他的声音，然后才感觉到他的手放在我小臂上，“僵尸，你还好吗？”

“当然，我挺好的。”事情怎么反过来了，他倒担心起我来。

一辆大型平板车停在机库门口，十九小队开始装车，他们把尸体丢上车的样子就像是救援人员运面粉。黑发女孩又出现了，费力地搬着一具很胖的尸体的脑袋。她大概会打我们的小报告，说我们游手好闲，这样就能扣掉我们几分。

“凯西说，他们干什么都不重要。”鸡块说，“他们不可能杀光我们。”

“为什么不可能？”因为，孩子，我实在实在很想知道。

“因为我们很难被杀光。我们站……战……战五……”

“战无不胜？”

“就是它！”他鼓励地拍拍我的胳膊，“战无不胜。”

黑烟，灰烟。寒冷咬啮着我们的脸颊，身体的热量被裹在工作服里，僵尸和鸡块，头顶上方笼罩的浓云，还有躲在云层上方的母舰，是它造就了黑烟，在某种意义上，还有我们。它也造就了我们。

——46——

现在每天晚上熄灯后，鸡块都会爬进我的被窝祈祷，我会让他待到睡着为止，然后再把他抱回自己的床上。坦克威胁说要出卖我，一般都是在我下达了一个他不喜欢的命令之后。但他没有，我觉得他心里也盼着祈祷时间。

我很惊讶鸡块这么快就适应了军营生活。不过孩子们就是这样。他们差不多什么都能适应。他还扛不动步枪，但其他事都能做，有时比大孩子做得还好。他在障碍训练中比侏古力速度快，学习起来比打火石灵光。班上唯一一个无法忍受他的是茶杯。我猜是因为嫉妒：鸡块来之前，茶杯是大家的宝贝。

第一次空袭演练的时候，鸡块的确有点儿吓着了。他和我们一样不知道要演练，但和我们不同的是，他不知道到底发生了什么事。

每个月都有一次空袭演练，总是发生在夜里。警报的尖叫震耳欲聋，在黑暗中光脚摸索时都能感觉到地板的震动，套上连衫裤和靴子，抓起你的 M16，和大家一样冲向露天，几百个新兵倾泻而出，穿过院子奔向通往地下的隧道入口。

我落后了全班几分钟，因为鸡块吓得扯着嗓子大叫，就像小猴子抓着妈妈一样抱着我不撒手，觉得外星飞船随时有可能投下炸弹来。

我对他大吼，想让他冷静下来，跟住我。真是浪费口舌。最后我只好一把抓起他扛在肩上，一手拿枪，一手按住鸡块的屁股。我向外冲的时候，想起了另一个夜晚和另一个尖叫的孩子，这记忆让我跑得更快了。

我跑进楼梯，在黄色应急灯的照耀下冲下四层，鸡块的脑袋敲打着我的后背，随后穿过钢铁加固的底层大门，穿过一条短走廊，冲过第二道加固门，进入迷阵。沉重的大门在我们身后咣当一声关上了，把我们封在里面。这会儿他确定自己大概不会被消灭了，我可以把他放下来了。

掩体里灯光昏暗，走廊交错，是个能把人走丢的迷宫，但我们已经演习过太多次，我闭着眼也能找到我们的集合点。我在警报声中努力大吼，让鸡块跟紧我，我出发了。一个朝相反方向而去的小队从我们身边冲过。

右，左，右，右，左，进入最后一条走廊，我空着的手抓住鸡块的脖子后面，以免他落下。我看到我们小队蹲在死胡同尽头二十码远的地方，他们的步枪对着通往地表的通气口的金属栅栏。

雷兹尼克就站在他们身后，手里拿着秒表。

惨了。

我们比规定时间慢了四十八秒。为这四十八秒，我们要牺牲三天自由活动时间。为这四十八秒，我们在排名榜上的名次又要跌一位。

这四十八秒意味着，不知道还要多受多少天雷兹尼克的折磨。

回到营房时，我们精神都还高度亢奋，谁也睡不着。小队里有一半人都在生我的气，另外一半在生鸡块的气，坦克当然是怪我。

“你应该丢下他不管。”他说，瘦瘦的小脸气得通红。

“我们这些演习是有理由的，坦克。”我提醒他道，“万一这次是来真的怎么办？”

“那他就挂了呗。”

“他是这个小队的一员，和我们其余人一样。”

“你还是没明白吧，僵尸？这是他 × 的自然法则，病弱者都要被淘汰。”他脱下靴子，丢进床脚的储物柜，“要是我说了算，就应该把他们全都和寄生者一起丢进焚烧炉里。”

“杀人——这不是外星人的活儿吗？”

他的脸红成一个萝卜。他用拳头打着空气。打火石做了个动作，让他冷静下来，但坦克没理他。

“老，弱，病，残，笨，小——都应该滚蛋！”坦克吼道，“不能打仗或者提供支援的，任何人，所有人——他们只会拖咱们的后腿。”

“他们是可以牺牲的。”我讽刺地回敬道。

“链条的牢固程度取决于最薄弱的一环。”坦克大喊，“这他 × 的就是自然法则，僵尸。强者生存！”

“嘿，伙计，算了。”打火石对他说，“僵尸是对的。鸡块也是咱们的一员。”

“别掺和我的事，打火石。”坦克大嚷，“你们所有人都别掺和！就好像是我的错一样，就好像我应该为这烂摊子负责似的！”

“僵尸，别干看着。”小飞象求我道，“他要变多萝西了。”

小飞象说的多萝西是有一天在靶场突然崩溃的那个新兵，她掉转枪口，冲着自己班上的人开火。死了两个人，还有三个重伤，然后教官才来得及用手枪从她背后爆头。每周都听说有人“变多萝西”了，有时候我们也说“去见巫师了”。压力太大，人就会崩溃。有时候会攻击别人，有时候会冲着自己来。有时我会质疑中央司令部到底怎么想的，竟然把大火力自动武器交给一帮处境糟糕的孩子。

“哦，去你 × 的吧。”坦克冲小飞象发飙了，“就好像你知道什么似的。其实谁也不知道。咱们在这儿到底在干什么？小飞象，你来告诉我怎么样？你呢，队长？你能告诉我吗？最好有人快点儿告诉我，要不然我就把这地方炸干净。把这整个军营和你们所有人都炸干净，因为这地方就是个烂摊子，伙计。咱们要消灭他们？他们杀了咱们七十亿人呢。咱们用什么消灭他们？用什么？”他用步枪指着抱住我的腿的鸡块。“就用这个？”他歇斯底里地大笑起来。

枪举起来时，所有人都定住了。我举起空空如也的双手，尽可能冷静地说：“二等兵，现在放下武器。”

“你又不是我的上级！谁也不是！”他站在自己的床边，枪放在腰边。他算是踏上多萝西寻找巫师的黄砖路了，好吧。

我的眼神瞥向打火石，他站得离坦克最近，只有几英尺的距离。打火石用幅度极小的点头回应了我。

“你们这帮傻瓜到底想没想过，他们为什么还没进攻咱们？”坦克说。他现在不笑了。他在哭，“你们都知道他们可以这么做，你们也都知道他们知道咱们在这里，你们也知道，他们知道咱们在干什么。所以，他们为什么不阻止咱们？”

“我不知道，坦克。”我平静地说，“为什么？”

“因为咱们他 × 干什么根本不重要了！已经结束了，伙计。结束了！”他的枪胡乱挥舞着。万一走火……“你和我和这个基地的所有其他人都已经是历史了！我们——”

打火石冲了上去，从他手里夺下步枪，把他扑倒。坦克跌倒时头撞在床沿。他蜷成一团，双手抱头，用尽全力尖叫着，叫到没气之后，他喘了口气，又开始叫。不知怎么的，这比拿着上了膛的 M16 乱抡还糟糕。磅蛋糕冲进厕所，躲在一个隔间里。小飞象捂住大耳朵，冲向自己的床头。侏古力悄悄走到我身边，站在鸡块旁。鸡块双手抱住我的腿，躲在我身后偷看坦克在地板上萎靡下去。唯一一个一点儿没受坦克崩溃影响的是七岁的茶杯。她坐在自己的床上，淡漠地瞧着他，就好像坦克每天晚上都会跌在地上，要被人谋杀似的尖叫。

我突然意识到：这就是谋杀，他们对我们的所作所为就是谋杀。非常缓慢、非常残忍的谋杀，从我们的灵魂渐渐向外扩散。我还记得指挥官的话：*重要的不是摧毁战斗能力，而是要摧毁斗志*。

毫无希望。太疯狂了。坦克是唯一一个理智的人，因为他认清了现实。

所以他必须得离开。

——47——

高级教官和我的观点一样。第二天一早，坦克走了，被送往医院进行全面心理检查。他的铺位空了一周，在此期间，我们这个少了一员的小队在分数上越掉越远。我们永远也不可能毕业，永远也不可能把我们的蓝色连衫裤换成真正的军服，永远也不可能在电网和铁丝网之外证明我们自己，或是为我们失去的一切复仇。

我们不谈坦克。坦克就像从未存在过一样。我们必须相信这个系统是完美无缺的，而坦克是这个系统中的一个瑕疵。

一天早上，在尸体处理库，小飞象招手叫我去他的桌子那边。小飞象正在被培养为我们小队的医务兵，所以他得解剖指定的尸体来学习人体结构，一般都是寄生者。我走到跟前，他什么也没说，只是冲他面前的那具尸体努努嘴。

是坦克。

我们盯着他的脸看了很久。他睁着眼睛，无神地凝视着天花板。尸体很新鲜，让人不安。小飞象环视了一下机库四周，确定没人能听到我们讲话，然后低语道：“不要告诉打火石。”

我点点头，“怎么回事？”

小飞象摇摇头。透过头罩可以看到他满头大汗，“就是这一点最可怕，僵尸。我没发现任何致死原因。”

我又看看坦克。他并不苍白。他的皮肤微微发粉，一点儿伤口也没有。坦克怎么死的？他在精神病院变多萝西了？可能用药过度了？

“要是解剖他看看呢？”我问道。

“我可不要解剖坦克。”他说。他看着我的样子仿佛我刚叫他跳下悬崖似的。

我点点头。这个主意太蠢了。小飞象又不是医生。他只是个十二岁的孩子。我再次环视机库。“把他从桌子上抬走。”我说，“别让任何其他人看到他。”包括我。

坦克的尸体和其他人堆在一起，放在机库门口，等着被运走焚烧。他被搬上车子，即将完成前往焚烧炉的最后一小段旅程，他将在那里化为灰烬，与灰烟混合，被一股热空气送上天空，最后落在我们身上，因为粒子过于细小，我们既看不到，也没有感觉。他将留在我们身边，确切地说是我们身上，直到那晚我们去冲澡，把坦克仅剩的痕迹冲进下水道，然后是运输管道，然后是化粪池，在那里，他将和我们的排泄物混合在一起，经过过滤，最终归于大地。

——48——

两天后，坦克的替补来了。我们知道他要来了，因为前一天晚上，雷兹尼克在问答时间向我们宣布了这个消息。但他没有告诉我们关于他的任何情况，除了名字：他叫撒手锏。雷兹尼克走后，小队所有人都活跃起来。雷兹尼克管他叫撒手锏肯定是有理由的。

鸡块走到我的铺位来，问：“撒手锏是什么意思？”

我解释道：“一个能让小队具有优势的人。一个很出色的人。”

“射击。”打火石猜测道，“咱们最弱的就是射击。磅蛋糕是咱们班上最好的，我还凑合，但你、小飞象和茶杯都很烂，鸡块根本就不能开枪。”

“有种就过来到我跟前说我烂。”茶杯吼道。她总是想找碴儿打架。要是由我来管事，我就给茶杯一杆步枪，几个弹夹，让她去干掉方圆一百英里内的所有寄生者。

祈祷之后，鸡块靠着我的后背辗转反侧，最后我终于受不了了，低吼着叫他回自己床上去。

“僵尸，是她。”

“谁？”

“撒手锏！凯西就是撒手锏！”

我花了几秒时间才想起凯西是谁。*哦，老天，别再来这套了。*

“我觉得撒手锏不是你姐姐。”

“你也没法确定肯定不是她。”

我差点儿就说出来了：*别犯傻了，孩子。你姐姐不会来找你，因为她死了。*但我忍住了。凯西就是鸡块的银项链。是他的念想。如果他放手，就没有什么东西能阻止龙卷风把他带到奥兹国去，就像军营里的其他多萝西一样。所以少年军队的存在是有意义的。成年人不会把时间浪费在幻想上。他们会抓着尴尬的真相不放，正是这真相把坦克送上了解剖桌。

第二天早上点名时，撒手锏没来。晨跑和早饭的时候也没来。我们准备好射击装备，检查武器，穿过院子。天气晴朗，但冷得要命。大家都没怎么说话。我们都在琢磨新成员怎么还没来。

是鸡块最先看到的：撒手锏远远站在靶场，我们立刻看出打火石说对了：撒手锏的准头太他 × 厉害了。靶子从高高的褐色草丛里弹起。砰砰！爆头。又一个靶子弹起，同样的下场。雷兹尼克站在一边，操作着靶子控制台。他看到我们来了，开始飞快地按键。靶子一个接一个蹿出草丛，这个撒手锏就一枪一个地把它们干掉，甚至不用等靶子竖好。打火石在我身旁吹了一声长口哨，充满钦佩。

“这哥们儿牛逼。”

鸡块比其他人都先发现。可能是肩膀或者胯部有点儿不一样吧。他说：“不是哥们儿。”然后便朝扛着在寒气中冒烟的步枪的那个身影冲了过去。

他还没跑到她跟前，她便转过身来，鸡块停住了，先是迷惑，然后是失望。看来撒手锏不是他姐姐。

不知道为什么，从远处看觉得她个子很高。其实她和小飞象差不多高，但比他瘦，年纪也比他大。我猜大概十五六岁。她长得像小精灵，眼窝深陷，黑色眼珠，苍白的皮肤毫无瑕疵，黑色直发。最引人注意的是她的眼睛。你会觉得能从这样的眼睛里发现些什么，但最后却只发现两种可能：要么就是它太深邃了，你看不透。要么就是里面什么也没有。

她就是院子里那个女孩，我和鸡块在机库外遇到的那个。

“撒手锏是女的。”茶杯皱着鼻子低语道，就好像她闻到了一丝腐坏的臭味。她不仅不再是班上的小宝贝，现在也不再是班上唯一的女生了。

“咱们拿她怎么办？”小飞象快要焦虑发作了。

我咧嘴笑起来，实在是忍不住。“咱们要第一个毕业了。”我说。

我说对了。

——49——

撒手锏在十号营房的第一夜可以用两个字来概括：尴尬。

没人挤对人，没人讲黄段子，也没人搞大男子主义的吹牛皮。大家度秒如年地盼着熄灯，就像一帮紧张兮兮的书呆子第一次出去约会。其他小队可能有她这么大的姑娘，我们只有茶杯。撒手锏似乎对我们的别扭视而不见。她坐在坦克以前铺位的床沿，忙着拆卸和清洁她的步枪。撒手锏很喜欢她的枪，非常喜欢。你看她擦枪的样子就知道了，她用油布爱抚地上下摩挲着枪筒，直到冷冰冰的金属在荧光灯下闪闪发亮。我们尽量不去看她，这样很难受。她把枪重新组装好，小心地放在床边的储物柜里，然后走到我的铺位前，我感觉心头一紧。我有多久没和同龄女生说过话了……自从瘟疫开始之前就没有了。我也不去想我在瘟疫前的生活。那是本的生活，不是僵尸的。

“你是队长。”她说。语气平淡，没有情绪，和她的眼睛一样，“为什么？”

我用挑衅回答了她的问题中的挑衅，“为什么不？”

她只穿着内衣和标准无袖背心，刘海齐眉，俯视着我。小飞象和侏古力停下手里正在打的牌，等着看一场好戏。茶杯微笑起来，感觉到争斗正在酝酿。本来在叠衣服的打火石把一件干净的连衫裤丢在一摞衣服顶上。

“你枪法太臭了。”撒手锏说。

“我有其他本事。”我边说边把双臂交叉在胸前，“你应该看看我削土豆。”

“你身材不错。”有人轻轻笑了。我觉得是打火石，“你玩运动的？”

“以前是。”

她站在我面前，拳头抵在胯上，光脚牢牢站在地板上。吸引我的是她的眼睛。深邃，幽暗。里面究竟是空洞无物，抑或拥有几乎一切？“橄榄球。”

“猜得挺准。”

“大概还有棒球。”

“小一点儿的时候玩过。”

她突然换了话题，“我替掉的那人变多萝西了。”

“对。”

“为什么？”

我耸耸肩，“这重要吗？”

她点点头。不重要，“我本来是我们小队的队长。”

“一点儿也不奇怪。”

“你虽然是头儿，毕业后也不一定能当中士。”

“我当然希望如此。”

“确实如此。我问过了。”

她转身回自己的铺位去了。我低头看看自己的脚，该剪趾甲了。撒手锏的脚很小，脚指头圆乎乎的。我再次抬起头时，她把一块毛巾搭在肩头，正要去冲澡。她在门口停了下来，“如果这个小队有谁敢碰我，我就弄死他。”

她的语气里没有威胁，也没有玩笑的意味。就好像她只是在陈述一个事实，比如外面天很冷一样。

“我会转告大家的。”我说。

“还有，我洗澡的时候，谁也别进来。我需要绝对隐私。”

“收到。还有什么？”

她停了一下，从屋子另一头盯着我。我觉得自己紧张起来。接下来要搞什么花样？“我想下国际象棋。你会下吗？”

我摇摇头，朝伙计们大喊：“谁会下国际象棋？”

“不会。”打火石回答道，“但如果她想玩两局脱衣扑克——”

我屁股还没来得及离开床，事情就发生了：打火石倒在地上，捂着喉咙，蹬着腿，就像是被踩的虫子，撒手锏站在他跟前。

“还有，不准说侮辱人、性别歧视和大男子主义的话。”

“太厉害了！”茶杯脱口而出，她是真心的。她大概要重新审视一下撒手锏的到来了。班上多个女孩可能也没那么糟。

“你刚才这事儿够罚十天口粮减半的。”我对她说。打火石可能是活该，但雷兹尼克不在的时候，我还是老大，撒手锏得清楚这一点。

“你要给我打小报告？”她的语气中没有恐惧，没有愤怒。什么也没有。

“我是在警告你。”

她点点头，从打火石面前走开，去拿洗漱包的途中从我身边擦过。她闻起来——呃，闻起来就像是女生的气味，有那么一瞬间，我有点儿晕乎。

“等他们让我当上五十三小队的新队长时——”她撩了下刘海，说道，“我会记得你放了我这一马的。”

——50——

撒手锏来了一周之后，五十三小队从第十名上升到了第七名。第三周时，我们超过十九小队上升到第五名。只剩两周时，我们遇到了瓶颈，和第四名相差十六分，一个几乎难以逾越的鸿沟。

磅蛋糕虽然口才不行，但算术很厉害，他给我们分析了一下形势。我们在大部分科目中都没什么上升空间：我们的障碍训练排第二，空袭演练和跑步排第三，“其他指定任务”排第一，这项包括晨间检查和“部队操行”等各种分数。只有射击是软肋，虽然撒手锏和磅蛋糕都是神枪手，但我们只排在第十六名。除非我们能在接下来两周之内提升射击科目的分数，否则就完蛋了。

当然了，不用擅长算术也能知道我们为什么分这么低。队长射击太臭了。于是，没准头的队长去找高级教官申请额外训练时间了。可他的成绩并没有起色。我的技巧并不差，我以正确的顺序准确完成了所有动作。可是，三十个弹夹里我要是能打中一次靶子的脑袋，那就算我走运了。撒手锏也同意那是狗屎运。她说就连鸡块也能在三十次里打中一次。她尽量克制，但我枪法如此之差，这的确把她气坏了。她以前的小队排名第二。如果她没有被改分到我们小队，她肯定能最先毕业，而且肯定是中士的优先人选。

“我有个建议。”一天早上我们到院子里去晨跑时她说。她戴着头带，好箍住刘海。我可没注意到她的头发有多顺滑，“我可以帮你，但有一个条件。”

“这个条件跟国际象棋有关吗？”

“辞去队长的职务。”

我瞟了她一眼。寒意给她雪白的面颊抹上一片明艳的红色。撒手锏是个安静的人——不是磅蛋糕那种沉默寡言，而是紧绷着的安静，眼神像小飞象的手术刀一样犀利，仿佛能把你剖开。

“你又不是主动要当的，也不在乎，干吗不让我来？”她眼睛看着地面说。

“你为什么这么想当队长？”

“发号施令最有希望让我活下去。”

我笑了。我想告诉她我领悟到的东西。沃什说过这话。我从心底清楚这一点：*你会死的*。重点不是生存，而是复仇。

我们沿着蜿蜒小路离开院子，穿过医院停车场，踏上通往停机坪的路。我们面前是电厂，吐着黑烟和灰烟。

“这样行不行。”我建议道，“你帮我，咱们胜出，我就下台。”

这是个没有意义的建议。我们是新兵，谁当队长不是我们自己说了算，而是雷兹尼克。而且我知道，其实问题不在于谁当队长，而是我们上战场执行任务时谁能当中士。当队长并不能确保晋升，但总没坏处。

一架黑鹰在头顶呼啸而过，是夜间巡逻结束刚回来的。

“你想没想过他们怎么做到的？”她看着直升机从我们右侧摇摇摆摆地朝降落点而去，“电磁脉冲攻击之后竟然能让一切运转起来？”

“不知道。”我实话实说，“你觉得呢？”

她的呼吸在寒冷的空气中形成一团团白雾，“应该是地下掩体。要不然就是……”

“就是什么？”

她摇摇头，鼓起冻红的双颊，黑发随着她跑起来的步子来回摇摆，沐浴在明媚的晨光下。

“太疯狂了，僵尸。”她最后说道，“来吧，咱们看看你行不行，橄榄球明星。”

我比她高四英寸。我每跑一步，她得跑两步。所以我赢了。

险胜。

那天下午我们去了射击场，还带了侏古力，让他负责操纵靶子。撒手锏看我打了几枪，然后给出了她的专业意见：“你太烂了。”

“这就是问题所在。太烂。”我对她露出我最灿烂的笑容。外星末日之前，我是以微笑迷人而著称的。我不是吹牛，但我的确得小心，不能随便对人微笑：它能引发堵车。可这对撒手锏显然不起作用。她面对如此明媚灿烂的微笑，一丁点表情也没有，连眼皮都没眨一下。

“你的技术不错。射击的时候是怎么回事？”

“总而言之，我打不中。”

她摇摇头。说到微笑，我还从没见过她哪怕微微抿嘴笑一下。我决定给自己一个任务：骗她笑一次。这更像是本的主意，而不是僵尸的，不过积习难改。

“我的意思是在你和靶子之间。”她说。

嗯？“呃，它弹起时——”

“不。我说的是从这里——”指尖放在我的右手上，“到那里。”指向二十码开外的靶子。

“我没懂你的意思，撒手锏。”

“你得把武器看成你身体的一部分。开火的不是 M16，是你。这就像是吹蒲公英，你把子弹吹出去。”

她从肩头取下她的步枪，朝佚古力点点头。她不知道靶子会从哪里弹起，但靶子还没完全竖起，脑袋就被崩成了碎片。

“就好像空间不存在，一切都是你的一部分。步枪也是你。子弹也是你，靶子也是你，一切都是你。”

“所以你的意思是说，我要爆自己的头。”

这句话差点二就让她笑了。她左边嘴角抽动了一下。

“很有禅意啊。”我又尝试了一下。

她的眉毛皱成一团。第三击，“更像是量子力学。”

我严肃地点点头，“噢，当然了。我本来想说的就是这个。量子力学。”

她转开头。为了掩饰微笑？为了不让我看到她恼火的白眼？她把头转回来，我看到的只有那种充满紧绷感的凝视。

“你想毕业吗？”

“我想远离雷兹尼克。”

“这不够。”她指着场子另一头的一个人形靶。风玩味着她的刘海，“靶子弹起时，你看到的是什么？”

“我看到一块人形的三合板。”

“好吧，但你看到的是谁？”

“我知道你什么意思，有时我会想成是雷兹尼克的脸。”

“有用吗？”

“你觉得呢？”

“重点是关联。”她说。她用手势叫我坐下来。她坐在我对面，抓起我的手。她的手冰凉，就像是尸体处理库里的尸体，“闭上眼睛。噢，得了吧，僵尸。你的方法管用过吗？很好。记住，射击的重点不是你和靶子。不是你们之间隔着什么，而是你们之间有什么关联。想想狮子和羚羊。它们之间有什么关联？”

“呃。饥饿？”

“那是狮子。我问的是它们有什么共同点。”

这话题很沉重。也许接受她的帮助是错误的。我不但让她深信我是个差劲的士兵，现在还很有可能让她觉得我是个白痴。

“恐惧。”她在我耳边低语道，仿佛是在分享一个秘密，“对于羚羊来说，是害怕被吃掉的恐惧。对狮子来说，是害怕饥饿的恐惧。恐惧便是将它们系在一起的链条。”

链条。我衣袋里就有一条，拴着一个银挂盒。我妹妹死的那晚仿佛已有千年之久。但又像是前一天夜晚。它结束了。它永远不会结束。它不是从那晚到今天的一条直线，它是一个圆圈。我的手抓紧了她的手。

“我不知道你的链条是什么。”她继续说道，热气吹进我的耳朵，“每个人都不一样。他们很清楚。‘幻境’告诉他们了。就是它，让他们决定把枪放进你手里，也是它将你与靶子联系起来。”这时，她就像会读心术一样说道：“它不是直线，僵尸。它是一个圆圈。”

我睁开眼。落日在她周遭抹上一片金色的光晕，“距离是不存在的。”

她点点头，叫我站起来，“天快黑了。”

我拿起步枪，架上肩头。谁也不知道靶子会从哪里弹起——只知道它会出现。撒手锏朝侏古力打了手势，在我右边，高高的枯草窸窣作响，一毫秒后靶子弹起。但这点时间足够了。它就是永恒。

距离是不存在的。我和非我之间没有任何东西。

一声令人满足的砰之后，靶子爆头。侏古力叫了起来，在空中挥舞着拳头。我情不自禁搂住撒手锏的腰，把她抱起来转了几圈。我差一点儿就要吻她了。我把她放下来时，她退后几步，仔细把头发别在耳后。

“我过分了。”我说。我不知道我们俩谁更尴尬。我们都气喘吁吁的，但可能原因不同。

“再来一次。”她说。

“射击还是转圈？哪一个？”

她的嘴角抽动起来。唉，我就差一点儿。

“有意义的那一个。”

——51——

毕业日。

我们吃完早饭回来，新制服正在铺位上等着我们，熨过、浆过，叠得整整齐齐。还有一个额外惊喜：配备侦察外星人的最新技术的头带，上面有一个透明小圆片，大概两角五分硬币那么大，可以戴在左眼前。透过它看出去，被寄生的人类就会亮起来。至少他们是这么告诉我们的。那天晚些时候，我问技术人员它的工作原理到底是什么，他的回答很简单：不洁者发绿光。我礼貌地请他给我简单演示一下，他笑了，“上战场就能看到演示了，士兵。”

这是来到避恶营之后的第一次，大概也是我们这辈子的最后一次，我们又变成了孩子。我们尖叫着，从一张床铺跳到另一张床铺上，彼此击掌庆祝。撒手锏是唯一一个躲进厕所换衣服的。我们其余人原地脱下可憎的蓝色连衫裤，把它们扔到屋子中间的地上，堆成一团。茶杯想了个好主意——把它们烧了。幸亏小飞象最后一秒从她手里夺下了点着的火柴。

唯一一个没有制服的人坐在自己的铺位上，穿着白色连衫裤，来回摆着腿，双臂交叉在胸前，下嘴唇都快噘到天上去了。我没有忘记他。我懂。我换好衣服之后，在他身旁坐下，拍拍他的腿。

“有一天也会轮到你的，二等兵。加油。”

“要等上两年，僵尸。”

“那又怎样？想想两年之后你会变得多厉害，会让我们所有人都自愧不如。”

我们小队解散之后，鸡块要被分配到另一个小队。我答应他，只要我在基地，他就可以来找我睡，但我也不知道我什么时候或者是否还会回来。我们的任务还是绝密，只有中央司令部知道。我甚至不确定雷兹尼克是否知道我们要去哪里。我也不在乎，只要雷兹尼克留在这儿就行了。

“好了，士兵。你应该为我感到高兴嘛。”我跟他开玩笑说。

“你不会回来了。”他愤怒而笃定地说道。我不知道该怎么回应，“我再也见不到你了。”

“你当然会再见到我，鸡块。我保证。”

他使尽全力打了我。一下又一下，就打在我的胸口。我抓住他的手腕，他另一只手也打上来。我又抓住第二只手，命令他下床站好。

“不许保证，不许保证，不许保证！永远，永远，永远也不要保证任何东西！”他的小脸因为怒气拧作一团。

“嘿，鸡块，别发火。”我把他的胳膊交叉在他胸前，弯下腰看着他的眼睛，“有些东西不需要保证。只要去做就好了。”

我把手伸进口袋，掏出茜茜的项链。我打开链扣。自从我在帐篷城把它修好之后就再也没解开过这条项链。链条断开了。我把项链环在他脖了上，扣好。链条完整了。

“不管外面发生什么事，我都会回来找你的。”我向他保证道。

我越过他的肩膀，看到撒手锏从厕所里出来了，正把头发塞进新军帽。我稍息站好，敬了个礼。

“僵尸二等兵报到，队长！”

“我最荣耀的一天。”她回敬了军礼，“大家都知道谁要当中士了。”

我谦虚地耸耸肩，“我不听信谣言。”

“你做了一个自己明知无法兑现的诺言。”她实事求是地说。她其实每句话差不多都是这个语气。不幸的是，她是当着鸡块的面说的，“你确定你不想学下国际象棋，僵尸？你肯定会下得不错。”

笑大概是那一时刻最没有危险的回应方式了，于是我笑了。

门突然打开了，小飞象大喊：“长官！早上好，长官！”

我们都冲向床尾，稍息站好。雷兹尼克沿着过道走来，这是我们最后一次检查了。雷兹尼克今天很安静。他没有叫我们人渣。不过他还像往常一样挑剔。打火石的衬衣有一侧没塞到裤子里。侏古力的帽子有个褶子。他从茶杯的领子上掸掉一根只有他能看到的线头。他在茶杯面前站了很久，低头看着她的面孔，严肃得几乎有点儿搞笑。

“二等兵，你做好赴死的准备了吗？”

“长官！是的，长官！”茶杯用她最洪亮的战士嗓喊道。

雷兹尼克转向我们其余人，“你们呢？你们做好准备了吗？”

我们雷鸣般地齐声答道：“长官！是的，长官！”

雷兹尼克走之前命令我出列。“跟我来，二等兵。”他向全班敬了最后一个礼，说：“派对上见，孩子们。”

我走出门时，撒手锏意味深长地看了我一眼，仿佛在说，*我就知道*。

我保持着两步的距离，跟在教官身后穿过院子。穿着蓝色连衫裤的新兵正在给主席台做最后的装饰，挂起彩旗，给高层领导摆好椅子，铺上红毯。远处营房前拉起一条巨型横幅：**我们代表人类。**对面还有一条：**我们万众一心。**

我们走进营地西侧一栋不起眼的平房，穿过一扇安全门，门上标示着**未经许可不得入内。**穿过金属探测门，有面色冷峻、全副武装的士兵把守。进入电梯，我们前往地下四层。雷兹尼克一言不发，他甚至看也不看我一眼。我很清楚我们这是去哪儿，但却不知道为什么。我紧张地扒拉着新制服的衣襟。

我们穿过一条日光灯照亮的长走廊，又通过一处安检。这里也有面色冷峻全副武装的士兵。雷兹尼克停在一扇没有标志的门前，刷卡开了门。我们走进一个小房间。门口有个穿着中尉制服的人朝我们敬礼，我们跟着他穿过另一条走廊，进入一间宽敞的私人办公室。桌子后面坐着一个人，正在翻看一沓打印出来的电脑文档。

沃什。

他叫雷兹尼克和中尉离开，只留下我们两人。

“稍息，二等兵。”

我双脚分开，双手背后，右手轻轻握住左手手腕。站在大办公桌前，挺胸抬头，双眼前视。他是最高长官。我是个二等兵，一个地位低下的新兵蛋子，连正经军人都算不上。我的心脏怦怦跳着，感觉新衬衣上的扣子都要绷掉了。

“那么，本，你怎么样？”

他朝我绽开温暖的微笑。我根本不知道如何张口回答他的问题。而且他称呼我本，这让我措手不及。这么多个月以来，我都以“僵尸”而存在，听到有人这样叫我感觉很怪。

他等着我回答，出于某种愚蠢的原因，我把脑海里浮现出来的第一句话脱口而出，“长官！二等兵已做好赴死准备，长官！”

他点点头，仍然在微笑。随后，他站起身，绕过办公桌，说：“咱们就以军人对军人的身份开诚布公吧。毕竟你现在是一个军人了，帕里什中士。”

这时我看到了：他手里拿着中士的领章。看来撒手锏说对了。我重新稍息站好，他帮我把领章戴好。他拍拍我的肩膀，蓝眼睛径直看着我。

直视他的眼睛是一件很难的事。他看你的时候，感觉就像把你剥得一丝不挂，无处躲藏。

“你失去了一个手下。”他说。

“是的，长官。”

“惨痛损失。”

“是的，长官。”

他向后靠在办公桌上，双臂交叉，“他的表现很出色。虽然不如你，可……本，这是个教训，说明我们都有极限。我们都是人，对不对？”

“是的，长官。”

他微笑起来。他为什么要微笑？地下掩体里很凉爽，但我开始出汗了。

“你问吧。”他挥挥手，做了个请的动作。

“长官？”

“你肯定在考虑一个问题。自从坦克出现在尸体处理库，你就想问这个问题了。”

“他是怎么死的？”

“用药过量，你肯定也猜到了。是对他停止防自杀监控之后的某一天发生的。”他指指我身旁的椅子，“坐吧，本。有件事我想跟你谈谈。”

我坐了下来，坐在椅子沿上，后背笔挺，抬头挺胸。如果说坐着也能稍息，那就是我现在这个姿势了。

“我们都有自己的崩溃极限。”他说着，蓝眼睛看着我，“我要告诉你我的。第四波之后两周，我们在离这里大概六千米的一个难民营集合幸存者。呃，不是所有幸存者，只是小孩。尽管我们没有检查寄生情况，但我们很确定小孩没有受影响。由于我们不知道谁是敌人，谁是自己人，所以指挥官不得不下令消灭所有十五岁以上的人员。”

他的脸色阴郁下来。他移开目光，靠回书桌，用力抓着桌子边缘，指关节都发白了。

“也就是说，我得下这个命令。”他深吸一口气，“我们杀了他们，本。我们让孩子上车之后，把他们所有人都干掉了。完事之后，我们烧掉了营地，把它从大地上抹去了。”

他看着我。难以置信的是，我从他眼里看到了泪水，“这就是我的崩溃极限。后来我惊愕地意识到，我落入了他们的陷阱。我成了敌人的工具。我每杀一个寄生者，就有三个无辜的人死去。我得背负着这个事实活下去——因为我必须活下去。你明白我的意思吗？”

我点点头。他悲伤地笑了，“你当然明白。咱们的手上都沾着无辜者的血，不是吗？”

他站直了，要说正经事了。他眼里的泪光不见了。

“帕里什中士，今天，你们兵团排名前四的小队要结业了。作为优胜小队的队长，你有权优先挑选任务。两个小队将负责这个基地的安保工作，承担巡逻任务。还有两个小队将进入敌人领地。”

我花了几分钟消化情况。他任由我慢慢想。他拿起一张打印文档，递到我面前。上面有很多数字、弯弯曲曲的线条和奇怪的符号，我一点儿也看不懂。

“我没指望你看懂。”他说，“但你想不想猜猜这是什么？”

“它就是某种猜想，长官。”我答道。

“这是‘幻境’对被寄生的人的分析报告。”

我点点头。我为什么要点头？我又看不懂：*啊，对，长官，分析报告！请继续说下去*。

“我们一直在用幻境对他们做分析，但我们无法将寄生者的分析图和受害者的分离——或者克隆人，或者随便叫它什么。现在终于成功了。”他举起那张纸，“帕里什中士，这就是外星人思维的样子。”

我又点了点头。但这次我是真的开始明白了，“你们知道他们在想些什么了。”

“正是！”他对我这个明星学员露出喜悦，“打赢这场战争的关键不是战术战略，甚至也不是技术差距。赢得这场战争，或是任何一场战争，真正的关键是了解敌人是如何思考的。现在我们成功了。”

我等他慢慢跟我解释。敌人到底是怎么思考的？

“我们的大部分猜想都是正确的。他们监视我们有一阵子了。寄生者被嵌入世界各地的重要人士，也可以管他们叫休眠间谍，等我们的人口被削减到一个可控数目之后，再发出信号让他们彼此配合发起攻击。我们都清楚避恶营那场攻击的最后结果，而且我们很担心，其他军事基地可能没有我们这么好的运气。”

他拍拍腿上这张纸。我肯定皱了下眉，因为他朝我露出一个安抚的微笑。

“幸存人口的三分之一。他们被安插在这里，准备消灭活过前三波的人。你、我、你的手下，我们所有人。如果你像可怜的坦克一样有任何顾虑，担心可能会有第五波，你都可以放心了。不会有什么第五波的。他们要等到人类消灭殆尽之后才会离开母舰。”

“所以他们没有……”

“再次攻击我们？我们是这么想的。他们的终极目标似乎是留下这颗星球供他们殖民。现在我们进入了消耗战。我们的资源有限，他们不可能永远撑下去。我们清楚这一点，他们也清楚这一点。切断供应，无法调动大批军力，这个营地，以及任何其他类似营地，都会灭亡，就像藤蔓的根被切断。”

奇怪。他仍在微笑。他似乎对这种末日想象感到颇为兴奋。

“那么我们怎么办？”我问道。

“我们只能做一件事，中士。主动出击。”

他说这话时，毫不怀疑，毫不恐惧，毫不绝望。*主动出击*。所以他当了指挥官。他站在我面前，面带微笑，充满信心，棱角突出的面孔让我想起古代雕塑，崇高，睿智，强壮。他就是岩石，外星人一拨又一拨扑向他，溃败而退，他却完好无损。*我们代表人类*，条幅是这么写的。错了。我们只是苍白的映像，虚弱的影子，遥远的回声。*他*才是人类，主动出击，永不失败，无法战胜，他是人类的精华。在这一刻，哪怕沃什中校叫我为了这项事业对着自己的脑袋开枪，我也会照做的。我会不假思索地服从他。

“这就回到了你们的任务上。”他静静地说，“我们的侦察机发现代顿市内和周围聚集了大批寄生军。我们将会空降一个小队，这个小队在之后四个小时内就得自生自灭了。幸存概率大概是四分之一。”

我清清嗓子，“还有两个小队留在这里。”

他点点头。蓝色眼睛的目光直达我的灵魂深处——深至骨髓。

“由你决定。”

还是那个不易察觉的微笑。他知道我会说什么。在我走进门之前，他就知道了。或许是我的幻境档案告诉他的，但我不这么想。他了解我。

我从椅子上站起来，稍息站好。

我对他说了他已经知道的话。

——52——

早九点，整个兵团在院子集合，形成一片蓝色连衫裤的海洋，打头的是排名前四的小队，穿着簇新的军服。一千多个新兵整整齐齐地面东列队，朝向代表新开始的方向，朝向前一天搭起的主席台。旗帜在寒风中飘扬，但我们丝毫不觉得冷。我们内心燃着熊熊火焰，比焚化坦克的烈火还要滚烫。中央司令部的领导走向第一排，胜者的这一排，和我们握手，祝贺我们取得的好成绩。随后是教官们向我们表示感谢。我一直在想象雷兹尼克跟我握手的时候，我要跟他说些什么。*谢谢你让我活在地狱……噢，去死吧。去死吧你个浑蛋*……或者我最喜欢的，短促有力：*滚*。可当他朝我敬礼，对我伸出手的时候，我差点儿没忍住。我既想一拳打上他的脸，又想拥抱他。

“祝贺你，本。”他说道，这让我大吃一惊。我都不知道他竟然知道我的名字。他朝我眨了眨眼，继续走向下一个人。

有几个我从没见过的军官做了简短讲话。随后最高指挥官上台，整个部队沸腾起来，大家挥着帽子，抡着拳头。我们的欢呼声回荡在院子四周的建筑之间，将声音放大了一倍，我们的人数仿佛也增加了一倍。沃什中校慢慢举起手，举向额头，他就像是按下了一个开关：声音突然停了，我们也举手敬礼。我能听到四周安静的抽泣声。大家都控制不住了。经过军营前和军营中的一连串经历，经过所有的鲜血、死亡和战火，经过穿越幻境的丑陋镜像和处决室里面对更加丑陋的未来，经过让我们再无退路的数月严酷训练，我们抵达了目的地。我们从童年的终结中幸存下来。现在，我们是军人了，可能是最后一批负隅顽抗的军人，地球最后的、唯一的希望，我们在复仇的火焰中团结一心。

沃什的讲话我一个字也没听进去。我看着太阳在他肩膀后方升起，正好在电厂的两根烟囱之间，阳光映着轨道上的母舰，原本完美的天空中唯一的瑕疵。如此之小，如此微不足道。我觉得仿佛伸手就能把它从天上摘下，扔到地上，用脚碾碎。它融化了我的骨头，烧毁我的皮肤。我就是变成超新星的太阳。

我之前说本•帕里什离开康复病房那天就死了。我说错了。我一直在体内带着他发臭的躯体，历经整个基础训练阶段。现在，他的最后一点儿痕迹也焚烧殆尽，我正看着这次火焰的点燃者。是他让我看到了真正的战场，是他让我变得空无一物，这样我才能再次充实。是他杀死了我，这样我才能重生。我发誓，我看到他回望着我，冰蓝的眼睛直触我的灵魂最深处，我知道——我知道他在想什么。

你我一心。仇恨，狡诈，复仇心，让我们兄弟一心。

——第七部分——

杀戮之心

——53——

是你救了我。

那天晚上，我躺在他怀里，这句话在我耳边回荡。我心想，白痴，白痴，白痴。你不能这么做。你不能，不能，不能。

第一条规则：不能相信任何人。这也就衍生出第二条规则：活得尽可能长久的唯一方法是尽可能独自行动。

现在我把两条规则都打破了。

他们真是聪明。生存越艰难，你就越想振作起来。你越想振作，生存就越艰难。

问题在于，我自己已经尝试过了，我单枪匹马混得并不好。事实上，应该说是很糟。要不是伊万发现了我，我就已经死了。

他的身体贴着我的后背，胳膊搂着我的腰，像是一种保护，他的呼吸诱人地拂过我的脖子。屋里很冷，要是能盖上被子就好了，但我不想动弹，我也不想让他动弹。我的手指在他裸露的小臂上游走，忆起他嘴唇的温度，他柔顺的头发在我们之间滑过的感觉。从不睡觉的男孩睡着了。他在一片血海中央的孤岛的凯西奥佩娅沙滩上休憩。你

有你的保证，而我有你。

我不能信任他。我只能信任他。

我不能和他一起留下。我不能把他丢下不管。

不能再相信运气了。异星者教会了我这一点。

但还能相信爱吗？

倒不是说我爱上他了。我甚至不知道爱的感觉是什么样的。我知道我对本·帕里什的感觉，它无法用语言描述，至少我不知道用什么词来描述它。

伊万在我身后动了动。“很晚了。”他嘟哝道，“你最好睡一会儿。”

他怎么知道我醒着？“你呢？”

他翻身下床，朝门口走去。我坐起来，心怦怦跳着，“你去哪儿？”

“去转一圈。不会很久。”

他走后，我脱下衣服，套上他的一件格子衬衫。薇尔喜欢淑女风睡衣。我可不是这个路数。

我爬回床上，把被子拉到下巴尖盖严实，好冷啊。我聆听着寂静。也就是说，房子里没了伊万。外面有野生动物的各种声响，远方野狗的吠叫，狼的孤嚎，猫头鹰的尖鸣。现在是冬天，大自然保持低语的时候。我想，春天来临时，野外的各种动物会奏起交响曲吧。

我等着他回来。一个小时过去了，两个小时过去了。

我又听到嘎吱的声音，说明有动静。我屏住呼吸。我一般都能听到他夜里进屋。厨房门关上了。他的靴子沉重地踏上楼梯。可现在我什么也没听到，只有门外的嘎吱声。

我伸手从床头桌上拿起手枪。我总是把它放在附近。

我的第一个想法是*他死了。门外不是伊万，是个消音者。*

我离开被窝儿，蹑手蹑脚走到门口，把耳朵贴在木头门板上。我闭眼集中精力。用正确的姿势双手握枪，这是他教我的。我在脑海里温习着每个步骤，也是他教我的。

左手握住门把。转一下，拉开，退后两步，举枪。转身，扣扳机，退后两步，举枪……

嘎啊啊啊啊啊啊吱。

好吧，就这样吧。

我一下拉开门，只退了一步——真是白复习了——举起枪。伊万吓得往后跳，撞上了墙，他看到枪口在眼前闪闪发亮，便条件反射地飞快举起双手。

“嘿！”他大叫起来。双眼圆睁，双手高举，就好像被人抢劫了似的。

“你他 × 干什么呢？”我气得直发抖。

“我回来——回来看看你。你能先把枪放下吗？”

“你知道我不用非得打开门吧。”我没好气地说着，放下了枪。“我可以透过门板打中你。”

“下次我一定敲门。”他对我露出招牌歪嘴微笑。

“咱们还是约定个暗号吧，以防你又想吓唬我。敲一下表示你想进来。两下表示你只是过来偷窥我睡觉。”他的目光从我的脸移到我的衬衣（咦，是他的衬衣吧）到我裸露的双腿，停留的时间有点儿长，然后又转移回我的脸。他的目光很温暖。我的双腿有点儿冷。

然后他在门框上敲了一下，但我放他进来是因为他的笑容。

我们坐在床上。我尽量不去想我正穿着他的衬衣，衬衣上有他的气味，而他就坐在一英尺开外，身上也有他的气味，于是我胃里像是有个疙瘩，煤球般滚烫。

我希望他再次触碰我。我想念他的双手，像云朵般轻柔。但我担心如果他触碰我，构成我身体的所有七千亿亿亿原子就会爆炸，散落在宇宙各处。

“他还活着吗？”他低声问道。那种悲伤而绝望的表情又回来了。外头发生了什么？他为什么会想到萨米？

我耸耸肩。我怎么会知道这个问题的答案？

“我知道劳伦什么时候还活着。我的意思是，我知道她是什么时候死的。”他摆弄着被子，手指顺着拼接布片抚过缝合的针脚，仿佛是在追寻藏宝图上的方向，“我能感觉得到。那时只剩我和薇尔了。

薇尔病得很重，我知道她撑不了多久。我感觉得到，几乎可以精确到小时，我都经历过六次了。”

他静静地待了一分钟，然后才继续开口。有什么东西着实吓着他了。他的眼神十分游离，满屋逡巡，仿佛在寻找能让他转移注意力的东西，也有可能正好相反，可能是在寻找能让他关注当下的东西，和我在一起的当下，而不是他心头挥之不去的事。

“有一天我出去了。”他说，“去晾被单。我突然有种奇怪的感觉，就好像被什么东西打在胸口上。我的意思是，那种感觉完全是生理上的，不是心理上的，不是有个小声音在我脑海里说话……说劳伦没了。不是那样。就好像有人使劲揍了我一拳。于是我知道了。于是我丢下被单，冲向她家……”

他摇摇头。我摸摸他的膝盖，然后飞快地把手缩了回来。经过第一次之后，触碰变得太随意了。

“她用的什么方式？”我问道。我不想让他进入还没做好准备的地方。迄今为止，他在情感方面都像是冰山，三分之二隐藏在水面之下，倾听多过讲述，提问多过回答。

“上吊。”他说，“我把她抱下来的。”他移开目光。和我在这里，和她在那里，“然后我把她埋了。”

我不知道该说什么。于是我什么也没说，有太多人在无话可说时不说话。

“我想，爱一个人的话，就会有这种感觉吧。”过了一分钟之后他说道，“他们出事了，你的心头就会挨上一拳。不是*好像*挨了一拳，而是*真的*挨了一拳。”他耸耸肩，轻轻笑了，“反正我是这么觉得的。”

“所以你觉得，既然我没感觉，萨米肯定还活着？”

“我知道。”他耸耸肩，冲我不好意思地笑了，“听着很傻。我不该提这个。”

“你真的很爱她？”

“我们是青梅竹马。”他的眼睛在回忆中闪闪发亮，“不是她在我家，就是我去她家，我们总在一起玩。后来我们长大了，她*总是*在我家待着，或者我一直在她家待着。只要我能脱身的时候。因为我还得帮我爸干农活。”

“你今晚就是到劳伦家去了？”

他的脸上滑下一颗泪珠。我用拇指帮他擦去，就像我问他是否相信上帝那晚，他帮我擦掉眼泪一样。

他突然倾过身子来吻了我，毫无预兆。

“你为什么吻我，伊万？”他本来在谈劳伦，然后却吻了我，感觉很怪。

“我不知道。”他歪过头。伊万一会儿神秘，一会儿沉默，一会儿热情，现在又成了害羞的小男孩。

“下次你最好找个充分理由。”我跟他开玩笑道。

“好。”他又一次吻了我。

“什么理由？”我轻轻地问。

“呃。你很漂亮？”

“这个理由不错。我不知道是不是真的，但听着不错。”

他用柔软的双手捧起我的脸，再一次凑过来，第三次吻了我，这次是个长久的吻，它点燃了我胃里的那个疙瘩，竖起了我脖颈后的汗毛，让它们跳起愉快的舞蹈。

“是真的。”他低声说着，我们的双唇轻轻擦过。

我们用和几小时前一样的姿势依偎在一起睡着了，他的手掌就放在我脖子下方。我在黎明时分醒来，有那么一刻，我回到了树林中的睡袋里，只有我，我的小熊，还有我的M16，还有一个陌生人，紧紧抱着我。

不，没事的，凯西。是伊万，他救了你的命，照顾你康复，还愿意冒生命危险帮你守住荒唐的承诺。伊万能注意到一切细节，他注意到了你。伊万，这个单纯的农场男孩，他有一双温暖、轻柔而柔软的手。

我的心脏突然停跳了一下。农场男孩的手怎么会柔软呢？

我把他的手从我胸口轻轻移开。他动了下，对着我的脖子叹了口气。现在我的汗毛是因为另一个理由竖起来的。我用指尖轻轻滑过他的手掌心，柔软得像婴儿的屁股。

好吧，别慌。他有好几个月没干过农活了。你也知道他的指甲多么整洁……可在树林里打了几个月的猎就能抹平多年的老茧？

在树林里打猎……

我轻轻低下头，闻了闻他的手指。可能我的想象力过于活跃了，但我是不是闻到了火药的微酸金属气息？他什么时候开过枪？他今晚没有打猎，而是去给劳伦上坟。

天色渐亮，我清醒地躺在他怀里，感受着他的心脏在我背后跳动，我自己的心脏在他手心跳动。

你这个猎人肯定不怎么样，你回来的时候几乎都是空手。

其实我很厉害。

你只是不愿意杀生？

我愿意做我必须做的事。

你愿意做的究竟是什么呢，伊万•沃克？

——54——

第二天极其痛苦。

我知道不能和他对峙，太冒险了。如果最糟的情况是真的怎么办？最糟的情况是，伊万•沃克不是什么农场男孩，而是人类叛徒——或者最难以想象的（这个词基本上总结了这场外星入侵）：消音者。我对自己说，最后这种可能性太荒唐了。消音者不可能照顾我康复，更不可能给我起外号，在黑暗中和我依偎在一起。消音者只会，呃，消灭我。

一旦我迈出不可逆转的那一步与他对峙，我基本上也就玩完了。如果他对自己的身份说了假话，我这么做就是把他逼入绝境。不管他让我活下来的理由是什么，我觉得，如果他认为我发现了真相，我都不会活太久。

慢慢来，好好想想，别像以前那么鲁莽，苏里文。你不是这种风格，但这次必须得有点儿条理。

于是我假装没事。可早饭时，我把话题导向他在大降临之前的生活。他在农场上都干些什么活？他说，什么都干。开拖拉机，捆干草，喂牲口，修设备，搭栅栏。我的眼睛盯着他的手，脑子在帮他编借口。一直戴手套是最合理的一个借口，但我想不出怎么能自然地问出这个问题。那么，伊万，你在农场长大，手却这么柔软。你肯定一直戴手套，而且比一般男生更喜欢用护手霜吧？

他不想谈过去。他担忧的是未来。他想讨论行动细节。仿佛从农场到莱特 - 帕特森的每一步都要规划好，每一个意外都要考虑到。如果我们不等春天就走，又碰上一场暴风雪怎么办？如果我们发现基地被遗弃了怎么办？那时我们如何寻找萨米的踪迹？我们什么时候才能判断搜索到头了，应该放弃了？

“我永远不会放弃的。”我对他说。

我等着夜幕降临。我一直都不擅长等待，他也发现我坐立不安。

“你自己没事吧？”他站在厨房门边，步枪挂在肩头。他用那双柔软的手温柔地捧起我的脸。我抬头看着他那双小狗般的眼睛，勇敢的凯西，值得信任的凯西，蜉蝣般的凯西。当然了，我会没事的。你去猎几个人回来，我在家做爆米花。

随后他走了，我锁上门。看着他轻快地走下后门门廊，朝西边的树林小跑而去。那是高速路的方向，众所周知，新鲜野味都喜欢聚集在那边，比如鹿啦，兔子啦，智人啦。

我飞快地翻检了所有屋子。我在这房子里关了四周，就像被软禁了一样，不知道的还以为我已经四下翻遍了呢。

我找到了什么？什么也没有。也找到很多东西。

家庭相册。婴儿伊万在医院里戴着新生儿条纹帽。伊万推着塑料剪草机蹒跚学步。五岁的伊万骑着小马。十岁的伊万开拖拉机。十二岁的伊万穿着棒球衫……

还有他家的其余人，包括薇尔——我一下子就认出了她，看到这个死在他怀里的女孩，这个我借穿衣服的女孩，我便会想起这整件糟心事，突然间，我仿佛成了地球幸存者里最下作的人。我看到他们全家在圣诞树前，围在生日蛋糕边，在山间徒步，我被迫吞下这一切：圣诞树、生日蛋糕、全家休假还有其他一万件原本理所当然的事，它们都结束了。每张照片都是一个警钟，一枚计时器，嘀嘀嗒嗒迈向正常生活的终结。

她也出现在其中一些照片里。劳伦，高个子，活力四射。噢，还是金发。当然了，她肯定是金发。他们站在一起很令人羡慕。在半数以上的照片里，她都没看镜头，而是在看他。跟我偷偷摸摸看本•帕里什的目光不一样。她看伊万的目光炽烈，仿佛在说，*这个人？他是我的*。

我收起相册。我的焦虑渐渐散去。*他的手的确很柔软，那又怎样？是好事啊。*我生起熊熊燃烧的炉火，把屋子暖起来，驱散我心中的阴影。*他扫墓之后手指闻起来有火药味，那又怎样？到处都有野生动物。谁说他必须跟你交代，“对，我去给她上坟了。噢，回来路上顺便打了只疯狗。”自从他找到你之后，他一直在照顾你，保护你，安慰你。*

但不管我怎样努力说服自己，我都无法平静下来。我漏了什么东西——很重要的东西。我在壁炉前踱来踱去，尽管火很旺，我仍然浑身发抖。就像是身上有个地方发痒，自己却挠不到。我漏掉的到底是什么呢？我心里知道我不可能发现什么证据，哪怕我搜遍房子里的每一寸角落。

但你并没有搜遍，凯西。有一个地方，他想不到你会去找的地方，你还没去那里搜过。

我瘸着走进厨房。没多少时间了。我从门边的挂钩上抓起一件厚外套，从壁橱里拿了把手电，把手枪塞进腰带，出门踏入严寒。天很晴朗，院子里洒满星光。我尽量不去想头顶上方几百英里开外的母舰，蹒跚着朝谷仓走去。直到走进谷仓，我才打开手电。

陈年粪肥和干草发霉的气味，头顶有耗子从腐烂的木板上仓皇跑过的声音。我四处晃着手电，照向空荡荡的畜栏，扫过泥土地面，射进干草堆。我不知道自己到底在找什么，但我还是在找。在所有恐怖片里，谷仓总是你不知道自己在找什么但肯定不会后悔找到的那样东西的最佳藏匿地。

我在里墙边一摞破毯子下发现了我没有在找的这样东西。修长，幽暗，在手电的光环下闪闪发亮。我没有触碰它。我揭开三张毯子，发现了它。

是我的 M16。

我知道它是我的。我看到枪托上刻着我的名字缩写：C.S，那是某个下午我躲在林中帐篷里刻的。C.S 代表蠢到家了（Completely Stupid）。

消音者躲在林中朝我开枪时，我把它落在高速路中间的隔离带上了。我当时慌了，就把它忘了。我清楚不能回去拿它。结果它出现在这里，伊万 • 沃克的谷仓里。我最好的朋友回到了我身边。

你知道战时怎么判断谁是敌人吗，凯西？

我向后退了一步，远离它发出的讯息。一直退到门边，但我的手电始终照在它黝黑的枪筒上。

然后我转身跑起来，径直撞上他石头般坚实的胸膛。

——55——

“凯西？”他边说边抓住我的胳膊，以防我一个屁蹲儿摔倒。“你在这外面做什么？”他越过我的肩膀往谷仓里看去。

“我觉得好像听见有动静。”太傻了！这样他可能就要调查了。可这是我脑海里想到的第一个回答。想到什么就说什么，这毛病我真得改改了——如果我能活过接下来五分钟的话。我的心怦怦跳得厉害，我都能听见自己耳鸣的声音。

“你觉得……凯西，你不应该夜里出来。”

我点点头，强迫自己直视他的眼睛。伊万•沃克能注意到一切细节，“我知道，这么做不明智。可你走了很久了。”

“我在跟踪一头鹿。”这会儿，我面前的他是一个巨大的伊万形状的阴影，带着大火力步枪，背景是无数太阳。

谁说不是呢，“咱们进去吧，好吗？我冻死了。”

他没动弹。他在往谷仓里看。

“我看过了。”我尽量让自己的声音保持镇定，“是耗子。”

“耗子？”

“对，耗子。”

“你听见耗子的动静了？谷仓里的？从房子里听见的？”

“不是。我从房子里怎么能听见耗子呢？”我应该翻个白眼，表示无可救药。而不是不小心发出紧张的笑声，“我出来到门廊呼吸点儿新鲜空气。”

“所以你是在门廊听见耗子的动静的？”

“这些耗子个头很大。”应该露出调情的微笑！我挤出一个勉强作数的笑脸，然后挎起他的胳膊，把他拉向房子，简直就像是搬运水泥柱子。如果他走进谷仓，看到暴露在外的步枪，就完蛋了。我到底为什么没把它盖起来？

“伊万，没事。我就是吓了一跳而已。”

“好吧。”

他把谷仓门关上，我们朝房子走去，他的胳膊保护性地搂着我的肩膀。我们走到门口时，他的胳膊放了下来。

就现在，凯西。快速站到右侧，从腰带上摘下手枪，两手握稳，双膝微屈，眯眼。别拔枪。就现在。

我们走进温暖的厨房。机会错过了。

“这么说，你没打到鹿。”我随意地说。

“没有。”他把步枪倚墙放好，脱下外套。他的双颊冻得通红。

“也许你朝别的东西开枪来着。”我说，“我听见的可能就是你的枪声。”

他摇摇头。“我没开过枪。”他对着双手哈气。我跟着他进了大屋，他在壁炉前俯下身暖手。我站在沙发后面几尺开外的地方。

第二次干掉他的机会。距离这么近，没什么难度。或者应该说，要是他的脑袋长得像是空奶油玉米罐头就没什么难度了，因为我只习惯那一种靶子。

我从腰间摘下手枪。

在他的谷仓里发现我的步枪之后，我就没有太多选择了。这就像是困在高速路上的那辆汽车下面：要么躲藏，要么面对。如果不采取任何措施，假装我们之间平安无事，那就会一事无成。从背后朝他的脑袋开枪能够完成一件事——杀掉他——可在十字架士兵之后，不再杀害无辜成了我的优先事项。既然我手里有枪，最好还是先开诚布公。

“我有件事要告诉你。”我说。我的声音在发抖，“关于耗子的事我说谎了。”

“你发现了步枪。”不是疑问句。

他转过身。他背对着炉火，面孔成了一片阴影。我看不清他的表情，但他的语气很随意，“我是几天前在高速路边发现的。我记得你说过你逃跑的时候丢过一把。后来我看到了枪上的缩写字母，猜到大概是你的枪。”

有那么一刻，我一言不发。他的解释完美无瑕。我只是没想到他就这么交代了。

“你为什么没告诉我？”我最终问道。

他耸耸肩，“我本来是要告诉你的，可能忘了吧。你举着枪干什么，凯西？”

噢，我本来想把你的头打爆的，仅此而已。我还以为你可能是消音者，或者人类的叛徒，诸如此类。哈哈，虚惊一场！

我跟随他的眼神，看向我手里的枪，突然觉得很想哭。

“咱们得彼此信任。”我低声说，“不是吗？”

“对。”他说着，朝我走了过来，“是这样。”

“可是……可是你怎么能强迫自己信任别人呢？”我说。他走到了我身边。他没有伸手拿枪，而是用眼神对我表示着关切。在我从自以为了解的那个伊万身边坠落太远之前，我希望他能拉住我，正是那个我自以为了解的伊万救了我，为了从坠落中拯救他自己。现在我只有他了。他就是我紧抓不放的悬崖边的小灌木。*救救我，伊万。别让我掉下去。别让我丢掉我的人性。*

“你没法强迫自己相信任何东西。”他轻柔地说，“但你可以让自己去相信，让自己去信任。”

我点点头，看向他的眼睛。如此温暖的巧克力色，如此温柔悲伤。妈的，他为什么一定要长得这么帅？我为什么又一定要注意到这一点？我对他的信任跟萨米上巴士之前拉住那个士兵的手有什么区别？奇怪的是，他的眼睛让我想起萨米的眼睛，里面充满渴望，想确定是否一切都好。异星者对这个问题的回答是毫不含糊的“不”。所以，如果我给伊万同样的回答，那我又是什么呢？“我也想这样。真的，真的很想。”

我不知道事情是怎么发生的，可我的枪已经到了他的手里。他拉起我的手，走到沙发跟前。他把枪放在那本《绝望情欲》上面，挨着我坐下，但并没有挨得太近，手肘支在膝盖上。他搓着宽大的双手，仿佛仍然很冷。但其实并不，我刚刚握过其中一只。

“我不想离开这里。”他坦承道，“有很多看似充分的理由，直到我发现了你。”他出于词不达意的挫败感把双手轻轻合在一起，“我知道，你并没有要求成为我继续……继续一切的意义。可从我找到你的那一刻……”他转过来，握起我的双手，我突然有点儿害怕。他握得很紧，眼里盈满泪水。现在仿佛是我拉住他，防止他坠落悬崖。

“我之前大错特错。”他说，“在我找到你之前，我以为支撑下去的唯一办法是找到一个活下去的理由。并非如此，要想支撑下去，就要找到一个愿意为之而死的理由。”

——第八部分——

复仇之心

——56——

世界在尖叫。

其实只是寒风从黑鹰直升机敞开的舱门呼啸而过，但听起来就像世界在尖叫。瘟疫最猖狂的时候，每天都有数以百计的人死亡，帐篷城的焦虑居民有时会错把昏迷者丢进火里，然后你就会听到他们被活活烧死时的尖叫，同时心头仿佛挨了一记重拳。

有些事你是永远也无法丢下的。它们不属于过去。它们属于你。

世界正在尖叫。世界正在被活活烧死。

透过直升机的窗口可以看到幽暗的地面上有星星点点的火，就像是墨色背景上的琥珀色污渍，离城郊越近就越多。这些不是焚烧尸体的火堆，是夏季暴风雨的闪电点燃的，秋风又将余烬送往新的地方继续燃烧起来，火还有许多东西可以吞噬。这个世界将继续燃烧很多年。直到我长到我父亲的年纪——如果我能活那么久的话。

我们从树梢上方十英尺的高度掠过，某种隐形技术使螺旋桨声音压得很低，从北面接近代顿市中心。天上下起小雪，它在下面的火旁如金色光晕般闪烁，发出光芒，照亮的地方空荡荡的。

我将视线从窗边移开，看到撒手锏从过道对面盯着我。她举起两根手指。我点点头。还有两分钟离机。我把头带拉下来，将单片眼镜置于左眼前，调整了一下带子。

撒手锏指着坐在我身旁的茶杯。她的眼镜总是往下滑。我拉紧带子，她朝我竖起大拇指，我嗓子骤然觉得很堵。她才七岁。老天啊。我倾过身子，对着她的耳朵大喊："你紧跟着我，明白吗？"

茶杯微笑着摇摇头，指指撒手锏。*我要跟着她！*我大笑起来。茶杯可不傻。

已经到河上了，直升机距离水面只有几英尺。撒手锏又在检查她的武器，感觉已经是第一千遍了。她身旁的打火石紧张地用脚打着拍子，目视前方，眼神茫然。

小飞象在清点他的医药箱，侏古力低着头，不想让我们看见他把最后一块巧克力塞进嘴里。

还有磅蛋糕，他低着头，双手叠在一起放在腿上。雷兹尼克叫他磅蛋糕，因为他说他又软又甜。我觉得他两者都不是，特别是在射击课上。撒手锏射击成绩总体更好，但我见过磅蛋糕六秒干掉六个靶子。

是啊，僵尸，靶子，人形三合板。等到动真格的时候，他的准头会怎么样？我们其他人呢？

难以置信。我们来打头阵。七个孩子，六个月前都还是，呃，孩子。我们要对杀害七十亿人的敌人进行反攻。

撒手锏又盯着我。直升机开始下降，她解开安全带，跨过走廊。她把手放在我肩上，对着我大喊："记住那个圆圈！我们不会死的！"

我们急速下降到空降区域。直升机并不落地，它在冻住的地表上方几英寸盘旋，我们小队的人一个个跳下来。我在敞开的舱门边检查，看到茶杯解不开安全带。随后她解开了，在我前面跳了下去。我是最后一个下去的。飞行员从驾驶舱里扭头看了看，朝我竖起大拇指。我以同样的手势作答。

黑鹰冲入夜空，径直朝北方而去，黑色的机身很快与幽暗的云融为一体，最后被云层吞噬，直升机消失了。

刚才，直升机螺旋桨将河边小公园空气中的雪花驱赶殆尽。直升机一走，雪花便回来了，在我们周围怒气冲冲地盘旋着。猛风呼啸之后，突如其来的寂静让我们几乎失聪。正前方笼罩着一个巨大的人影：是一座朝鲜战争老兵雕像。雕像左边是桥。过了桥，朝西南方向走十个街区便是以前的法院，一些寄生者在那里搞了个小军火库，收集了一些自动武器和榴弹发射器，还有 FIM-92 毒刺防空导弹，这个信息来源是牧羊女行动中俘获的一个寄生者的幻境档案。我们是因为毒刺才来的。我们的空中军力已经因袭击被大幅破坏，我们必须保护仅剩的资源。

我们负有双重使命：销毁或收缴敌人的所有军火，消灭所有寄生者。

怀着极端偏见消灭他们。

撒手锏打头阵，她视力最好。我们跟着她经过那座神情严肃的雕像，走上桥。然后是打火石、小飞象、侏古力、磅蛋糕、茶杯，断后的是我。我们从坏掉的汽车之间穿行而过，它们仿佛盖着一块白幕，车边堆满三季的垃圾。有些车子窗户被打破了，喷上了涂鸦，有价值的东西都被抢光了。可还有什么东西是有价值的呢？茶杯踮着脚在我前方小步疾行——她是有价值的。这是大降临给我上的重要一课。他们通过对我们的杀戮，向我们证明了物质的愚蠢。这辆宝马的车主哪儿去了？他和那辆起亚的车主一个下场。

我们在桥南端的帕特森大道边上停下，坐在一辆 SUV 已经破烂的前保险杠旁边，侦察着前方道路。雪把我们的视野范围减至大约半个街区。行动可能要花些时间了。我看了看表。直升机四个小时后到公园接应我们返回。二十英尺开外的十字路口中间停着一辆油罐车，挡住了我们对街道左侧的视线。虽然我看不到，但从任务前的简报会上，我得知街对面有栋四层楼房，如果他们想监视那座桥的话，这栋楼就是绝佳的放哨点。我打着手势，叫撒手锏过桥之后一直走在马路右侧，让油罐车挡在我们和那栋楼之间。

她在油罐车的前保险杠旁突然停下，迅速卧倒。小队其他人也跟着卧倒，我向前匍匐到她身旁。

“看见什么了？”我低声问道。

“三个寄生者，两点方向。”

我眯眼透过镜片看向马路对面那栋楼。透过像棉花一样干扰视线的雪花，我看到人行道上有三团绿光，他们朝十字路口走来，绿光逐渐变大。我的第一个反应是：老天啊，这镜片还真管用。第二个反应：老天啊，是寄生者，他们径直朝着我们过来了。

“巡逻的？”我问撒手锏。

她耸耸肩，“有可能是听到了直升机的动静，过来察看的。”

她趴着，瞄准镜始终对着他们，等待着开枪的命令。绿光越来越大，他们已经到了路口对角。绿光像是灯塔的灯光，我很难看清肩膀下面的身体。看起来很古怪，非常不和谐，仿佛他们的脑袋被一团闪耀着虹彩，不断跳动的绿色火焰吞噬了。

时机还没到。如果他们开始过马路，就下令。

我身旁的撒手锏深吸一口气，屏住，耐心等待我的命令，仿佛可以等上一千年。雪落在她的肩上，附在她的黑发上。她的鼻尖通红。这一刻感觉很漫长。要是不止三个寄生者怎么办？如果我们暴露自己，有可能从十来个藏身处跑出一百个寄生者。开火还是等待？我咬住下唇，思考着应该作何选择。

“我可以搞定他们。”她误解了我的犹豫，说道。

街对面的几团绿光不动了，聚在一起，似乎在讲话。我甚至无法判断他们是否面朝这边，但我确定他们不知道我们在这里。如果他们知道，就会朝我们冲过来，开火，找掩护，总之会做点儿什么。我们占了出其不意的优势。而且我们有撒手锏。就算她第一枪不中，后面几枪也会打中。他们这几个目标很好搞定，真的。

所以我还犹豫什么呢？

撒手锏肯定也在琢磨同一个问题，因为她瞥了我一眼，低语道：“僵尸，怎么着？”

我接到的命令是：消灭所有寄生者。可我的直觉是：别莽撞，别逞强，静观其变。我自己被夹在中间，左右为难。

我们面前两英尺的外人行道上突然溅起一片脏兮兮的雪，心跳一下之后，我们听到了大火力步枪的开火声。混凝土被打碎了。它迅速解决了我的两难处境。我的话仿佛被寒风从肺里拽了出来：“干掉他们。”

撒手锏的子弹打进其中一团绿光，那团光熄灭了。一个光团移向我们右侧。撒手锏朝着我的脸挥舞着枪筒。我趴下来，她再次开火，第二团光熄灭。第三个人朝来的方向跑了，他的光团似乎在变小。

我跳起来。不能让他回去通风报信。撒手锏拉住我的手腕，使劲把我拽倒在地。

“去你的，撒手锏，你在干什——”

“是圈套。”她指指混凝土中六寸长的子弹痕迹。“你没听到吗？这枪不是他们开的。是那边。”她把头扭向街对面那栋楼，“是咱们左边。从角度判断，是高处，可能是从楼顶开的枪。”

我摇摇头。楼顶上还有一个寄生者？他怎么知道我们在这儿——而且他为什么没警告其他几个人？我们藏在卡车后面，也就是说，他肯定看到我们过桥了——他不但看到了我们，还等到我们躲在他的视线之外，这时他已经无法打中我们了。这讲不通啊。

撒手锏就像会读心术一样，她说：“我猜这就是他们说的‘战争迷雾’。”

我点点头。没想到事情这么快就变得这么复杂。

“他怎么看见我们过来的？”我问道。

她摇摇头，“夜视镜吧，只有这一种可能。”

“那咱们完蛋了。”完全被盯住了。旁边就是几千加仑汽油，“他可以打爆油罐车。”

撒手锏耸耸肩。“就一颗子弹可办不到。那种事只有电影里才有，僵尸。”她看着我，等待着我的命令。

小队的其他人也在等待。我朝身后扫了一眼。雪夜中，他们的眼睛看着我，又大又圆。茶杯瑟瑟发抖，要么是快冻死了，要么是出于恐惧。打火石愁容满面，他是唯一一个敢开口让我知道大家的想法的：“困住了。咱们现在放弃任务，是吧？”

很有诱惑力，但这等于自杀。就算我们撤退的时候没被楼顶的狙击手干掉，赶来的后援肯定也会消灭我们。

撤退不行，前进不行，原地不动不行，没有可行方案。

跑等于死。留等于死。

“说到夜视镜。”撒手锏没好气地说，“他们在把咱们丢下来执行夜间任务之前就应该想到。咱们在这儿跟瞎子一样。”

我瞧着她，跟瞎子一样。愿上帝保佑你，撒手锏。我命令整个小队靠近我，随后低声说：“下一个街区，右手边，办公楼后边，那儿有个停车场。”至少本来是有的，根据地图，“上到三层。两人一组，打火石和撒手锏，磅蛋糕和侏古力，小飞象和茶杯。”

“那你呢？”撒手锏问，“谁跟你一组？”

“我不需要跟别人一组。”我答道，“我是可怕的僵尸。”

她露出微笑。我等了很久了。

——57——

我指指通向水边的堤岸。我对撒手锏说：“往那边走，一直走到那条人行道。别等我。”她摇摇头，皱起眉。我凑近她，表情尽可能保持严肃，“我是不是把你也传染成僵尸了？最近某一天，我一定要让你笑一次，二等兵。”

她脸上绝对一点儿微笑的迹象也没有，“我不这么想，长官。”

“你对微笑有什么意见？”

“它是最先消失的东西。”随后，雪花和黑暗吞噬了她。小队的其余人跟在后面。我能听到茶杯跟在小飞象后面，压低嗓音呜咽，于是我说：“他一开枪你就使劲跑，茶杯，听见了吗？”

我蹲在卡车的油罐旁，抓住金属盖，做着违反直觉的祈祷，但愿这个捣蛋鬼里装满了油——要是半满就更好了，这样烟雾就能发挥最大作用。我不敢直接点燃油罐，但下面那几加仑柴油应该足够把它引爆了。我是这么希望的。

金属盖冻住了。我用步枪托敲了敲，双手把它包裹住，想尽了招数。它发出尖锐而令人满意的咝咝声，弹开了。我有十秒。需要倒数吗？得了吧，没必要。我拉下手榴弹上的拉环，把它从孔里丢了进去，随后跑下小坡。雪花在我身后断断续续地抽打着。我的脚趾不知撞上了什么东西，其余的路我是踉跄着走完的，走到底时我直接倒下，脑袋磕在人行道的沥青上。我看到雪花在我脑袋周围盘旋，能闻到河水的气味，随后我听到一声轻轻的“砰”，油罐车弹起大概两英尺高，接着是一个巨大的火球，映出落下的雪花，就像是一群小太阳闪耀着。我坐了起来，爬上山坡，小队不见踪影。我爬到和卡车持平的高度时，左脸颊上感觉到了热量。卡车安然无恙，油罐完好无损。把手榴弹扔进油箱没能点燃油罐。我要不要再扔一颗手榴弹？我还要继续跑吗？如果狙击手被爆炸晃得暂时失明，就会摘下夜视镜。不过他不会失明很久。

我走过路口，踏上路沿，这时汽油点着了。爆炸把我抛向前方，越过撒手锏撂倒的第一个寄生者，径直撞进办公楼的玻璃门。我听到碎裂的声音，满心希望碎的是门，而不是我的什么重要部位。大块金属片如雨而下，被爆炸撕裂的油罐碎片以子弹出膛的速度朝四面八方飞出。我把胳膊挡在脸前，蜷成尽可能小的一团，听到有人在尖叫。温度高得简直难以置信。我仿佛被太阳吞噬了。

我身后的玻璃碎了——是一颗大口径子弹导致的，而不是爆炸。*离停车场还有半个街区——走，僵尸。*我使劲向前冲，直到遇到瘫倒在人行道上的侏古力，磅蛋糕跪在他身旁，抓着他的肩膀，脸部在无声的哭喊中皱成一团。油罐爆炸后我听到的尖叫是侏古力发出的，我只用了半秒就明白了：一块飞盘大小的金属片从他的后背下部突了出来。

我把磅蛋糕推向停车场——“走！”然后把侏古力圆滚滚的小身体扛上肩头。这次我听到了步枪声，街对面的射手开了两枪，我身后的墙上有一大块混凝土掉了下来。

一堵齐腰高度的混凝土墙将停车场一层与人行道隔开。我把侏古力从墙头送进去，然后自己翻墙卧倒。喀嚓！一块拳头大小的墙壁碎块朝我飞来。我跪在侏古力身旁，抬头看到磅蛋糕把它踢到楼梯口去了。现在，只要这栋楼没有潜伏另一个狙击手，只要那个逃跑的寄生者没有也躲进来……

我飞快地检查了一下侏古力的伤势，不乐观。我得赶快把他带上楼去找小飞象。

“侏古力二等兵。”我对着他的耳朵轻声说，“你不准死，听见没有？”

他点点头，吸了一口冰凉的空气，又吐了出来，还带着他身体中心的热量。可他像金色光芒中飘零的雪花一样白。我又把他扛上肩头，朝楼梯一路小跑过去，在不失去平衡的前提下尽可能降低重心。

我一步迈两阶，上到三层，发现大家蹲在头排汽车后面，离面向狙击手所在楼房的墙壁几英尺远。小飞象跪在茶杯旁，正在处理她的腿。她的军服被扯开了，我看到一道红色的伤口，形势不妙，一颗子弹穿过了她的小腿。小飞象在伤口上敷好药，把她交给撒手锏，随后冲向侏古力。打火石朝我摇摇头。

“我就说吧，我们应该撤退的。”打火石说。他的眼里闪着恶意，“看看现在。”

我没理他，转向小飞象。“怎么样？”

“情况不怎么好，头儿。”

“那就让它好起来。”我看向茶杯，她把头埋进撒手锏的胸口，轻声抽泣着。

“伤口不深。”撒手锏对我说，“她还能动。”

我点点头。侏古力倒下了，茶杯中弹了，打火石随时准备哗变，街对面有个狙击手，可能还有一百来个好朋友正在赶来参加派对的路上。我得想点儿好点子，而且要快，“他知道咱们在哪儿，也就是说，咱们不能在这里久留。你看看能不能把他干掉。”

她点点头，但茶杯抱着她不肯撒手。我伸出手，上面还沾着侏古力未干的血：*把她交给我*。茶杯移交过来了，她靠着我的衬衣蠕动着，她不想要我。我朝街道扭过头，对磅蛋糕说："蛋糕，跟撒手锏走。把那个浑蛋干掉。"

撒手锏和蛋糕从两辆车之间匍匐出去，消失了。我抚摸着茶杯的脑袋——她不知道什么时候把帽子丢了——看着小飞象小心翼翼地把那块碎片从侏古力的背上取出来。侏古力痛得号叫起来，手指挠地。小飞象不确定地抬起头看我。我点点头。必须得把碎片取出来，"动作要快，小飞象。越慢越糟。"于是他使劲一拽。

侏古力蜷了起来，直冲云霄的尖叫声在停车场里回荡。小飞象把金属碎片扔到一边，打开手电照亮伤口。

他龇牙咧嘴地把侏古力翻了过来。他衬衣前面已经湿透了。小飞象扯开衬衣，露出碎片射出的伤口，弹片是从背后进去，从另一头出来的。

打火石扭头爬开几英尺，弓着背呕吐起来。茶杯一动不动地看着这一切。她陷入了震惊状态。茶杯可是在基地操场模拟进攻时喊得最响的，最嗜血的，在尸体分拣处理时唱歌声音最大的。我要失去她了。

我也要失去侏古力了。小飞象用纱布按住侏古力肚子上的伤口，试图止血，同时抬起头看着我。

"你的任务是什么，二等兵？"我问他。

"我……我不……不能……"

小飞象把浸满血的纱布丢掉，又拿了一块干净的按在侏古力的肚子上。他看着我。不用说任何话，无论对我，还是对侏古力。

我把茶杯从腿上放下来，走到侏古力身边跪下。他的气息闻起来像是血和巧克力的混合。

"因为我胖。"他哽咽着说。他开始哭了。

"别胡说。"我严厉地对他说。

他低语了一句。我把耳朵凑近他嘴边。"我的名字是肯尼。"仿佛这是一个可怕的秘密，他一直害怕告诉我们。

他的眼睛翻向天花板。然后他走了。

——58——

茶杯昏迷了。她抱着腿，前额抵着屈起的膝盖。我把打火石叫过来看着她。我很担心撒手锏和磅蛋糕。打火石看起来很想徒手弄死我。

“是你下的命令。”他低吼道，“你自己看着她吧。”

小飞象正在洗手，把侏古力——不，肯尼——的血洗掉。“我来吧，头儿。”他冷静地说，可他的手在发抖。

“头儿。”打火石啐了一口，“是啊。现在怎么着，头儿？”

我没理他，朝墙边匍匐过去，发现磅蛋糕蹲在撒手锏旁边。她跪在墙边，探头从墙头看向街对面的楼。我在她旁边蹲下来，回避着磅蛋糕质疑的目光。

“侏古力怎么不叫了。”撒手锏眼神没有离开那栋楼，说道。

“他的名字叫肯尼。”我说。撒手锏点点头。她懂了，但磅蛋糕过了一两分钟才明白。他迅速挪开，和我们之间保持距离，两手抵着混凝土，战栗着深吸一口气。

“你只能这么做，僵尸。”撒手锏说，“如果你没这么做，我们可能都已经和肯尼一样了。”

这话听起来感觉很好。我对自己这么说的时候，感觉很好。我抬头看着她的侧脸，琢磨着沃什在把领章给我别上时心里在想些什么，指挥官选错了提拔对象。

“怎么样？”

她朝街对面点点头，“黄鼠狼露头了。”

我慢慢站起身。在余火的光亮中，我能看到那栋楼。正面全是碎玻璃，剥落的白色油漆，屋顶比我们这栋楼高一层。有个浅浅的影子，楼顶可能有个水塔，但我只能看清这么多。

“在哪儿？”我低声问。

“他刚才又窝下去了。他一直这样。起来，趴下，起来，趴下，就跟小丑盒似的。”

“就一个人？”

“目前为止我只看到一个。“

“他亮绿光了吗？”

撒手锏摇摇头，“没有，僵尸。他没有显示出寄生者的特征。”

我咬住下嘴唇，“磅蛋糕也看见他了？”

她点点头。“没有绿光。”她的黑眼睛看着我，就像是锐利的刀子。

“也许开枪的不是他……”我试探着说。

“看见他的武器了。”她说，“狙击步枪。”

那么他为什么没亮绿光呢？街上的人亮了，他们的距离比他远。我突然意识到，他亮绿光还是紫光还是根本不亮，这都无所谓。他打算干掉我们，我们要是不结果他，就不能行动。而我们必须在逃走的寄生者带着支援力量回来之前行动。

“他们真聪明啊。”撒手锏嘟哝着，仿佛猜出了我的想法，“披着人类的外皮，这样就没有哪个人可以信任。唯一的解决办法：干掉所有人，要么就有可能被任何一个人干掉。”

“他觉得我们是他们那头的？”

“也有可能他觉得这不重要。这是唯一确保安全的办法。”

“可他对咱们开枪了——而不是对他正下方那三个人。为什么他要忽略可以轻松干掉的敌人，非要挑战高难度？”

她和我一样无法回答这个问题。和我不一样的是，这个问题在她要解决的问题清单上比较靠后。“唯一确保安全的办法。”她刻意重复着。我看向磅蛋糕，他也看着我。他在等待我的决定，但其实没什么决定可做。

“你从这儿能干掉他吗？”我问撒手锏。

她摇摇头，“太远了。只会暴露咱们的位置。”

我跑到磅蛋糕身旁。“原地别动。十分钟之后，朝他开火，掩护我们过马路。”他瞪圆眼睛看着我，一脸信任。“二等兵，一般来说，你的指挥官下达命令之后，你要有所表示。”磅蛋糕点点头。我又努力了一次，“表示的方式是说‘是，长官’。”他又点点头。“要开口，出声地表示。”还是点头。

好吧，至少我尝试过了。

撒手锏和我回去找其他人时，侏古力的尸体不见了。他们把他塞到了一辆汽车里，是打火石的主意。他对我们其他人的安排也差不多。

“咱们在这里可以掩护得很好。我建议咱们就躲在车里，直到直升机来接咱们。”

“这个小队里只有一个人说了算，打火石。”我对他说。

“对，可看看他的决定让咱们下场如何？”他说着，对着我扬起下巴，嘴角露出一个嘲弄的微笑，“噢，我知道了。咱们问问侏古力！”

“打火石。”撒手锏说，“别闹。僵尸是对的。”

“等到你们俩进了埋伏圈，他就是错的了。”

“那时候你就是指挥官了，就可以做决定了。”我怒吼道，“小飞象，你来接管茶杯。”如果我们能把她从撒手锏身上弄下来的话。她已经又抱着撒手锏的腿不放了，“如果半小时后我们没回来，就不会回来了。”

这时撒手锏开口说了一句话，因为她是撒手锏，“我们会回来的。”

——59——

油罐车烧得只剩轮胎了。我蹲在停车场的行人入口处，指指街对面的楼房，它在火焰照耀下闪着橙光。

“咱们就从那儿进去。左边角落数第三扇窗户，全碎了的那扇，看见了吗？”

撒手锏漫不经心地点点头，她在想什么事情。她一直在摆弄单片眼镜，一会儿从眼睛上移开，一会儿又拉回来。她在小队面前表现出的胸有成竹这会儿全无踪影。

“不可能打中……”她低语道。随后她转向我，“你怎么知道自己什么时候会变多萝西？”

我摇摇头。这话是打哪儿冒出来的？“你不会变多萝西的。”我对她说着，又在她胳膊上拍了一下，以示强调。

“你怎么能确定？”她的视线不安地来回移动，寻找着落点。坦克发疯之前的眼神也是这样的，“疯子——他们从来不觉得自己发疯了。他们的疯狂对于他们自己来说完全合理。”

撒手锏的眼中有一种非常不像她的绝望神情。

“你没疯。相信我。”

我说错话了。

“为什么要相信你？”她回敬道。这是我第一次听到她的话中带有情感，“我为什么要相信你？你又为什么要相信我？你怎么知道我不是他们的一员，僵尸？”

她终于问了个容易回答的问题，“因为咱们被扫描过了。而且咱们在对方的眼镜里没有发光。”

她盯着我看了很久很久，随后低声说：“老天，我真希望你也下象棋。”

我们的十分钟结束了。在我们上方，磅蛋糕对着街对面的楼顶开火了，狙击手立刻回击，于是我们开始行动。我们还没走下人行道，面前的沥青马路就爆炸了。我们分开行动，撒手锏从右侧绕过去，我从左侧。我听到子弹像砂纸般的高频哀鸣，仿佛过了许久，它才扯裂我的外套袖子。数月训练使我养成的开火回击本能很难抵御。我跳上人行道，大跨两步，抵上对面楼房的冰冷混凝土，舒了一口气。这时我看到撒手锏在一块冰上滑了一跤，面朝下摔向路沿。她挥手示意我不要过去。“别！”一颗子弹打掉路沿上的一块砖石，朝她的脖子飞了过去。去她的“别”。我跃过去，抓起她的胳膊，把她丢向大楼。我退回安全地带，与此同时，又一颗子弹从我脑袋边上呼啸而过。

她流血了。火光中伤口闪着黑光。她挥手叫我继续走，*走*，*走*。我们沿着楼边小跑到破窗处，从那里潜入楼内。

用了不到一分钟。感觉像是两小时。

我们进来的这地方以前是家高档商店。已经被抢掠过多次，只剩下空货架和断裂的衣架，吓人的没脑袋假人，墙上贴着过分严肃的时尚模特海报。收银台有个牌子，写着**停业大甩卖。**

撒手锏蜷在屋子一角，可以清晰看到窗户和通往大堂的门。她一只手放在脖子上，这只手上满是血。我得看看伤势。她不想让我看。我只好说："别傻了，我得看一眼。"于是她让我看了。伤口很浅，介乎于划伤和剜伤之间。我在一张展示桌上找到一条丝巾，她把丝巾团成一团，按在脖子上。她又朝我撕破的袖子点点头。

"你被打中了？"

我摇摇头，在她旁边的地板上坐下来。我们两人都大口喘着粗气。我脑袋里全是肾上腺素，"不是我吐槽，可这哥们儿作为狙击手也太烂了。"

"三发三坏。要是打棒球就好了。"

"可远不止三发。"我纠正她道。他朝目标开了多枪，唯一真正打中的一次是茶杯腿上的一处浅伤。

"业余的吧。"

"大概是。"

"大概。"她重复着这个词。

"他没有亮绿光，也不是专业的。看来是个保卫自己地盘的独行侠，可能也在躲咱们要干掉的那些人。吓坏了。"我没说"跟咱们一样"。我只能确定我们当中至少有一个人吓坏了。

磅蛋糕还在外面吸引狙击手的注意力。砰——砰——砰，一阵沉重的寂静，接着又是砰——砰——砰。狙击手每次都有所回应。

"那就好办了。"撒手锏说着，嘴抿成一条冷酷的线。

我有点儿动摇，"他没亮，撒手锏。咱们没有许可——"

"我有。"她把步枪拉进怀里，"就在这儿呢。"

"呃。我以为咱们的任务是拯救人类。"

她用没戴眼镜的那只眼睛瞥瞥我。"想想象棋，僵尸，要用下一步来保卫自己。他在咱们的眼镜里亮没亮重要吗？他本可以干掉咱们，但是没打中，这重要吗？如果两种可能性的概率一样，但二者只能择其一，哪种可能性更重要？你会把自己的命赌在哪种可能性上？”

我朝她点点头，但是完全没理解她的意思。“你是说他仍然有可能被寄生。”我猜测道。

“我的意思是，保险的做法是就当他是寄生者，继续行动。”

她从刀鞘里抽出格斗刀。我往后一躲，想起她说的关于变多萝西的话。撒手锏为什么要拔刀？

“重要的是什么？”她若有所思地说。她现在十分沉静，就像是即将电闪雷鸣的积雨云，马上就要喷发的腾腾火山，“重要的是什么，僵尸？我以前一直很擅长回答这个问题。最先死的是我妈。情况很糟——但重要的是，我还有我爸，我哥，还有我的小妹妹。后来我也失去了他们，重要的是我还有我自己。只剩下我自己，就没有多少重要的东西了，食物，水，掩体。你还需要什么呢？还有什么重要的呢？”

情况很糟，和真正的糟糕相比，我们走了一半路了。我不知道她这是要怎样，但如果撒手锏现在对我变多萝西，我就完蛋了，可能我手下的其他人也要跟我一起完蛋。我必须把她带回当下，最好的办法是通过触摸。但我担心，如果我碰她，她就会用那把十英寸长的刀子捅死我。

“僵尸。”她仰起脖子看着我，刀子在她手中缓缓转动，“他朝我们开枪，而不是他面前那三个寄生者，这重要吗？他朝我们开枪，可每次都没打中，这重要吗？”她慢慢地转动着刀子，刀尖陷进指尖，“电磁脉冲攻击之后，他们还有电力让一切运转，这重要吗？他们就在母舰眼皮底下行动，聚集生存者，干掉寄生者，把他们的尸体成百上千地烧掉，给咱们武器，让咱们训练，把咱们派出来干掉剩下的寄生者，这重要吗？你倒是告诉我这些事不重要啊。告诉我，他们肯定不是他们一伙的，这种概率极其微小。告诉我我应该把自己的命赌在哪种可能性上。”

我又点了点头，这次我明白她的意思了，但这条路的尽头极其黑暗。我在她身旁蹲下，死死盯着她的眼睛，“我不知道这哥们儿的故事是什么，我也不知道电磁脉冲那事到底怎么回事，但指挥官告诉过我他们为什么没解决我们。他们认为咱们不再构成威胁了。”

她拨开刘海，反驳道：“指挥官怎么知道他们怎么想的？”

“幻境。我们能扫描——”

“幻境。”她应和道。她尖锐地点点头，眼神从我的脸突然移向外面覆满冰雪的街道，又移了回来，“幻境是一个外星软件。”

“对。”要和她在一起，但也要温和地尝试把她引回来，“是这样，撒手锏。想起来了吗？我们夺回基地之后，发现它藏在——”

“除非我们根本没有。僵尸，除非我们根本没有。”她用刀子指着我，“这也是一种可能性，同样成立，各种可能性都很重要。相信我，僵尸。关于什么事重要，我是专家。到目前为止，我一直在虚张声势。到了象棋时间了。”她把刀子转过来，将刀柄递向我，“把它从我身上取出来。”

我不知道说什么好。我茫然地看着她手里的刀。

“植入芯片，僵尸。”现在她在用刀柄戳我的胸口，“咱们得把它取出来。你帮我取，我帮你取。”

我清了清嗓子。“撒手锏，咱们不能把芯片取出来。”我语塞了一秒钟，寻找着最有力的论点，但我能想到的只有“如果咱们回不去集合点，他们怎么找咱们？”

“去你 × 的，僵尸，你没听见我刚才说的话吗？如果他们不是咱们的人呢？如果他们是他们一伙儿的呢？如果这一切都是谎言呢？”

我要崩溃了。好吧，不能崩溃。“噢，老天，撒手锏！你知道这有多疯——愚蠢吗？敌人救了咱们，训练咱们，给咱们武器？得了吧，别废话了，咱们还有正事要做。你可能不乐意，可我是你的长官……”

“好吧。”她现在变得很冷静。她冷静的程度就和我激动的程度一样，“那我自己来。”

她把刀子放在颈后，低下头。我从她手里夺过刀子，够了。

“坐下，二等兵。”我把她的刀子丢进屋子另一头的阴影，站起身。我在发抖，全身都在发抖，我的声音也是，“你想打赌，没问题。

待在这儿，直到我回来。或者还有更好的，现在就把我干掉。没准儿我的外星主人已经找到不让你们发现我被寄生的办法了。等你把我干掉，过马路，回去把他们也全都干掉，给茶杯爆头。她也可能是敌人，对吧？那就把她的脑袋崩了！这是唯一的答案，对吧？要么就干掉所有人，要么就有可能被任何一个人干掉。”

撒手锏没有动。她也没说一句话，沉默了很久。雪花抽打着破了的窗子，雪花是猩红色，映着油罐车徐徐燃烧的残骸。

“你确定你不会下象棋？”她问道。她把步枪放回膝头，食指抚过扳机，“转过身去，僵尸。”

我们已经走到了幽暗小路的尽头，这是条死路。我再也没有什么有说服力的论点了，于是我说出了脑子里冒出的第一句话。

“我的名字是本。”

她眼睛也没眨一下就接了招，“这名字真烂。还是‘僵尸’比较好。”

“你的名字是什么？”我没放弃。

“这就是一件不重要的事。早就不再重要了，僵尸。”她的手指慢慢抚过扳机，非常慢。这个动作令人昏昏欲睡，头晕目眩。

“这样怎么样？”她在寻找出口，“我把追踪芯片取出来，你答应不干掉我。”这样我能让她继续站在我这边，我宁可面对十来个狙击手，也不想应付一个变多萝西的撒手锏。在我脑海中，我能看到自己的脑袋像射击课上的三合板人形靶一样被轰成碎片。

她歪过头，嘴角微微一动，一个若即若离的微笑似的表情，“将军。”

我朝她露出一个真诚友善的微笑，以前的本•帕里什的微笑，就是这样的微笑让我几乎事事遂愿。呃，不是几乎。我谦虚了。

“那个‘将军’是表示‘同意’，还是你在给我上象棋课？”

她把枪放在一边，转过身背对着我。她低下头，将丝绸般的黑发从脖子上拨开。

“两者都是。”

砰——砰——砰，是磅蛋糕的枪声。然后狙击手回应。他们的对峙成了背景声，我在撒手锏身后跪下来，拿着我自己的刀子。我心里有一部分很愿意配合她，只要能让我——和小队的其他人——活下来。可另一部分无声地尖叫着，你这不是助纣为虐吗？她接下来会提什么要求——检查我的大脑皮层？

“放松点儿，僵尸。”她平静而镇定地说，又变回了原本的撒手锏。“如果追踪芯片不是我们制造的，最好就不要让它留在我们体内。如果是人类制造的，等我们回去之后，帕姆医生反正还可以再给咱们植入。同意了？”

“将死。”

“先将军，再将死。”她纠正我道。

她的脖子修长优雅，我的手指触上去，寻找着疤痕区域的凸起，感觉冰冷。我的手在发抖。现在就配合她吧。这可能意味着军事法庭审判，这辈子就只能削土豆了，但至少你能活下来。

“轻点儿。”她低声说。

我深吸一口气，将刀尖沿着细小的疤痕一划。她的血涌出来，鲜红，衬着她珍珠般的皮肤，红得触目惊心。她动也不动，但我还是得问：“疼吗？”

“不疼，我可喜欢了。”

我用刀尖把植入芯片从她的脖子里拨拉出来。她轻声呻吟起来。小球连接着金属，封在一滴血里。

“好了。”她说着，转过身来。那个类似微笑的表情呼之欲出，“你怎么样？”

我没说话。我说不出话来。我丧失了说话的能力。刀从我手中坠落。我距离她不过两英尺，看着她，但她的面孔消失了。透过眼镜，我看不到她的面孔。

撒手锏的整个脑袋亮起一团耀目的绿色火焰。

——60——

我的第一反应是把眼镜一把拽下来，但我没有。我震惊得动弹不得。接下来是厌恶引发的一阵战栗。随后是焦虑。紧接而来的是困惑。撒手锏的脑袋就像圣诞树一样，一英里之外都能看到它的光芒。绿色火焰不断闪烁跳动，无比强烈，在我的左眼上烙下余像。

“怎么了？”她问道，“发生了什么事？”

“你亮起来了。我一拿掉追踪芯片你就亮起来了。”

我们彼此对视了足有好几分钟。然后她说：“不洁者发绿光。”

我已经站了起来，手里端着 M16，倒退着移向门口。外面，隔音的飘雪中，磅蛋糕和狙击手还在交火。不洁者发绿光。撒手锏没有伸手去拿她身旁的步枪。我用右眼看到的她是正常的，用左眼看到的她像仙女棒烟花一样熊熊燃烧。

“好好想想这是怎么回事，僵尸。”她说，“好好想想。”她举起空空如也的双手，手上还有刚才跌倒时的擦伤，其中一只手上沾满干了的血渍，“你取掉植入芯片之后我才亮起来。眼镜侦测的不是寄生者。如果目标没有植入芯片，才会在眼镜里亮起来。”

“抱歉，撒手锏，但这根本说不通。那三个寄生者在眼镜里就亮了。如果他们不是寄生者，为什么会亮？”

“你知道为什么。你只是不愿意承认。他们亮起来，因为他们不是寄生者。他们和咱们一样，唯一的区别是他们没有植入芯片。”

她站起身。老天，她看起来很小，像个孩子……可她就是个孩子，不是吗？从一只眼睛看出去，她是正常人。从另一只眼睛看出去，她就成了一个绿色火球。她究竟是哪一个？她到底是什么？

“收容我们。”她朝我走过来。我举起枪。她停下了，“给我们打标装袋。训练我们杀戮。”她又迈了一步。我把枪口朝她的方向移动，没有对准她。但是是她所在的方向：*别过来*。“没被打标的人都会亮绿光，当他们自卫或攻击我们的时候，就像上面那个狙击手一样朝咱们开枪的时候——这正好证明他们是敌人，对吧？”她又迈了一步。现在我瞄准了她的心脏。

“别这样。”我乞求道，“别这样，撒手锏。”一张纯洁的面孔。一张在火焰中燃烧的面孔。

“等到我们杀光所有没打标的人。”她又迈了一步。现在她站在我正对面，枪口轻轻抵着她的胸口，“这就是第五波，本。”

我摇摇头，“没有什么第五波。没有什么第五波！指挥官说——”

“指挥官撒谎了。”

她举起满是血渍的双手，从我手中拿走了步枪。我感觉自己坠入一个截然不同的幻境，这里上下颠倒，真假难辨，敌人有两张面孔，我的和他的，那个救我于溺水的人的面孔，那个把我的心变成战场的人的面孔。

她把双手放进我的手中，宣判了我的死亡：

“本，*我们就是*第五波。”

——61——

我们是人类。

这是谎言。幻境。避恶营。战争本身。

太容易了。简直难以置信的容易，哪怕在我们经历过这一切之后。也许就是*因为*我们经历过这一切了它才显得这么容易。

他们收留我们，给我们洗脑，让我们充满仇恨、狡诈和复仇心。

这样他们就能再次派出我们。

让我们杀掉我们其余的同类。

先将军，再将死。

我要吐了。我对着墙上掉下的一张海报呕吐时，撒手锏一直扶着我的肩膀。海报上写着：**拥抱潮流！**

双向镜后面的克里斯。写着**处决**的按钮。还有我的手指，按了下去。让我杀掉另一个人是多么容易啊。

我吐完之后，站直身子。我感觉到撒手锏冰凉的手指帮我按揉着脖子。听到她的声音告诉我一切会好的。我扯下眼镜，绿光消失了，撒手锏的脸回来了。她是撒手锏，我是我，只是我再也不确定*我*意味着什么。我不是我原本以为的那个人。这个世界也不是我原本以为的那个世界。也许这就是关键：

这个世界现在是他们的了，我们才是异族。

“咱们不能回去。”我哽咽着说。她深邃的目光看着我，冰凉的手指按摩着我的脖子。

“是不能。但咱们可以前进。”她拿起我的步枪，推到我胸口前，“咱们可以从楼上那个浑蛋开始。”

但得先取掉我的植入芯片。比我预期的要疼，但没有我应得的那么疼。

“别对自己太狠了。”撒手锏帮我拿出芯片时说，“他们骗了咱们所有人。”

“他们骗不了的那些人，就说他们变多萝西，然后干掉他们。”

“不止那些人。”她苦涩地说。我就像胸口突然挨了一记重拳一样想起来了：尸体处理库。那两座吞吐黑色和灰色烟雾的烟囱。装满尸体的卡车——每天都有数百具尸体。每周就有数千具。每天夜里大巴进进出出，装满难民，装满了活死人。

“避恶营根本不是什么军事基地。”我低声说道，血顺着我的脖子流下来。

她摇摇头，“也不是什么难民营。”

我点点头，咽下喉咙里涌起的胆汁。我看得出，她在等着我把它大声说出来。有时就得把真相大声说出来，否则感觉就不真实。

“它是死亡集中营。”

有句老话说，真相能让人自由。我不信。有的时候，真相会把牢房的门狠狠撞上，再插上一千个插销。

“准备好了吗？”撒手锏问道。她似乎很想快点儿解决狙击手。

“别干掉他。”我说。撒手锏看着我的眼神仿佛是在说你他 × 搞什么？但我想到了双向镜后面被捆在椅子上的克里斯。想到了传送带运送的那些尸体，它们像货物一样被送进焚烧炉滚烫的血盆大口中。我已经当够了他们的工具，“制伏，缴械。这是命令。明白了？”

她犹豫了一下，随后点点头。我没看懂她的表情——不过这也不是第一回了。她又开始下象棋了？我们还能听见磅蛋糕在街对面开火。他的弹药估计不多了。该行动了。

我们进入大堂，漆黑一片。我们肩并肩前进，手指摸索着墙壁，在黑暗中保持一点儿方位感，尝试每一扇门，寻找着通往楼梯的那一扇。唯一的声响是我们在冰冷陈腐的空气中的呼吸声，还有我们的靴子在一英寸高的酸臭冰水中蹚过的声音。肯定是有根管子爆了。我推开大厅尽头的一扇门，一阵清新空气吹来，是楼梯间。

我们在四楼平台停了一下，下一段楼梯的尽头就是楼顶了。门被砸破了。我们能听见狙击手的步枪声，但看不到他。黑暗中没法用手语，于是我把撒手锏拉到身边，对着她的耳朵低语。

“听起来他就在正前方。”她点点头。她的头发挠得我鼻子发痒，“咱们冲上去。”

撒手锏射击更强，她打头阵。如果她没打中或是倒下，我再补枪。我们已经演习过一百遍了，但我们演习时一直是击毙目标，从来没尝试过缴械，目标也从来没对我们还击过。她爬上楼梯，朝门口走去。我就站在她身后，手搭在她肩上。风吹过门上的缝隙，就像一只动物垂死的哀鸣。撒手锏低着头，等待着我的信号，平稳地深呼吸着，我不知道她是不是在祈祷，如果是的话，她的祈祷对象和我是否一样。不知怎么的，我觉得不是。我在她肩头拍了一下，她踢开门，就像是从炮膛里发射出去一般消失在雪中，我距离屋顶还有两级台阶。我听到她的步枪传来尖锐的砰——砰——砰，随后差点儿绊到跪在湿漉漉的白雪中的她。她面前十英尺远的地方，狙击手侧躺着，一只手按着腿，另一只手正要去够步枪。撒手锏又开火了，这次对准了他去够枪的手。距离不过三英尺，她打得很准。在昏暗的光线中，透过纷繁大雪，他把手缩回胸口，发出一声惊惶尖叫。我敲了撒手锏头顶一下，示意她停手。

“躺下！”我朝他大喊，“别动！”

他坐起身，开了花的手按在胸口，面朝街道，蜷着身子，我们看不到他的另一只手在做什么，但我看到一道银光，听到他愤怒地嘟哝:

“小崽子们。”我体内某个地方一下子凉了。我认识这个声音。

它曾经对我尖叫、嘲笑、羞辱、威胁、咒骂。每天从我醒来到入睡，它都伴随着我。它曾经朝我发出嘘声、叫喊、咆哮、吐唾沫，朝我们所有人。

是雷兹尼克。

我们俩都听见了。这声音让我们止步不前。让我们屏住呼吸。让我们思维麻木。

这给他赢得了时间。

在这灰飞烟灭的时间中，他爬起来，十分缓慢，仿佛宇宙大爆炸驱动的宇宙钟没了蒸汽。

他站起来了。用了大概七八分钟。

他转过身，面对我们。用了至少十分钟。

他没有中弹的那只手里拿着某样东西。他用满是血的手使劲捶打着它。这持续了得有二十分钟。

然后撒手锏清醒过来，一发子弹射进他的胸口。雷兹尼克跪了下来。他张开嘴。他跌倒了，面朝下倒在我们面前。

时钟清零。谁也没有动弹。谁也没有说话。

雪。风。我们仿佛寂寥地立于雪山之巅。撒手锏走到他跟前，把他翻过来，取出他手里的银色装置。我看着那张苍白的面孔，满是痘印，小眼睛，不知怎么的，我既吃惊又平静。

“他花了这几个月训练我们，就为了干掉我们。”我说。

撒手锏摇摇头。她看着银色装置的显示器。显示器发出的光照亮她的面孔，突显出她雪白的皮肤和墨黑的头发的鲜明对比。她在这光线中很美，不是天使那种圣洁的美，更像是复仇天使。

“他没想干掉咱们，僵尸。直到咱们给他出其不意，把他逼入绝境之前都没有，而且他也没打算用步枪。”她举起那台设备，让我看到显示屏，“我猜他是想用这玩意儿干掉咱们。”

显示器上半部分是网格，左上角有一团绿点，靠近中间的地方还有一个绿点。

“是咱们的小队。”我说。

“这一个单独的绿点肯定是磅蛋糕。”

“也就是说，如果我们没拿掉植入芯片——”

“他就会知道咱们的准确位置。”撒手锏说，“他在等着咱们呢，那样咱们根本没戏。”

她指指屏幕底部两个高亮的号码。其中一个是帕姆医生给我打标装袋时分配给我的号码。我猜另一个就是撒手锏的号码。号码下面是一个不停闪动的绿色按钮。

“要是按了这个按钮会发生什么事？”我问。

“我猜什么也不会发生。”她按了下去。

我躲闪了一下，但她猜对了。

“这是杀戮开关。”她说，“肯定是。与咱们的植入芯片相联。”

只要他愿意，随时都可以把我们所有人炸飞。所以杀掉我们并不是目标，那目标是什么？撒手锏看出了我眼中的疑问。“那三个‘寄生者’——那就是他开第一枪的原因。”她说，“咱们是离开营地的第一个小队，所以他们要密切监视，看看咱们在实战中的表现如何。为了确保咱们像听话的小耗子一样对发出绿光的诱饵做出反应。他们肯定是提前把他投放在那儿的——万一咱们没开枪，他好触发咱们。咱们确实没开枪，于是他就给了咱们一个导火索。”

“那他一直朝咱们开枪是为了……”

“让咱们保持兴奋，看见亮绿光的就开火。”

在雪中，她仿佛隔着一层白色纱帘看着我。雪花落在她的眉毛上，在她的头发上闪闪发光。

“这风险够大的。”我说。

“并非如此。他用这个小雷达监控咱们。在最糟的情况下，他只要按下这按钮就行了。但他没想到更糟的情况。”

“那就是咱们把植入芯片取出来了。”

撒手锏点点头。她拂去脸上的雪，“我估计这个傻瓜蛋没想到咱们会反击。”

她把银色装置递给我。我合上盖子，放进口袋。

“咱们该行动了，中士。”她平静地说，也可能是雪使她的声音变得沉静，“接下来怎么办？”

我吸了一口气，慢慢呼出来，“回到小队。把大家的植入芯片都摘掉……”

“然后呢？”

“但愿没有一整个兵团的雷兹尼克朝这边赶过来。”

我转身要走。她拉住我的胳膊，“等等！咱们不能不带芯片回去。”

我花了一秒钟才明白。随后我点点头，用手背蹭了蹭麻木的嘴唇。如果没有芯片，我们就会在他们的镜片里亮起绿光。“咱们过不了一半马路就会被磅蛋糕撂倒。”

“用嘴含着芯片？”

我摇摇头。万一不小心把芯片吞下去怎么办？“咱们得把它们塞回原位，把伤口紧紧包扎起来，然后……”

“祈祷芯片别掉出来？”

“还得祈祷摘除芯片没有把它关掉……怎么了？”我问道，“祈祷太多了？”

她的嘴角抽动了一下，“可能这就是咱们的秘密武器。”

——62——

“真是太扯了，太扯了。”打火石对我说，“朝咱们开火的是雷兹尼克？”

我们靠着停车场的半截儿混凝土墙坐着，撒手锏和磅蛋糕在左右两侧监视着下面的街道。小飞象坐在我一侧，打火石在另一侧，茶杯坐在他们之间，头靠着我的胸口。

“雷兹尼克是寄生者。”我第三次对他说，“避恶营是他们的。他们一直在利用咱们来——”

“别说了，僵尸！这是我听到过的最疯狂最偏执的胡扯！”打火石的大脸红得像甜菜一样。他的一字眉上蹿下跳，皱成一团，“你们干掉了咱们的教官！他想干掉咱们！在干掉寄生者的任务中间！你们随便吧，但我够了。我够了。”

他站起身，朝我挥挥拳头。“我要回集合点去等待返回。这实在是……”他寻找着合适的词，最后将就着选了一个，“扯淡。”

“打火石。”我让自己的声音保持低沉平稳，“坐下。”

“难以置信。你变多萝西了。小飞象，磅蛋糕，你们真相信他？你们不可能相信。”

我从口袋里掏出那个银色装置，把它打开，塞到他眼前。“看见这个绿点了吗？那就是你。”我往下拉，找到他的号码，用大拇指把它点成高亮状态。绿色按钮闪动起来，“你知道按下绿色按钮会发生什么事吗？”

这件事，就是那种你后半辈子夜里失眠的时候，希望时光倒流，从没发生过的那种事。

打火石跳上前，从我手里把装置一把夺了过去。我本可以及时抢回来，可茶杯坐在我腿上，让我动作慢了下来。他按下按钮之前我只来得及大喊：“别！”

打火石的脑袋猛地后仰，就像有人一掌掴上他的额头。他的嘴张开，眼睛翻向天花板。

随后他直直倒在地上，四肢瘫软，就像是绳子松掉的木偶。

茶杯尖叫起来。撒手锏把她从我身上拉下来，我跪在打火石旁边。我不需要检查脉搏就知道，他死了。但我还是摸了摸他的脉。我只要看看他手里抓着的装置显示屏就够了，那个绿点现在变成了红色。

“看来你是对的，撒手锏。”我回头说道。

我把控制面板从打火石僵硬的手中取了出来。我自己的手在发抖，焦虑，困惑。但主要是愤怒：我对打火石感到很愤怒。我非常想把我的拳头打在他的大脸上。

小飞象在我身后说：“咱们现在怎么办，中士？”他也很焦虑。

“现在你把磅蛋糕和茶杯的植入芯片取出来。”

他的声音高了一个八度，“我？”

我的声音降了一个八度，“你不是医务兵吗？撒手锏帮你取。”

“好吧，可然后咱们怎么办？咱们不能回去。咱们不能——咱们现在该去哪儿？”

撒手锏看着我，我现在对解读她的表情擅长一些了。她嘴角微微下垂表示她在振作精神，仿佛已经知道我要说什么。谁说得好呢？她大概真的知道。

“你们不回去了，小飞象。”

“你的意思是咱们不回去了。”撒手锏纠正我道，“咱们，僵尸。”

我站起身，我似乎花了很久很久才站直，我走向她。风将她的头发吹向一侧，就像一面飘舞的黑色旗帜。

“咱们落下了一个人。”我说。

她猛地摇摇头。她的刘海来回摇晃着，样子很可爱。“鸡块？僵尸，你不能回去救他。这等于自杀。”

“我不能丢下他不管。我答应过。”我开始解释，但我也不知道从哪里说起。怎么说呢？我无法解释。这就像是寻找圆圈的起点。

或者找到银链条的第一环。

“我逃跑过一次。”我最后说道，“我不会再这么干了。”

——63——

雪在下，小而白，旋转飘落。

河水散发着人类垃圾和尸体的腐臭，安静的河水幽深湍急，天上的云层后面藏着母舰闪闪发光的绿眼睛。

那个十七岁的高中橄榄球运动员，穿得像个士兵，拿着大火力半自动步枪，是来自发光绿眼的异星者给他的，他蹲在一座雕像旁。这座雕像是一个真正的士兵，他曾以清醒的头脑和洁净的心灵战斗和牺牲，他未曾被敌人的谎言侵蚀，没有被敌人将他内心的一切善变为恶，没有被敌人利用他心中的希望和信任将他自己变为攻击同类的武器。

这个十七岁的男孩在应该回去的时候没有回去，现在他不该回去，但他却要回去。这个叫僵尸的孩子答应过，如果他不信守承诺，那么战争就结束了——不是这场大战，而是他内心战场的战争，一场具有重要意义的战争。

因为承诺是有意义的。它现在具有前所未有的重要意义。

河畔公园，雪花飞舞。

我感觉到直升机来了，后来才听到它的声音。是压力的变化，仿佛有什么东西在敲打我裸露的皮肤。随后我听到了螺旋桨有节奏的敲击声，我摇摇晃晃地站起来，用手按住子弹在身体一侧打出的伤口。

“我应该朝你身上哪里开枪？”撒手锏问道。

“我不知道，但不能是腿或者胳膊。”

小飞象已经从尸体处理工作中获得了丰富的人体解剖学经验，他说：“往侧面打。近距离。用这个角度，要不然会打穿他的肠子。”

撒手锏问：“要是我打穿了你的肠子，咱们怎么办？”

“把我埋了，那样我就死了。”

她微笑了吗？没有。该死。

完事之后，小飞象检查伤口的时候，她问道：“我们等你多久？”

“不要超过一天。”

“一天？”

“好吧。两天。如果我们四十八小时之内没回来，我们就不会回来了。”

她没和我争论。但她说：“如果你们四十八小时内没回来，我就回去找你们。”

“这招太臭了，象棋手。”

“这不是象棋。”

黑影呼啸着掠过公园四周树木的秃枝，螺旋桨沉重的律动就像是一颗巨大的心脏在跳动，冷风猛地吹过来，我朝空地走去时，它压住我的肩头。

我爬上飞机时，飞行员转过头，“你手下的人呢？”

我坐进空座位，“走！快走！”

飞行员问道：“士兵，你手下的人呢？”

我手下的人在树丛中以连续开火作为回答，弹雨打上黑鹰的强化机身，我扯着嗓子大喊：“走！走！走！”这是有代价的，每一声“走”都把更多的血挤出伤口，从我的指间滴下。

飞行员起飞了，朝前移动一点儿之后猛地倾向左侧。我闭上眼睛。

走，撒手锏。走。

黑鹰用机枪扫射，树木粉碎，飞行员朝副驾驶喊了些什么，直升机现在位于树木正上方，但撒手锏和我的其他部下应该早就跑了，沿着幽暗的河边小径走了。我们绕着树丛飞了几圈，一直在开火，直到树丛全都被打秃为止。飞行员朝机舱瞥了一眼，看到我躺在两个座位之间，按着血迹斑斑的身体侧面。他拉起飞机，油门推到底。直升机冲上云霄，公园被白茫茫的雪吞噬。

我正在失去意识。失血太多。太多了。我眼前出现了撒手锏的脸，她不仅仅在微笑，她在大笑，我很高兴，我很高兴我让她笑了。

还有鸡块，他肯定没在微笑。

不许保证，不许保证，不许保证！永远，永远，永远也不要保证任何东西！

“我来了。我保证。”

——64——

我醒来，回到起点，我在医院的病床上，包着绷带，止痛药让我意识不太清醒，圆满了。

我花了好几分钟才意识到我不是独自一人。点滴架另一侧的椅子上坐着一个人。我转过头，先看到的是他的靴子，黑色，亮得像镜子。毫无瑕疵的制服，浆过熨过。雕塑一般的面孔，深邃的蓝眼睛，能够看到我灵魂最深处。

“你回来了。”沃什轻声说，“就算不是完好无损，至少也安全了。

医生说你能活下来非常走运。没有重伤，子弹擦边过去了。你在那么近的距离被打中，竟然还能死里逃生，真是令人吃惊。”

你打算怎么跟他说？

我要告诉他真相。

“是撒手锏。”我对他说。*你个浑蛋，你个狗娘养的。*这么多个月以来，我将他视为我的拯救者——甚至是人类的拯救者。他的承诺赋予我最残酷的礼物：希望。

他将头歪向一侧，让我想起某种目光锐利的鸟打量美味猎物的样子。

“撒手锏二等兵为什么会朝你开枪，本？”

你不能告诉他真相。

好吧。去他的真相吧。但是我会告诉他一些事实。

“因为雷兹尼克。”

“长官，撒手锏二等兵朝我开枪是因为我为雷兹尼克出现在那儿辩护。”

“你为什么要为雷兹尼克的出现辩护，中士？”他跷起二郎腿，把手放在膝盖上。每次和他目光对视都很难超过三四秒。

“他们背叛了我们，长官。呃，不是所有人。打火石和撒手锏——还有茶杯，但她是跟着撒手锏的。他们说雷兹尼克的出现证明这一切都是谎言，还有你——”

他举起一只手，“‘这一切’？”

“基地，寄生者。他们说我们接受训练不是为了消灭外星人，是外星人在训练我们，好让我们自相残杀。”

他一开始什么也没说。我都开始希望他会放声大笑、微笑或摇头了。如果他有这种反应，我可能就会产生一些疑问：我可能会重新审视一下这套“这全都是外星人的谎言”的说辞，得出我自己产生了妄想和战斗引发的歇斯底里的结论。

可他只是用鸟一般锐利的目光盯着我，面无表情。

“你一点儿也不相信他们的阴谋论？”

我点点头。明白无误的点头，有力，充满信心——至少我是这么希望的。“他们对我变多萝西了，长官。策反了整个小队。”我微笑起来。一个阴暗、坚强的士兵的微笑——至少我是这么希望的。“但我干掉了打火石。”

“我们发现了他的尸体。”沃什对我说，“和你一样，他也是在近距离被打中的。但和你不同的是，他被命中的部位要高一些。”

你确定吗，僵尸？你为什么要朝他的脑袋开枪？

他们不能发现他是被芯片干掉的。也许我对他的头部造成足够破坏就能销毁证据。退后，撒手锏。你知道我准头没那么好。

“我本来也想干掉其他人，可是我势单力孤，长官。我觉得最好还是返回基地来报告。”

他还是一动不动，一言不发，就这样过了很久。他只是一直盯着我。*你是什么呢？我心想。你是人类吗？还是寄生者？还是……别的什么东西？你到底是什么？*

“他们消失了，你知道吧。”他最后说道，然后等着我的回答。还好我事先编了一个。应该说是撒手锏编的。我们要尊重原创作者。

“他们把植入芯片摘掉了。”

“还把你的也摘掉了。”他说。又是等待。我越过他的肩头看到穿着绿色医护服的护工在一个个病床前移动，听到他们的鞋子踏过油毡地板的吱呀声。只是倒霉蛋医院的平凡一天。

我对他的问题有所准备。“我是在配合他们，等待机会。小飞象在我之后帮撒手锏摘除芯片，我就是那时行动的。”

“朝打火石开枪……”

“然后撒手锏朝我开了枪。”

“然后……”他把双臂交叉在胸前，下巴低垂，眼睛抬起，打量着我，就像鸟儿打量着可能要做晚餐的猎物。

“然后我跑了，长官。”

所以我能在暴风雪的幽暗光线中干掉雷兹尼克，但是不过两英尺的距离我却没撂倒你？他不会相信的，僵尸。

我不需要他相信。半信半疑几个小时就够了。

他清了清嗓子，挠了挠下巴，盯着天花板的方砖看了一会儿，然后目光又移回我身上，“本，你在失血过多而死之前能跑回集合点，真是幸运啊。”

噢，可说呢，管你到底是什么玩意儿。我就是这么幸运。

一片寂静。蓝眼睛。紧绷的嘴唇。交叉的双臂。

“你没有全告诉我。”

“长官？”

“你漏掉了一些情况。”

我缓慢地摇了摇头。房间摇摆起来，就像是暴风雨中的一艘船。他们给了我多少止痛药？

“你那位已故的教官。你的小队里肯定有人搜过他的身，在他身上发现了一个这样的东西。”他举起一个银色装置，和雷兹尼克的一样，“当时某个人——我想，应该是作为指挥官的你——大概会猜想雷兹尼克手里拿着这么一个装置是为什么，有了这个装置，按下一个按钮就能结束你们的性命。”

我点点头。撒手锏和我想到过他可能会提到这事，我也想好了对策。问题是他会不会相信。

“只有一个合理解释，长官。这是我们第一次任务，第一次上战场。我们需要有人监督。你也需要一道故障保险，万一我们当中有人变多萝西——背叛别人……”

我让话音落在这里，呼吸急促起来。我很高兴自己这么做了，因为我的药效还没过，这种情况下我也不太信得过自己。我的头脑并不是特别清醒。我正在一片浓雾中穿过雷区。撒手锏估计想到这一点了。我们在公园里等着直升机回来的时候，她让我反复排练，直到她将手枪抵上我的肚子，扣下扳机。

椅子蹭过地板，沃什线条坚硬清瘦的面孔突然填满我的视野。

“实在是太神奇了，本。你竟然能抵抗整个团体的意志，不跟随大家的脚步。这简直是——呃，不像人类，我想不出更贴切的词了。”

“我是人类。”我低声说。我的心脏在胸腔里使劲地跳着，有一秒，我觉得他都能透过我薄薄的病号服看到它在跳动。

“真的？因为这就是问题症结所在，是吧，本？这就是关键。究竟谁是人类——以及谁不是。难道我们没有眼睛吗？难道我们没有五官四肢、没有知觉、没有感情、没有血气吗？要是你们用刀剑刺我们，我们不是也会出血的吗？要是你们欺侮了我们，我们难道不会复仇吗？”

他的下颌线条生硬，他的蓝眼睛目光炽烈，他苍白的薄嘴唇衬着通红的脸。

“是莎士比亚，《威尼斯商人》，一个被蔑视和虐待的种族的一员说的。就像我们的种族一样，本。人类的种族。”

“我并不觉得他们恨我们，长官。”在雷区这个古怪而意外的转折点上，我尽量保持镇定。我头很晕。中了枪，上了药，还要和全世界史上最高效的一个死亡集中营的指挥官讨论莎士比亚。

“他们表达情感的方式很怪。”

“他们并不爱或恨我们。我们只是妨碍了他们。也许对他们来说我们就像寄生虫一样。”

“如果他们是智人，我们就是美洲大蠊？这样说来，我接受蟑螂的设定。很难消灭。”

他拍拍我的肩，表情变得非常严肃。我们说到实质性内容了，现在就是生死关键，我感觉得出。他手里不断摆弄着那个光滑的银色装置。

你的计划很烂，僵尸。你心里清楚。

好吧。那说说你的。

咱们在一起。去和躲在法院里的那帮人碰碰运气。

那鸡块呢？

他们不会伤害他的。你为什么这么担心鸡块？老天，僵尸，有数以百计的孩子——

对，的确有。但我对其中一个做了保证。

“这事很严重，本，非常严重。撒手锏的妄想会驱使她去投靠她本应消灭的那些东西。她会把她了解的关于咱们行动的情况全都告诉他们。我们又派了三个小队去遏制她，但我担心可能太迟了。如果真的太迟了，我们就别无选择，只能执行最终方案了。”

他的眼里燃烧着苍白的蓝色火焰。他转开头时，我打了个哆嗦，突然觉得很冷，而且非常非常害怕。

最终方案是什么？

他可能不相信我的话，但他的确是半信半疑。我还活着。只要我还活着，鸡块就有希望。

他又转过身，仿佛想起了什么事。

完了。

“噢，还有件事。很抱歉告诉你这个坏消息，但是我们要给你停用止痛药，这样才能给你做个全面报告。”

“全面报告，长官？”

“战斗是很有意思的，本。它可能会对你的记忆耍花招。我们发现药物会干扰软件。等上六个小时，你的全身系统大概就能把药物全部清除了。”

我还是不明白，僵尸。我为什么得朝你开枪？为什么不能是我们丢下你直接开溜了？我觉得这样有点儿小题大做。

我必须受伤，撒手锏。

为什么？

这样他们就会给我用止痛药。

为什么？

这样就能给我赢得时间。这样他们就不会把我从直升机上拽下来，直接送过去。

送到哪儿去？

所以我根本不用问沃什是什么意思，但我还是问了：“你们要把我送进幻境？”

他朝一个护工勾勾手指，那个护工拿着托盘过来了。托盘里是一个注射器和一颗银色小球。

“我们要把你送进幻境。”

——第九部分——

雨中花

——65——

昨晚我们在壁炉前睡着了，今天早上我在我们的床上醒来——不，不是我们的床。是我的床。薇尔的床？我在床上，但我不记得爬过台阶，所以肯定是他把我抱上来，给我盖好被子的。只是现在，他并没和我一起躺在床上。我意识到他不在这里，感到有些焦虑。他和我在一起的时候，抑制怀疑就容易得多。每当我看到那双融化的巧克力色的眼睛，听到他深沉的声音像寒夜中一条温暖的毯子一样包围着我。*噢，你真是不可救药，凯西。你完蛋了。*

我在黎明的微光里很快穿好衣服，下了楼。他也不在楼下，但我的 M16 在，已经擦干净，装了子弹，靠在壁炉架边。我喊着他的名字。回答只有一片寂静。

我拿起枪。我上一次开枪还是十字架士兵那天。

这不是你的错，凯西。也不是他的错。

我闭上眼睛，看到我父亲中了枪，倒在尘土中，对我说，*别，凯西，*然后沃什走了过去，干掉了他。

是他的错。不是你的。也不是十字架士兵的。是他的错。

我脑海中有一幅清晰的画面，是我用步枪口抵着沃什的太阳穴，把他的脑袋从肩膀上轰下来。

首先我得找到他，然后彬彬有礼地叫他站着别动，这样我才能把枪口顶上他的太阳穴，把他的脑袋从肩膀上轰下来。

我发现自己坐在沙发上，旁边就是小熊，我抱住它俩，一只手抱着熊，另一只手搂着我的步枪，就像回到树林里，在母舰的邪恶之眼注视下的天空下的树丛中的帐篷里，群星在母舰上空爆炸，我们只是其中之一——整个宇宙中的星星数量足有 10 的 21 次方之多，异星者选中我们这一颗安营扎寨的概率有多大？

我实在无法消化这么多信息。我无法打败异星者，我就是一只蟑螂。好吧，我还是用伊万的蜉蝣的比喻吧。蜉蝣好看一点儿，而且至少会飞。但我在地球上的这一日结束之前，总可以干掉几个浑蛋。我打算从沃什开始。

一只手放在我的肩头，“凯西，你为什么哭？”

“我没哭。是过敏。这只该死的熊身上全是土。”

他在我身旁坐下，是熊那一侧，不是枪那一侧。

“你去哪儿了？”我试图改变话题。

“看看天气。”

“然后呢？”*请你把话说完整。我很冷，我需要你那厚毯子一样的声音让我感到安全。*我把双膝抵在胸口，脚跟踩在沙发沿上。

“我觉得咱们今晚没事。”晨光从窗子上挂的被单的一条缝隙里照进来，他的脸被涂上一片金色。他的深色头发在阳光下闪耀，眼睛明亮。

“好。”我带着鼻音大声说。

“凯西。”他碰碰我的膝盖。他的手很暖，我能透过牛仔裤感觉到它的热量，“我有个奇怪的想法。”

“你觉得这一切只是一场噩梦？”

他摇摇头，紧张地笑了，“我不想让你误会，所以先听我说完你再说，行吗？我想了很久，本来不想提了，但我觉得……”

“说吧，伊万。直——接——说。”*噢老天，他要跟我说什么？*我的身体紧绷起来。*算了，伊万。别说了。*

“让我去吧。”

我困惑地摇摇头。这是在开玩笑吗？我看看他放在我膝盖上的手，手指轻轻地捏着我的膝盖，“我以为你*是要*去啊。”

“我的意思是，让*我*去。”他轻轻晃了晃我的膝盖，让我看着他。

我这才明白过来，“让你自己去。我留在这儿，你去找我弟弟。”

“好了，你答应过听我说完……”

“我没答应你任何事。”我把他的手从我膝头推了下去。想到他要离开我，我不但觉得自己被冒犯了，而且很可怕。“我答应的是萨米，所以你就别想了。”

他并没放弃，“可你不知道外面有什么。”

“你知道？”

“比你知道得多一点儿。”

他向我伸出手。我用手推他的胸口。*哦不，伙计，*“那告诉我外头有什么。”

他举起双手，“想想咱俩谁更有可能活下来，兑现你的承诺。我不是说因为你是女孩或者我更强壮更厉害之类的。我的意思是，如果咱俩只有一人去，万一发生最糟糕的事，另一个人还可以接着找他。”

“嗯，最后这句话大概是对的。但先去的不应该是你。他是*我*弟弟。我怎么可能留在这里，等着消音者找上门来。我要自己去。”

我从沙发上站起来，仿佛这一刻就要出发似的。他拉住我的胳膊，我把他甩开。

“别这样，伊万。你似乎总是忘记，是我允许你跟我一起去的，而不是相反。”

他垂下头。“我知道。我知道。”他苦笑了一声，“我也知道你会是这样的反应，但我还是得问一次。”

“因为你觉得我没法照顾自己？”

“因为我不想让你死。”

——66——

我们准备了好几周。最后一天没什么可做的，只要等夜幕降临就行了。我们打算轻装出发。伊万估计我们用两三晚就能抵达莱特-帕特森，除非又出现意外耽搁，比如再来一场暴风雪，或者我们其中一人死了——或者我们俩都死了，那样的话，这次行动就永久耽搁下去了。

虽然我尽量减少行头，还是很难把小熊塞进背包。也许我应该拆下它的腿，告诉萨米是炸掉骨灰坑营地的眼睛炸弹干的。

眼睛炸弹。用这个更好，我下定决心：不用子弹打穿沃什的大脑，而是把外星人炸弹塞进他的裤裆。

“也许你不应该带它。”伊万说。

“也许你应该闭嘴。”我嘟哝着，把小熊的脑袋和肚子窝在一起，拉上拉链，“好了。”

伊万微笑起来，“你知道吗，我第一次在树林里看到你的时候，我还以为是你的小熊。”

“树林里？”

他的微笑退去了。

“你不是在树林里发现我的。”我提醒他道。屋子里的温度仿佛突然降了十度，“你是在路边雪堆里发现我的。”

“我的意思是我在树林里，不是你，”他说，“我是从半英里外的树林里看见你的。”

我点点头。并不是因为我相信他，我点头是因为我知道不该点头。

“你还没离开那片树林，伊万。你很体贴，指甲整洁得简直难以置信，但我还是不明白你的手为什么这么柔软，还有你去给女友上坟那天晚上身上为什么会有火药味。”

“我昨晚告诉过你了，我有两年没在农场上干活了，那天我擦过枪。我不知道我还能……”

我打断了他，“我信任你只是因为你很擅长用枪，而且没有用它干掉我，尽管你有过一千次机会。别误会，这不是私人恩怨，我对你和对这整件事有疑问，但这不意味着我永远不会找到答案。我会找到的，如果事实证明你和我不是一头的，那我只能做自己必须做的事。”

“什么？”他嘴角歪向一侧，咧开，展现出一个迷人的露齿微笑，肩膀耸起，双手深深插在口袋里，一副不满的样子，我猜是为了让我发疯，褒义的那种发疯。他身上到底有什么东西，让我既想扇他耳光又想吻他，既想逃离他又想奔向他，既想抱住他又想用膝盖顶他裤裆？我很想把他对我的作用怪罪在大降临上，但有某种东西告诉我，男人对我们产生这种作用远远不止这几个月。

“我必须做的事。”我对他说。

我上楼了。说到必须做的事，我想起来了，在出发前我还有一件事要做。

我在浴室抽屉里翻出一把剪子，剪下六英寸长的头发。我身后的地板条响了起来，我头也不回地大喊：“别偷偷摸摸的！”一秒钟之后，伊万探进头来。

“你在干吗？”他问道。

“象征性地剪头发。你又在干吗？噢，对了。跟踪我，在楼道里偷偷摸摸的。没准儿最近哪天你能鼓起勇气迈过门槛，伊万。”

“你看起来像是真的在剪头发。”

“我决定摆脱所有招我烦的东西。”我朝镜子里的他看了一眼。

“它为什么招你烦？”

“你问这干吗？”我现在看着镜子里的自己，但他还是出现在我的余光里。更有象征意义了。

他明智地走了。**喀嚓**，**喀嚓**，**喀嚓**，洗手池里全是我的鬈发。我听到他在楼下的脚步声，随后厨房门砰的一声关上了。我想我应该先问问他是否允许。就好像他是我的主人似的。好像我是他在雪地里发现的一只迷路小狗。

我退后两步，打量着自己的成果。这一头短发，又没化妆，我看起来也就十二岁。好吧，至多十四岁。如果举止恰当，再配上合适的道具，别人可能会以为我只有十一二岁。没准儿还会叫我搭他们那友好的黄色校车去安全的地方。

那天下午，天空中飘来灰色的云层，黄昏提前降临了。伊万又不见了，几分钟之后，他扛着两桶五加仑的汽油回来了。我看了他一眼，他说：“我觉得咱们可以用这个转移一下他们的注意力。”

我花了一分钟才明白，“你要把你家烧掉？”

他点点头，似乎对这个点子还挺兴奋。

“我要把我家烧掉。”

他把其中一桶汽油拖上楼，倒在各个卧室里。我走出去，站在门廊里，躲开汽油味。一只硕大的黑乌鸦在院子另一头蹦跳着，它停了下来，瞪着眼睛看了我一眼。我很想掏枪朝它扣动扳机。

我觉得我不会失手的。我现在枪法挺不错，这要归功于伊万，而且我真的很讨厌鸟。

我身后的门开了，一股令人作呕的汽油味涌了出来。我走下门廊，乌鸦尖叫着飞走了。伊万把剩下的汽油倒在门廊上，然后把空桶丢在房子旁边。

“还有谷仓。”我说，“如果你想转移注意力，应该烧谷仓才对。这样咱们回来的时候房子还在。”*因为我想相信我们还会回来，伊万。你，我，还有萨米，幸福的一家。*

“你知道咱们不会回来了。”他说着，划着了火柴。

——67——

二十四小时之后，我完成了仿佛是用一根银绳将我和萨米连结起来的圆圈，我回到了我做出保证的地方。

骨灰坑营地和我离开时一模一样，也就是说，没有什么骨灰坑营地，只有一条穿过树林的土路，中间有大概一英里宽的空地，这就是骨灰坑曾经的位置，地面比钢铁还硬，空空如也，一根野草或一片枯叶都没有。当然了，现在是冬天，但不知怎么的，我觉得等到春天，这片异星者造就的空地也不会像草原一样生机勃发。

我指指我们右边的某个位置，“我记得以前营房就在这里。除了土路没有别的参照物，就很难判断。那边是骨灰坑，再远处是那条沟。”

伊万惊奇地摇摇头。“什么也不剩了。”他跺了跺石头般坚实的地面。

“剩了。我。”

他叹了口气，“你知道我什么意思。”

“我绷得太紧了。”我说。

“嗯。不太像你。”他挤出一个微笑，但最近他的微笑没那么管用了。自从我们抛下他家的房子，任凭它在乡下熊熊燃烧之后，他一直很安静。他在暮色中跪在坚硬的地上，掏出地图，用手电指着我们的位置。

“这条土路在地图上没标出来，但肯定连通这条公路，大概在这里？我们可以沿着这条路上 675 号公路，然后一直走就到莱特 - 帕特森了。”

“有多远？”我越过他的肩膀看着地图。

“大概二十五或三十英里。如果咱们加把劲，再有一天就到了。”

“那咱们就加把劲。”

我在他身旁坐下，在他的背包里翻找吃的。我找到一些蜡纸包的神秘腊肉，还有几块硬饼干。我递给伊万一块。他摇头表示拒绝。

“你得吃东西。”我责备道，“别担心这么多。”

他担心我们会耗尽食物。他带着步枪呢，没错，但在营救行动的这个阶段不能打猎。我们得静悄悄地穿过乡间——倒不是说乡下就很安静。第一晚我们听到了枪声。有时一声枪响，余音不绝，也有时不止一声。不过总是在远处，从来没有近到让我们害怕的程度。可能也是伊万这样的孤独猎手，靠土地吃饭。也有可能是一群流窜的混混。谁知道呢？也许还有其他十六岁的女孩，带着 M16，愚蠢到以为自己是人类在地球上的最后代言人。

他让步了，拿了一块饼干。他咬了一大口，若有所思地咀嚼着，打量着夜色降临的荒野。“要是他们不再派大巴出来了怎么办？”他第一百次问道，“那咱们怎么进去？”

“咱们再想别的办法。”凯西•苏里文——战略计划专家。

他看了我一眼，“职业军人，悍马，还有黑鹰直升机，还有这个——你管它叫什么来着？——绿眼睛炸弹。咱们最好想个好点儿的计划。”

他把地图塞进口袋，站起身，调整着肩头的步枪。他的某种情绪要爆发了。我不确定具体是什么。哭泣？尖叫？大笑？

我也是。三种情绪都要爆发了。可能不是同一个理由。我决定相信他，但就像有人曾经说过的，信任是勉强不来的。所以我只能把所有怀疑都放在一个小盒子里，把它埋得很深，然后尽量忘记它埋的位置。我的问题是，这个埋起来的盒子就像是一个我忍不住不停抠的痂。

“咱们还是走吧。”他瞥了眼天空，紧张地说。白天飘来的云还在，挡住了星星，“咱们在这里没有什么掩体。”

伊万突然把头转向左边，整个人像雕像一样凝固了。

“怎么了？”我低声问。

他举起手，猛地摇了一下头。他看向附近的黑暗。我什么也没看到，也没听到。但我不像伊万，他是猎人。

“该死的手电。”他低语道。他把嘴唇贴上我的耳朵，“哪个更近？路对面的树林还是那条沟？”

我摇摇头。我实在不知道。“那条沟吧。”

他没有犹豫，拉起我的手，朝大概是沟的方向快速小跑。我不知道我们跑了多远，终于到了。大概其实没有那么远，因为感觉我们好像跑了很久很久。伊万把我沿着岩壁送下沟底，然后自己也跳了下来，落在我身边。

“伊万？”

他把手指放在唇边。他冲上沟壁，沿着顶部边缘往外看。他指指自己的背包，我摸索着，找到了他的双筒望远镜。我拉拉他的裤腿——*发生什么事了？*——但他把我的手打掉了。他用手指拍拍大腿，拇指收起。有四个人？他是这个意思吗？还是他在用什么猎人的暗语，比如，四肢摊开趴倒！

他很久都没有动弹。最后他下来了，又把嘴唇贴上我的耳朵。

“他们朝这边来了。”他在暮色中眯着眼睛看向沟的另一侧，这一侧比我们下来的那边陡峭得多，但这一侧有树林，或者说树林的残余：光秃秃的树桩，还有枯枝败叶。这是很好的掩护，至少比完全暴露在沟里可以任由坏人宰割强。他咬住嘴唇，权衡着。我们有时间在被发现之前爬上另一侧吗？

“蹲下别动。”

他把步枪从肩头摘下，靴子踏着并不稳当的岩壁，胳膊肘支在上面的地面上。我站在他正下方，抱着 M16。对，对，他叫我蹲下别动，我知道。但我不想缩成一团等待末日。我经历过一次了，我不想重温那种体验了。

伊万开枪了，黄昏的平静被打破。步枪的后坐力使他失去平衡，脚一打滑，他径直掉了下来。还好下面有个傻瓜给他垫着。他真走运。那个傻瓜就没那么走运了。

他从我身上翻下来，把我拉起来，推向沟的另一侧。但喘不上气的时候很难快速移动。

一颗信号弹落进沟里，地狱般的红光撕裂黑暗。伊万双手架起我的胳膊，把我往上推。我用指尖抓住沟顶边缘，脚趾发狂地蹬着沟壁，就像是发了疯的自行车运动员。伊万双手把我的屁股最后一推，我爬上去了。

我转过身想帮他上来，但他大喊叫我快跑——现在没理由静悄悄了——一个菠萝状的小东西掉进他身后的沟里。

我大喊：“手榴弹！”让伊万有整整一秒钟寻找掩体。

这点时间不够。

爆炸将他抛了出去，就在那一刻，沟的另一侧出现了一个穿着军服的人。我端起 M16，扯着嗓子语无伦次地尖叫起来。那人踉跄着后退，但我一直朝他站的地方开火。我估计他没想到，凯西•苏里文对他的外星人末世后的疯狂派对邀请是这种反应。

我的弹夹空了，补一个新的。数到十。我强迫自己往下看，很确定我会看到什么。伊万的尸体躺在沟底，炸成碎片，只因为他认为我是他值得牺牲自己的那一个人。我允许他亲吻，但从不主动吻他。从未感谢他救了她的命，却报以嘲讽和指责。我知道我向下看会看到什么，可我看到的却并非如此。

伊万不见了。

我脑海里那个负责保住我性命的小声音大喊，*快跑！*

于是我跑了。

我跳过倒下的树干和冬季的枯萎灌木，熟悉的砰砰砰的快速武器开火的声音。

手榴弹，信号弹，攻击性武器。我们后面的这些不是什么混混。他们是职业的。

在信号弹冷酷的光芒之外一片漆黑，我跑入这片黑暗，撞上一棵树。我在冲击力的作用下跌倒了。我不知道自己跑了多远，但肯定颇有些距离，因为我看不到沟了，除了我自己的心跳引起的耳鸣，也听不到任何其他声音。

我小跑到一棵倒下的松树旁，躲在树干后，把从沟边逃跑时憋的那一口气喘上来。我等待着另一颗信号弹掷进我面前的树林里。等待着消音者冲过灌木丛来。

远方一声步枪响，随后是一声凄厉的尖叫。随后又是一阵自动武器开火声，又一颗手榴弹爆炸，然后是寂静。

*呃，他们没有朝我开火，那一定是伊万了，*我心想。这让我感觉好一点儿，但同时又糟糕得多，因为他独自一人在那儿对抗一群职业军人，可我呢？躲在树后，像个小姑娘。

可萨米怎么办？我可以跑回去参加一场我大概会输的战斗，也可以蹲在这里保住性命好兑现我的承诺。

这是一个二选一的世界。

又一声步枪的*砰*！又一声娘娘腔尖叫。

又一片寂静。

他正在一个接一个地干掉他们。一个没有格斗经验的农场男孩对抗一个小队的职业军人。人数对比悬殊。武力对比悬殊。和州际公路上的消音者一样，和把我追赶到汽车底下然后神秘消失的林中猎人一样，简单粗暴地撂倒他们。

砰！

尖叫。

寂静。

我没动弹。我躲在树干后面，害怕地等待着。在过去十分钟里，这棵树干成了我的好朋友，我决定给它起个名字：霍华德，我的宠物树干。

你知道吗，我第一次在树林里看到你的时候，我还以为是你的小熊。

有人踏过枯枝败叶的咔嚓声。一个阴影出现在幽暗的树林前。消音者轻声呼唤着。我的消音者。

“凯西？凯西，现在安全了。”

我站起身，将我的步枪径直瞄准伊万•沃克的脸。

——68——

他赶快停住脚步，但脸上慢慢才浮现起迷惑的神情。

“凯西，是我。”

“我知道是你。我只是不知道你是谁。”

他的下巴绷紧了。他的声音哽咽起来。愤怒？挫败？我无法辨别，“放下枪，凯西。”

“你是谁，伊万？伊万，不怕一万，就怕万一。万一这不是你的名字呢。”

他苍白地微笑了一下，随后跪了下来，摇摆着，最后倒下不动了。

我等待着，枪口仍然对着他的后脑勺。他没有动弹。我跳过霍华德，用脚轻轻踢了踢他。他还是没动弹。我跪在他身旁，把步枪托放在大腿上，手指搭上他的脖子，找到了脉搏。他还活着。他的裤子从大腿往下都破了，摸起来湿漉漉的。我闻了闻指尖，是血。

我把 M16 靠在树干上，把伊万翻了过来。他的眼皮颤动着。他抬起手，用沾满血渍的手掌摸了摸我的脸颊。

“凯西。”他低语道，“凯西代表凯西奥佩娅。”

“别说话。”我说。我注意到他的步枪就放在他身旁，于是把枪踢到他够不到的地方，“你伤得有多重？”

“我感觉挺严重的。”

“有几个人？”

“四个。”

“他们根本没戏，是吧？”

长叹一口气。他抬起眼皮，与我目光相接。我不需要他说话，我从他的眼神中就看到了答案，“没什么戏，没有。”

“因为你不愿意杀生，但你愿意做你必须做的事。”我屏住呼吸。他肯定知道我为什么要这么说。

他犹豫了一下，然后点了点头。我看得出他眼神中的痛苦。我移开目光，这样他就看不到我眼神中的痛苦了。*但你已经踏上了这条路，凯西。现在回不了头了。*

“你很擅长你愿意做的事，对吧？”

呃，这就是问题所在，不是吗？它也是你的问题：你愿意做什么呢，凯西？

他救了我的命。他怎么可能又是想要夺取我性命的那个人呢？这说不通啊。

我是否愿意让他流血而死，就因为现在我知道他对我撒了谎——他不是勉强杀生的猎人，那个温柔的伊万•沃克，那个失去父母手足恋人的悲伤男孩，而是一个甚至可能都不是人的生物？我是否能鼓起勇气遵守第一条规则，抵达粗暴而不讲宽恕的最终结论，将子弹射入他那雕塑般精致的额头？

唉，你在逗谁啊？

我开始解他的衬衣扣子。“得把这些衣服脱了。”我低声说。

“你不知道我等你这句话等了多久。”微笑。偏向一侧的嘴角。性感。

“你这次可没法靠魅力阻止我，伙计。你能稍微坐起来点儿吗？再坐起来一点儿。好了，拿着这个。”急救包里找出来的几片止痛药。他从我递给他的水瓶里喝了两大口水，把药送了下去。

我脱下他的衬衣。他抬眼看着我的脸。我避开他的目光。我拽下他的靴子，他自己解开皮带，拉下裤子拉链。他抬起屁股，但我没能脱下他的裤子——血把裤子粘住了。

“扯下来吧。”他说。他翻了个身。我试了一下，可每次拽的时候料子都从我手里滑脱。

“给，用这个。”他递来一把沾满血渍的刀。我没问血是打哪儿来的。

我慢慢从一处开口切到另一处。我很怕切到他。然后我把两条裤腿分别拽下来，就像是剥香蕉。对，这个比喻太完美了：剥香蕉。我必须知道真相，如果不剥去外皮，就没法吃到美味的水果。

说到水果，我脱到——我的意思是，他脱到——只剩内裤了。

面对着他的内裤，我问：“我需要看你的屁股吗？”

“我一直在琢磨你会怎么想。”

“还是别尝试讲这些不好笑的笑话了。”我从胯部两侧切开内裤，把它脱了下来，他完全裸体了。他的屁股很糟。我的意思是，到处都是弹片造成的伤口。否则的话，它还挺不错的。

我用急救包里的纱布擦掉一些血渍，尽量克制着歇斯底里的咯咯笑声。我把它归咎于难以承受的压力，而不是我正在给伊万•沃克擦屁股的事实。

“老天，真是糟透了。”

他大口喘着气，“先看看能不能把血止住吧。”

我把他屁股这一面的伤口尽可能包扎起来。“你能翻过身来吗？”我问。

“我希望不要。”

“我得看看正面。”*老天。正面？*

“正面还好。真的。”

我坐下来，感觉精疲力竭。看来这次我只能相信他的话了，“告诉我是怎么回事。”

“我把你送出沟之后，我就跑了。我发现了一处缓坡，就爬出来了。我绕到他们另一侧。剩下的你大概听到了。”

“我听见三声枪声。你说有四个人。”

“刀子。”

“这把刀？”

“就是这把刀。我手上是他的血，不是我的。”

“噢，谢谢啊。”我摸摸脸上他的手碰过的位置。我决定检验一下关于真相的最坏解释，“你是个消音者，是不是？”

没有声音。多讽刺啊。

“或者你是人类？”我低语道。*说人类，伊万。请你在说的时候，语调完美无瑕，这样就不会再有疑问了。求你了，伊万。我真的需要你消除我的疑问。我知道你说过你没法让自己相信——所以，该死的，让另一个人相信吧。让我相信。说吧。说你是人类。*

“凯西……”

“你是人类吗？”

“我当然是人类。”

我深吸一口气。他说了，但并非完美无瑕。我看不到他的脸。他的脸藏在胳膊肘下面。也许如果我能看到他的脸，一切就完美无瑕了，我就可以把这种可怕的想法抛诸脑后。我捡起一块无菌纱布，开始把他的血——或者别人的——从我的手上擦去。

“如果你是人类，你为什么一直在对我撒谎？”

“我并不是在每件事上都对你撒谎。”

“只有那些重要的事。”

“正是在那些事上我没有撒谎。”

“州际公路上那三个人是不是你杀的？”

“是的。”

我躲闪了一下。我没想到他会说是。我以为他会说*你在搞笑吗？别这么疑神疑鬼的*。可我得到的却是简短的柔声回答，仿佛我问的是他有没有裸泳过。

下一个问题才是最艰难的：“是你朝我的腿开的枪吗？”

“是的。”

我打了个冷战，沾了血的纱布掉在我两腿之间，“你为什么朝我的腿开枪，伊万？”

“因为我不能朝你的头开枪。”

得。说实话了。

我掏出鲁格尔手枪，把它放在膝头。他的头距离我的膝盖大概一英尺远。我不懂为什么拿枪的人像树叶一样颤抖，等待着她赦免的人却冷静得出奇。

“我要走了。”我对他说，“我要把你留在这里等着失血过多而死，就像你把我留在那辆车底下一样。”

我等着他开口说点儿什么。

“你不会走的。”他说。

“我在等你有什么要说的。”

“这事很复杂。”

“不，伊万。谎言很复杂，真相很简单。你为什么朝高速公路上的人开枪？”

“因为我害怕。”

“怕什么？”我问。

“怕他们不是人。”

我叹了口气，从我的背包里摸出一瓶水，我向后靠在倒下的树干上，喝了一大口。

“你朝高速公路上的那些人开了枪——还有我，老天知道还有谁。我知道你每天晚上出去不都是捕猎动物——因为你已经知道第四波了。我就是你的十字架士兵。”

他在臂弯里点了点头。声音很闷：“如果你想这么说的话也可以。”

“如果你想让我死，为什么又从雪里把我刨出来，而不是让我冻死？”

“我没想让你死。”

“朝我的腿开枪，又把我丢在汽车底下等着失血过多而死。”

“不，我跑的时候你是站着的。”

“你跑了？你为什么跑？”我很难想象。

“我害怕。”

“你朝那些人开枪是因为你害怕。你朝我开枪是因为你害怕。你跑也是因为你害怕。”

“我在恐惧这方面可能有点儿问题。”

“然后你又找到了我，把我带回家，照顾我直到我康复，给我做汉堡，帮我洗头，教我射击，吻我，就为了……为了什么？”

他转过头来，用一只眼睛看着我，“你知道的，凯西，你这样有点儿不公平。”

我惊讶地张开嘴，“我不公平？”

“我被弹片打伤了，你还这样拷问我。”

“这又不是我的错。”我生气地说，“是你坚持要来的。”我的后背上掠过一阵恐惧，“你为什么要来，伊万？这是什么把戏？你是在利用我吗？”

“是你想要救萨米的。”他说，“我试图劝你放弃。我甚至提议说我自己去。”

他在发抖。他全身赤裸，气温接近零度。我把他的外套盖在他背上，用他的牛仔衬衣把他身体其余部分尽可能盖起来。

“对不起，凯西。”

“为哪件事？”

“所有事。”他的吐字含糊起来，止痛药开始生效了。

这会儿我两手牢牢握着枪。我和他一样在发抖，但不是因为寒冷。

“伊万，我杀那个士兵，因为我没有选择——我没有每天出去寻找可以杀的人。我没有躲在路边树林里，等着干掉每一个过路人，就因为那些人可能是他们的一员。”我朝自己点点头。就是这么简单，“你不可能是你说的那样，因为你说的那样不可能干出你干过的事！”

我现在什么也不在乎了，我只想要真相。还有，我不想当傻瓜。我对他也没有任何感觉了，因为对他有感觉就会使我必须做的事变得困难得多，也许根本不可能做到。如果我想救我弟弟，就不能有什么事是不可能做到的。

“接下来怎么办？”我说。

“等到早上，咱们得把弹片取出来。”

“我的意思是，这一波之后是什么。还是说你就是最后一波，伊万？”

他用那一只眼睛抬起来看着我，来回摇着头，“我不知道我怎么才能说服你——”

我用枪口顶住他的太阳穴，旁边就是巧克力色的大眼睛，仰视着我，我愤怒地说：“第一波：断电。第二波：海啸。第三波：瘟疫。第四波：消音者。接下来是什么，伊万？第五波是什么？”

他没回答。他昏过去了。

——69——

黎明时分他依然冰冷，于是我抓起步枪，走出树林去察看他前一天的战果。大概并不是个明智选择。万一我们的午夜袭击者呼叫增援了呢？我就成了唾手可得的猎物。我射击准头还不赖，可我又不是伊万•沃克。

呃，就连伊万•沃克自己也不是伊万•沃克。

我不知道他是什么。他说他是人类，他的外表、讲话方式、流出来的血也都和人类没有差别，好吧，就连他接吻的方式也和人类一样。就像不管你用什么名字称呼玫瑰，它都还是玫瑰一样。他说的话也没什么问题，比如他伏击别人的理由跟我朝十字架士兵开枪的理由一样。

问题是，我不相信。现在我也不知道，伊万是死了比较好，还是活着比较好。死了的伊万无法帮我兑现诺言，活着的伊万可以。

为什么他先朝我开枪，后来又救了我？他说我救了他，又是什么意思？

太奇怪了。当他抱着我的时候，我觉得很安全。当他吻我的时候，我迷失在他当中。就好像有两个伊万。一个是我所熟悉的，另一个却那么陌生。一个是农场男孩伊万，双手柔软，他会抚摸我，直到我像小猫一样开始打呼。另一个是冒牌伊万，他是个冷血杀手，朝我开过枪。

我要假定他是人类——至少在生物层面是。也许他是个克隆人，利用提取的 DNA 在母舰上培养出来的。也有可能不是星球大战那种故事，更令人唾弃，他可能是人类的叛徒。也许消音者都是这样的人类雇佣军，效力于外星人。

异星者给了他好处，让他干掉我们。也有可能是威胁他，跟他谈条件——比如绑架了某个他爱的人（比如劳伦？我从没亲眼看到过她的坟墓）。*干掉二十个人类，我们就放了人质*。

最后一种可能性是，他说的是实话。他孤身一人，充满恐惧，只能在别人干掉他之前先下手为强，坚信第一条规则，直到他放我走，又把我带回家，他才终于打破这条规则。

这种可能性和前两种一样能够解释之前的事。一切都能吻合。它可能是真相。但还有一个恼人的小问题。

那些士兵。

所以我没把他一个人丢在树林里。我想看看他为我自己做了些什么。

由于骨灰坑营地现在比一片盐滩还要不起眼，我没费什么力气就找到了伊万的猎物。一个在沟边，还有两个在几百码开外。三个人都被爆了头。当时一片漆黑，而且他们还在朝他开火。最后一个躺在以前营房附近的位置，没准儿就是沃什谋杀我父亲的那块地方。

他们都不超过十四岁。每个人都戴着怪模怪样的银色单片眼镜。

是某种夜视技术吗？如果是的话，那伊万的成就就更了不起了，但让人有点儿感到恶心。

我返回时，伊万已经醒了。他倚着树干坐了起来，面色苍白，发着抖，眼窝深陷。

“他们是孩子。”我对他说，“他们只是孩子。”

我冲进他身后的枯灌木丛里，把肚子里的东西吐了个干净。

然后我感觉好一点儿了。

我回到他身旁。我决定不杀他。暂时还不。对我来说，目前他还是活着比较有价值。如果他是消音者，那他可能知道我弟弟的下落。于是我拿起急救包，跪在他张开的两腿之间。

“好了，该动手术了。”

我从包里找到一袋无菌纱布。他一言不发地看着我把他的猎物的血从刀子上擦干净。

我把新涌起的呕吐物使劲咽了下去。“我以前从来没干过这种事。”我说。这话不说也看得出来，但我感觉像是在和陌生人讲话。

他点点头，翻身趴下。我拉开衬衣，露出他的下半身。

我以前从来没看见过男人裸体。现在我却跪在他两腿之间，尽管我看不到他的完整裸体，只有背面。太奇怪了，我从来没想过我第一次面对一个裸体男人会是这种情形。呃，可能其实也没这么奇怪。

“你想再吃片止痛片吗？”我问道，“天很冷，我的手也在发抖……”

“不用止痛片。”他咕哝着，脸埋进臂弯。

一开始我动作很慢，用刀尖小心翼翼地翻开伤口，但我很快就意识到，用这种方法从人类血肉——也有可能是非人类——里取出金属不可行，这样只会延长痛苦。

他的屁股用的时间最长。倒不是我拖延，弹片实在太多了。他一动不动，连龇牙咧嘴都没有。有时候他会发出一声“喔！”，还有时会叹气。

我把他后背上的外套拿掉。背上伤口不多，基本都集中在下部。

我手指僵硬，手腕酸痛。我强迫自己动作快点儿——快，但要仔细。

“再坚持一下。”我低声说，“快完了。”

“我也快完蛋了。”

“咱们绷带不够。”

“就把最糟糕的处理了吧。”

“那感染怎么办……”

“急救包里有点儿青霉素。”

我把药片找出来，他翻过身来。他喝了口水，吃了两片。我坐下来，一身汗，尽管温度没比零度高多少。

“为什么会是孩子？”我问。

“我不知道他们是孩子。”

“可能吧，可他们都带着大量武器，很清楚自己在做什么。他们的问题是，你也带着武器，也知道自己在干什么。你肯定忘了告诉我你接受过突击队训练。”

“凯西，如果我们不能信任彼此……”

“伊万，咱们不可能信任彼此。”我又想敲他的脑袋，又想放声大哭。我已经厌倦了厌倦，“问题就在这里。”

头顶上空，太阳从云层中挣脱出来，呈现出一片蔚蓝的天空。

“外星人克隆儿童？”我猜测着，“美国征兵征不到人了？说真的，为什么小孩会带着自动武器和手榴弹到处跑？”

他摇摇头，喝了口水，露出一个龇牙咧嘴的表情。“我想我还是再吃片止痛片吧。”

“沃什说只要小孩。他们要把小孩都抓走，把他们变成军队？”

“也许沃什不是他们的人。也许是军队抓走了孩子。”

“那他为什么要干掉所有其他人？他为什么要把子弹送进我爸的脑袋？如果他们不是他们的人，他又是从哪儿弄来的眼睛炸弹？肯定有问题，伊万。而且你知道是怎么回事。咱俩都清楚你知道。你为什么就不能告诉我呢？你敢把枪交给我，敢让我帮你把弹片从屁股里取出来，但却不肯告诉我真相？”

他盯着我看了许久，最后说道："我希望你没把头发剪短。"

我本应放弃盘问的，但我太冷了，而且觉得恶心又疲倦。"我对天发誓，伊万•沃克。"我用干瘪的嗓音说，"要不是我需要你，我现在就会干掉你。"

"那我很高兴你需要我。"

"如果我发现你在最重要的事上对我撒了谎，我也会干掉你的。"

"什么是最重要的事？"

"关于你是不是人类的问题。"

"我和你一样是人类，凯西。"

他把我的手放进他的手里。我们俩的手上都沾了血。我手上的血是他的。他手上的血是一个比我弟弟大不了多少的男孩的。这只手杀了多少人？

"咱们是这样吗？"我问道。我要抓狂了。我无法信任他。我必须信任他。我无法相信。我必须相信。这是不是异星者的终极目标？结束每一波的最后一波？剥离我们的人性，让我们只剩下动物般的骨架，直到最后，我们成了行尸走肉般的捕猎者，替他们做这肮脏的勾当，就像鲨鱼一样冷酷孤寂？

他注意到我眼中困兽般的神情，"怎么了？"

"我不想当鲨鱼。"我低语道。

他盯着我看了很久，让我觉得很别扭。他本可以说，*鲨鱼？谁？什么意思？嗯？谁说你是鲨鱼？*可他却点点头，仿佛明白我的意思似的，"你不是。"

他说的是*你*，不是*咱们*。我也回敬他一个漫长的对视。"如果地球垂死，我们必须离开……"我慢慢地说，"我们发现了一个星球，但有人先我们一步定居在这颗星球上，出于某些原因，我们无法与之共存……"

"你就得做你必须做的事。"

"就像鲨鱼一样。"

"就像鲨鱼一样。"

我猜他是想轻柔一点儿。我猜，他希望我着陆不要太狠，震惊不要太大。我估计他希望我自己明白过来，而不需要他大声说出来。

我甩开他的手。我竟然曾经让他碰我，我对这一点感到很愤怒。我对自己愤怒，我明知道他有事瞒着我，但我还和他在一起。我对父亲愤怒，他竟然让萨米上了那辆校车。我对沃什愤怒。对盘旋在地平线上的绿眼睛愤怒。对我自己愤怒，我竟然为了遇见的第一个帅哥就打破了第一条规则，为什么呢？为了什么呢？因为他的手很大，但却动作温柔，而且他闻起来像巧克力？

我不停捶打着他的胸口，直到我忘了自己为什么要打他，直到我的怒火全部释放，内心只剩下一个曾经是凯西的黑洞。

他抓住我飞舞的拳头，“凯西，停手！冷静下来！我不是你的敌人。”

“那你是谁的敌人，嗯？你肯定是什么人的敌人。你每天晚上不是出去打猎的——至少不是去捕猎动物。你也不是在你爸的农场干活时学到忍者的身手的。你一直说你不是这个不是那个，我只想知道，那你到底是什么。你是什么呢，伊万•沃克？”

他松开我的手腕，出乎意料地捧起我的脸，用他光滑的拇指抚过我的脸颊，我的鼻梁。仿佛这是他最后一次触碰我。

“我是一条鲨鱼，凯西。”他慢慢地说着，一个字一个字地蹦出来，仿佛这可能是他最后一次和我说话。他直视着我的眼睛，他自己的眼睛里盈着泪，仿佛这是他最后一次见到我，“一条希望自己是人的鲨鱼。”

自大降临那天打开了一个黑洞，它一路吞噬一切，我现在正以超越光速的速度坠入这个黑洞。我母亲死时，我父亲凝视着它。我一直以为这个黑洞在外面，不在我这里，但并非如此。它就在我体内，从一开始就在我体内，它一直在生长，吞噬着我拥有过的每一线希望、每一点信任和每一份爱，在我的灵魂寰宇中杀出一条路。与此同时，我一直抓着一个选择——他现在正在看着我，仿佛是最后一次看我。

于是我在这种情况下做出了和大部分理智的人同样的反应。

我跑了。

我在刺骨的冬日空气中冲过光秃秃的树林，头顶是蓝天，脚下是枯叶，我冲过树丛，跑进一片空地，冻土在靴子下发出咔嚓声。穹空冷漠，蔚蓝的幕布后是数以十亿的星星，它们俯瞰着这个奔跑的女孩，她的短发飞扬，泪水滑落脸颊，她不是在逃离任何东西，也不是在奔向任何东西，只是奔跑着，拼命地跑着。当你意识到你在地球上可以信任的唯一一个人并不来自地球时，这是最合理的选择了。哪怕他救你的次数多到数不清，或者他本可以干掉你一百多次，或者他身上有种纠结、悲伤的东西，极其寂寞，仿佛他才是地球上最后一个人，而不是那个在寂静世界缩在睡袋里抱着玩具熊瑟瑟发抖的女孩。

闭嘴，闭嘴，闭嘴吧。

——70——

我回来时，他不见了。哦，对，我回来了。我没带枪，特别是没带那只该死的玩具熊，我生存的意义，那我能去哪儿呢？我并不害怕回来——他本有一百亿次机会可以干掉我，多这一次又有什么关系？

他的步枪还在。还有他的背包。急救包。木头霍华德旁边还有他那条破牛仔裤。既然他没带别的裤子，我猜他只穿着徒步靴在寒冷的树林里嬉戏，就像是挂历美人一样。不，等等。他的衬衣和外套不见了。

“来吧，小熊。”我低吼了一声，背上我的背包，“该把你带回主人那儿去了。”

我拿起步枪，检查了弹药，还有手枪，戴上一副黑色毛线手套，因为我的手指已经冻僵了，我从他的背包里偷了地图和手电，朝沟渠的方向走去。虽然白天出发很冒险，但这样可以让我尽量远离鲨鱼先生。我不知道他去哪儿了，也许是去呼叫无人机来轰炸了，反正他已经身份暴露，不过这不重要。我跑到再也跑不动之后，在返回的路上做了这个决定：伊万·沃克到底是谁或者是什么，这并不重要。他救了我。喂我吃东西，给我洗澡，保护我。他帮我康复。他甚至教我如何杀戮。有了这样的敌人，谁还需要朋友呢？

我进入沟渠。影子里还要冷上十度。我爬上去，看到骨灰坑营地满目疮痍，跑在硬如沥青的地面上，我看到第一具尸体，心想，*如果伊万是他们的人，那你是哪一头的？*伊万会为了在我面前伪装自己而杀掉自己人吗——或者他必须干掉他们，因为他们觉得他是人类？想到这一点我便充满绝望：这是个糟心的无底洞。你越挖，它就越深。

我经过另一具尸体，随便瞟了一眼，那一眼让我意识到了什么，我转过身又仔细看了一下。这个娃娃兵没穿裤子。

这不重要。我继续走。现在我上了土路，往北走去。我还在小跑。*别停下，凯西，别停下，一直走。*我忘了带食物，忘了带水。这些不重要。天空十分晴朗，就像一只巨大的蓝眼睛俯瞰着大地。我沿着路边跑着，离树林西侧不远。如果看见无人机，我就钻进树林里找掩护。如果看见伊万，我就先开枪，然后再问问题。呃，不止是伊万。任何人。

除了第一条规则，什么也不重要。除了救萨米，什么也不重要。有一阵子我忘了这一点。

消音者：人类，半人类，克隆人类，或外星人投射的人类全息影像？这些都不重要。异星者的终极目标：消灭人类？拘留人类？奴役人类？这些也都不重要。我的成功概率：百分之一，百分之零点一，还是百分之零点零零零一？还是不重要。

沿着路一直走，沿着路，沿着这条土路一直走……

几英里之后，路突然转向西方，通向三十五号高速公路。沿着三十五号高速走了几英里之后，我到了六百七十五号公路的路口。我可以在天桥那里埋伏着，等待校车经过。如果校车还走三十五号高速公路的话。如果还有校车的话。

在土路尽头，我停了下来，花了些时间打量我身后的地形。什么也没有。他没有跟来。他让我走了。

我往树林里走了几英尺，喘了口气。我在地上一坐下来，气还没喘过来，我一直在逃离的一切就已经铺天盖地而来。

我是一条希望自己是人的鲨鱼……

有人在尖叫——我能听到她的尖叫声在树丛中回响。那声音久久不肯散去。就让它引来一群消音者吧，我不在乎。我双手按在头上，来回摇晃着，我有种奇怪的感觉，仿佛灵魂出窍，飘在躯体上方，我以几千英里每小时的速度冲入云霄，看着我自己的躯体变成一个小点，最后淹没在地球中。我仿佛脱离了地球。仿佛再也没有重力拉着我，我被吸入虚空。仿佛我原本被一条银绳束缚着，现在那条绳子断了。

我以为在他发现我之前我会感受到孤独的滋味，但其实我一无所知。只有体验过与之相反的生活，你才知道什么是真正的孤独。

“凯西。”

两秒钟：站起身。又是两秒半：举起步枪，对准声音来源。一个影子在我左侧树丛间闪过，我开火了，对着树干、树枝和空气胡乱扫射。

“凯西。”

他站在我面前，两点钟方向。我的弹夹空了。我知道自己没打中他。我知道我根本不可能打中他。他是消音者。但如果我一直开火，也许他会退后。

“凯西。”

就在我身后。我深吸一口气，重新装上子弹，然后故意转身朝无辜的树木又开了几枪。

你还不明白吗，傻瓜？他是想让你用光弹药。

于是我等待着，双脚分开，双肩端平，举着枪，左右扫视着。我能听到脑海中他的声音，在农场教我射击：*你得感觉到目标。仿佛它与你相连。仿佛你与它相连……*

它发生在两秒之间。他的胳膊从胸前环住我，他从我手里拿掉步枪，又摘掉鲁格尔手枪。又过了半秒，他紧紧搂住我，把我埋进他的胸膛，我双脚离地几英寸。我愤怒地蹬着，来回扭着头，用牙咬他的小臂。

发生这些事时，他的嘴唇一直擦过我耳朵的柔嫩皮肤，“凯西。别这样。凯西……”

“放……我……走。”

“这一直是问题所在。我做不到。”

——71——

伊万任我踢打蠕动，直到我没了力气，然后才把我放在一棵树旁，退后几步。

“你知道如果你逃跑的话会怎样。”他警告我道。他的脸通红，气喘吁吁。他转身除去我的武器时，动作僵硬而刻意。替我挡了手榴弹之后，抓住我让他消耗了大量体力。他的外套敞开着，露出牛仔衬衣，还有他从死去的孩子身上剥下的裤子，小了两号，在不该紧的地方都很紧。他看起来就像是穿着女式紧身七分裤。

“你会从我背后打爆我的头。”我说。

他把我的手枪塞进他的皮带，把 M16 背上肩头。

“我很久以前就可以这样做。”

我猜他是在说我们第一次见面的时候。“你是消音者。”我说。我用尽一切力气，才没再次跳起来，穿过树丛落荒而逃。当然了，从他身边逃跑是没有意义的。和他争斗也是没有意义的。我得智斗他。我仿佛回到了我们第一天相遇的那辆汽车下面。不能躲藏。不能逃跑。

他在几英尺开外坐了下来，把他的步枪放在膝头。他在发抖。

“如果你的任务就是干掉我们，那你为什么没有干掉我？”我问道。

他的回答毫不犹豫，仿佛在我提问的很久以前就决定了要怎样回答。

“因为我爱上你了。”

我的头往后一仰，碰到了粗糙的树皮。头顶的枯枝在蔚蓝的天空下无比清晰。“呃，这是个悲剧爱情故事吧？外星入侵者爱上了人类女孩。猎人爱上了猎物。”

“我是人类。”

“‘我是人类……但是……’把话说完，伊万。”**因为我现在完**

蛋了，伊万。你本来是我在这个世界上的最后一个朋友，唯一一个朋友，可现在你不复存在了。我的意思是，你在这里，不管你是什么，可伊万，我的伊万，他不复存在了。

“没有但是，凯西。我是人类，也不是。我二者皆非，也二者皆是。我是异星者，也是你的同类。”

我看着他的眼睛，眼窝深陷，在阴影中接近黑色。我说：“你让我想吐。”

“如果真相意味着你会离开我，离开我意味着你会死，那我怎么能告诉你真相呢？”

“别跟我来死不死的这一套，伊万。”我对着他的面孔摆动手指，“我亲眼看着我母亲死了。我亲眼看着你们的人杀了我父亲。这六个月我见过的死亡比人类历史上任何人都多。”

他把我的手推开，咬着牙说：“如果你能做点儿什么，保护你父亲，拯救你母亲，你不会去做吗？如果你知道一个谎言能拯救萨米，你不会撒谎吗？”

我当然会。我甚至会假装相信敌人，只要能救萨米。我仍然在试图理解因为我爱上你了这句话。试图想出他背叛同类的其他理由。

这不重要，这些都不重要。只有一件事重要。萨米上了那辆校车那天，他身后关上了一扇门，这扇门有一千把锁，我意识到坐在我面前的这个人就是拿钥匙的人。

“你知道莱特 - 帕特森有什么，是不是？”我说，“你很清楚萨米怎么样了。”

他没有回答。没有点头确认。没有摇头否认。他在想什么？放过随便一个微不足道的人类是一码事，但泄露重要计划就是另外一码事了？此时此刻的伊万 • 沃克是否和我在别克车下面的时候一样，面临人生重大抉择？你不能逃跑，不能躲藏，唯一的选择就是转身直面。

“他还活着吗？”我问道。我身子向前倾了倾，粗糙的树皮划痛了我的脊背。

他犹豫了半秒，然后答道：“大概还活着。”

“他们……你们为什么把他带到那儿去？”

“帮他做准备。”

“准备什么？”

这次停顿了一秒钟。随后他答道：“第五波。”

我闭上眼睛。我第一次感觉难以直视这张帅气的脸庞。老天，我累了。我累得要命，感觉可以睡上一千年。如果我能睡上一千年，等我醒来时，也许异星者已经走了，这些树林里到处都是孩子在快乐嬉戏。*我是异星者，也是你的同类。*他这话到底什么意思？我太累了，很难集中精力思考这个问题。

我睁开眼睛，强迫自己看着他，“你能让咱们进去。”

他摇摇头。

“为什么不行？”我问道，“你是他们的人。你可以说你抓住了我。”

“莱特-帕特森不是监狱，凯西。”

“那是什么？”

“对你们来说？”他倾过身子，他的呼吸让我的面颊感到温暖，“一个死亡陷阱。你活不过五秒钟。你觉得我为什么一直竭尽全力想尽办法阻止你去那儿？”

“竭尽全力想尽办法？真的吗？那试试告诉我真相怎么样？比如，‘嘿，凯西，说到你这个营救计划，我和抓萨米的那些人一样是外星人，所以我知道你的计划完全没戏’？”

“如果我说了，会有什么差别吗？”

“这不是重点。”

“的确，重点是你弟弟被关在我们——我的意思是，异星者——建立的最重要的基地，自大清洗开始以来——”

“自什么开始以来？你们管它叫什么？大清洗？”

“或者大扫除。”他不敢与我对视，“有时候他们这么叫。”

“噢，你们是在扫除？把人类垃圾扫掉？”

“我没有这么叫它，而且，不管是大清洗，还是大扫除，还是随你怎么叫的各种名字，都不是我决定的。”他抗议道，“不知道这么说能不能让你感觉好一点儿，我从来没觉得我们应该——”

“我不想感觉好一点儿！我这一刻感到的仇恨就是我需要的一切，伊万。我需要的一切。”*好吧，这是实话，但是别太过分了。他是拿钥匙的人。让他继续讲下去，*“你从来没觉得你们应该什么？”

他拿起水瓶喝了大大一口，然后递给我。我摇摇头。“莱特-帕特森不是随便一个基地——它是*最重要的基地*。”他说着，每一个字都小心斟酌，“沃什也不是随便一个指挥官——他是*最高*指挥官，一切战场行动的统帅，大清洗的创造者——是他设计了攻击方式。”

“沃什谋杀了七十亿人。”这个数字在我耳中听来意外的空洞。自从大降临之后，爸爸最喜欢的话题之一就是异星者有多么先进，他们肯定进化到了极高水平，才能实现跨星系旅行。而这就是他们对人类“问题”的解决方案？

“我们当中有些人认为不应该用灭绝方式来解决问题。”伊万说，“我就是他们当中的一员，凯西。但我们在辩论中输了。”

“不，伊万，输的是*我们*。”

我实在无法承受了。我站起身，期待着他也站起来，但他原地没动，仰头看着我。

“他看待你们的方式并不像我们当中的一些人……并不像我一样。”他说，“对他来说，你们是一种疾病，如果不消灭你们，你们就会干掉宿主。”

“我是一种疾病。我对你来说原来是一种疾病。”

我再也无法直视他了。如果我再多看伊万•沃克一秒，我就要吐了。

他的声音从我背后传来，柔和，平静，几乎有些悲伤，“凯西，你的敌人的作战能力远远胜过你。莱特-帕特森不是又一个清洗营地。它的地下建筑是这个半球所有无人机的中枢协调指挥部，是沃什的无数双眼睛。凯西，这就是他找到你的办法。闯进去救萨米不仅仅是冒险——这根本就是自杀。对咱们两个人来说都是。”

“咱们两个人？”我从眼角瞟了他一眼。他没有动弹过。

“我不能假装你是俘虏。我的任务不是抓人——是杀人。如果我想把你作为俘虏带进去，他们就会杀掉你。然后他们也会杀掉我，因为我没杀你。我也没法让你偷偷溜进去。基地有无人机巡逻，二十英尺高的隔离电网，还有瞭望塔，红外摄像头，动作捕捉器……还有一百个我这样的人，你很清楚我的本事。”

“那我就自己溜进去。”

他点点头，“这是唯一有可能的办法——但有可能不意味着它不是自杀性行为。他们带进去的每一个人——我的意思是他们没有立刻杀掉的人——都要接受一个扫描软件的检查，这个软件能测绘出他们的全部内心活动，包括记忆。他们就会知道你是谁，你为什么到那儿去……然后他们还是会杀掉你。”

“肯定有某种方案能不让他们杀掉我。”我坚持道。

“的确有。”他说，“咱们找个安全的地方躲起来，等着萨米来找咱们。”

我的嘴张开了，我心想：什么？于是我说出了口：“什么？”

“可能要等上几年。他多大，五岁？他们许可的最低年龄是七岁。”

“许可什么的最低年龄？”

他转开目光，“你自己看到了。”

他在骨灰坑割开喉咙的那个小孩，穿着军服，扛着一杆和他自己差不多高的步枪。现在我的确想喝点儿什么了。我走到他身边，俯身拿起水壶时，他一动不动。我喝了四大口，嘴里仍然很干。

“萨米就是第五波。”我说。这句话感觉很苦涩。我又喝了一大口水。

伊万点点头。“如果他通过了扫描检查，那么他就还活着，正在接受……”他寻找着合适的词，“加工。”

“你的意思是洗脑。”

“更像是教导。教导他们说外星人一直在使用人类躯体，而我们——我是指人类——发现了一种发现他们的方法。既然能发现他们，就可以……”

“可这是真的啊。”我打断他道，“你们的确在使用人类躯体。”

他摇摇头，“跟萨米以为的不一样。”

“什么意思？你们要么是在用人类躯体，要么就不是。”

“萨米以为我们就像是某种寄生在人类大脑里的东西，可……”

“有意思，我就是这么看你的，伊万。寄生虫。”我实在无法克制自己。

他举起手。我没有把他的手打开，也没有跑进树林里，于是他慢慢地把手指扣在我的手腕上，轻轻拉着我坐在他旁边的地上。尽管天冷得刺骨，我却有点儿出汗。他现在要干什么？

“曾经有一个男孩，一个真正的人类男孩，名叫伊万•沃克。”他直直地盯着我的眼睛说道，“他和其他小孩一样，有爸爸妈妈、兄弟姐妹，每一个都是货真价实的人类。在他出生之前，我在他母亲熟睡时被嵌入他体内。那时我们俩也都在熟睡。我在伊万•沃克体内睡了十三年，在此期间，他学会了坐直身体、吃固体食物、走路、说话、跑步、骑车，而我则在他体内等着醒来的那一天。就和世界各地数以千计像伊万•沃克一样的人体内的数以千计的异星者一样。我们当中有一些已经醒了，经营着我们的生活，以便在适当时机完成我们的使命。”

我点点头，可我为什么要点头？他进入了一具人类躯体？这到底是什么意思？

“第四波……”他说着，试图帮我搞清楚，“消音者。这对我们来说是一个很合适的名字。我们的确悄无声息，藏匿在人类躯体内，藏匿在人类生活中。我们不必假装是你们。我们*就是*你们。我们既是人类，也是异星者。我苏醒的时候，伊万并没有死。他被……吸收了。”

作为一个始终能注意到一切细节的人，伊万注意到我被这句话吓到了。他伸出手来碰碰我，我闪开了，他做了个痛苦的表情。

“所以你到底是什么呢，伊万？”我低语道，“你在哪儿？你说你……你说什么来着？”我的大脑正在以每小时无数英里的速度奔跑，“嵌入。嵌入哪里？”

“可能‘嵌入’不是最合适的词。我估计最贴切的词是‘下载’。

我是在伊万的大脑还在发育时被下载到他体内的。”

我摇摇头。作为一个比我先进数百年的生命，他肯定很难回答这种简单的问题。

“可你究竟是什么？你长什么样子？”

他皱起眉头，“你知道我长什么样子。”

“不！噢老天，有的时候你真是……”*小心，凯西，别太过分。记住什么是最重要的*，“在你成为伊万之前，在你到这里来之前，在你从不知道什么地方到地球的途中，那时候你长什么样子？”

“那时我没有外表。我们已经几万年来都没有躯体了。我们离开故乡时就放弃了躯体。”

“你又在骗人了。你们是长得像蛤蟆、野猪、鼻涕虫，还是什么？每个生命都有个模样。”

“我们是纯粹的意识。纯粹的生命。我们放弃了躯体，把我们的思维下载到母舰主机里，这是我们能够实现星际之旅的唯一办法。”他拉起我的手，把我的手指蜷成拳头。“这就是我。”他轻柔地说。他用他的双手包裹住我的拳头。“这就是伊万。这不是一个完美的比喻，因为我和他之间并没有清晰的界线。”他羞涩地微笑起来，“我解释得不太清楚，是吧？你想不想让我展示给你看我究竟是谁？”

我的天啊！“不。是的。你是什么意思？”我想象着他撕下面皮，就像是恐怖片里的怪物一样。

他的声音有点儿发抖，“我可以展示给你看我究竟是谁。”

“不需要嵌入什么的吧？”

他轻声笑了，“我想是需要的，在某种意义上。我可以展示给你看，凯西，如果你想看的话。”

我当然想看了。我也当然不想看。他显然很想让我看——这会让我离萨米更近一步吗？但这不完全是为了萨米。也许，伊万向我展示之后，我就能理解为什么他在本应干掉我的时候却救了我。为什么他在一个又一个漫漫长夜抱着我，保护我的安全，保护我的理智。

他仍然在对我微笑，大概是庆幸我没有挖出他的眼睛或者嘲笑他，后者可能更伤人。我的手迷失在他的手中，被温柔地包裹着，就像玫瑰花苞中的柔软花心，等待着雨水。

“我要做什么？”我低语道。

他松开我的手。捧起我的脸。我想要躲闪。“我绝不会伤害你的，凯西。”我喘了一口气，点点头，又喘了一口气。“闭上眼睛。”他轻轻碰碰我的眼皮，轻柔得就像是蝴蝶翅膀。

“放松。深呼吸。清空你的大脑。如果你不清空，我就没办法进来。你想让我进来吗，凯西？”

是的。不。老天啊，我要走多远才能兑现自己的承诺？

我低语道：“是的。”

它在我的大脑里开始了，和我想象的并不一样。诱人的温暖传遍我全身，从我的内心向外扩散，我的骨头、肌肉和皮肤都融化在这种由内向外扩散的温暖中，直到它传遍地球，传到宇宙边缘。这种温暖无处不在，充斥一切。我的身体和体外的一切都属于它。随后我便感觉到了他。他也在这股暖流中，我们之间不分彼此，难以分辨何处是我，何处是他，我就像花儿一样对着雨水绽放，疼痛而缓慢，炫目而飞快，我在温暖中融化，在他当中融化，没有什么可*看*的，只有他使用的那个方便的词，因为没有任何词可以描述他，他就是那样*存在*着。

于是我向他敞开，就像花儿对雨水绽放。

——72——

我睁开眼睛，第一反应便是放声大哭，完全无法抑制自己：我生平从未觉得这样被人遗弃。

“可能我还是太心急了。”他说着，把我拉进怀里，抚摩着我的头发。

我任凭他去。我太虚弱、太困惑、太空虚、太绝望，我什么也做不了，只能任由他抱住我。

“我很抱歉之前对你撒了谎，凯西。”他对着我的头发低声说。

寒意回来了。现在我对那股暖流只剩下了记忆。

“你肯定憎恨被困在这里面吧。”我低声说着，手按在他胸口。我感受到他的心脏跳动，顶着我的手。

“我觉得并不像被困。”他说，“在某种意义上，感觉像是获得了自由。”

“自由？”

“我又重新有了感觉。能感觉到这个。”他吻了我。另一种暖流传遍我全身。

我躺在敌人的怀中。我到底怎么了？这些外星人把我们活活烧死，摧毁我们，淹死我们，用瘟疫感染我们，让我们流血至死。我目睹他们杀掉了我认识的每一个人，我爱的每一个人——只有一个例外，而现在，我却在和他们当中的一个卿卿我我！我让他进入我的灵魂。和他分享比我的身体更珍贵和亲密的东西。

为了萨米，这就是理由。这个答案很充分，但也很复杂。而事实很简单。

“你说你们在关于人类‘问题’的处理方式的辩论中输了。”我说道，“你们给出的解决方案是什么？”

“共存。”他在和我说话，但也是在和我们头顶的群星讲话，“我们的数量没有那么多，凯西。只有几十万。我们可以嵌入你们，在这里开展我们的新生活，而不被任何人察觉。我的族人当中并没有多少人赞同我的观点。他们认为假扮人类是一种屈辱。他们担心我们假扮人类的时间越长，就会变得越像人类。”

“谁会希望变得像人类呢？”

“我自己本来也不希望。”他承认道，“直到我变成了一个人类。”

“是在你……在伊万体内‘苏醒’的时候？”

他摇摇头，只是径直回答，仿佛这是全世界最显而易见的事，“是在你体内‘苏醒’的时候，凯西。我直到在你的眼中看到我自己，才终于变成完完全全的人类。”

这时，他那双真正的人类眼睛中出现了真正的人类泪水，他的心碎了，这时轮到我抱住他了。轮到我在他的眼中看到我自己了。

有人大概会说，我不是唯一一个躺在敌人怀中的人。

我是人类。可伊万·沃克呢？他既是人类，也是异星者。他二者皆是，又二者皆非。他爱上了我，于是他不属于任何一方。

他自己并不这么看。

“你说什么，我都会照做，凯西。”他绝望地说。他的眼睛比天上的星星还亮，“我明白你为什么一定要去。如果是你被关在那个营地里，我也会去的。就算有十万个消音者也阻挡不了我。”

他的嘴唇贴着我的耳朵，低声而坚决地说着，仿佛是在和我分享全世界最重要的秘密，也许的确如此。

“这很绝望。也很愚蠢。这根本就是自杀。但爱是无法战胜的武器。他们知道你们如何思考，但他们无法明白你们的感受。”

他用的词不是*我们*，而是*他们*。

一道门槛被跨过了。他并不愚蠢。他知道跨过这道门槛，就再也无法回头。

——73——

我们在一起的最后一天，我们在高速路过街桥下面睡觉，就像两个无家可归者，不过我们的确是。我们轮流睡觉，另一个人站岗放哨。轮到他休息的时候，他毫不犹豫地把我的枪交给我，立刻就睡着了，仿佛根本没想到我可以轻易逃跑或者打爆他的头。我不知道。也许他想到了。我们的问题始终都是我们和他们的思考方式不同。所以我一开始才会相信他，所以他才知道我会相信他。消音者会杀人。伊万没有杀我。所以，伊万不可能是消音者。明白了吗？这就是逻辑。咳咳——人类的逻辑。

黄昏时，我们吃完了仅剩的口粮，沿着路堤徒步，以三十五号高速路边的树丛作为掩护。校车只有晚上才开，他是这么对我说的。到时候就会知道校车要经过。从几英里开外就能听到引擎的声音，因为那是方圆几英里之内唯一的声音。先看到车灯，再来能听到声音，车子呼啸而过，就像是巨大的黄色赛车，因为高速路上的残骸已经清理掉了，而且也没有什么限速可言了。他不确定的是：也许他们会停车，也许不会。也许他们只会减速，让车上的一个士兵有足够时间把一颗子弹送进我的脑门。也许他们根本不会来了。

“你说他们还在招兵买马。”我说，“为什么他们不会来？”

他看着我们脚下的路。“到了某个时刻，‘获救者’就会发现他们被骗了，或者外面的幸存者也有可能发现。如果发生这种事，他们就会关掉基地，或者说是用于人清洗的那一部分基地。”他清了清嗓子，仍旧盯着路面。

“‘关掉基地’是什么意思？”

“就像他们关掉骨灰坑营地一样。”

我想了想他的话。和他一样盯着空荡荡的路面。

“好吧。”我最后说道，“那咱们就祈祷沃什还没拔掉插头吧。”

我捧起一把泥土、树枝和枯叶，抹在脸上。又抓起一把，抹在头发上。他看着我，一言不发。

“这时候你应该打昏我。”我说。我散发出泥土的味道，不知怎么的，我想起父亲跪在玫瑰花床和白床单中的样子，“或者建议替我去。或者打昏我，然后替我去。”

他突然跳起来。有那么一秒，我还以为他真要打昏我，他的确很担心。可他不过是双臂抱住自己，仿佛他觉得很冷——也有可能是为了阻止自己打昏我。

“这就是自杀。”他怒气冲冲地说，“你我都清楚。倒不如咱们有人说出来。我去也是自杀，你去也是自杀。无论死活，他都完蛋了。”

我把手枪从腰带上取下来。把它丢在他脚边。然后是 M16。

“替我保管好。”我对他说，“等我回来的时候还会需要它们的。还有，总得有人告诉你：你穿这条裤子太难看了。”我没有站起身，径直爬向背包，把小熊拿了出来。没必要把它也搞脏，它的样子已经够邋遢了。

“你在听我讲话吗？”他问道。

“问题是，你自己没听你自己讲话。”我反驳道，“只有一条路能进去，就是萨米进去的那条路。你去不了，只能我去。所以你还是别开口了。你再说一句话，我就要扇你耳光了。”

我站起身，发生了一件怪事：我站起来的同时，伊万似乎缩水了。

“我要去救我弟弟。只有一个办法能救他。”

他抬头看着我，点点头。他曾经进入我的灵魂。难以分辨何处是我，何处是他。他知道我要说什么：

我自己去。

——74——

天上有星星，闪烁迷离的星光照耀着大地。

星光下的公路空空如也，公路上的女孩一张脏兮兮的面孔，卷曲的短发里挂着枯枝烂叶，抱着一只破破烂烂的旧玩具熊，站在空空如也的公路上，满天繁星的星光下。

引擎呼啸，两盏车前灯出现在地平线上，它们逐渐变大变亮，就像两颗爆发成超新星的恒星，朝女孩逼近，她心中藏满秘密和要兑现的诺言，她面对着逼近的灯光，没有逃跑，没有躲藏。

司机看到我时有足够的时间刹车。校车发出刺耳的制动声，车门打开，一名士兵踏上沥青路面。他带着枪，但并没指向我。他看着站在车前灯光中的我，我也看着他。

他戴着白底红十字袖标。他的名牌上写着帕克。我记得这个名字。我的心跳停了一下。他要是认出我怎么办？我现在应该已经死了。

我叫什么名字？莉兹贝丝。我受伤了吗？没有。我是一个人吗？是的。

帕克慢慢地转了 360 度，打量着四周。他没有看到林中猎人正在观看这场戏，瞄准镜对着帕克的脑袋。帕克当然没有看见他。林中猎人是个消音者。

帕克拉起我的胳膊，帮我上了校车。车上有血和汗的气味。一半位子都空着。车上有孩子，也有成年人。不过他们并不重要。只有帕克、司机和名牌上写着哈德森的士兵才是重要的。我一屁股坐在紧急出口旁的最后一个位子，萨米当时坐的也是这个位子，他的小手按在玻璃上，看着我渐渐变小，直到最后被尘埃吞噬。

帕克递给我一袋皱巴巴的软糖和一瓶水。我两样都不想要，但还是都消灭了。软糖之前一直放在他的口袋里，又热又黏，我担心自己会犯恶心。

校车提速了。前排有人在哭。除此以外，只有轮胎的嗡嗡声、引擎的旋转声和冷风从破窗呼啸而过的声音。

帕克又回来了，手拿一块银色圆片，贴在我的额头上。他说是给我量体温的。圆片发出红光。他说我没发烧。我的熊叫什么名字？

我告诉他，它叫萨米。

地平线上出现了光。是避恶营，帕克是这么告诉我的。这里非常安全。不用再逃跑。不用再躲藏。我点点头。非常安全。

光线越来越亮，慢慢渗入风挡玻璃，我们越来越近，它突然一片灿烂，我们驶到门口，响起一阵响亮的铃声，大门打开了。高高的瞭望塔上出现一个士兵的剪影。

我们停在一座机库前。一个胖子跳上校车，步伐轻快，就像很多胖子一样。他是鲍勃少校。我们不用害怕，他这样对我们说道。我们非常安全。只要记住两条规矩。第一条是记住我们的颜色。第二条是听话。

我跟着同组的人排成一队，随着帕克走向机库侧门。他拍了拍莉兹贝丝的肩膀，祝她好运。

我找到一个红圈，坐了下来。到处都是士兵。不过这些士兵大多都是孩子，有的比萨米没大多少。他们看起来都很严肃，尤其是年纪比较小的那些。年纪最小的也是最严肃的。

*你可以操纵小孩相信几乎任何东西，做几乎任何事，*伊万在向我介绍任务的时候说道。*只要辅以适当训练，十岁小孩就能成为几乎最*

野蛮的人。

我被分到一个号码：T 六十二。T 是终结者的意思。哈。

有个扩音器依次喊出大家的号码。

“六十二！ T 六十二！请前往红色门！ T 六十二号！”

第一站是淋浴室。

红色门另一侧有个穿着绿色医护服的瘦削女人。脱下所有衣服，扔进篮子里。内衣也要脱。他们这里喜欢孩子，但不喜欢跳蚤和虱子。淋浴在这边。香皂在那边。洗完之后穿上白袍，等着叫号。

我把小熊放在墙边坐好，光着身子踏上冰冷的瓷砖。水是温的。香皂有股刺鼻的医院气味。我套上纸袍时身上还是湿的。袍子黏在皮肤上。几乎可以透过袍子看到身体。我抱起小熊，等待着。

接下来是预扫描。会问很多问题。有些问题几乎一样。这是为了测试你的故事是不是真的。保持冷静。集中精神。

我穿过下一道门。躺上检查台。来了另外一个护士，胖一些，态度也差一些。她几乎不看我。估计自消音者接管基地以来，她检查了得有一千个人了。

我的全名是什么？伊丽莎白 • 萨曼莎 • 摩根。

我多大？十二岁。

我是哪里人？我有兄弟姐妹吗？我家还有人活着吗？他们发生了什么事？我离开家之后去了哪里？我的腿怎么了？我是怎么中的枪？谁开的枪？我知道还有哪里有幸存者吗？我的兄弟姐妹叫什么？我的父母呢？我父亲是做什么的？我最好的朋友叫什么？再给她讲一遍我家人都出什么事了。

检查结束之后，她拍拍我的膝盖，叫我别害怕。我非常安全。

我把小熊抱在胸口，点点头。

非常安全。

接下来是体检。然后是植入芯片。创口非常小。她大概会用胶水包扎创口。

是个女医生，叫帕姆医生，非常友好，我难以抑制自己对她的喜爱。

她简直是完美医生：和善、温柔、耐心。她并没有一上来就急着给我检查。她先是和我聊天。让我了解她要做的所有事。她给我看了芯片。就像宠物芯片，只是更高级！这样，如果发生了什么事，他们就知道可以在哪里找到我。

“你的玩具熊叫什么名字？”

“萨米。”

“咱们植入追踪芯片的时候，我可以让萨米先在这张椅子上坐一会儿吗？”

我翻身趴好。我不理性地担心着她是否能透过纸袍看到我的屁股。我很紧张，等待着针头刺入。

芯片设备只有连入幻境之后才能下载你。可一旦植入，它就完全可以运行。他们可以用它来追踪你的动向，也可以用它来干掉你。

帕姆医生问我的腿怎么了。有个坏人朝我的腿开了一枪。这里不会发生这种事的，她向我保证道。避恶营没有坏人。我非常安全。

我被打标了。感觉像是她在我脖子上挂了一块二十磅重的石头。她说该做最后一个检查了。这个检查用的是从敌人那里拿来的一个软件。

他们管它叫幻境。

我把小熊从椅子上抓起来，跟着她进了隔壁房间。白色墙壁。白色地板。白色天花板。白色牙医椅，扶手和腿靠上都有带子。键盘和显示器。她叫我坐下，走到电脑跟前。

“幻境是做什么的？”我问道。

“呃，这有点儿复杂，莉兹贝丝，简单说来，它能记录下你的认知功能的虚拟地图。”

“大脑的地图？”

“对，类似。坐到椅子上去，亲爱的。这个检查很快，我向你保证，也不疼。”

我坐下来，把小熊抱在胸口。

“噢，不，宝贝，萨米不能和你一起坐在椅子上。”

“为什么不行？”

“来，把它给我。我把它就放在电脑旁边。”

我向她投去怀疑的一瞥。可她对我微笑着，而且她之前都很友善。我应该信任她。说到底，她完全信任我。

可我实在太紧张了，我把小熊递给她的时候，手一滑，它从我手中掉了。小熊掉在椅子旁边，胖乎乎毛茸茸的脑袋着地。我弯下腰想把它捡起来，可帕姆医生叫我坐好，她来捡，于是她俯下身。

我双手抓住她的脑袋，径直朝椅子扶手上撞去。冲击力的作用让我的小臂痛得要命。她被这一下子打蒙了，倒了下来，但没有完全失去意识。她的膝盖撞上白色地板时，我已经跳下椅子，站到她身后了。我本打算用空手道冲着她喉咙来上一拳，但她正背对着我，于是我只能即兴发挥了。我抓起椅子扶手上的固定带，在她脖子上绕了两圈。她举起双手，但已经太迟了。我拉紧带子，脚蹬着椅子，利用杠杆作用使劲一拉。

等待她昏迷的那几秒是我一生中最长的几秒。

她歪倒了。我立刻松开带子。她面朝下倒在地板上。我检查了一下她的脉搏。

我知道你肯定很想干掉她，但你不能这么做。她和基地的所有工作人员都与控制中心的一个监测系统相联。如果她歇菜了，就完蛋了。

我把帕姆医生翻了过来。她的两个鼻孔都在流血。鼻子可能断了。我举起手，伸向脖子后方。轮到湿漉漉黏糊糊的部分了。不过我现在允满肾上腺素和欣快感。到目前为止一切都非常顺利。这件事我也能办到。

我扯下绷带，用力把创口往两边拉，伤口被撕开了，就像是火柴热辣辣地划了一道子。现在要是有镊子和镜子就好了，可我两样都没有，于是我用指甲抠出追踪芯片。这招比我想的要好用：我摸索了三次就找到了芯片，利索地把它取了出来。

下载只需要九十秒。也就是说你只有三四分钟时间。最多不超过五分钟。

植入需要多久？两分钟？三分钟？我跪在帕姆医生身旁，把追踪芯片尽可能深地塞进她鼻孔。真恶心。

不，你不能把芯片塞进她喉咙。必须靠近她的大脑。很遗憾。

你还会遗憾，伊万？

我的手指上有血，我的血和她的混合在一起。

我走向键盘。现在轮到可怕的部分了。

你没有萨米的号码。但它应该和他的名字相关联。如果某一种组合搜索不出，就换一种。电脑上应该有搜索功能。

我的脖子后面有血顺着肩胛骨之间流了下来。我无法抑制自己打哆嗦，所以就很难打字。我在闪动的蓝色方框中输入*搜索*，打了两次才打对。

输入号码。

我没有号码，该死的。我只有名字。我怎么能回到蓝色方框？我敲了下回车。

输入号码。

噢，我明白了。它想要号码！

我输入*苏里文*。

数据输入错误。

我很犹豫，不知道应该把显示器扔到房间另一头，还是把帕姆医生踢死。两种做法都无法帮我找到萨米，但都能让我感觉好一点儿。我按下取消键，回到蓝色方框，我输入*按姓名搜索*。

字消失了。在幻境中蒸发了。蓝色方框闪烁了一下，又变成一片空白。

我竭力忍住尖叫的充动。我要没时间了。

如果你在系统里找不到他，咱们就得换备用计划了。

我对备用计划并不热衷。我比较喜欢首选计划，根据这个计划，他的位置会出现在地图上，我可以径直冲向他。首选计划简单明了。备用计划复杂混乱。

再试一次。再等五秒，没多大差别。

我在蓝色方框中输入苏里文。

显示器突然发疯了。灰色背景上飞速出现大片数字，充斥着屏幕，就好像我刚刚下的指令是让它计算圆周率。我恐慌起来，开始胡乱敲打键盘，但刷屏并未停止。我用了绝对不止五分钟了。备用计划很烂，但现在没有别的选择了。

我潜入隔壁房间，找到白色连衫裤。我从架子上抓起一件，竟然“明智”地决定不脱掉纸袍子就把它套上。我挫败地哼了一声，还是得把袍子脱掉，有那么一秒我是全裸的，正在这时，我身旁的门就会砰地打开，一队消音者冲入房间。所有的备用计划里都会发生这种事。连衫裤太大了，但总比太小好，我是这么想的，于是我赶快拉上拉链，回到幻境屋。

如果你用主界面找不到他，很有可能她身上什么地方还有个手持设备。运行原则是一样的，但你要特别小心。其中一个功能是定位，另一个是引爆。如果你输入错误指令，就无法找到他的位置，而是会把他炸碎。

我跑回来的时候，她已经坐起来了，一只手抱着小熊，另一只手里拿着一个小小的银色玩意儿，很像手机。

我说过的，备用计划很烂。

——75——

她脖子上被我勒过的部位颜色鲜红。她的脸上有血，但手很稳，眼神也全无先前的暖意。她的拇指伸向一片数字下面的一个绿色按钮。

“别按。”我说，“我不会伤害你的。”我蹲下来，伸出双手，手掌朝向她，“真的，你不应该按下那个按钮。”

她按了。

她的头突然后仰，整个人跌倒了。她的腿蹬了两下，然后就死了。

我跳上前，从她不再动弹的手指里拉出小熊，又跑过连衫裤房间，冲进走廊。伊万从来没说过警报响起之后我有多少时间，之后冲锋队便会集结，基地封锁，入侵者被捕、遭受虐待、等待漫长而痛苦的死亡。大概没有多少时间吧。

备用计划就这样毁了。不过反正我从一开始就讨厌它。唯一的问题是伊万和我从来没想过三号备用计划。

他应该和大孩子在同一个小队里，所以你最大的希望是操场周围的那一圈营房。

操场周围的营房。天知道在哪儿。也许我应该叫住某个过路人，问问方向，因为我只知道一条离开这栋建筑的路，那就是我进来的路，踏过尸体，经过凶恶的胖子大妈护士还有友善的年轻瘦子护士，径直冲入鲍勃少校充满爱意的怀抱。

走廊尽头有部电梯，只有一个召唤按钮：这部电梯是通向地下掩体的单向特快电梯，伊万说他们会在那儿给萨米和其他“新兵”看“连通”真实人类大脑的假外星人。到处都是摄像头。还有无数巡逻的消音者。离开这条走廊的其他方法只有两个：电梯右侧的门和我出来的那扇门。

终于碰上一个不用思考的问题。

我冲过门，面前是楼梯间。这楼梯和电梯一样，只有一个方向：向下。

我犹豫了半秒。楼梯间狭窄安静，不过是舒适的那种狭窄。也许我应该在这里待一会儿，抱着小熊，吮吮拇指什么的。

我强迫自己慢慢下完五层楼，走到底。台阶是金属的，光脚踩上去感觉冰凉。我等待着警报嘶鸣、沉重的靴子踏过、头顶和脚下响起枪林弹雨。我想起伊万在骨灰坑营地几乎是在伸手不见五指的黑暗中干掉了四个全副武装、训练有素的杀手，琢磨着我本来明明可以让一个消音者陪着我，为什么却觉得自己可以只身一人深入虎穴。

呃，也不完全算是只身一人。毕竟还有小熊陪着我。

我把耳朵贴在底层的门上，握住门把手。我只能听到自己的心跳。

门朝里侧打开了，我只好退后贴墙站着，这时我的确听到了靴子踏过的声音，扛着半自动武器的士兵们跑上楼梯。门开始回弹，我拉住门把手，让门挡在我跟前，直到他们拐过第一个弯，呼啸着离开我的视野范围为止。

门关上之前，我冲进走廊。天花板上红灯旋转，把我的影子投射在白墙上，又消失，再次投射。右转还是左转？我有点儿迷失方向，不过机库前侧好像是在右边。我朝那个方向跑去，然后又停下了。发生紧急情况时，大部分消音者最有可能出现在哪里？估计是集结在罪案现场的主入口附近。

我转身，和一个人撞了个满怀。他个子很高，一双蓝眼睛仿佛能洞察一切。

我在骨灰坑营地的时候和他距离不够近，没有看清过他的眼睛。

但我记得这个嗓音。

低沉，毫无感情，如刀锋般锐利。

“啊，你好啊，小羊羔。”沃什说道，“你一定是迷路了。”

——76——

他牢牢抓着我的肩膀，手就像他的声音一样坚硬。

“你怎么会在这下面？”他问道，“你的队长是谁？”

我摇摇头。我眼中盈起的泪水不是假的。我得快点儿思考，我想到的第一件事是伊万是对的：这次孤身闯入的行动根本没希望，不管我们准备多少个备用计划也没戏。要是伊万在这儿就好了……

要是伊万在这儿！

“他把她杀了！”我脱口而出，“那人杀了帕姆医生！”

“什么人？谁杀了帕姆医生？”

我摇摇头，眯着眼睛大哭起来，把破烂的玩具熊紧紧抱在胸口。沃什身后又有一队士兵沿着走廊朝我们跑来。他把我推向他们。

“把这个人带到安全地带，在楼上等我。咱们这里有入侵者。”

我被拖向最近的门，推进一间幽暗的屋子，门锁上了。灯亮起来。我看到的第一样东西是一个满脸惊恐的小女孩，穿着白色连衫裤，抱着一只玩具熊。我吓得叫了一声。

镜子后面是一张长桌，桌上有一台显示器和一个键盘。

我正身处伊万描述过的执行室，他们在这里给新兵展示假冒的外星人。

别管电脑了。我不会再动它了。想想你有什么选择，凯西？

我知道镜子另一侧还有一间屋子。而且还有至少一扇门，有可能上了锁，也有可能没锁。我知道这间屋子的门锁上了，所以，我要么等沃什回来找我，要么打破镜子到另一侧去。

我举起一张椅子，撤后，然后朝镜子使劲一抡。冲击力使椅子脱了手，落在地板上，发出一声巨响——至少在我听来很响。厚玻璃被我砸出一大块刮擦痕迹，但这是我能看到的唯一破坏。我又举起椅子，深吸一口气，放低肩膀，转动胯骨，把椅子后撤。空手道课上就是这么教的：力量在于旋转。我瞄准刮擦痕迹的位置，把我所有的力气都集中在这一点上。

椅子从玻璃上弹开，冲击力使我失去平衡，我摔了个屁蹲儿，颠得牙齿打架，以至于狠狠咬到了自己的舌头。我嘴里全是血。我对着镜中女孩的鼻子把血吐了出来。

我再次举起椅子，深呼吸。我忘了空手道课上学到的一样东西：怒吼。你可以随便嘲笑我，但这样的确可以凝聚力量。

第三下和最后一下打碎了玻璃。惯性把我摔在齐腰高的长桌上，椅子落进隔壁房间，我脚下失去平衡。这里还有一张牙医椅，一堆处理器，地板上全是电线，还有一扇门。*老天，求你了，这扇门可千万别是锁上的。*

我拾起小熊，从玻璃上的窟窿里爬过去。我想象着沃什回到这里，发现镜子被打破时，脸上会是什么表情。隔壁的门没有锁。它通向另一条煤渣走廊，两侧都是没有标识的门。啊，有很多可能性。但我没有踏入走廊。我在门口犹豫着。面前是没有痕迹的道路。身后是我留下痕迹的道路。他们会看到那个窟窿。他们会知道我朝哪个方向去了。我能领先他们多久？我嘴里又充满了血，我强迫自己吞了下去。我不能让他们那么轻松地发现我的踪迹。

说到轻松，我忘了把椅子顶在第一个房间的门把手下面。那样虽然无法阻止他们进来，但能给我攒下宝贵的几秒钟。

如果出了什么意外，别想太多，凯西。你的本能很出色：相信它。如果在下国际象棋，是应该对每一步都深思熟虑，可这不是下棋。

我跑回处决室，钻过窟窿。我错误判断了长桌的宽度，撞上了桌子边，我仰面朝天跌倒，头狠狠地撞在地板上。我晕乎乎地躺了一秒钟，眼前一团亮闪闪的红星。我看着天花板，还有后面的金属管道。我在走廊里也看到过：是防空洞的通风系统。

我心想：凯西，这他 × 可是防空洞的通风系统。

——77——

我匍匐前进着，担心自己太重，一整片管子不知道什么时候就会垮掉，我沿着通风管道快速移动，在每个交叉口停下来聆听。我不太确定自己在聆听什么。害怕的孩子的哭喊声？快乐的孩子的欢笑声？通风管道里的空气冰凉，来自室外和地下，和我差不多。

空气属于这里，而我则不。伊万是怎么说的？

你最大的希望是操场周围的那一圈营房。

对，伊万。这就是新计划。我要找到最近的通风管道，爬到地表上去。我不知道自己身在何处，也不知道离操场有多远，而且，整个基地肯定进入了完全封锁状态，到处都是消音者和他们那些被洗脑的娃娃兵，搜寻着穿白色连衫裤的女孩。别忘了还有玩具熊。真是暴露自己的绝佳方法啊！我为什么非要把这只该死的熊带来？就算我把小熊丢下了，萨米应该也会理解的。我答应他的可不是把小熊给他带来。我答应的是把我自己带来。

为什么要带上这只熊？

每走几英尺就要做一次选择：右转还是左转还是直走？每走几英尺就要停下来聆听，清空嘴里的血。我并不担心落下的血渍：它就像是面包屑，能指引我找到回去的路。不过我的舌头肿了，它随着每次心跳抽搐着，非常难受，心跳就像人体钟表嘀嗒作响，数出我还剩多少时间，然后他们就会找到我，把我带到沃什跟前，让他干掉我，就像干掉我父亲一样。

一个褐色的小东西朝我跑过来，速度很快，仿佛在执行什么重要任务。是只蟑螂。我一路看到很多蜘蛛网、灰尘，还有某种神秘的滑溜溜的玩意儿，可能是毒霉，但这是我见到的第一样真正恶心的东西。不管什么时候，我都宁愿看到蜘蛛或蛇，也不想看到蟑螂。可现在它就朝着我的脸疾驰而来。我脑海里浮现出它爬进连衫裤的生动画面，于是我用手头唯一的工具把它拍死了——我裸露的手。太恶心了。

我继续前进。前方有灰绿色的亮光，我在心里把这种颜色称为母舰绿。我慢慢移向透出亮光的通风栅格。我透过缝隙朝下面的屋子里看去——不过说它是屋子有点儿不准确。这间屋子大得可以媲美足球场，呈碗形，底部是一排排计算机，由一百多人操作着——不过说他们是人也不太准确。他们是他们的人，沃什手下并非人类的人类，我不知道他们在做什么，但我猜这里就是行动的核心了，“大清洗”的地面零点。一块巨大的屏幕占据了一整面墙，上面投影出一幅世界地图，上面布满明亮的绿点——这就是恶心的绿光的来源。我猜是城市，接着我便意识到，这些绿点肯定是代表着幸存者聚居区。

沃什根本不需要追捕我们。他很清楚我们在哪里。

我继续前进，强迫自己慢慢移动，直到绿光和控制室地图上的小点一样小为止。又经过四个交叉口之后，我听到了声音。有人在说话。还有金属彼此撞击的声音和橡胶鞋底擦过坚硬的混凝土地面的刺耳声。

继续前进，凯西。别再停下来了。萨米不在这下面，萨米才是目标。

这时有人说：“他说有多少？”

另一个人答道：“至少两个。一个女孩，还有一个不知道是谁，他干掉了沃特斯、皮尔斯和杰克森。”

他干掉了沃特斯、皮尔斯和杰克森？

伊万。肯定是。

到底怎么……有那么一两分钟，我对他感到无比愤怒。我们唯一的希望就是我单枪匹马，悄无声息地越过他们的防御，在他们意识到是怎么回事之前救出萨米。当然了，事情并没太按照这个计划发展，但伊万可不知道这一点。

不管怎么说。伊万不顾我们精心策划的计划，自己进入基地，这也就意味着伊万在这里。

而伊万在做他必须做的事。

我慢慢移动，逐渐靠近声源，经过他们头顶正上方，直到移动到通风栅格前。我透过金属栅栏看到两个消音者士兵正把眼睛形状的球体装上一辆大型手推车。我立刻就认出了这是什么东西。我曾经见过一个。

眼睛会搞定她的。

我看着他们，直到手推车装满，他们慢慢把车子推出我的视线之外。

到了某一刻，他们的谎言就再也维持不下去了。如果发生这种事，他们就会关掉基地——或者说是可以牺牲的那一部分基地。

噢天啊。沃什要像处理骨灰坑一样处理避恶营了。

我刚意识到这一点，警报就响了。

——第十部分——

一千种方式

——78——

两小时。

沃什刚一离开，我脑海里的钟表就开始嘀嗒作响。不，不是钟表。更像是末日倒计时的计时器。我需要每一秒钟，所以护工哪儿去了？我正要自己拔掉点滴，他就出现了。一个瘦高个孩子，叫吉斯特纳。我上次被撂倒时见过他。他一紧张就喜欢摆弄护工服前襟，就好像布料让他皮肤发痒似的。

“他告诉你了吗？”吉斯特纳俯身低声问道，“咱们拉响黄色警报了。”

“为什么？”

他耸耸肩。“你觉得他们会告诉我？我只希望别再下防空洞了。”医院里的人都不喜欢防空演习。要在不到三分钟时间内把好几百个病人弄到底下去，简直就是战术噩梦。

“总比待在上面被外星人的死光烧成灰强。”

不知道是不是心理作用，吉斯特纳刚一拔掉点滴，疼痛就出现了，撒手锏打中的部位隐隐阵痛，节奏和我的心跳保持一致。我等着自己理清思绪的时候，心里琢磨着是否应该重新考虑这个计划。往地下掩体疏散可能会使事情变得简单。鸡块第一次防空演习失败之后，指挥官决定让所有没结业的孩子集中在地下掩体中间的一间安全室里。去那儿把他揪出来比清查基地的所有营房可要轻松多了。

但我不知道什么时候疏散，甚至不确定是否真的会疏散。最好还是按原计划来。嘀嗒嘀嗒。

我闭上眼睛，心里浮现出逃跑的每一个步骤，思考着尽可能多的细节。我以前也这么干过，那时候还有高中，还有周五晚上的比赛，还有大群观众为比赛欢呼呐喊。那时候，赢得区级冠军好像就是全世界最重要的事了。我想着自己的跑动路线，球沿弧线轨迹朝灯光掠去，防守队员在我身边紧追不放，正在这时，我转头举起手，步子却没有停。我想象的不仅仅是完美打法，还有失败打法，我要怎样调整路线，给四分卫一个目标，拯救触底。

这个计划有一千种失败的方式，只有一种成功的方式。不要提前想下一步怎么办，或者提前两步、三步。要想的是手头这一步。一次走稳一步，最后就能得分。

第一步：护工。

我的好哥们儿吉斯特纳正在给隔两张床的病人用海绵擦身。

“嘿。”我对他喊道，“嘿，吉斯特纳！”

“怎么了？”吉斯特纳回应道，显然很烦我。他不喜欢被打断。

“我要嘘嘘。”

“你现在不能起来。会把伤口撕裂的。”

“哎，没事，吉斯特纳。厕所就在旁边嘛。”

“医生要求的。等下我给你拿便盆过来。”

我看着他穿过一排排病床，朝物资站走去。我有点儿担心自己等得不够久，药效可能还没过。万一我站不起来怎么办？*听见了吗，僵尸？嘀嗒嘀嗒。嘀嗒嘀嗒。*

我掀开被单，两腿下地。我咬着牙，艰难的时候到了。我从胸口到腰部都被裹得严严实实的，起身的时候拉扯到了被撒手锏的子弹撕裂的肌肉。

我给你割了个口子。你朝我开一枪。扯平了。

可这趋势是逐渐升级的啊。你下一回合怎么办，把手榴弹丢进我裤裆？

想到要把拉了环的手榴弹塞进撒手锏的裤裆，这画面实在是让人心神不宁。有很多原因。

我的药效还很足，可坐起身时，疼痛差点儿让我晕过去。于是我静静坐了一分钟，等着脑袋恢复清醒。

第二步：厕所。

强迫自己放慢速度。步子迈小一点儿。走碎步。我能感觉到袍子背面敞开了。整个病房都能看到我的屁股。

厕所在大约二十英尺开外。感觉就像是二十英里那么远。万一门锁着，或者里面有人，我就完蛋了。

还好这两种情况都没发生。我进去之后闩好门。厕所里有洗手池、马桶和一个小淋浴间。浴帘杆子是用螺钉固定在墙壁里的。我掀起水箱盖子，里面有一根短短的金属杆用来抬起下水塞子，两头都很钝。厕纸架是塑料的。想在这里找武器是没戏了。但我的计划还算顺利。来吧，吉斯特纳，我准备好了。

门上响起两下清晰的敲门声，随后他的声音响起。

“嘿，你在里面吗？”

“我跟你说了我要嘘嘘！”我吼道。

“我也跟你说了我给你拿便盆！”

“我憋不住了！”

门把手嘎吱作响。

“把门打开！”

“能不能给我留点儿私人空间！”我大声抱怨道。

“我要叫保安了！”

“好吧，好吧！就好像我他 × 能跑到哪儿去似的！”

数到十，拉开门闩，走回马桶边，坐下。门开了一条缝，我看到一点儿吉斯特纳的瘦面孔。

“满意了？”我嘟哝道，“现在能把门关上了吗？”

吉斯特纳摆弄着自己的衣服，盯着我看了很久。“我就在这外头。”他保证道。

“好。”我说。

门关上了。现在慢慢从一数到十，数六轮。正好一分钟。

“嘿，吉斯特纳！”

“什么事？”

“我需要你帮忙。”

“定义‘帮忙’。”

“帮我起来！我从这该死的马桶上站不起来了！我觉得可能扯开了伤口……”

门打开了。吉斯特纳脸上满是怒气。

“我跟你说过吧。”

他走到我跟前，伸出双手。

“来，拉住我的手腕。”

“你能先把门关上吗？这样太尴尬了。”

吉斯特纳关上门。我拉紧他的手腕。

“准备好了？”他问道。

“准备好了。”

第三步：水淹小弟弟。

吉斯特纳往起拉的时候，我双腿一蹬，肩膀撞进他的瘦削胸膛，把他撞到混凝土墙上。我又把他拉起来，闪到他身后，把他的胳膊拽到背后高举起来。这样他只得面对马桶跪下来。我抓住他的一把头发，把他的脸按进水里。吉斯特纳比外表看起来的要强壮，要么就是我比自己以为的虚弱得多。他似乎用了很久很久才昏过去。

我松开手，后退一步。吉斯特纳慢慢翻身，倒在地上。鞋，裤子。我把他拽起来，扒下他的上衣。上衣太小了，裤子太长了，鞋太紧了。我脱下病号袍，丢进淋浴间，穿上吉斯特纳的护工服。穿鞋花的时间最长。实在太小了。我挣扎着穿鞋的时候，体侧涌起一阵剧痛。我低头看到血渗透了绷带。万一血从上衣里渗出来怎么办？

一千种方式。把精力集中在那一种上。

我把吉斯特纳拖进淋浴间。拉上浴帘。他能昏迷多久？不重要。继续行动。别想太多。

第四步：芯片。

我在门口抽搐起来。万一有人看到吉斯特纳进了厕所，现在又看见我穿着他的衣服出来怎么办？

那你就完蛋了。他反正要干掉你。好吧，至少别随便死掉。死也要死在努力尝试上。

手术室的门离我有一个足球场那么远，要经过一排排病床和一大群护工、护士和穿着白大褂的大夫。我尽可能快地朝门口走去，受伤一侧尽量不用力，这样缩短了步幅，但我也没办法了。就我所知，沃什一直在监视我的行踪，这会儿他可能在琢磨我怎么没回病床去。

我穿过摆动门，进入刷手间，有个满面倦容的大夫从双手到小臂都是肥皂沫，正准备手术。我进来时他吓了一跳。

“你到这里来干什么？”他问道。

“我来找手套。我们那边用完了。”

外科医生头转向对面墙边的一排柜子。

“你有点儿瘸。”他说，“受伤了？”

“陪一个胖子去嘘嘘时拉伤了肌肉。”

大夫把小臂上的绿色肥皂沫冲掉，“你应该用便盆的。”

一盒又一盒的橡胶手套、医用口罩、无菌纱布、医用胶带。它到底在哪儿？

我能感觉到后脖子上他的呼吸。

“盒子就在你面前。”他说。他看着我，觉得我很搞笑。

“啊不好意思……”我说，“我有点儿缺觉。”

“谁不是呢！”大夫大笑起来，胳膊肘顶了我一下，正好顶在中枪的伤口上。整个屋子天旋地转。转得很猛。我咬牙克制自己尖叫的冲动。

他快步走过内侧门，进了手术室。我移向其他柜子，打开柜门，在物资中翻找着，可还是没找到我需要的东西。我头重脚轻、气喘吁吁，体侧的疼痛无比剧烈。吉斯特纳能昏迷多久？距离有人去尿尿、发现他还有多久？

柜子旁的地上有个垃圾桶，标签上写着医用废料——请戴手套处理。我打开盖子，啊哈，在这儿呢，还有浸满血渍的海绵、用过的针头和废弃的导管。

好吧，手术刀上都是干掉的血渍。我大概可以用消毒湿巾给它擦擦，或者在水槽里洗一洗，可是没时间了，脏手术刀应该是我的问题当中最微不足道的一个。

倚着水槽，稳住自己。手指贴着脖子，找到皮肤下面的追踪芯片，不要在表层划，把又脏又钝的刀片直接扎进去，直到割开口子为止。

——79——

第五步：鸡块。

一个看起来非常年轻的医生快步经过走廊，朝电梯奔去，他穿着白大褂，戴着口罩。他走路有点儿跛，左侧没有使劲。如果你拉开他的白大褂，可能会看到绿色护工服上的深红色污渍。如果你把他的衣领往下拉，可能还会看到脖子上匆匆包扎的绷带。可如果你尝试做这两件事，这位看起来很年轻的医生就会干掉你。

电梯。它下降的时候，我闭上眼睛。要是有人在前门留下一辆没人的高尔夫小车就好了，那里距离操场有十分钟的路。然后就到了最困难的一步，在驻扎在那里的五十多个小队中找到鸡块，然后在不惊动任何人的前提下把他带出来。所以我有大概半小时的搜救时间。然后有大概十分钟溜到幻境机库，那里也是校车的下车点。计划发展到这一步就只剩下一系列不靠谱的可能性了：开走一辆空校车，驶出大门之后干掉司机和车上的所有士兵，然后我们什么时候、在哪里、如何丢弃校车，改用徒步方式前往与撒手锏约定的集合点？

要是得等校车怎么办？你们打算躲在哪里？

我不知道。

一旦上了车，你们要等多久？三十分钟？一小时？

我不知道。

你不知道？告诉你吧，我知道的是：这样花的时间太长了，僵尸。肯定有人会拉响警报。

她是对的。这样花的时间太长了。我本应干掉吉斯特纳的。原定的步骤里包括这一步。

第四步：干掉吉斯特纳。

但吉斯特纳不是他们的人。他只是个孩子。就和坦克一样。就和侏古力一样。就和打火石一样。吉斯特纳并没有主动发起这场战争，他也不知道有关的真相。就算我告诉他真相，他的确有可能不相信我，但我根本没给他这个机会。

你太软弱了。你本该干掉他的。你不能指望运气和希望。人类的未来属于彪悍的人。

所以电梯门打开，主厅出现在我面前时，我默默向现在戴着我妹妹的银挂盒的鸡块做了个保证，这是我对妹妹没有做过的保证。

如果有人妨碍我来找你，那他就死定了。

我刚做完保证，就像是冥冥中来了某种回应，防空警报震耳欲聋地响了起来。

太好了！老天终于眷顾了我一回。现在我不用走上老远的路穿越营地了，也不用潜入营房大海捞针般地寻找鸡块了，也不用跑向校车了。现在我直接冲下楼梯去地下掩体就行了。我要在安全室的有序混乱中揪出鸡块，躲到警报解除为止，然后上校车。

小菜一碟。

我刚走了一半楼梯，空无一人的大厅突然亮起病态的绿光，和我戴上单片眼镜时撒手锏的脑袋周围浮现的绿色光晕一样。我头顶的荧光灯灭了，这是演习的标准程序，所以灯光不是从内部来的，而是停车场的某个地方。

我四下搜寻着。我真不该这么做。

我透过玻璃门看到一辆高尔夫小车穿过停车场，朝停机坪驶去。随后我看到了绿色光源位于医院的门廊里。形状像橄榄球，但有橄榄球的两倍大。让我想起眼睛。我盯着它，它也盯着我。

闪啊……闪啊……闪啊……

闪，闪，闪。

闪闪闪。

——第十一部分——
无尽之海

——80——

刺耳的警报声震耳欲聋，我都能感到脖子后面的汗毛在震动。

我本来正在朝主管道快速回撤，远离军火库，这时我停了下来。

凯西，是军火库。

我回到栅格前，透过栅栏看了足足三分钟，仔细检视下面的屋子，寻找着行动迹象，耳畔的警报声使我很难集中注意力，多谢你啊，沃什中校。

“好吧，该死的小熊。”我用肿胀的舌头嘟哝道，“咱们要进去了。”

我用光脚的脚跟踹了格栅一脚。哈！一下就踹开了。我放弃空手道课时，妈妈问我为什么，我说我觉得空手道失去了挑战。这就是我表示厌倦的方式，因为在我妈面前不能直接这么说。如果她听到我抱怨没意思，就会往我手里塞块抹布。

我跳进屋里。呃，更准确地说，是个中等规模的库房。这里有外星入侵者运行一个人类灭绝营所需要的一切。那面墙边是眼睛炸弹，足有好几百个，整齐地码放在专为它们设计的收纳盒里。对面墙上是一排排步枪、榴弹枪和其他我根本不知道怎么用的武器。另外一边是小型武器，有半自动手枪、手榴弹和十英寸长的军刀。还有一片衣柜，陈列着军队各个部门和等级的制服以及一切与之相配的装备，皮带、靴子和军用腰包。

而我呢，我就像是进了糖果店的小孩。

首先，脱掉白色连衫裤。我拿出一套最小号的军服穿上了。套上靴子。

轮到装备了。一把装满子弹的鲁格尔手枪。几枚手榴弹。M16？为什么不呢？既然要装，就装得像一点儿嘛。我往腰包里又装了几个弹夹。噢，看啊，腰带上竟然还有个皮套，专门用来装十英寸的彪悍军刀！你好啊，十英寸的彪悍军刀！

枪柜旁有个木箱。我看了看里面，是一排灰色金属管。这是什么，柱形手榴弹吗？我拿起一根。里面是中空的，一头很细。我知道这是什么了。

消音器。

装在我的新 M16 枪筒上正好。一拧就固定住了。

我把头发塞进一顶过大的帽子里，真希望手头有面镜子。我希望能被当作沃什手下的一个娃娃兵。但我估计自己看起来更像特种部队的小妹在玩部队版过家家。

现在考虑一下小熊怎么办。我发现一个皮包似的玩意儿，把它塞了进去，然后斜挎在肩头。这会儿我已经不再注意刺耳的警报声了。我现在很亢奋。我不仅扳回一点儿，而且我知道伊万来了，在我安全或他自己挂掉之前，他都不会放弃。

该回管道了，我内心正在激烈争论，既然我现在的重量增加了大概二十磅，是应该爬回管道还是去走廊里碰碰运气。如果偷偷摸摸的，要伪装还有什么用？我扭头朝门口走去，就在这时警报停了，突然一片寂静。

我觉得这不是什么好兆头。

我还突然意识到，身处这么一个装满绿色炸弹——每一个都能夷平一平方英里——的军火库，楼上还有十几个它们的好朋友正在被引爆，这大概也不是什么明智选择。

我快速朝门口移动，但第一颗眼睛在我抵达之前就爆炸了。整个屋子都山摇地动。只差几英尺了，下一颗眼睛也眨完了，这一颗肯定更近，因为天花板上的尘土倾泻而下，另一头的管道也松脱了，径直砸了下来。

呃，沃什，可惜差了一点儿啊，是不是？

我推开门。没时间先侦察了。我离剩下的眼睛炸弹越远越好。我在旋转的红灯下全速冲刺，在岔口随机拐弯，尽量不去思考，完全凭借直觉和运气一路狂奔。

又一次爆炸。墙壁晃动，灰尘掉落。房屋彻底倒塌成残砖碎瓦的声音从上方传来。从下面传来了孩子们吓坏的尖叫声。

我朝着尖叫声而去。

有时我会拐错弯，尖叫声就会变小。我会原路返回，尝试另外一条走廊。这地方像迷宫一样，我就是实验室里的老鼠。

上方的爆炸声停了，至少目前如此，我放慢速度，改用小跑，两手紧紧握住步枪，试试这条走廊，尖叫声变小了，原路返回，再试吓一跳。

我听到扩音器里传出鲍勃少校的声音，在两侧墙壁上反弹出回音，它无处不在，却又无处可寻。

“好了，我希望你们大家都集合在自己的小队长周围坐好！保持安静，听我讲话！跟着自己的小队长！”

我转过一个拐角，看到一队士兵径直朝我跑来。大部分都是十几岁的孩子。我贴墙站着，他们快速跑过，甚至都没朝我这边瞥上一眼。他们为什么要注意我？我只不过是准备去打外星人的又一个新兵而已。

他们转过拐角，我继续前进。我能听到下一个拐角那头传来孩子们不顾鲍勃少校的责骂，一片叽喳抽泣的声音。

马上就到了，萨米。乖乖等着我。

“立正！”

我身后传来的命令。不是孩子的嗓音。我停了下来。站直。别动。

“你的岗哨在哪里，士兵？士兵，我在跟你讲话！”

“我的责任是保卫孩子们，长官！”我用自己能发出的最低沉的嗓音说道。

“向后转！你跟我说话的时候要看着我，士兵。”

我叹了口气，转过身。他二十多岁，长得还不赖，典型的美国男孩模样。我不认识军阶标志，但我估计他是个军官。

为了保险起见，所有十八岁以上的人都不可信。管理层可能有几个成年人类，不过就我对沃什的了解，我对此表示怀疑。所以，如果碰上成年人，尤其是军官的话，我觉得你可以推定他们不是人类。

“你的号码是多少？”他大声问道。

我的号码？我脑海中浮现出的第一个答案脱口而出。“T 六十二，长官！”

他迷惑地看了我一眼。“T 六十二？你确定？”

“是的长官，长官！”*连说两遍长官？噢老天啊，凯西。*

“你怎么没和自己的小队在一起？”

他并没等我回答，谢天谢地，因为我也实在想不出个答案来。他走上前，上下打量着我，我显然不合规矩。外星人军官对此很不满意。

“你的名牌在哪里，士兵？你的枪上怎么装了消音器？还有这是什么？”

他拽了拽装着小熊的鼓鼓囊囊的皮包。

我拽了回来。包被挤开了，我完蛋了，“是玩具熊，长官。”

“什么？”

他低头看着我仰起的面孔，脸上终于一亮，他意识到了我是谁。他右手伸向自己的手枪，但这招实在很蠢，他本来只需要对着我的脸来上一拳就够了。我把消音器呈弧线抡起，停在离他稚气未脱的俊脸一英寸的地方，扣动扳机。

得，凯西。你就这么一个机会，被你自己搞砸了，本来只差一点点儿就成功了。

我不能把外星人军官丢在这里不管。在战斗的混乱之间，他们可能会忽略这一地血，而且头顶红灯不断旋转，这血本来也很难看到，可尸体就不一样了。我要怎么处理他的尸体？

我只差一点儿了，就那么一点点，我不会让一个死人阻止我救萨米的。我抓住他的脚踝，沿着走廊往回拖，拖进另一条岔路，绕过下一个拐角，然后把他抛在这里。他比看起来要重。我后腰有点儿抽筋，在跑回去之前伸展了一下。现在，如果有人在我抵达安全室之前阻拦我，我打算编各种说辞，尽量避免再杀人。除非我没有别的选择了。那样的话，我还会杀人的。

伊万是对的：每次都会比上一次更容易一点儿。

屋里满是孩子，有好几百个，都穿着一样的白色连衫裤。他们一大群坐在一起，占据了高中体育馆那么大的一片地方。现在他们安静一点儿了。也许我应该直接喊萨米的名字，或者把鲍勃少校的扩音器借过来用用。我在屋里穿行，脚抬得很高，以免踩到哪个孩子的小手小脚。

面孔太多了。他们开始模糊成一团。房间变大了，延伸到墙壁之外，无穷无尽，充满数十亿仰起的小脸。唉，这帮浑蛋，浑蛋，他们都干了什么？我曾经在帐篷里为自己哭泣，为我那被夺走的愚蠢生活哭泣。现在，我向这片仰起的小脸蛋组成的无尽海洋祈求宽恕。

我听到一个小声音叫我的名字时，我还在像一个僵尸一样四下乱转。声音是从我刚刚经过的一群孩子中传出来的，他竟然先认出了我，而不是我先找到他。我停下不动了。我没有转身。我闭上眼睛，但无法转过身去。

“凯西？”

我低下头。我嗓子里仿佛堵了一团东西，足有得克萨斯州那么大。这时我转过身，他盯着我，眼神里有种恐惧般的神情，仿佛这可能是最后一根稻草，仿佛他看到一个和他姐姐长得一模一样的人穿成士兵的样子蹑手蹑脚地走来走去，仿佛他触及了异星者残忍程度的极限。

我跪在我弟弟面前。他并没冲进我怀里。他盯着我泪流满面的脸，伸出手指摸了摸我湿漉漉的脸颊。他的手指滑过我的鼻子、额头、下巴，掠过我翕动的眼皮。

“凯西？”

好了吗？他会相信吗？如果世界打破一百万零一个诺言，你会相信第一百万零二个诺言吗？

“你好，萨米。”

他稍稍偏过头。我的舌头肿着，我的声音在他听来肯定很滑稽。我摸索着皮包扣钩。

“我，呃，我想你可能想要回这个。”

我拿出破烂的旧玩具熊，递给他。他皱着眉摇摇头，并没伸手来接，我感觉他仿佛在我肚子上打了一拳。

随后我的小弟弟把那只该死的小熊从我手里打掉，把他的脸一下贴在我胸口，透过汗臭和浓浓的肥皂味，我又闻到了他的气味，萨米的气味，我弟弟的气味。

——第十二部分——

因为吉斯特纳

——81——

绿色眼睛看着我，我也看着它，我不记得是什么把我从闪烁的眼睛和接下来发生的事之间拽回来的了。

我首先记起的事？

跑。

大厅，楼梯，地下一层，第一个楼梯平台，第二个平台。

我抵达第三个平台时，爆炸的冲击力就像飞速而来的球一样狠狠闷在我的背上，我从楼梯上飞下来，撞上通往防空洞的门。

上方传来医院坍塌的嘶鸣。对，听起来就像是活物被撕裂时发出的尖叫。灰泥和石头碎裂，发出雷鸣般的巨响。钉子折断的刺耳声，两百扇窗户爆炸的呼啸声。地板弯曲，裂开。上方建筑解体的同时，我头朝下跌入加固混凝土走廊。

灯光闪了一下，随后整条走廊陷入黑暗。我从未到过掩体的这个部分，但我也不需要墙上的荧光箭头来指明安全室的方向。只要跟着孩子们吓坏的尖叫声就行了。

不过首先我得站起来。

跌落之后，我的伤口完全扯开了。这会儿，撒手锏的子弹射入和射出的两处伤口都在大量流血。我尝试站起来。我尽了全力，但双腿无法支撑身体。我爬起来一半，然后又跌倒了，头晕目眩，喘着粗气。

第二次爆炸的冲击波把我击倒在地。我赶在第三波把我再次击倒之前努力爬了几英寸。该死的，你到底在搞什么啊，沃什？

如果太迟了，我们就别无选择，只能执行最终方案了。

至少这个谜团揭开了。沃什是在炸掉自己的基地。摧毁村庄是为了拯救村庄。但有什么东西要摧毁它？除非不是沃什干的。也许撒手锏和我完全搞错了。也许我是在平白无故拿自己和鸡块的生命冒险。避恶营的真相就是沃什所说的那样，这也就意味着撒手锏毫无防备地遭遇了一大群寄生者。撒手锏完蛋了。撒手锏、小飞象、磅蛋糕和小茶杯。老天啊，我难道又搞砸了一次？又在应该留下的时候跑了？又在我本应斗争的时候退缩了？

接下来的这次爆炸是最严重的一次。它就在我头顶正上方。足有我的拳头那么大的混凝土块像雨点一样砸下来，我用双臂护住头。炸弹的冲击波、体内残留的药物、失血、黑暗……这一切都想让我倒下。我听到远处有人在尖叫——随后我意识到，尖叫的是我自己。

你得起来。你得起来。你得守住对茜茜的承诺……

不。不是茜茜。茜茜死了。你丢下她没管，你这个臭浑蛋。

老天啊，好痛。失血伤口的疼痛，还有未痊愈的旧伤的疼痛。

我看到她在黑暗中向我伸出手来。

我在这儿，茜茜。拉住我的手。

我在黑暗中向她伸出手。

——82——

茜茜走了，我又独自一人了。

到了不能再逃避过去的时候——到了转身面对你以为无法面对的东西的时候——到了你的生活在放弃和站起来之间摇摆不定的时

候——到了这个时候，这个时候早晚会来的，如果你不能站起来，也无法放弃，那你就应该这样做：

爬。

我趴在地上向前蹭，蹭到了贯穿地下掩体的主走廊的岔口。我得歇一下。两分钟，不能再多了。应急灯突然亮起。我知道自己在哪儿了。通风井左侧，中央指挥部和安全室右侧。

嘀嗒嘀嗒。我的两分钟休息时间结束了。我以墙为支撑，强迫自己站起来，差点儿痛得晕过去。就算我在没被干掉的情况下找到鸡块，我这个状态怎么把他带出去？

而且我真心怀疑没有任何校车。避恶营可能都已经灰飞烟灭了。一旦我找到他——如果我真能找到他的话——我们到底能去哪儿呢？

我沿着走廊蹒跚而过，一手撑着墙，稳住步子。我能听到前面有人在向安全室里的孩子们喊话，叫他们保持冷静，坐好，一切都会好的，他们非常安全。

嘀嗒嘀嗒。在最后一个转弯之前，我向左侧瞥了一眼，发现墙边有一团东西：一个人。

一具人类死尸。

还有温度。他穿着中尉制服。脸有一半已经被炸掉了，是近距离打出的大口径子弹。

不是新兵。是他们的一员。有其他人发现了这里的真相？也许。

这哥们儿也有可能是被一个过于亢奋的新兵当成寄生者了。

别再异想天开了，帕里什。

我把手枪从死尸的皮套里摘下，塞在白大褂口袋里。随后我戴上口罩。

僵尸大夫，请前往安全室，马上！

就在正前方。再走几码就到了。

我做到了，鸡块。我来了。乖乖等着我。

他仿佛听到了我的话，因为他正朝我走来，手里还拿着——不管你信不信——一只玩具熊。

可他不是一个人。他身边还有个人，是个新兵，和小飞象差不多大，穿着松松垮垮的制服，帽檐拉得很低，眼睛几乎看不到，手拿一杆 M16，枪筒上还装着某种金属管。

没时间细想了。跟这哥们儿再演一遍戏的话，花的时间就太长了，而且太需要运气，而且重点不是运气。重点是看谁更彪悍。

因为这是最后一役，只有彪悍的人才能幸存。

因为我的计划跳了一步。因为吉斯特纳。

我把手伸进白大褂的口袋里。我们之间的距离在缩短。还没到时候，再等一下。伤口使我脚步踉跄起来。我必须一枪干掉他。

对，他是个孩子。

对，他是无辜的。

还有，对，他完蛋了。

——第十三部分——

黑洞

——83——

我真想一直呼吸着萨米的好闻气味，但我不能。这地方到处都是武装士兵，有些还是消音者——反正不是孩子，所以，我得假定他们是消音者。我把萨米领到墙边，让一群孩子挡在我们和最近的守卫之间。我尽可能蹲下来缩成一团，低声说："你还好吗？"

他点点头："我就知道你会来的，凯西。"

"我答应过你的，不是吗？"

他脖子上戴着一个心形挂盒项链。这是什么玩意儿？我摸了一下，他往后退了一点儿。

"你为什么穿成这样？"他问道。

"我回头再给你解释。"

"你现在是个士兵了吗？你在哪个小队？"

小队？"我没有小队。"我对他说，"我就是我自己的小队。"

他皱起眉头，"你不能当自己的小队，凯西。"

真不是讨论什么小队的好时候。我环顾了一下整间屋子，"萨米，咱们得离开这儿。"

“我知道。鲍勃少校说我们要坐大飞机。”他朝鲍勃少校点点头，开始朝他挥手。我把他的手拽了下来。

“大飞机？什么时候？”

他耸耸肩。“很快。”他拾起小熊。现在他来回翻转小熊，仔细打量着。“他的耳朵破了。”他责备地说，好像是我没尽责一样。

“今晚？”我问道。“萨米，这很重要。你们今晚要坐飞机离开这儿？”

“鲍勃少校是这么说的。他说他们在苏散所有非必要人员。”

“苏散？噢。明白了，所以他们要疏散小孩。”我的大脑飞速运转，寻找着办法。我们应该坐飞机逃出去吗？只要和其他人一起上飞机，着陆之后再碰运气就行了？不管我们在哪儿着陆？老天，我为什么扔了白色连衫裤？但就算我留着它，就算我能溜上飞机，这也不是本来的计划。

基地某处有疏散舱——大概在靠近指挥中心或沃什起居区的位置。其实就是单人火箭，预先设定的程序能把你送往远离基地的某个安全地点。别问我是哪儿，我也不知道。但疏散舱是你最大的希望——它不是人类科技发明的，但我会给你解释怎么操作。如果你能找到它，如果你们俩能坐进同一个疏散舱，如果你们俩能活到找到它的时候为止。

好多的如果。也许我应该打昏一个跟我个头差不多的孩了，把她的连衫裤抢过来。

“你来这儿多久了，凯西？”萨米问道。我猜他可能怀疑我之前躲着他来着，也可能是因为我把熊耳朵弄破了。

“比我希望的要久。”我嘟哝道，这句话让我下了决心：我们绝不在这里浪费任何不必要的时间，我们也不会坐什么单程飞机去二号避恶营。我不想把一个死亡集中营换成另一个。

他正在摆弄熊的破耳朵。这远远不是它第一次负伤。我已经数不清妈妈给它打过多少补丁了。它身上的针脚比弗兰肯斯坦还多。我俯下身，想要和萨米说话，这时他突然盯着我问道：“爸爸在哪儿？”

我的嘴唇翕动，但却没有发出声音。我甚至没想着要告诉他这件事——或者怎么告诉他。

“爸爸？噢，他在……”不，凯西。别让事情变复杂。我可不想让他在我们准备出逃时突然崩溃。我决定让爸爸再多活一会儿。

“他在骨灰坑营地那边等咱们。”

他的下嘴唇开始颤动：“爸爸不在这儿？”

“爸爸很忙。”我想让他停止这个话题，这样让我感觉自己很浑蛋，“所以他派我来了。来找你。我现在就是找你来了。”

我把他拉起来。他说：“那飞机呢？”

“你被骗了。”他困惑地看了我一眼：被骗了？“咱们走。”

我拉起他的手，朝走廊走去，尽量挺胸抬头，像卡通人物一样蹑手蹑脚地溜向最近的出口肯定会引人注意。我甚至还朝几个孩子大喊，叫他们别挡路。如果有人试图阻拦我们，我不会开枪的。我会说这孩子病了，我要在他吐自己和别人一身之前带他去看医生。如果他们不信，那我就开枪。

我们顺利进入走廊，难以置信的是，有个医生径直朝我们走来，他的脸有一半都藏在口罩里。他看到我们时，眼睛都瞪圆了，我的聪明说辞就这么玩儿完了，也就是说，如果他阻拦我们，我只能向他开枪了。随着我们之间距离缩短，我看到他随意地把手伸进白大褂的口袋里，我脑海中的警报立刻拉响。在便利店里，啤酒冷柜后面，这警报也响起过，然后我对着一个握着十字架的士兵打光了一整个弹夹。

我有四分之一秒来判断。

最后一役的第一条规则：不要相信任何人。

他的手从衣袋里出来的同时，我把消音器对准了他的胸口。

他的手里握着一把手枪。

但我的手里握着一杆 M16 突击步枪。

四分之一秒有多长？

足够一个不知道第一条规则的小男孩跳到手枪和步枪之间。

“萨米！”我大叫着扣动扳机。我弟弟跳起来，手指拉住医生的口罩，把它拉了下来。

口罩拉下来了，我看到那张面孔时我自己是什么表情？我真不想知道。他比我记忆中瘦了一些，苍白了一些。眼窝深陷，眼神呆滞，就像是生病或受伤了，但我认得出，我知道口罩后面的这张脸是谁。我只是没反应过来。

竟然是在这里。已经过去了一千年，距离乔治•巴纳德高中走廊有一百万英里。竟然是在这里，地底世界的这片腹地里，他，就站在我面前。

本杰明•托马斯•帕里什。

而凯西奥佩娅•玛丽•苏里文，正在体验纯粹的灵魂出窍，看到她自己在看他。她上一次见到他还是刚停电的时候，在高中体育馆里，而且那时她只看到了他的后脑勺，而那以后，她只在自己脑海中见过他，她的理性很清楚，本•帕里什和所有其他人一样，已经死了。

“僵尸！”萨米叫道，“我就知道是你。”

僵尸？

“你要把他带到哪儿去？”本用低沉的声音向我问道。我不记得他的声音如此低沉。是我记性不好？还是他故意降低嗓音，好让自己显得年纪大一些？

“僵尸，这是凯西。”萨米用责备的语气对他说，“你知道的——凯西。”

“凯西？”他就像是从没听到过这个名字一样。

“僵尸？”我说。因为我的确从来没听到过这个名字。

我摘下帽子，心想这样可能会帮他认出我来，然后立刻又后悔了。我知道自己的头发肯定一团糟。

“咱们是同一个高中的。”我边说边用手指快速捋了捋剪短的鬈发，“我在高等化学课上坐你前面。”

本摇摇头，仿佛在清理大脑里的蛛网。

萨米说：“我跟你说过她会来的。”

“闭嘴，萨米。”我对他说道。

“萨米？”本问道。

“我现在的名字是鸡块，凯西。”萨米告诉我。

“噢，当然了。”我转向本，“你认识我弟弟。”

本谨慎地点点头。我还是不明白他为什么这个态度。倒不是说我期望他抱住我或者记得我跟他一起上化学课，可他听起来很紧张，而且还拿着枪。

“你为什么穿得像个医生？”萨米问道。

本穿得像医生。我穿得像士兵。就像两个小孩在假扮大人玩游戏。一个假医生和一个假士兵在各自犹豫是否要打爆对方的脑袋。

我和本•帕里什之间一开始非常尴尬。

“我是来带你出去的。”本仍然看着我，但话是对萨米说的。

萨米瞥了我一眼。我不就是为这个来的吗？现在他真的困惑起来。

“你不准把我弟弟带到任何地方去。”我说。

“这一切都是谎言。”本对我脱口而出，“沃什是他们的人。他们在利用我们杀光幸存者，互相残杀……”

“我知道。”我怒斥道，“可你是怎么知道的？这和带走萨米又有什么关系？”

我对本的爆炸性消息竟然是这种反应，他似乎很出乎意料。随后我明白了。他认为我和营地里所有其他人一样被洗脑了。这实在是荒唐，我都笑出声来了。我笑得像个白痴一样的同时，又明白了一件事：他也没被洗脑。

也就是说，我可以信任他。

除非他在耍我，想要让我放下戒备之心——和我的武器——这样他就可以干掉我，带走萨米。

也就是说，那我就不能信任他。

我猜不出他的心理活动，但我放声大笑的时候，他肯定在思考同样的问题。这个头发被压塌的疯姑娘为什么要笑？是因为他说了谁都知道的明显事实？还是因为我觉得他的话完全是胡扯？

“我知道了。”萨米打破了寂静，“咱们可以一起走！”

“你知道怎么离开这儿吗？”我问本。萨米比我更容易相信人，但他这个点子值得一试。找到疏散舱——如果它们真的存在的话——一直都是我的逃跑计划中最薄弱的一环。

他点点头：“你呢？”

“我知道一条出去的路——我只是不知道通向那条路的路。”

“通向那条路的路？好吧。”他咧嘴一笑。他的样子糟透了，但那个微笑一点儿没变。它就像一枚一千瓦的灯泡一样照亮了走廊，。“我知道一条出去的路，也知道通向那条路的路。”

他把手枪丢进口袋，伸出手来。

“咱们一起走。”

我想到的问题是，如果这只手不是本·帕里什的，而是其他人的，我是否还会拉住它。

——84——

萨米比我先注意到血渍。

“没事。”本嘟哝道。

我从他脸上的表情看到的并非如此。从他脸上的表情看来，情况可比没事要糟糕得多。

“说来话长，鸡块。”本说，“我回头再给你讲。”

“咱们这是去哪儿？”我问道。我发问并不是因为我们很快就能到达——不管那是哪儿。本像真正的僵尸一样在迷宫般的走廊中蹒跚着。我记忆中的本的那张面孔还在，但它渐渐退去……也许并未退去，只是凝在一张更为瘦削、鲜明和坚毅的面孔中。就像有人雕去了对他来说并非绝对必要的部分，只留下了他的精华。

“当然是离开这里。下一条走廊右转。它通向一个通风井，我们可以……”

“等等！”我拉住他的胳膊。我因为重新见到他太震惊了，完全忘了这事，“萨米的追踪芯片。”

他盯着我看了一秒，然后苦笑起来，“我完全给忘了。”

“忘了什么？”萨米问道。

我单膝跪下，拉住他的手。我们离安全室有好几条走廊，但鲍勃少校从喇叭里传出的声音仍然在走廊之间回响着，“萨米，咱们得做一件事。非常重要的事。这里的人，他们并不是他们自称的那样。”

“他们是谁？”萨米低声问道。

“是坏人。萨米，他们是大坏蛋。”

“是寄生者。”本插话道，“帕姆医生，士兵，指挥官……就连指挥官也是。他们都是寄生者。他们骗了咱们，鸡块。”

萨米的眼睛瞪得像馅饼盘子那么大，“连指挥官也是？”

“对，指挥官也是。”本答道，“所以咱们要离开这里，和撒手锏会合。”他看到我在盯着他，“那不是她的真名。”

“真的？”我摇摇头。僵尸、鸡块、撒手锏。看来是部队的做法。我转向萨米。“他们撒了很多谎，萨米。他们在几乎所有事上都说了谎。”我放开他的手，伸出手指在他脖子后侧摸索着，找到了皮肤下面的小肿块，“关于他们给你植入的这个东西，他们也说了谎。他们用它来追踪你的方位——但也可以用它来伤害你。”

本在我身边蹲下来，“所以我们得把它取出来，鸡块。”

萨米点点头，胖嘟嘟的下嘴唇在发抖，大眼睛里满是泪水。“好——噢——噢……”

“不过你得保持非常安静，一动也不能动。”我警告他道，“你不能叫，不能哭，也不能乱动。你觉得自己能做到吗？”

他又点点头，一颗泪珠涌出来，落在我的小臂上。我站起身，本和我走开一点儿，开了一次简短的术前会议。

“咱们只能凑合用这个了。”我拿出十英寸格斗军刀给他看，注意不让萨米看到。

本的眼睛瞪大了。“听你的也行，不过我本来打算用这个的。”他从白大褂口袋里掏出一把外科手术刀。

“你这个估计好一些。”

“你来？”

“我来吧。他是我弟弟。”不过想到要切进萨米的脖子，我打了个冷战。

“要不我来吧。”本提议道，“你抱住他，我来切除芯片。”

“所以你的白大褂不是伪装？你在异形大学这边读了个医学博士？”

他勉强笑了一下，“让他尽量别动就好，以免我切到什么重要的东西。”

我们转向萨米，他背靠墙坐着，紧紧抱着小熊，盯着我们，害怕地来回看着我们俩。我对本低声说：“如果你伤了他，帕里什，我就把这把刀捅进你心脏。”

他吃惊地看着我：“我绝不会伤害他的。”

我把萨米抱进怀里，让他面朝下趴在我腿上，下巴抵着我的大腿。本跪了下来。我看着他握手术刀的手，它在发抖。

“我没事。”本低声说，“真的，我没事。别让他乱动。”

“凯西……”萨米呜咽道。

“嘘。嘘。千万别动。他很快就完事，”我说。“快点儿。”我对本说道。

我双手按住萨米的头。本拿着手术刀的手靠近了，它逐渐变得稳当起来。

“嘿，鸡块。”他说，“我能先把挂盒项链收回来吗？”萨米点点头，本解开项链扣。他取下项链，金属链条在他手里发出碰撞声。

“是你的？”我惊讶地问本。

“我妹妹的。”本把项链丢进衣袋里。我从他的语气听出，她死了。

我转开头。半小时前我刚打烂了一个哥们儿的脸，可现在我却无法注视别人切个小口子。刀子切开萨米的皮肤时，他抽搐了一下。为了避免尖叫，他咬住了我的腿。他咬得很用力。我竭尽全力才没有动弹。要是我动了，本的手可能会打滑。

“快点儿。”我用细不可闻的声音尖叫道。

“找到了！”芯片黏在本血糊糊的中指上。

“摘掉它。”

本把芯片从手上甩下来，在伤口上贴上一块绷带。他真是有备而来的。我只准备了一把十英寸长的军刀。

“好了，完事了，萨米。”我呻吟道，“你可以松嘴了。”

“好疼啊，凯西！”

“我知道，我知道。”我把他扶起来，使劲拥抱了他一下。“你真勇敢。”

他严肃地点点头，“我知道。”

本向我伸出手，扶我站了起来。他的手上沾满我弟弟的血。他把手术刀丢进口袋，又把手枪掏了出来。

“咱们最好快走。”他冷静地说，就好像我们可能错过公车一样。

我们回到主走廊，萨米使劲贴着我。我们转过最后一个拐角，本极其突然地停了下来，我径直撞上了他的后背。走廊里回荡着十来把半自动手枪上膛的声音，一个熟悉的声音响起：“你迟到了，本。你早就该到这儿了。”

这个声音非常低沉，如钢铁般坚硬。

——85——

我第二次失去了萨米。一个消音者士兵把他带走了，我猜是带回安全室了，准备和其他孩子一起疏散。另一个消音者把本和我带去处决室。那个房间里有镜子和按钮。无辜的人在那个房间里被连上导线，电击而亡。那个房间里满是鲜血和谎言。还真是贴切。

“你们知道我们为什么会赢得这场战争吗？”沃什把我们锁进去之后问道，“我们为什么不会输？因为我们知道你们是如何思考的。我们已经观察你们六千年了。金字塔在埃及沙漠里建起的时候，我们在观察你们。恺撒烧掉亚历山大图书馆的时候，我们在观察你们。你们在公元一世纪把那个犹太农民钉上十字架的时候，我们在观察你们。哥伦布踏上新世界的时候……你们为解放数百万人类同胞而战的时候……你们学会分裂原子的时候……你们首次前往大气层之外的时候……我们在干什么？”

本没有看他。我们俩都没有。我们俩都坐在镜子前，径直盯着破碎的玻璃中我们扭曲的镜像。另一边的屋子没开灯。

“你们在观察我们。”我说。沃什坐在显示器前，离我大概一英尺远。本坐在我的另一侧。我们身后有个身材壮实的消音者。

“我们在学习你们是如何思考的。胜利的秘诀是什么呢，帕里什中士已经知道了，那就是：明白敌人是如何思考的。母舰的到来并非开始，而是结局的开始。现在你们坐在前排，等着欣赏最终曲，等着观赏未来的特别点映。你们想预知未来吗？你们自己的未来？你们想不想一眼望穿人类历史，看到人类末日？”

沃什按下键盘上的一个按钮。镜子另一侧房间里的灯亮了。

屋里有把椅子，旁边站了个消音者，用带子绑在椅子上的是我弟弟萨米，一根根粗导线连着他的脑袋。

“这就是未来。”沃什低语道，“人类像动物一样被绑缚着，它的生死由我们决定。等你们完成了我们交给你们的任务，我们就会按下处决按钮，你们对这颗星球可悲的照料工作就要结束了。”

“你不用这么做！”我大喊道。我身后的消音者把一只手放在我肩膀上，用力按了一下。但力气没有大到阻止我从椅子上跳下来的程度，“你只要把我们连入幻境下载就行了。这样你不就能知道一切了吗？你不需要杀他……”

“凯西。”本轻声说，“他怎样都会干掉鸡块的。”

“你不该听他的，小姐。”沃什说道，“他很弱。他一直都很弱。你在这几个小时里表现出的勇气和决心比他悲惨的一生中表现出来的都要多。”

他朝消音者点点头，后者把我拖回椅子里。

“我是要‘下载’你们。”沃什对我说，“我还要杀掉帕里什中士。但你可以救那个孩子。如果你肯告诉我是谁帮你进入这个基地的。”

“下载我，你不就知道了？”我问道。与此同时我心想：*伊万还活着！*然后我又想道，*不，不一定*。他有可能在爆炸中死了，和地表上的其他东西一样灰飞烟灭了。沃什有可能和我一样不知道伊万是死是活。

“因为有人帮你了。”沃什没理会我的问题，“我猜，这个人不是帕里什先生的同类。他——或者他们——应该是……呃，我的同类。他知道如何隐藏你们真正的记忆，击败幻境软件，和这么多个世纪以来我们隐藏自己的方法一样。”

我摇摇头。我根本不知道他在说什么。真正的记忆？

“鸟是最常用的方法。”沃什说。他的指尖漫不经心地滑过处决按钮，“猫头鹰。在最初阶段，我们把自己嵌入你们的时候，我们经常利用猫头鹰的表面记忆来瞒过怀孕的母亲。”

“我恨鸟。”我低语道。

沃什微笑起来，“这个星球上的原生动物当中，鸟是最有用的。种类繁多。被大部分人视为无害。无处不在，所以几乎也被视而不见。你知道鸟是恐龙的后代吗？真是有趣的讽刺。恐龙曾经让位给你们，而现在，在它们的后代的帮助下，你们要让位给我们了。”

“谁也没帮我！”我尖叫着打断他的讲话，“我是靠自己进来的！”

“真的？那为什么你在一号机库干掉帕姆医生的时候，我们正好有两个哨兵被枪击，还有一个被开膛，还有一个从南瞭望塔的岗哨上坠落一百英尺？”

“我对这些一点儿也不清楚。我只是来找我弟弟的。”

他的脸色阴沉下来，“你们真的没救了，这你知道吧。你们想要打败我们的那些白日梦，幼稚的幻想——毫无用处。”

我张开嘴，这句话自己蹦了出来。我也不知道怎么回事，它就那样自己蹦了出来。

“你该死。”

他的手指使劲按下按钮，仿佛他痛恨这个按钮，仿佛这个按钮有一张面孔，而且是一张人类的面孔，一只有感知能力的蟑螂，而他的手指就是靴子，重重地碾了下去。

——86——

我不知道我当时的第一反应是什么。我记得好像是尖叫。我知道自己还挣脱了消音者，朝沃什冲去，打算挖出他的眼球。但我不记得我是先开始尖叫还是先朝他冲过去的了。本伸手抱住我，想要把我拉回来。我知道这是在尖叫和冲出去之后发生的。他伸手抱住我把我拉了回来，因为我的注意力完全在沃什和我的仇恨上。我甚至没有透过镜子看我弟弟，但本看了一眼显示器，沃什按下处决键后，屏幕上出现的词是：

哎呀。

我扭头朝镜中看去。萨米还活着——哭得一把鼻涕一把泪，但是还活着。沃什从我身边飞快地站了起来，椅子飞过房间，砸在墙上。

“他侵入主机，把软件覆盖了。”他朝消音者士兵怒吼道，“接下来他该断电了。”他朝站在萨米身旁的人喊道：“把他们关在这儿。守住那扇门！我回来之前不要让任何人出去。”

他跑出房间。门锁上了。现在没有出去的路了。其实还有一条，我第一次被关在这间屋里的时候逃出去的那条路。我朝通风栅格扫了一眼。*得了吧，凯西。现在是你和本对抗两个消音者，而且本受伤了。你想都别想。*

不，是我和本和*伊万*对抗这些消音者。伊万还活着。既然伊万还活着，那我们就还没完蛋——还没到人类末日。靴子没有踩死蟑螂。还没有。

这时我看到它从格栅之间落下，扑通一声掉在地板上。一只刚被踩死的蟑螂尸体。我看着它慢动作般的坠落，慢得我能看到它落到地板上时的反弹。

你真想把自己比作某种昆虫吗，凯西？

我的目光移回格栅，一个影子闪过，就像是蜉蝣的翅膀忽闪。

于是我对本•帕里什低语道："萨米身边那个——归我了。"

本惊讶地低语回应："什么？"

我用肩膀朝消音者的肚子撞去，他失去平衡，蹒跚倒退到格栅下面，双臂摆动着，试图找回平衡，伊万的子弹径直射入他的人类大脑，使他立刻毙命。他落地之前，我拿到了他的枪，我有一个机会，一枪射入我之前打出的窟窿。如果我失手，萨米就完蛋了——我转向消音者士兵的同时，他也转向了萨米。

但我有一个极其出色的老师，全世界最优秀的神枪手之一——尽管这个世界有七十亿人。

这跟朝着篱笆上的罐头开枪并不完全一样。

其实比打罐头简单得多：他的脑袋更近，而且比罐头大好多。

那哥们儿的尸体还没倒地，萨米已经朝我走了一半的距离。我把他从窟窿里拉过来。本看看我们，看看死掉的消音者，看看另一个死掉的消音者，看看我手里的手枪。他不知道该看哪儿了。我看看格栅。

"搞定！"我朝他喊道。

他敲了一下格栅。我一开始没反应过来，随后我笑了。

咱们还是约定个暗号吧，以防你又想吓唬我。敲一下表示你想进来。

"进来吧，伊万。"我笑得太狠，肚子都痛了。"你可以进来了。"我们都还活着，我如释重负，不过最主要还是因为他活着。

他跳了下来，像猫一样脚掌落地。他抱着我，说"我爱你"，抚摩着我的头发，低声说着我的名字和"我的蜉蝣"。

"你怎么找到我们的？"我问道。他完全沉迷于我，而我呢，我就像是第一次看到他美味的巧克力色眼睛，第一次感觉到他强壮的臂膀和柔软的嘴唇。

"很容易。有人走在我前面，留下一条血渍指路。"

"凯西？"

是萨米，他拉着本，因为他觉得这会儿本比凯西更亲近。*从管子上面跳下来的这家伙是谁？他和我姐姐在一起干什么呢？*

“这一定是萨米了。”伊万说。

“这就是萨米。”我说，“噢！还有这是……”

“本•帕里什。”本说。

“本•帕里什？”伊万看着我。*那个本·帕里什？*

“本。”我说道，脸上像着了火一样。我又想笑，又想钻到桌子底下去，“这是伊万•沃克。”

“他是你的男朋友吗？”萨米问。

我不知道如何回答。本一片茫然，伊万觉得很有趣，而萨米只是该死的好奇心作祟。这是我在外星人老巢里第一次真正感到尴尬，之前那些根本不算什么。

“他是高中里认识的一个朋友。”我嘟囔道。

我显然脑子不太清醒，于是伊万纠正我道：“事实上，萨米，本才是凯西高中里认识的朋友。”

“她不是我的朋友。”本说，“我的意思是，我好像是记得她……”随后伊万的声音落了下去，“你怎么知道我是谁？”

“他不知道！”我几乎是喊出来的。

“凯西跟我提过你。”伊万说。我用胳膊肘捅了他肋骨一下，他看着我，就像是在说*怎么了？*

“也许咱们可以回头再聊大家是怎么互相认识的。”我对伊万说，“你不觉得现在咱们最好离开这儿吗？”

“对。”伊万点点头，“咱们走吧。”他看看本，“你受伤了。”

本耸耸肩，“有几处伤口开线了。没事。”

我把消音者的手枪塞进腰带上的皮套，又意识到本需要武器，于是钻过镜子上的窟窿去帮他拿武器。我回来的时候，他们仍然站在那儿没动，本和伊万彼此相视而笑——在我看来似乎是心照不宣。

“咱们在这儿干站着做什么？”我问道，声音比我的本意要严厉。我举起消音者尸体旁的椅子，指指格栅，“伊万，你打头吧。”

“咱们不走这条路。”伊万答道。他从消音者的钱包里取出一张门卡，在门锁上刷了一下。绿灯亮了。

“咱们就这么大摇大摆走出去？”我问道。

“就这么大摇大摆走出去。”伊万答道。

他先察看了一下走廊，随后用手势叫我们跟上，我们走出处决室。门在我们身后锁上了。走廊里安静得出奇，仿佛被遗弃了。

“他说你要断电。”我把枪从皮套里掏出来，低声说。

伊万举起一样银色的东西，看起来像是一部翻盖手机。

“我是这么打算的。就现在。”

他按下一个按钮，走廊陷入一片黑暗。我什么也看不见。我空着的手在黑暗中摸索着萨米的手，却发现了本的手。我松手之前，他使劲握了一下我的手。几根小手指拉拉我的裤腿，我抓起萨米的手，把他的一只手指勾在我的皮带上。

“本，拉住我。”伊万轻声说，“凯西，拉住本。没有多远了。”

我还以为我们这个伦巴小队要在黑暗中跌跌撞撞地慢慢前行一阵子，但我们走得很快，差点儿踩到彼此。他肯定有夜视能力，又一个猫一样的特点。我们没走多远，穿过一扇门。至少我觉得是门。它很光滑，和疙里疙瘩的煤渣墙不一样。有人——肯定是伊万——推开它，一阵冰凉的新鲜空气吹来。

“楼梯？”我低声问道。我什么也看不见，也无法辨识方向，但我估计这就是我刚来的时候下来的楼梯。

“走到一半会碰到一些残骸。”伊万说，“不过应该能挤过去。小心点儿，可能有点儿不稳当。等你们到了顶上，往正北方向走。你们知道哪边是北吗？”

本说：“我知道。至少我知道怎么判断方向。”

“你说等我们到了顶上是什么意思？”我问道，“你不跟我们一起？”

我感觉到他把手放在我的脸颊上。我知道这是什么意思，于是我打开他的手。

“你跟我们一起，伊万。”我说。

“我还有事要做。”

“没错。”我的手在黑暗中摸索着他的。找到了，我使劲拉住他。“你得跟我们一起。”

“我会找到你的，凯西。我不是一直都能找到你吗？我……”

“别这样，伊万。你也不确定自己能不能找到我。”

“凯西。”我不喜欢他说我名字的这种语气。他的嗓音太柔和了，太悲伤了，太像告别。“我曾经说自己二者皆是又二者皆非。但这不可能。我现在知道了。我必须做出选择。”

“等等。”本说，“凯西，这家伙是他们的人？”

“这事很复杂。”我答道，“我回头再跟你说。”我双手抓住伊万的手，把它贴在我的胸口，“别再离开我了。”

“是你离开我的，记得吗？”他把手指在我心脏上展开，仿佛抓住了我的心脏，仿佛这是属于他的，是他经过堂堂正正的战争赢得的领土。

我让步了。我能怎么办，拿枪对着他的脑袋？*他都走到这一步了*，我对自己说。*他也能走完剩下的路*。

“正北方向有什么？”我拉住他的手问。

“我不知道，但这是通往最远位置的最短路线。”

“距离什么最远的位置？”

“距离这里。等着飞机。飞机起飞的时候，你们就跑。本，你跑得动吗？”

“我觉得可以。”

“快速跑呢？”

“可以。”不过他的声音听起来并不是很有信心。

“等着飞机。”伊万低语道，“别忘了。”

他使劲吻着我的嘴，随后伊万离开了楼梯。我的脖子后侧能感觉到本的气息，在凉爽的空气中黏糊糊的。

“我不明白这是怎么回事。”本说，“这家伙是谁？他是……他是什么，他从哪儿来的，他现在去哪儿？”

“我也不确定，不过我猜他找到军火库了。”

有人走在我前面，留下一条血渍指路。

哦天啊，伊万。难怪你不告诉我。

“他要去把这个地方炸光。”

——87——

这可不是通向自由的爬楼梯赛跑。我们几乎是彼此搀扶着手脚并用爬上去的，我打头，本断后，萨米在我们中间。狭窄的空间中飘着无数尘埃微粒，没过多久，我们全都开始大声咳嗽和打喷嚏，我估计方圆两英里之内的所有消音者都能听见。我举起一只手，在黑暗中摸索着，轻声宣布我们的进度。

“第一个平台！”

一百年后，我们到了第二个平台。走了快一半了，可我们还没碰到伊万叫我们小心的残骸。

我必须做出选择。

现在他走了，太迟了。我想出了十来条他为什么不该离开我们的有力论据。最好的一条是：

你没有足够时间。

眼睛炸弹从启动到爆炸大概要——多久呢？大概一两分钟。最多能走到军火库门口。好，就算你是风格高尚，要牺牲自己来救我们，那就别说什么我会找到你的这种话，好像把那些绿色火球从地狱放出来之后，你还能幸存下来似的。

除非……也许眼睛炸弹可以遥控引爆。也许就是他拿的那个银色玩意儿……

不。如果可以遥控引爆，他就会跟我们一起走，等我们到了安全距离他再引爆就行了。

该死。每次我觉得开始理解伊万•沃克，他就溜走了。就像是先天失明者在尝试想象彩虹是什么样子。如果我的预感是对的，我是否会像他感觉到劳伦的死一样，觉得心头挨了一拳？

我们朝第三个平台走到一半的时候，我的手撞到了石头。我转向本，低声说："我看看我能不能爬上去——可能能挤过去。"

我把我的步枪递给他，双手牢牢抓住石头。我从来没怎么玩过攀岩——好吧，根本没玩过——但这能有多难啊？

我爬了大概三英尺高，一块石头在我脚下滑脱，我掉了下来，半途还狠狠地撞到了下巴。

"我来试试。"本说。

"别傻了。你受伤了。"

"既然你能行，那我也得试试，凯西。"他说。

当然了，他是对的。本在混凝土碎块和折断的钢筋之间攀爬时，我拉着萨米。他每次伸手向上攀爬的时候，我都能听到他的呻吟。有什么湿漉漉的东西落在我鼻子上。是血。

"你还好吗？"我朝他喊道。

"呃。定义'还好'。"

"'还好'就是说你不会流血过多而死。"

"我还好。"

他很弱，沃什说过。我记得本以前走过学校楼道的模样，宽肩膀摇摇晃晃，用他死光般的微笑辐射众人，俨然一副宇宙之主的架势。那时我绝不会说他弱。可我那时认识的那个本•帕里什和现在攀爬残砖断瓦的这个本•帕里什截然不同。这个新的本•帕里什，他的眼神像一头受伤的野兽。我不知道从那天在体育馆之后到现在，他都遭遇过什么，但我知道，异星者成功地把弱者和强者区别开了。

弱者已经全都被淘汰了。

这就是沃什的伟大计划的缺陷：如果不一下干掉我们所有人，那剩下的绝不会是弱者。

剩下的都是强者，我们能屈能伸，但不会被打垮，就像曾为这些混凝土提供支撑力的钢筋。

洪水、火灾、地震、疫病、饥荒、背叛、孤独、谋杀。

不被它们干掉，就被它们锤炼。我们从中铸就坚强，学会生存。

你们把犁头铸成了宝剑，沃什。你们在重塑我们。

我们是黏土，你们是米开朗基罗。

我们将会成为你们的杰作。

——88——

“怎么样？”几分钟过去了，本还没下来——无论是慢速方式还是快速方式。于是我开口问了。

“刚刚……正好……能过去。我是这么觉得的。”他的声音听来很小，“要爬好一段。不过我能看到上面的光。”

“光？”

“很亮的光。就像手电。还有……”

“还有？还有什么？”

“不是很稳当。我觉得脚下有点儿打滑。”

我在萨米面前蹲下来，叫他爬上来，搂住我的脖子。

“抓紧，萨米。”他勒得我差点儿要窒息了。“啊啊啊。”我喘着气，“别这么紧。”

“别让我掉下去，凯西。”我开始爬的时候，他对着我的耳朵低语道。

“我不会让你掉下去的，萨米。”

他把脸贴在我背上，完全相信我不会让他掉下去。我弟弟活过了四次外星人袭击，在沃什的死亡工厂里经历了天知道什么苦难，而现在，他仍然相信一切都会好的。

你们真的没救了，这你知道吧，沃什是这么说的。我以前也听到过这话，是另一个人说的，是我自己，在林中帐篷里，在高速路的汽车底下。*绝望。没用。毫无意义。*

我曾经相信过沃什说的话。

在安全室里，我看到一片无尽的海洋，全是仰起的小脸。如果他们问我，我会不会告诉他们没希望了，没意义了？还是会跟他们说，爬到我背上来，我不会让你掉下去的？

伸手。抓牢。使劲一拉。踏脚。休息。

伸手。抓牢。使劲一拉。踏脚。休息。

爬到我背上来，我不会让你掉下去的。

——89——

接近残骸顶部时，本抓住我的手腕，但我叫他先把萨米拉上去。最后一步没地方踏脚了。我就那么悬在那儿，等着本再来把我拉上去。他把我拽进天花板和残骸顶部之间的一条窄缝。这里没有那么黑，我能看到他憔悴的脸，沾满混凝土碴子，新划破的口子流着血。

“直走。”他低声说，“大概一百英尺。”这地方太小，无法站立或坐下。我们几乎是脸贴脸地趴在地上，“凯西，这里……什么都不剩了。整个营地都……没了。”

我点点头。我曾经在近距离亲眼看见过眼睛炸弹的威力。“我得休息一下。”我喘着粗气说道。不知怎么的，我竟然担心起自己的口气来。我最后一次刷牙是什么时候？“萨米，你还好吗？”

“是的。”

“你呢？”本问道。

“定义‘还好’。”

“这个定义在不断变化……”他说，“他们打开了外面的照明。”

“飞机？”

“对。很大，是一架大型货机。”

“小孩数量很多。”

我们在残骸和地表之间的裂缝中朝光线爬去。这段路很艰难。萨米开始抽泣。他的手被磨破了，身体蹭过粗糙的石头，弄得青一块紫一块。我们后背贴着天花板，从极窄的缝隙中挤过。有一次我卡住了，本花了好几分钟才把我弄出来。灯光驱散黑暗，越来越亮，亮得我能看到尘埃颗粒在黑漆漆的背景衬托下盘旋舞蹈。

“我渴了。”萨米抱怨道。

“马上就到了。”我安慰他道，“看见光了吗？”

开口处就像是死亡谷国家公园东门，我一眼望去，和骨灰坑营地一样的不毛之地，只是大上十倍，这都得感谢负责往地下输送新鲜空气的通风井中匆忙立起的柱子上摇曳的灯光。

我们头顶的夜空布满无人机。足有好几百架，盘旋在一千英尺的高空，一动不动，灰色的机腹在灯光下闪闪发亮。地面上，我右侧的远方，一架巨大的飞机正对着我们。它起飞时会径直经过我们身边。

“他们已经登机——”我开口问道。本制止了我。

“他们已经发动引擎了。”

“哪边是北？”

“大概两点钟方向。”他指了指。他面无血色。一点儿血色也没有。他的嘴微张着，像是狗在大喘气。他向前探了探身子打量飞机，我看出他衣服正面全湿了。

“你跑得动吗？”我问道。

“我也没别的选择。所以，跑得动。”

我转向萨米，“等咱们出去了，再爬到我背上来，好吗？”

“我跑得动，凯西。”萨米表示反对，“我跑得很快。”

“我来背他。”本提议道。

“别搞笑了。”我说。

“我没有看起来那么弱。”他肯定是想起了沃什。

“当然不。”我答道，“但如果你带着他倒下，咱们就全完了。”

“你也是。”

“他是我弟弟。我背他。而且你受伤了，还有……”

我只说到这里。其余字句都被大飞机朝我们加速驶来的轰鸣声湮没了。

“跑！”本大喊着，但我听不到他的声音。只能靠读唇。

—90—

我们准备就绪，蹑手蹑脚地等在开口处。大飞机驶过光秃秃的地面，发出震耳欲聋的噪音，冷空气随之振动。飞机到了我们跟前正好抬起前轮，这时开始了第一次爆炸。

我心想，*呃，早了一点儿，伊万。*

大地震动，我们出发了，萨米在我的后背上颠来颠去，我们身后的楼梯似乎开始无声坍塌，因为一切声音都淹没在飞机的轰鸣中。引擎的后坐力袭向我左侧，我朝旁边踉跄了几步，差点儿滑倒。本抓住我，把我往前一推。

我掠过空中。大地像充了气的气球一样隆起，又瘪了下去，巨大的力量把它劈开，我很担心自己的鼓膜裂了。算萨米走运，我是胸口着地，但这对我来说就没这么走运了，冲击力把我肺里的所有空气挤了出去。我感到萨米的重量消失了，我看到本把他扛上肩头。随后我站了起来，但我落后了，*我心想，见鬼，他哪里弱了。*

大地似乎在我们面前无尽延伸。我们身后的地面被吸进黑洞，这个黑洞不断扩大，追逐着我们，一路吞噬一切。如果一个踉跄，我们就也会被吸进去，被磨得粉碎。

我听到头顶传来尖厉的声响，一架无人机在几码开外坠入地面。冲击力分解了无人机，把它变成一颗汽车大小的手榴弹，爆炸产生无数刀片般锐利的弹片，划破了我的卡其布 T 恤，割进我裸露的皮肤。

无人机之雨有某种节奏。先是女妖般的尖叫。随后是撞上石头般坚硬的地面并爆炸。再然后是残骸炸裂。我们在死亡之雨间躲闪着，在了无生机的大地上曲折前行，与此同时，黑洞也在不断吞噬这片了无生机的大地，追逐着我们。

我还有一个问题：膝盖。林中消音者射伤我的那处旧伤。我的脚每次接触坚硬的地面时，一阵钻心的疼痛便袭过整条腿，使我失去平衡，速度放慢。我越落越远，感觉不像跑步，倒像是一次又一次向前跌，有个人拿着锤子一下又一下敲打着我的膝盖。

我面前的不毛之地突然出现一道裂缝。它越来越大。它出现的速度太快了，径直朝我们逼来。

“本！”我大喊道。但在无人机的尖啸、坠落和两百吨岩石落入眼睛炸弹创造的虚空中发出的震耳欲聋的爆炸声中，他根本听不到我。

朝我们而来的模糊暗影渐渐清晰，是一辆悍马，布满炮塔，全速驶来。

这帮不死心的小浑蛋。

本看到它了，但我们别无选择，我们不能停步，也不能后退。*至少他们也会被大地吞噬*，我心想。

就在这时，我跌倒了。

我不清楚是怎么回事，我不记得自己跌倒。前一分钟我还直立着，后一分钟我的脸便重重地撞上了石头，我心想，*这堵墙是哪儿来的？*可能是膝盖撑不住了，也可能是滑倒。不管怎么说，我倒在地上。我能感觉到身下的大地尖叫哭号，被大洞撕裂，就像一只动物正在被饥饿的捕食者生吞下去。

我想爬起来，但大地并不配合。它在我身下变形，我再次跌倒。本和萨米在我前面几码处，他们没有跌倒，那辆悍马突然加速，插到他们面前。它几乎没有减速。车门砰地打开，一个瘦孩子探出身，朝本伸出手。

本把萨米丢向那个孩子。他把我弟弟拉上车，然后用力拍拍车身，仿佛是说，*走吧，帕里什，咱们走！*

这时，本•帕里什并没像一般人一样跳上悍马，而是转身朝我跑来。

我朝他摆手。*没时间了，没时间了，没时间没时间没时间没时间了。*

我裸露的双腿能感觉到巨兽的气息——热乎乎，满是尘土、石头和泥土碎块——就在这时，大地在本和我之间裂开，我趴着的那块地面松脱了，开始滑向黑暗的巨口。

于是我开始向后滑落，朝远离本的方向滑落，他明智地趴在裂缝边缘，这才没有和我一起跟着大地碎块落入黑洞。我们的指尖相触，抓挠了一下，他的小指勾住了我的——*救救我，帕里什，拉钩，好*

吗？——但他无法只靠小指把我拉上来，在那半秒之间他必须做出决定，他决定松开我的手指，冒险赌上一次，也是唯一的一次机会，他想抓住我的手腕。

他向后仰起身子，开始把我往上拉，我看到他张开嘴，但却没听到任何声音。他不肯放手，他双手抓住我的手腕，像推铅球一样转过身，把我朝悍马抡去。我觉得自己双脚离地了。

又一只手拉住我的胳膊，把我拽上车。我正好跨坐在那个瘦孩子的腿上，只是现在靠近了，我才看出这是个黑眼睛女孩，一头油亮的黑色直发。我从她肩头看到本往悍马后斗上一跃，但没看到他是否成功跳上来了。这时，司机突然猛地往左打方向盘，避开一架坠落的无人机，我猛地撞上车门。司机把油门踩到底。

黑洞此时已经吞噬所有灯光，但这个夜晚很晴朗，我能看到它的边缘朝悍马飞速扩大，怪兽巨口大张。司机很年轻，离拿驾照的年纪差得远，他来回打着方向盘，躲开我们四周接连爆炸的一架架无人机。有一架在我们前方坠落，不过一辆车的距离，我们来不及绕开，只好径直冲过去。风挡玻璃碎了，玻璃碴子溅了我们一身。

后轮打滑，我们颠簸起来，随后向前一跃，现在只比大洞领先几英寸。我不敢再看，只好抬起头。

母舰正静悄悄地驶过天空。

在它下方，又一架无人机快速朝地平线坠落。

不，不是无人机，我心想。*它在发光。*

肯定是流星，它火热的尾巴像一条银绳，将它与天堂相连。

——91——

天亮时，我们已经在距离营地几英里的地方，盘腿坐在一座高速公路天桥下。他们管那个耳朵很大的孩子叫小飞象，他跪在本身旁，正在给他体侧的伤口换药。他已经处理过我和萨米的伤口，帮我们取出弹片，擦净、缝合、包扎。

他问我的腿怎么了。我告诉他我被一条鲨鱼的子弹打中了。他没有反应。没有迷惑，也没被逗乐，什么反应都没有。仿佛大降临之后，被鲨鱼开枪打中是一件非常正常的事。就像把名字改成小飞象一样。我问他他的真名是什么，他说是……小飞象。

本是僵尸，萨米是鸡块，小飞象是小飞象。还有磅蛋糕，一个长得很可爱的小孩，不说话，我不知道他是哑巴还是不想说话。还有茶杯，一个比萨米没大多少的小姑娘，她好像很怪，我很担心，因为她抱着一杆 M16，对它爱抚有加，枪里似乎装满了子弹。

最后，那位黑发的漂亮姑娘，她叫撒手锏，和我年纪相仿，不仅一头黑发又直又亮，而且皮肤像平面模特一样完美无瑕，就是在超市收银台边的时尚杂志封面上对你露出优雅微笑的那种。不过撒手锏从不微笑，就和磅蛋糕从不讲话一样。我打算就当她是缺了几颗牙。

她和本之间有点儿什么。他们俩关系似乎有点儿紧张。我们刚到这里的时候，他们谈了很久。我并不是想要监视他们什么的，但我离得很近，不小心听到了“象棋”“圆圈”和“微笑”这几个词。

随后我听到本问：“你从哪儿找来这辆悍马的？”

“运气好。”她答道，“他们把一些设备和物资运到营地正西边大概两公里的补给区。我猜他们知道要发生爆炸。有人把守，但磅蛋糕和我占了上风。”

“你不应该回来的，撒手锏。”

“要是我没回来，咱们现在也不会在这讲话了。”

“我不是这个意思。你看到营地爆炸，就应该退回代顿市。我们可能是唯一知晓第五波真相的人。这事比我更重要。”

“可你就回去救鸡块了。”

“这不一样。”

“僵尸，你没那么蠢。”仿佛本只有一丁点儿蠢似的，“你还没明白吗？一旦我们决定一个人不再重要，他们就赢了。”

关于这一点，我得站在“零毛孔”小姐这边。与此同时，我让弟弟坐在我腿上，抱着他，让他暖和一点儿。夜空中有十亿颗星星。我不在乎星星映衬得我们有多么渺小。每一个人，哪怕再小，再弱，再微不足道，也很重要。

天快亮了。能感觉到。整个世界都屏着呼吸，因为没人知道太阳是否会再度升起。昨天存在并不意味着还有明天。

伊万是怎么说的来着？

我们存在，然后消逝，重要的不是我们存在多久，而是我们用这时间做了什么。

我低语道："蜉蝣。"这是他给我起的名字。

他曾经进入我的灵魂。我们曾经进入彼此的灵魂，在一片无限空间中共处，难以分辨何处是我，何处是他。

萨米在我怀里动了动。他刚才睡着了，现在又醒了。

"凯西，你为什么哭？"

"我没哭。别说话，继续睡吧。"

他的指关节抚过我的脸颊。"你就是在哭。"

有人朝我们走来。是本，我赶快擦掉眼泪。他在我身旁非常小心地坐下，痛得哼了一声。我们没有对视。我们注视着远方无人机坠落的火光。我们聆听着孤独的风在枯枝间呼啸的声音。我们感受着冻土透过鞋底传来的寒意。

"我想谢谢你。"他说。

"为什么？"我问。

"你救了我的命。"

我耸耸肩。"我跌倒时是你拉我起来的。"我说，"所以咱们两不相欠。"

我脸上覆满绷带，头发像鸟窝，穿得跟萨米的玩具兵一样，可本•帕里什还是凑过来吻了我。轻轻一点，半是脸颊，半是嘴唇。

"这是为什么？"我问，我发出的声音又尖又细，这是很久以前的那个小姑娘，那时我还是满脸雀斑的凯西，头发乱蓬蓬的，膝盖瘦削，一个平凡的小女孩，在平凡的一天和他一起坐一辆平凡的黄色校车。

在我关于我们初吻的所有幻想中——总共大概有六十万个不同幻

想——我从来没想过会是这样。我们的理想之吻一般都在月光下，或者雾气中，或者月光下和雾气中，气氛神秘而浪漫，至少是在恰当的地点。月下雾气弥漫的湖畔或溪边：好浪漫。月下雾气弥漫的任何其他地方，比如一条窄巷子：立刻变成杰克开膛手的感觉。

你还记得新生儿吗？我在自己的幻想中问。本总是回答，噢，当然了。我当然记得。新生儿！

“呃，本，我在想，你是否还记得……初中的时候咱们一起坐校车，你说你的小妹妹刚出生，我对你说萨米也刚出生不久，我在想你是否还记得。他们俩是一起出生的。不是一起，那样他俩就成双胞胎了，呵呵——我的意思是同时。也不是完全同时，但相差只有大概一周。萨米和你妹妹。新生儿。”

“抱歉……新生儿？”

“没事。不重要。”

“再也没有什么事是不重要的了。”

我在发抖。他肯定注意到了，因为他伸出胳膊搂住我，我们就那样一起坐了一会儿，我抱着萨米，本搂着我，我们三个人一起看着太阳从地平线上升起，金光四射，驱散黑暗。

——后记——

写小说或许很孤独，但确保它成书并不孤独，如果我独占所有功劳，那就太过分了。我非常感谢普特南出版社的团队的巨大热情，随着这一项目的发展超越我们的预期，他们的热情也与日俱增。我要衷心感谢唐•韦斯伯格、詹妮弗•贝瑟、珊塔•纽林、大卫•布里格斯、詹妮弗•洛哈、宝拉•萨德勒和萨拉•休斯。

有时，我深信我的编辑，不可战胜的阿丽亚娜•勒文，她像所有伟大的编辑一样，帮我驱散阻碍创作的邪灵，考验我的耐力，敦促我超越难以界定的能力极限。在无数草稿、无尽修订和数不胜数的修改中，阿丽亚娜从未对稿子丧失信心，也从未对我丧失信心。

应该给我的经纪人布莱安•德费奥雷颁发奖章（或者至少发张炫酷的镶框证书），因为他极其出色地帮我控制住了作家的焦虑。布莱安是经纪人中的珍品，他能毫不犹豫地陪伴客户踏进荆棘深处，永远乐意——倒不一定总是热切——倾听，安慰，阅读第四百七十九次修改的稿子。他绝不会说自己是最出色的，但我要说：布莱安，你是最出色的经纪人。

感谢亚当•希尔在代理本书的外文版权方面的专业工作，还要特别感谢创新经纪公司的马修•施耐德以他的神秘能力和惊人效率将《第五波》带入奇特绚烂的电影世界——当时书甚至还没写完。我真希望我作为作家的水平能有他作为经纪人的一半。

在作家写书期间，他的家人总是要承受特别大的负担。说实话，我有时真不知道他们是如何挨过那些漫漫长夜、喜怒无常的寂静、茫然的目光以及对他们提出的问题的漫不经心的回答。我衷心感谢我儿子杰克，给他的老爸提供了青少年的视角，特别是雪中送炭的一句“老大”。

我最想感谢的人是我妻子桑迪。在我们的一次深夜聊天之后，像无数次深夜谈话一样充满兴奋的趣味和恐惧，于是诞生了这本书。这个故事的灵感除了那次谈话，还有几个月后的一次将外星人入侵比作木乃伊大战的古怪讨论。她是我的勇敢向导，杰出评论者，狂热粉丝，忠实维护者。她也是我最好的朋友。

在写作本书期间，我失去了一位挚友和伙伴，我忠实的小狗凯西。凯西勇敢、活泼，始终陪伴我，保护我。我会想念你的，凯西。

END

第五波入侵

ZUI Book
CAST

作者 〔美〕瑞克·扬西
翻译 汪梅子

出品人 / 郭敬明
项目总监 / 痕痕
版权引进 / 恒殊
策划总监 / 恒殊
监制 / 与其 刘霁
特约策划 / 卡卡 董鑫
特约编辑 / 原淑榕 孙鹤

装帧设计 / ZUI Factor (zui@zuifactor.com)
设计师 / 曹欣

出品 / 上海最世文化发展有限公司
官方网站 / www.zuibook.com
平台支持 / 最小说 ZUI Factor

图书在版编目（CIP）数据

第五波入侵 / （美）扬西（Yancey,R.）著；汪梅子 译. -- 长沙：湖南文艺出版社，2016.6
书名原文：the 5th wave
ISBN 978-7-5404-7597-0

Ⅰ. ①第… Ⅱ. ①扬… ②汪… Ⅲ. ①长篇小说－美国－现代 Ⅳ. ①I712.45

中国版本图书馆 CIP 数据核字（2016）第 090951 号

著作权合同登记号：18-2016-090

上架建议：畅销书 · 外国文学

DI-WU BO RUQIN

第五波入侵

作　　者：[美] 瑞克 · 扬西
译　　者：汪梅子
出 版 人：刘清华
出 品 人：郭敬明
项目总监：痕　痕
版权引进：恒　殊
策划总监：恒　殊
责任编辑：薛　健　刘诗哲
监　　制：与　其　刘　霁
特约策划：卡　卡　董　鑫
特约编辑：原淑榕　孙　鹤
营销编辑：杨　帆
装帧设计：ZUI Factor (zui@zuifactor.com)
设 计 师：曹　欣

出版发行：湖南文艺出版社（长沙市雨花区东二环一段508号　邮编410014）
网　　址：www.hnwy.net
印　　刷：北京柏力行彩印有限公司
经　　销：新华书店
开　　本：875mm × 1230mm 1/32
字　　数：280 千字
印　　张：11
版　　次：2016 年 6 月第 1 版
印　　次：2017 年 3 月第 1 版 2 次印刷
书　　号：ISBN 978-7-5404-7597-0
定　　价：32.80 元

质量监督电话 | 010-59096394
团购电话 | 010-59320018